AGATHA CHRISTIE COMPLETE COLLECTION

THE SECRET OF CHIMNEYS

AGATHA CHRISTIE COMPLETE COLLECTION

THE SECRET 능 CHIMNEYS

침니스의 비밀 애거서 크리스티 장편 소설 | 김소연 옮김

황금가지

THE SECRET OF CHIMNEYS

정식 한국어 판 출간에 부쳐

나는 한국에서 우리 할머니의 작품을 정식으로 출간한다는 소식을 듣고 무척 기뻤다. 할머니가 1920년부터 1970년 무렵까지 오랜 세월에 걸쳐 집필한 작품들은 21세기인 지금 읽어도 신선하고 재미있다. 등장 인물들이 워낙 자연스러워서 요즘 사람들과 다를 바 없고 이들이 등장하는 상황과 장소가 전 세계 사람들의 애정과 향수를 자극하기 때문이다. 한국 독자들은 이번에 새로 나온 정식 한국어 판을 통해 그동안 접하지 못했던 애거서 크리스티의 일부 작품들을 읽을 수 있을 것이다. 덕분에 한국에 새로운 세대의 애거서 크리스티 팬들이 탄생할지도 모르겠다는 생각을 하면 가슴이 벅차다.

애거서 크리스티는 대표적인 두 명의 주인공으로 기억되는 작가이다. 14권의 작품에 등장하는 마플 양은 영국의 작은 시골 마을에서 평온한 나날을 보내며 뜨개질과 수다로 소일하는 미혼의 할머니

이지만, 놀라운 기억력과 날카로운 두뇌 회전으로 주변에서 벌어진 살인 사건을 해결한다.

그리고 마플 양과 상반되는 성격을 지닌 에르퀼 푸아로는 자신만만하고 콧수염을 포함한 자신의 외모와 벨기에라는 국적에 대한 자부심이 상당하다. 그는 이집트와 이라크를 비롯한 세계 각지에서 수수께끼를 해결하며 『오리엔트 특급 살인 *Murder On The Orient Express*』, 『나일 강의 죽음 *Death On The Nile*』, 『애크로이드 살인 사건 *The Murder Of Roger Ackroyd*』 등 애거서 크리스티의 여러 대표작에 모습을 드러낸다.

황금가지의 대담하고 참신한 표지와 전반적인 디자인 덕분에 작품의 성격이 잘 살아난 것 같아 기쁘다. 또한 한국 독자들이 할머니의 원작이 지닌 참된 묘미를 느낄 수 있도록 충실한 번역을 위해 애써 준 점도 높이 사고 싶다.

할머니의 작품이 20세기의 그 어떤 작가들보다 많이 팔리고 있는 이유는 나이와 국적에 상관없이 읽을 수 있는 재미와 감동을 갖추었기 때문이다. 모쪼록 한국 독자들도 황금가지에서 선보이는 애거서 크리스티 작품들을 즐겁게 감상하기를 바란다.

매튜 프리처드

애거서 크리스티의 손자

ACL 이사장

내 조카에게

콤프턴 성의 비문(碑文)과
동물원에서의 하루를 추억하며

차례

정식 한국어 판 출간에 부쳐 ——— 5

앤터니 케이드가 새 일을 맡다 ——— 11

곤경에 빠진 여인 ——— 26

고관대작들의 근심 ——— 39

매력 만점 여인의 등장 ——— 50

런던에서의 첫날 밤 ——— 59

협박의 기술 ——— 78

맥그러스가 초대를 거절하다 ——— 95

시체 ——— 108

앤터니가 시체를 치우다 ——— 120

침니스 저택 ——— 133

배틀 총경 도착하다 ——— 150

앤터니가 자신의 이야기를 고백하다 ——— 159

미국인 방문객 ——— 175

정치계와 경제계의 거물 ——— 184

프랑스에서 온 이방인 ——— 198

브링과의 만남 ——— 218

한밤중에 일어난 뜻밖의 사건 ——— 238

한밤중에 일어난 두 번째 사건 ——— 252

감춰진 이야기 ——— 269

배틀과 앤터니의 협의 ——— 287

아이작슈타인의 옷 가방 ——— 297

적신호 ——— 314

장미 정원에서의 우연한 만남 ——— 335

도버의 집 ——— 351

침니스 저택의 화요일 밤 ——— 363

10월 13일(1) ——— 377

10월 13일(2) ——— 386

킹 빅터 ——— 403

부연 설명 ——— 410

앤터니가 새 일자리를 얻다 ——— 418

뒷이야기 ——— 429

앤터니 케이드가 새 일을 맡다

"젠틀맨 조!"

"어, 이게 누구야, 내 오랜 친구 지미 맥그러스 아냐!"

캐슬스 특선 관광에 참여한, 지겨워 죽겠다는 표정이 역력한 여자 일곱과 땀이 줄줄 흐르는 남자 셋이 몹시 흥미롭다는 표정으로 두 사람을 쳐다봤다. 그들의 가이드인 케이드가 옛 친구를 만났음에 틀림없었다. 그들은 모두 케이드를 좋아했다. 훤칠하니 늘씬한 몸매며 햇볕에 그을린 얼굴이며 세상 걱정 없어 보이는 태도까지 썩 마음에 들었다. 케이드가 지닌 이런 면들은 관광객들의 불평을 잠재우면서 기분을 유쾌하게 해 주었다. 그런데 지금 그의 친구라고 나타난 사람은 생김새가 다소 특이했다. 키는 케이드와 얼추 비슷하지만 왠지 땅딸막해 보이고 인상도 썩 좋은 편이 아니었다. 책에나 나올 법한, 그것도 술집 주인으로 나오면 제격일 법한 사내였다. 어쨌든 재미있는 일이었다. 사실 외국 여행을 하는 이유가 바로 이런 흥밋거리 때문이다. 책에서나 보던 희한한 일들을 직접 보는 재미 말이다. 일행은 불라와요(짐바브웨 남서쪽에 위치한 도시 — 옮긴이)를 돌아다니면서 이미 녹초가 된 상태였다. 태양은 견딜 수 없을 만큼 뜨거웠고 호텔은 불편했다. 게다가 마토보로 자동차 여행을 떠나기까지 1시간 동안 딱히 갈 만한 곳도 없어 보였다. 그나마 케이드가 그림엽서 구경을 가자고 한 것이 다행이었다. 그림엽서라면 무궁무진하게 많았다.

앤터니 케이드와 그의 친구는 일행에게서 조금 떨어진 곳으로 자리를 옮겼다.

"너 여자들을 보따리로 끌어안고 여기서 뭘 하고 있는 거야? 하렘이라도 차릴 생각이냐?"

"몇 명 되지도 않는 여자들을 데리고 무슨. 저 여자들을 제대로 보긴 한 거야?"

앤터니가 이를 드러내고 빙긋 웃었다.

"당연하지. 네놈이 시력을 그새 잃은 건 아닌지 걱정했다."

"내 눈은 예나 지금이나 변함이 없으니까 걱정 마. 저 사람들은 캐슬스 특선 관광에 참가한 여행객들이고, 난 지방 여행사에서 가이드로 일하는 중이야."

"도대체 어쩌다가 이런 일에 발을 들여놓게 된 거야?"

"돈이 필요한데 어쩌겠어. 너니까 고백하는 건데 솔직히 적성에 맞는 일은 아니야."

지미가 씩 웃었다.

"하여간 넌 평범한 일은 절대 못 할 놈이니까. 안 그래?"

앤터니는 그가 비꼬는 것을 귓등으로 흘려보내며 희망에 부푼 어조로 말했다.

"하지만 두고 봐, 곧 어디선가 날 부를 일이 생길 테니. 늘 그랬거든."

지미가 킬킬거렸다.

"어디선가 누군가에 무슨 일이 생기면 앤터니 케이드는 순식간에 현장에 나타날 위인이지, 암. 어디서 문젯거리가 생겼다 하면 넌 귀신같이 냄새를 맡는 녀석이잖아. 그뿐이냐, 지가 무슨 고양이라고 웬만해선 죽지도 않아요. 그나저나 언제 시간을 내서 회포 좀 풀어야지?"

앤터니는 한숨을 쉬었다.

"저놈의 수다쟁이 암탉들을 몰고 로즈(영국 태생의 남아프리카 정치가 — 옮긴이) 묘 관광을 가야 해서 말이야."

지미가 당연하다는 듯이 말했다.

"어련하실까. 길 가다 푹푹 팬 바퀴 자국에 걸려 고꾸라지고 온몸에 시퍼렇게 멍이 들어 돌아오겠군. 멍투성이가 된 몸뚱이를 당장 침대에 뉘어야겠다고 성화를 부리면서 말이야. 그럼 일 마치고 술 한잔하면서 못다한 이야기나 나누자."

"그러자고. 이따 보자, 지미."

앤터니는 몰고 있던 양 떼 곁으로 돌아왔다. 일행 중에 제일 젊고 말이 많은 테일러 양이 득달같이 그를 다그치기 시작했다.

"어머, 케이드 씨, 옛날 친구인가 봐요?"

"네. 어릴 적 순진하던 시절에 만난 친구입니다."

그녀가 킥킥거리며 웃었다.

"저 사람 정말 재미나게 생겼던데요."

"저 친구에게 그렇게 전해 드리죠."

"어머, 케이드 씨, 정말 심술궂다! 너무해요! 근데 저 사람이 당신을 이상한 이름으로 부르던데……."

"젠틀맨 조요?"

"맞아요. 조가 당신 이름이에요?"

"제 이름은 앤터니라고 말씀드린 걸로 아는데요, 테일러 양."

"어머, 자꾸 놀리시기예요!"

그녀는 아양 섞인 목소리를 높였다.

앤터니는 이제 자기 일에 제법 이골이 난 상태였다. 그는 여행 일정을 책임지는 일 말고도, 체면이 구겨진 노신사들의 언짢은 기분을 달래 주고 나이 지긋한 부인들에게 그림엽서 살 시간을 여유롭게 주는 일도 맡아야 했다. 물론 40대 부인들의 넉넉함에 기대어 온갖 말장난을 섞어 가며 시시덕거리는 일도 빼놓을 수 없었다. 앤터니는 그중에서 마지막 일이 가장 쉬웠다. 별생각 없이 한마디 던지면 수많은 여자들이 혹시 그 안에 무슨 은밀한 의도라도 숨어 있지 않나 하고 귀를 쫑긋거리기 때문이었다.

테일러 양의 공세는 계속되었다.

"근데 저 사람이 왜 당신을 '조'라고 부르죠?"

14

"아, 그건 제 이름이 아니기 때문입니다."

"'젠틀맨 조'는 또 뭐예요?"

"마찬가지 이유에서죠."

테일러 양은 낙심천만한 얼굴로 투정을 부렸다.

"어머, 케이드 씨. 자꾸 그렇게 말씀하시면 안 되죠. 어젯밤에 아빠가 당신이 아주 점잖은 사람이라고 하던데."

"테일러 양 아버님은 정말 친절하신 분이군요."

"여기 있는 사람들 모두 당신이 정말 신사인 줄 안다고요."

"이거 황송해서 어쩌나."

"아이, 농담 아니에요. 정말이라니까요."

"친절한 마음씨가 왕관보다 나은 법이죠(영국의 시인 알프레드 테니슨이 쓴 시 「클라라 베르 드 베르」의 시구 ─ 옮긴이)."

앤터니는 자기가 왜 이런 말을 하는지 알지도 못하면서 애매한 소리를 늘어놓곤 빨리 점심시간이 되었으면 하고 바랐다.

"저도 평소에 그 시구가 참 멋있다고 생각했었는데. 케이드 씨는 시에도 조예가 있으신가 봐요?"

"하다 하다 안 되면 '소년은 불타는 갑판 위에 서 있었네.'라는 시를 읊기도 한답니다. '소년은 불타는 갑판 위에 서 있었네. 다른 사람들은 모두 도망가 버리고 없었네.'(영국의 시인 펠리시아 히먼스의 시 「카사비앙카」에 나오는 시구 ─ 옮긴이) 제가 아는 건 거기까지지만 괜찮으시다면 율동까지 섞어서 보여 드릴 수도 있어요. '소년은 불타는 갑판 위에 서 있었네.' 자, 이건 획 획 휘익 하고 불꽃이 이는 모습이고요. '다른 사람들은 모두 도망가 버리고 없었네.' 이 장면에 선 한 마리 개처럼 이리 뛰고 저리 뛰고 하는 거죠."

테일러 양이 깔깔거리며 웃음을 터뜨렸다.

"어머나, 다들 케이드 씨 좀 보세요! 정말 재밌지 않아요?"

앤터니는 그녀의 말에 아랑곳없이 말했다.

"아침이니 다들 차 한 잔씩 하셔야죠? 이쪽으로 가시죠. 이 거리 만 지나면 아주 근사한 카페가 있습니다."

칼디콧 부인의 낮고 굵직한 음성이 들려왔다.

"물론 차 값은 여행 경비에 포함됐겠죠?"

앤터니가 짐짓 본분에 충실한 태도로 대답했다.

"칼디콧 부인, 차 값은 별도입니다."

"그런 게 어디 있어요?"

"원래 인생이란 게 이상한 일투성이지 않습니까?"

앤터니의 천연덕스러운 대꾸에 칼디콧 부인은 눈을 부라리며 지 뢰라도 폭파시킬 것 같은 기세로 말했다.

"내가 이럴 줄 알고 아침 식사 때 병에다 차를 따라 왔다는 거 아 녜요! 알코올램프에다 데워 마시면 되겠네. 어서 가세요, 아버지."

부녀는 점잔을 떨며 의기양양하게 호텔로 향했다. 자신의 예상이 적중했다는 흡족함이 칼디콧 부인의 뒷모습에서 묻어났다.

"하여간 세상엔 별별 희한한 인간들도 많다니까."

중얼거린 앤터니는 나머지 일행을 카페로 인솔했다. 테일러 양이 옆구리에 찰싹 달라붙더니 또다시 질문 공세를 퍼부었다.

"친구분을 만난 지 꽤 오래됐나 봐요?"

"7년 조금 넘었습니다."

"아프리카에서 알게 된 사람이에요?"

"네. 하지만 여기서 만난 건 아니에요. 지미 맥그러스 저 친구를 처음 봤을 때 녀석은 온몸이 밧줄에 꽁꽁 묶인 채 펄펄 끓는 솥에 막 들어갈 참이었답니다. 아시겠지만 오지에 사는 부족 중에는 식인종도 있거든요. 바로 그때 우리가 도착한 거죠."

"그래서 어떻게 됐어요?"

"대단치는 않았지만 실랑이가 약간 있었죠. 몇 놈을 잡아서 끓는 솥에 던져 넣었더니만 나머지 놈들은 줄행랑을 치더군요."

"세상에, 케이드 씨는 정말 파란만장한 삶을 사셨나 봐요."

"자신 있게 말씀드리지만 제 나름대로는 더없이 평화로운 삶이었다고 할 수 있죠."

하지만 여자는 그가 한 이야기를 믿지 않는 것이 분명했다.

그날 밤 10시경 앤터니 케이드가 작은 방에 들어섰을 때 지미 맥그러스는 이런저런 술을 부지런히 섞고 있었다.

앤터니가 간청하듯이 말했다.

"진하게 만들어 줄래, 제임스. 독한 걸로 한잔 마셔야겠다."

"내가 봐도 그럴 것 같더라, 이 녀석아. 나 같으면 세상에 없는 걸 준대도 그런 일은 안 하겠다."

"네가 딴 일자리 좀 소개해 줘 봐. 그럼 그날로 저놈의 일 집어치운다."

맥그러스는 자기 잔에 술을 들이붓고 능숙하게 단숨에 들이켜더니 두 번째 잔을 만들었다. 그러곤 천천히 말했다.

"너 지금 한 말 진심이냐?"

"무슨 말?"

"다른 일자리 생기면 지금 하는 일 집어치운다는 말."

"왜? 설마 네가 돌아다니며 동냥질이나 하는 일자리에 취직했다는 얘기는 아니지? 일이 있으면 네가 잡지 왜?"

"물론 잡았지. 그런데 영 내키지가 않아서 너한테 넘겨주려고."

앤터니는 점점 의심스러웠다.

"뭐가 문젠데? 설마 주일 학교 교사로 취직했다는 얘기야?"

"네 생각엔 날 주일 학교 교사로 뽑아 줄 사람이 있을 것 같냐?"

"하기야 네 본색을 안다면 그럴 리 없지, 암."

"한마디로 끝내주는 일이야. 그것 말고는 아무 문제도 없어."

"혹시 남아메리카로 가는 일이냐? 나 거기에 관심 많거든. 조만간 거기 있는 별 볼 일 없는 공화국 어디에선가 제법 구미가 당기는 혁명이 일어날 거란 얘기가 있더라."

맥그러스가 씩 웃었다.

"넌 혁명이란 말만 들으면 자다가도 벌떡 일어나는 놈이었지. 그 난리 통에 어떻게든 끼어 보려고."

"아무래도 난 그런 곳에 있어야 능력을 제대로 인정받을 것 같아. 너니까 하는 말인데 사실 난 격동의 현장에서 쓸모가 많은 사람이거든, 이편이 됐든 저편이 됐든. 정직하게 매일매일 살아가는 것보다 그게 훨씬 나아."

"듣고 보니 전에도 네가 그런 생각을 털어놨던 기억이 난다. 근데 이번 일의 무대는 남아메리카가 아니야. 영국이야."

"영국? 오랜 방황을 끝내고 조국으로 귀환하는 영웅. 이건가? 아무렴 7년이나 지났는데 놈들이 빚 갚으라고 널 괴롭히기야 하겠어? 안 그래, 지미?"

"그러진 않겠지. 어쨌거나 내 얘기 더 들어 볼 생각 있어?"

"나야 대환영이지. 궁금한 건 왜 네가 그 일을 직접 맡지 않느냐는 거야."

"말할게. 앤터니, 난 지금 황금을 쫓고 있어. 아주 먼 오지로 갈 생각이야."

앤터니는 휘파람을 불며 지미를 쳐다봤다.

"지미, 넌 처음 만났을 때부터 줄곧 황금을 찾아다녔어. 넌 그게 문제야. 어린애나 가질 법한 희한한 취미를 갖고 있으니. 내가 아는 사람 중에 너만큼 무모한 꿈에 정신 팔려서 여기저기 쏘다닌 사람도 없어."

"언젠가는 꼭 찾아낼 테니까 두고 봐."

"하기야 사람마다 취미는 제각각이니까. 나는 북새통의 현장, 너는 황금."

"다 말할 테니까 들어 봐. 너 헤르초슬로바키아라는 나라라고 아냐?"

앤터니는 민감하게 반응하며 즉시 고개를 쳐들었다. 그러고는 관심이 있는 듯 되물었다.

"헤르초슬로바키아?"

"그래. 그 나라에 대해 뭐 좀 아니?"

앤터니가 대답하기까지 꽤 오랜 침묵이 흘렀다. 이윽고 그가 천
천히 입을 열었다.

"남들 아는 만큼은. 발칸 제국 중 하나지, 아마? 이름 모를 큰 강
들이 흐르고 역시나 이름 모를, 하지만 큰 산들이 제법 많이 있는
곳. 수도는 에카레스트, 국민 대다수가 도적질을 일삼는 나라. 장기
(長技)는 국왕 암살과 나라 뒤집어엎기. 마지막 황제 니콜라스 4세
가 7년 전쯤 암살당함. 그 후 공화제가 됨. 뭐로 보나 아주 구미가
당기는 곳이지. 처음부터 헤르초슬로바키아와 관련된 일이라고 말
하지 그랬어?"

"직접적인 상관은 없어. 간접적이라면 모를까."

앤터니는 화가 났다기보다는 측은한 눈으로 지미를 물끄러미 바
라봤다.

"제임스, 너 아무래도 안되겠다. 통신 교육을 받든 뭐든 해야겠어.
그 옛날 아라비아의 황금기에 이딴 식으로 말했으면 넌 거꾸로 매
달려 곤장을 맞든지 하여튼 그 비슷한 곤욕을 치렀을 거다."

지미는 앤터니의 비난에도 전혀 아랑곳 않고 이야기를 계속했다.

"그럼 스틸프티치 백작에 대해선 들어 봤니?"

"이제야 슬슬 입을 여는군. 헤르초슬로바키아라는 나라 이름을
한 번도 못 들어 본 사람들도 스틸프티치 백작 하면 '아하, 그 사람'

하고 알겠지. 발칸 제국의 위대한 원로이자 이 시대의 가장 뛰어난 정치가. 교수형을 모면한 거물급 악당. 그 사람을 어떻게 보느냐는 어떤 신문을 구독하느냐에 달려 있지. 하지만 제임스, 스틸프티치 백작이란 사람은 너나 내가 먼지와 재로 변한 뒤에도 오래오래 사람들 뇌리에 남아 있을 인물이라는 사실을 명심해야 해. 지난 20년 동안 근동에서 벌어진, 반정부 운동을 포함한 각종 운동의 저변에는 늘 스틸프티치 백작이 있었거든. 독재자이자 애국자이자 정치가였지만 권모술수의 귀재였다는 것 말고는 그의 정체를 정확히 아는 사람은 없어. 근데 그 사람은 왜?"

"그 사람은 헤르초슬로바키아의 수반이었지. 그래서 헤르초슬로바키아 얘기를 먼저 한 거였어."

"지미, 너 뭘 잘못 알고 있구나. 스틸프티치 백작에 비하면 헤르초슬로바키아는 새 발의 피나 다름없어. 그 사람에게 태어난 곳과 공직 자리를 제공해 줬을 뿐이라고. 근데 그 사람 죽었다고 들은 것 같은데?"

"맞아. 두 달 전에 파리에서 죽었어. 이제부터 내가 하려는 얘기는 몇 년 전 얘기야."

"도대체 무슨 얘길 하려는 건데?"

지미는 앤터니의 힐난을 인정하는 듯 말을 서둘렀다.

"얘기는 이래. 내가 파리에 있을 때 일이야. 정확히는 4년 전이지. 어느 날 밤 인적이 드문 곳을 걸어가는데 대여섯 명쯤 되는 프랑스 깡패 놈들이 제법 신분이 높아 보이는 노신사를 마구 패고 있는 거야. 난 일방적인 싸움은 눈 뜨고 못 보는 체질이라 당장 뛰어들어서 놈들을 흠씬 두들겨 패 줬지. 그놈들 그렇게 맞아 본 적은 생전 처음이었던가 봐. 금세 기가 팍 죽더라!"

"천하의 제임스가 어련하실까. 직접 그놈들 꼴을 봤어야 되는데 아쉽네."

앤터니가 부드럽게 말하자 지미가 겸손을 떨었다.

"뭐, 별로 대단한 일도 아니었어. 그런데도 그 노인 양반은 고마워서 어쩔 줄 모르더군. 어지간히 취한 게 분명했는데 그래도 이내 정신이 들어선 내 이름하고 주소를 얻어 가더니 이튿날 찾아와서 고맙다고 인사까지 하더라. 그것도 아주 당당하고 근사하게 말이야. 알고 보니 내가 구해 준 사람이 바로 스틸프티치 백작이었지 뭐냐. 부아 근처에 저택이 있었다고 하더라."

앤터니가 고개를 끄덕였다.

"맞아, 스틸프티치는 니콜라스 황제가 암살된 뒤에 파리로 거처를 옮겼어. 나라에선 돌아와서 대통령이 되어 달라고 했지만 받아들이지 않았지. 항간에는 발칸 제국 내 각종 정치 공작의 배후에 그가 있다는 얘기도 있지만 스틸프티치 백작은 왕정에 대한 신념을 고수하며 나서지 않고 침묵을 지켰어. 이미 고인이 됐지만 정말 신조가 굳은 사람이었지."

"니콜라스 4세가 아내를 희한하게 골랐다고 하던데 정말 그랬냐?"

지미가 난데없이 물었다.

"맞아. 그리고 그 대가를 톡톡히 치렀지, 불쌍한 인간. 그의 아내는 파리 무도장 댄서 출신의 최하층 계급이라 아무리 귀천상혼(신분이 귀한 사람과 천한 사람 간의 결혼 — 옮긴이)이 가능하다고 해도 자격 미달이었어. 그런데도 니콜라스는 그 여자에게 홀딱 빠졌고 그 여자도 왕비가 되기 위해 물불을 안 가렸다지. 소설에나 나올 법한 얘기지만 둘은 어찌어찌해서 자기네들이 원하는 상황을 만들어 나갔어. 결국 그 여잔 포포프스키 백작 부인인지 뭔지 그 비슷한 이름까지 얻고서 졸지에 로마노프 왕가의 후손이 됐지. 니콜라스는 내키지 않아 하는 대주교 둘을 내세워 에카레스트 대성당에서 결혼식을 올렸고 그 여잔 바라가라는 이름의 왕비로 추대됐어. 니콜라스는 대신들을 매수했는데 그걸로 모든 문제가 해결된다고 믿었던 것 같아. 하지만 깜빡 잊고 국민들을 계산에 넣지 않았지. 헤르초슬로바키아 국민들은 지독히 배타적인 데다가 극우 성향이 강하거든. 그러니 자기네 나라 국왕과 왕비가 순수 혈통이길 바랄 밖에. 곳곳에서 불평불만이 일자 무자비한 압제가 펼쳐졌지만, 결국 최후의 반란이 왕궁을 휩쓸면서 국왕 내외가 시해되고 공화국이 선포됐지. 그 후로 공화제가 됐지만 듣자 하니 여전히 정세는 불안정하다더군. 벌써 대통령도 한둘 암살했는데 세력을 유지하기 위해서 벌인 짓이라더라. 그건 그렇고 하던 얘기나 계속하자. 스틸프티치 백작이 생명의 은인이라며 널 반갑게 맞이했다는 얘기까지 했는데."

"그래. 근데 그게 다야. 아프리카로 돌아온 뒤로 그 일은 새카맣게 잊어버리고 있었는데 2주 전인가 이상하게 생긴 소포를 받았어. 언제부터였는지는 모르겠는데 내 뒤를 줄곧 따라온 모양이야. 스틸프티치 백작이 최근에 파리에서 죽었다는 소식은 신문에서 봐서 알고 있었는데 그 소포에 백작의 비망록이, 아니 회고록이라고 해야 하나, 하여간 그 비슷한 것이 들어 있었어. 그리고 그 원고를 10월 13일 무렵까지 런던의 모 출판사에 넘겨주면 1000파운드를 내줄 거라는 편지도 함께."

"1000파운드? 지금 1000파운드라고 했냐, 지미?"

"그래. 부디 속임수가 아니길 바랄 뿐이야. 왕자나 정치가는 믿을 인간이 못 된다는 말도 있잖아. 하지만 사실이야. 원고가 나를 쫓아서 사방팔방 돌아다닌 뒤라 남은 시간이 얼마 없어. 안타깝게도 항상 타이밍이 문제인데, 그때 난 막 오지로 떠나기로 마음을 굳히고 채비를 마친 상태였거든. 이렇게 좋은 기회는 두 번 다시 오지 않을 테니까."

"지미, 너 정말 구제불능이다. 뜬 구름 속에 든 금덩어리 수십 개보다 손안에 든 1000파운드가 나은 거야."

"하지만 그게 다 속임수일 수도 있잖아. 안 그래? 여하튼 난 지금 통행권 예약이며 모든 준비를 마치고 케이프타운으로 가려던 참이야. 그런데 네가 이렇게 내 앞에 바람처럼 나타난 거고!"

앤터니는 일어나서 담배에 불을 붙였다.

"이제야 네 말을 알아듣겠다, 제임스. 넌 예정대로 황금을 찾아 나서고 내가 대신 1000파운드를 수금해 달라 그 얘기잖아. 그럼 내 몫은 얼마나 되지?"

"4분의 1 어때?"

"소득세 안 떼고 250파운드라 이 말이지?"

"그래."

"좋아. 그리고 이건 약 올리려고 하는 말인데 100파운드만 됐어도 난 감지덕지했을 거다! 부탁인데 제임스 맥그러스, 은행 잔고 세다가 분통 터져서 자다가 급사하는 일 없도록 해라."

"하여간 그럼 얘기 끝난 거다?"

"물론이지. 절대 불만 없음. 그나저나 캐슬스 특선 관광인지 뭔지는 야단났는걸."

둘은 엄숙하게 건배를 들었다.

곤경에 빠진 여인

앤터니는 잔을 비우고 다시 탁자에 올려놓으며 말했다.

"그건 그렇고 어떤 배를 탈 생각이었는데?"

"그래너스 캐슬호야."

"그럼 어차피 통행권도 네 이름으로 예약했을 테니 아무래도 내가 제임스 맥그러스라는 이름으로 여행하는 게 낫겠다. 그래야 여권 수속이니 뭐니 하는 골치 아픈 일에서 해방되지, 안 그래?"

"상관없으니까 너 좋을 대로 해. 너하고 난 전혀 다르게 생겼지만 어설픈 인상 기록에는 거의 똑같이 묘사될 테니까. 키는 180센티미터고 갈색 머리에 파란 눈, 평범한 코에 평범한 턱……."

"그렇게 '평범한' 편은 아니지. 말해 두지만 캐슬스 여행사가 여러 명의 지원자 가운데 날 뽑은 건 오로지 내 상큼한 외모와 세련된 예절 때문이었다고."

지미가 씩 웃었다.

"예절? 그런 거라면 오늘 아침에 알아봤다."

"놀리지 마라."

앤터니는 일어서서 미간을 찌푸린 채 방 안을 한참이나 서성이더니 문득 이런 얘기를 꺼냈다.

"지미, 스틸프티치는 파리에서 죽었어. 그 사람 회고록을 굳이 아프리카까지 거쳐서 파리에서 런던으로 보내려는 이유가 뭘까?"

지미는 고개를 저었다.

"모르겠어."

"근사한 소포로 만들어서 우편으로 보내면 되잖아?"

"내 생각에도 그래야 말이 되는 것 같긴 해."

"하기야 왕이며 왕비, 정부 관료들 같은 인간들이 원래 예절이니 뭐니 하는 것들 때문에 무슨 일이든 쉽고 간단하게 처리할 줄을 모르긴 하지. 꼭 왕의 사자(使者)나 그런 사람들을 시키거든. 중세엔 '열려라 참깨' 정도의 위력을 지닌 인장 반지 따위를 쥐여 보냈다고 하잖아. '이건 국왕 폐하의 반지가 아닙니까! 어서 지나가십시오. 나리!' 식이지. 그런데도 꼭 엉뚱한 놈이 그 반지를 훔쳐 간단 말이야. 내가 늘 이해가 안 되는 점은 머리 좋은 녀석들이 어째서 그 반지를 복제할 생각을 못 하냐는 거야. 여남은 개쯤 만들어서 100두카트(옛날 유럽 대륙에서 사용한 금화, 은화 — 옮긴이)씩 받고 팔면 될 텐데. 중세엔 그런 재주가 없었나."

지미가 하품을 했다.

"옛날 얘기를 하니까 따분한가 보네. 뭐, 그럼 다시 스틸프티치 백작의 회고록 이야기로 돌아가지. 제아무리 외교 인사와 관련됐다 하더라도 프랑스에서 아프리카를 거쳐서 영국으로 보낸다는 건 도무지 납득이 안 돼. 그 사람이 정말로 너에게 1000파운드를 주고 싶었다면 유언으로 남겨 줄 수도 있었어. 천만다행으로 너나 나나 자존심 때문에 유산을 마다할 위인들은 아니잖아? 스틸프티치 그 작자, 머리가 어떻게 된 게 분명해."

"그렇게 생각해?"

앤터니는 미간을 찌푸린 채 계속 방 안을 서성거리다가 문득 물었다.

"너 저거 읽어 봤어?"

"뭘 말이야?"

"저 원고."

"말도 안 돼. 내가 뭣 때문에 저런 걸 읽겠냐?"

앤터니는 소리 없이 웃었다.

"그냥 궁금해서 물어본 거야. 너도 알겠지만 원래 회고록이라는 것이 온갖 문제의 온상이거든. 저걸 쓰는 사람들이 파장은 생각도 안 하고 만천하에 비밀을 폭로하기 때문이야. 평생 입을 조개처럼 다물고 살던 사람들이 막상 편안하게 눈감을 때가 되면 평지풍파를 일으키는 데서 극적인 즐거움을 찾는 모양이더라. 일종의 악취미지. 지미, 스틸프티치 백작은 도대체 어떤 사람이냐? 그 사람을 직접 만나서 얘기도 나눠 봤고 또 넌 사람의 솔직한 본성을 누구보다도 잘 꿰뚫어보는 녀석이잖아. 어때, 네 눈에도 앙심 같은 걸 품고 사는 늙은 마귀 같아 보이던?"

지미가 고개를 저었다.

"글쎄, 뭐라고 딱히 대답하기가 힘들어. 아까도 말했지만 첫날 밤은 분명히 술에 취해 곤드레만드레였는데 이튿날은 최고로 근사한 예절을 갖춘 영락없는 고귀한 노신사로 돌변해서 나한테 각종 찬사를 늘어놓는 바람에 도무지 몸 둘 바를 몰랐으니까."

"술 취했을 때 뭐 재미난 얘기는 안 했고?"

지미는 미간을 찌푸린 채 기억을 더듬다가, 자신없이 말했다.

"코이누르(1849년 이래 영국 왕실 소장의 유명한 인도산 다이아몬드 — 옮긴이)가 있는 곳을 안다는 것 같았어."

"그야 누구나 다 아는 사실이지. 런던 탑에 보관되어 있잖아? 두툼한 판유리와 금속 막대 뒤에 감춰 두고 요란한 옷을 입은 점잖은 사내들이 떼 지어 서서 아무도 훔쳐 가지 못하게 감시하고 있는 걸로 아는데."

"맞아."

"스틸프티치가 그 비슷한 딴 얘기는 안 했어? 예를 들어 월리스 컬렉션(런던에 있는 미술관으로 하트퍼드 후작들 가문의 수집품들이 소장되어 있음 — 옮긴이)이 있는 도시를 안다든지?"

지미가 고개를 저었다.

"흐음!"

앤터니는 담배를 한 대 더 피워 물고는 또다시 방 안을 서성이기 시작했다. 잠시 뒤, 그가 은근슬쩍 떠보듯 물었다.

"이 무식한 친구야, 너 신문 아예 안 읽지?"

"자주 읽지는 않아. 보통은 내 관심 밖의 기사만 실려 있거든."

맥그러스가 아무렇지 않게 대답했다.

"그나마 내가 너보다 세상 보는 눈이 트였으니 다행이지. 요즘 들어 헤르초슬로바키아에 관한 기사가 심심찮게 올라와. 왕정복고 운동이 일어날 조짐이 보인다더군."

"니콜라스 4세는 아들이 없어. 하지만 오볼로비치 왕가의 대가 완전히 끊어졌을 것 같지는 않아. 잘은 모르지만 사촌에 육촌에 팔촌까지 제거했다 하더라도 어디엔가 젊은 핏줄이 남아 있을 거야."

"그럼 국왕 후보를 찾아내는 일이 그리 어렵진 않겠네."

"전혀 아닐 거라고 단언할 수 있어. 거기 사람들이 공화제에 싫증을 느끼고 있다고 해도 이상한 일은 아니야. 그들처럼 혈기왕성하고 용맹스런 민족은 왕을 여럿 겪어 봤으니 대통령을 잡아 죽이는 일 따위는 한심할 정도로 따분하다고 여길 게 틀림없거든. 왕 얘기를 하다 보니 스틸프티치 영감이 그날 밤에 털어놓은 다른 얘기가 생각나네. 자기 뒤를 밟는 악당들을 안다고 했어, 킹 빅터 패거리라고."

"뭐?"

앤터니가 별안간 돌아서자, 지미의 얼굴에 어렴풋이 미소가 스쳤다. 그가 느릿하게 물었다.

"왜, 구미가 당기냐, 젠틀맨 조?"

"한심한 소리 하지 마, 지미. 방금 네가 중요한 말을 한 것 같아서 그래."

앤터니는 창가로 다가가서 밖을 내다봤다.

"그건 그렇고 킹 빅터가 누굴까? 또 다른 발칸 제국 왕쯤 되나?"

"아니. 왕은 왕인데 그놈은 종류가 달라."

"뭐 하는 놈인데?"

잠시 침묵이 흐른 뒤 앤터니가 입을 열었다.

"도둑이야. 전 세계에 악명을 떨치는 귀금속 털이범. 귀신같은 솜씨에 대담무쌍하기까지 해서 세상에 두려울 것이 없는 놈이지. 킹 빅터는 파리에서 통하는 별명이야. 파리는 그놈 패거리의 본거지였어. 경찰은 놈을 파리에서 체포해 사소한 죄목을 뒤집어씌워 7년간 옥살이를 시켰어. 증거 부족으로 더 무거운 죄목을 씌울 수 없었거든. 머지않아 출소될 거라던데. 아니, 어쩌면 벌써 나왔을지도 몰라."

"혹시 스틸프티치 백작이 그놈을 감옥에 집어넣는 데 일조한 게 아닐까? 그래서 그놈 패거리가 백작을 쫓아다니는 걸 수도 있어. 앙 갚음을 하려 말이지."

"그야 모르지. 하지만 아무래도 그건 아닌 것 같아. 적어도 내가 아는 바에 의하면 킹 빅터는 절대 헤르초슬로바키아 왕가의 보석을 훔친 적이 없어. 아무튼 모든 정황이 왠지 의미심장하다는 생각이 드네. 그렇지 않냐? 스틸프티치의 죽음과 회고록, 신문에 오르내리는 소문들까지 하나같이 정확하지는 않지만 흥미로운 일들이야. 게다가 헤르초슬로바키아에서 유전이 발견되었다는 소문까지 돌고 있어. 제임스, 이건 내 직감인데 별 볼 일 없는 이 작은 나라가 별안간 관심거리로 부상한 게 분명해."

"누가 관심을 가지는데?"

"유태인들. 의심 많은 런던 시내의 자본가들이지."

"지금 무슨 말을 하는 거야?"

"쉬운 일을 복잡하게 만들어 본 것뿐이야."

"설마 이 간단한 원고 뭉치를 출판사 사무실에 넘겨주는 데 무슨 문제가 있을 거라는 뜻은 아니지?"

앤터니는 그렇지 못한 것이 유감스럽다는 투로 말했다.

"물론이지. 그야 뭐 그리 어렵겠어. 그나저나 제임스, 내가 250파운드를 들고 어디로 갈 작정인지 궁금하지 않냐?"

"남아메리카?"

"아니, 헤르초슬로바키아. 왠지 그 나라가 좋아질 것 같은 생각이 들어서. 또 아냐, 내가 그 나라 대통령이라도 해 보고 죽을지?"

"왜, 아예 거기 가서 '나는 정통 오볼로비치 가문의 후손이며 따라서 이 나라의 왕이다.'라고 선포해 버리지 않고?"

"이봐, 지미. 왕은 죽을 때까지 해야 돼. 하지만 대통령은 4년 정도면 끝나거든. 헤르초슬로바키아 같은 왕국을 4년 정도 다스려 보는 것도 꽤나 재미있을 거야."

"왕도 평균으로 치면 재위 기간이 그에 못 미칠 걸."

"아무래도 1000파운드 중에 네 몫까지 가로채고 싶은 유혹을 심하게 느낄 것 같다. 너야 금덩어리에 깔려 다리를 휘청거리며 돌아올 텐데 그깟 돈이 뭐 필요하겠어. 내가 네 몫으로 헤르초슬로바키아 유전 주식에 투자해 주마. 그게 제임스, 생각하면 할수록 네 제안에 귀가 솔깃해진단 말이야. 네가 말을 꺼내지 않았으면 난 헤르초슬로바키아란 이름은 아예 생각조차도 안 했을 거다. 런던에 하루 머물면서 전리품을 쓸어 담은 다음에 발칸행 특급 열차를 타고 뜬다 이거지!"

"그렇게 빨리는 못 떠날 거야. 아직 말은 안 했지만 부탁할 일이 하나 더 있거든."

앤터니는 의자에 주저앉아 그러면 그렇지 하는 눈빛으로 지미를 쏘아봤다.

"어쩐지 수상하더라니. 이제야 꿍꿍이를 드러내시는군."

"그런 게 아니야. 어떤 여자를 도와 달라는 부탁을 하려는 것뿐이야."

"분명히 말하지만 제임스, 너의 그 추잡스런 여자 문제에 날 끼워 넣을 생각은 하지 마."

"내 여자 문제가 아니야. 난 그 여자를 본 적도 없어. 어찌 된 일인지 다 말해 줄게."

"너의 그 지루하고 장황한 이야기를 또 들어야 한다면 한 잔 더 해야지 안 되겠다."

지미는 그 요구에 술 한 잔을 더 건넨 다음 이야기를 다시 시작했다.

"우간다에 갔을 때였어. 내가 목숨을 구해 준 외국인이 있었는데……."

"지미, 내가 너라면 이런 제목으로 단편 소설 하나 쓰겠다. '내가 구해 준 사람들'이라고. 오늘 저녁에만 벌써 두 번째 무용담이야."

"아니야, 이번에는 딱히 한 일이 없어. 그저 그 친구를 강물에서 꺼내 줬을 뿐이야. 다른 외국인들처럼 그 친구도 수영을 할 줄 몰랐거든."

"잠깐, 지금 이 얘기하고 아까 말한 일하고 관련이 있는 거야?"

"딱히 그런 건 아닌데 공교롭게도 그냥 생각이 나서. 그 친구가 헤르초슬로바키아 사람이었거든. 다들 그 친구를 늘 '더치 페드로'라고 부르긴 했지만."

앤터니는 심드렁한 표정으로 고개를 끄덕였다.

"외국인을 뭐라고 부른들 무슨 상관이람. 어서 무용담이나 계속해 봐, 제임스."

"그런데 그 친구도 나한테 고마워서 어쩔 줄 모르는 거야. 그러더니 주인을 따르는 개처럼 나만 졸졸 따라다니더군. 그러다 여섯 달쯤 뒤에 열병으로 세상을 떠났어. 내가 임종을 지켰지. 그 친구, 숨이 끊어질락 말락 할 때 마지막으로 내게 작별 인사를 하며 비밀이라며 뭔가 흥미롭고 알쏭달쏭한 얘기를 속삭였어. 내 생각엔 금광에 관한 이야기였던 것 같아. 그러면서 밤이나 낮이나 겉옷 안에 넣고 다니던 방수포 주머니 하나를 내 손에 떼밀 듯이 쥐여 주더라. 그땐 대수롭게 여기지 않았어. 그 주머니를 열어 본 것은 그 일이 있고 일주일 뒤였어. 그쯤 되자 솔직히 많이 궁금해졌거든. 물론 페드로가 진짜 금광을 발견했다 한들 그 친구에게 금광을 알아볼 능력이 있을 리 만무했지만 그래도 만에 하나 행운이 날 기다릴지도 모른다는 생각에……."

"가뜩이나 금이라는 말만 들어도 심장이 쿵쾅거리는데 말이지."

앤터니가 거들고 나섰다.

"지금까지 살면서 속이 그렇게 뒤집어진 적은 처음이었어. 뭐, 금광? 기가 막혀서! 하기야 그놈처럼 더러운 개한테야 금광이나 다름 없었겠지. 그게 뭐였는지 알아? 웬 여자가 쓴 편지들이더라. 그것도 영국 여자. 그 스컹크 놈이 여자를 공갈 협박하고는 그 더러운 물건을 뻔뻔스럽게 나한테 넘겨준 거지."

"제임스, 정의감에 불타는 네 열정은 익히 알지만 너한테 해 주고 싶은 말이 있어. 그런 놈들은 원래 그런 식으로 행동해. 그 친구는 좋은 뜻에서 한 일이야. 네가 생명의 은인이니까 너한테 돈 될 일을 유산으로 남겨 준 거지. 하긴 너처럼 고매한 영국식 사고방식을 가진 녀석이 그 친구 세계를 이해할 리가 없지."

"어찌 됐든 내가 그따위 걸 가져서 뭘 하겠냐? 처음에는 불살라 버릴 생각이었어. 그런데 문득 그 편지를 쓴 가여운 귀부인이 자기 편지들이 불타 없어진 줄도 모르고 어느 날 문득 그놈이 다시 눈앞에 나타나지 않을까 하는 두려움에 떨며 하루하루를 살아가겠구나 하는 생각이 들더라."

앤터니가 담배에 불을 붙이며 말했다.

"지미, 너 내가 알고 있던 것보다 상상력이 대단히 풍부하구나. 듣고 보니 이 문제는 처음 생각했던 것보다 양상이 좀 복잡한 것 같긴 하다. 그냥 우편으로 보내면 어떨까?"

"여자들이 원래 그렇긴 하지만 이 여자 편지도 날짜나 주소가 없어. 주소라고 볼 만한 글귀는 '침니스'라는 세 글자가 전부야."

앤터니는 성냥불을 끄는 것을 멍하니 잊고 있다가 별안간 손가락을 덴 듯 손목을 털어 성냥을 떨어냈다.

"침니스? 이상하네."

"왜 아는 데야?"

"야, 거긴 영국에서 가장 으리으리한 저택 중에 하나야. 왕이며 왕비들이 주말을 보내고 외교관들이 모여 외교 문제를 논의하는 곳이라고."

"네가 나 대신 영국으로 가게 돼서 잘됐다고 하는 건 바로 그런 이유도 있어. 넌 이런 일에 훤하잖아. 나 같은 캐나다 산간벽지의 촌 뜨기는 하는 일마다 엉망진창으로 만들 게 분명하거든. 하지만 이튼에 해로 출신인 너라면……."

"둘 다는 아니야."

앤터니가 짐짓 겸손하게 말했다.

"……깔끔하게 해낼 수 있을 거야. 나더러 왜 그 여자에게 직접 편지를 보내지 않았느냐고 했지? 왠지 위험해 보여서 그랬어. 그 편지 내용으로 봐서는 아무래도 남편이 질투심 많은 것 같더라. 만에 하나 그 여자 남편이 실수로 그걸 열어 봤다고 생각해 봐. 그 불쌍한 여자는 어떻게 되겠어? 아니, 꽤 오래전에 쓰인 걸로 봐서 이미 이 세상 사람이 아닐지도 몰라. 결국 내가 찾아낸 유일한 해결책은 누군가를 시켜서 이걸 영국으로 가져가서 그 여자 손에 직접 건네주는 거였어."

앤터니는 담배꽁초를 집어던지고 친구에게 다가가 살갑게 등을 두드렸다.

"넌 정말 정의의 기사야, 지미. 캐나다의 산간벽지도 널 자랑스러워할 거야. 나는 네 절반도 못 따라갈 거다."

"그럼 내 부탁 들어줄래?"

"물론이지."

맥그러스는 자리에서 일어나 서랍에서 편지 한 묶음을 꺼내 탁자에 던졌다.

"이거야. 한번 봐 봐."

"굳이 그럴 필요 있을까? 내 생각엔 안 보는 편이 나을 것 같다."

"글쎄, 여기 써 있는 침니스란 곳이 네가 말한 대로라면 그 여잔 하루 정도만 거기 묵었을지도 몰라. 둘이서 이 편지들을 죽 훑어보고 혹여 그 여자가 실제로 사는 곳에 대한 단서가 있는지 알아보면 좋을 것 같은데."

"네 말이 맞을 것 같다."

둘은 꼼꼼히 편지들을 살펴봤지만 찾고자 하는 내용은 없었다. 앤터니는 생각에 잠긴 채 편지들을 수습하며 말했다.

"가여워라. 잔뜩 겁먹고 있겠네."

지미가 고개를 끄덕이며 근심스럽게 물었다.

"네가 그 여자를 무사히 찾을 수 있을까?"

"임무를 완수하기 전에는 영국 땅을 안 떠날 거야. 그나저나 제임스, 너 이 생면부지의 여자에게 무지 관심 많은가 보다?"

지미는 편지에 적힌 서명을 조심스럽게 손가락으로 매만지며 쑥스러운 듯이 말했다.

"이름이 예쁘잖아, 버지니아 레블."

고관대작들의 근심

"아무렴 자네 말이 맞아. 그렇고말고."

케이터햄 경은 같은 말을 벌써 세 번째 반복하고 있었다. 그의 머릿속에는 어서 빨리 이 대화를 끝내고 자리를 피했으면 하는 생각뿐이었다. 그는 자신이 속한, 소위 고관대작들만이 드나들 수 있는 런던 사교 클럽 계단에 꼼짝없이 붙들려서 조지 로맥스 장관의 장황한 연설을 듣고 있어야 한다는 사실이 끔찍하리만큼 싫었다.

케이터햄 후작 9세, 클레먼트 에드워드 앨리스터 브렌트는 아담한 체격의 신사로, 초라한 옷차림 때문인지 흔히 후작하면 연상되는 것과는 분위기가 전혀 달랐다. 연푸른색 눈동자에 우울한 인상을 풍기는 기름한 코를 지녔으며 얼핏 보기엔 멍청해도 몸가짐만큼은 깍듯한 사람이었다.

케이터햄 경 인생 최대의 불행은 4년 전에 후작 8세였던 형의 뒤를 이었다는 점이었다. 선대 케이터햄 경은 대단한 유명 인사로 영국 전역에 그를 모르는 사람이 없었다. 외무 장관으로서 대영제국 전반의 국사를 맡아 보며 한 시대를 풍미했을 뿐 아니라 그의 전원 저택인 침니스에서의 극진한 환대로 명성이 자자했다. 퍼스 공작의 딸인 아내가 베풀어 주는 전폭적인 지원에 힘입어 침니스에선 비공식적인 주말 파티가 열렸으며 그 과정에서 역사가 이루어지기도, 또 깨지기도 했다. 사실 영국 내의, 아니 유럽 전역의 유명 인사 중에 그곳을 다녀가지 않은 사람은 찾기 힘들었다.

여기까지는 아무 문제가 없었다. 케이터햄 후작 9세는 세상을 떠난 형을 매우 존경했고 형의 업적 또한 높이 샀다. 그만큼 헨리 케이터햄은 모든 일을 훌륭하게 해낸 인물이었다. 다만 케이터햄 경은 사람들이 침니스를 개인 소유의 전원 별장이라기보다는 나라의 소유물처럼 생각한다는 사실만큼은 유감스러웠다. 정치인들 다음으로 케이터햄 경을 질리게 만드는 일은 바로 '정치'였다. 조지 로맥스의 끝도 없는 연설을 못 견뎌 하는 것도 그 때문이었다. 조지 로맥스는 거구 정도가 아니라 뚱보라고 불러야 어울릴 법한 체구에 얼굴은 불그스름했고 눈은 툭 불거져 나와 있었으며 스스로가 대단한 위치에 있다는 터무니없는 망상에 사로잡혀 있었다.

"무슨 소린지 알아들었나, 케이터햄? 지금 우린 어떤 스캔들도 감당할 수 없는 처지야. 극도로 위태로운 상황이라 이 말일세."

"어련하겠나."

케이터햄 경은 비꼬는 투로 말했다.

"이봐, 난 국가의 중대사를 모두 꿰뚫고 있다네!"

"아무렴, 그렇고 말고."

케이터햄 경은 방금 전의 방어선으로 후퇴했다.

"이번 헤르초슬로바키아 사업 건을 성사시키지 못하면 우린 끝장이네. 우리 영국 사업체가 석유의 독점권을 넘겨받아야만 하는 중차대한 사안이 걸렸단 말일세. 무슨 말인지 알아듣나?"

"당연하지. 물론."

"주말에 미하엘 오볼로비치 왕자가 도착하면 사냥 파티라는 이름을 내걸고 침니스에서 모든 일을 진행시킬 생각이네."

"이번 주엔 외국이나 나갈까 생각 중이었는데."

"당치 않아, 케이터햄. 10월 초에 외국에 나가는 사람이 어디 있나."

"주치의 눈치를 보아 하니 아무래도 내 몸이 좀 안 좋은 것 같더라고."

케이터햄 경은 늘쩡거리며 옆을 지나가는 택시를 안타깝게 바라보며 말했다. 하지만 그는 자유를 향해 과감히 걸어갈 수 있는 처지가 아니었다. 로맥스에게는 심각한 대화를 나눌 땐 상대방이 꼼짝하지 못하도록 붙들고 늘어지는 짜증나는 버릇이 있었다. 오랜 경험을 통해 터득한 기술이 분명했다. 이번에도 로맥스는 케이터햄 경의 코트 옷깃을 꽉 틀어쥐고 있었다.

"여보게, 내 엄중히 말하지만 국가의 위기가 시시각각 다가오는 이런 중요한 시기에……."

케이터햄 경은 불편하게 몸을 뒤척였다. 순간 조지 로맥스가 끝없이 되풀이하는 지겨운 연설을 듣고 있느니 차라리 몇 번이고 별장에서 파티를 열어 주는 편이 낫다는 생각이 들었다. 로맥스가 쉬지도 않고 20분이나 줄곧 떠들어 댈 수 있는 사람임을 그는 경험을 통해 익히 알고 있었다. 케이터햄 경은 서둘러 말했다.

"좋아, 그렇게 하겠네. 그럼 모든 건 자네가 알아서 해 주게."

"여보게, 준비랄 것도 없어. 그간의 역사적 회합들을 거론하지 않더라도 그 위치만으로 침니스는 이상적이라구. 난 10킬로미터 남짓 떨어진 웨스트민스터 사원에서 묵을 생각이네. 나까지 하우스 파티(별장 등에 묵으면서 며칠씩 계속되는 파티 ― 옮긴이)의 일원이 될 필요는 없잖아. 안 그런가?"

"그야 그렇지."

사실 왜 그래야 하는지에 대해 알지도 못하고 또 알고 싶지도 않았지만 케이터햄 경은 그의 말에 맞장구를 쳤다.

"내가 빌 에버슬레이를 동행하면 혹시 언짢겠나? 그 친구라면 전 갈을 보내는 데 쓸모가 있을 텐데."

"나야 기꺼이 환영이지. 빌은 빼어난 사수(射手)인 데다 내 딸 번들도 그 친구를 좋아하더군."

케이터햄 경은 다소 동요된 듯한 태도였다.

"물론 사냥은 우리의 주된 목표가 아닐세. 일종의 대외적 구실일 뿐이지."

케이터햄 경의 표정에 다시금 짜증이 묻어났다.

"그럼 다 됐나 보군. 미하엘 왕자와 수행원, 빌 에버슬레이와 허먼 아이작슈타인……."

"누구?"

"허먼 아이작슈타인. 내가 말한 신디케이트(거액의 물건을 여러 명이 함께 인수하는 연합체 — 옮긴이)의 대표일세."

"순수 영국인들로 구성되었다던 그 신디케이트 말인가?"

"맞아. 근데 왜?"

"아니, 아무것도 아니네. 그냥 궁금해서 물어본 것뿐일세. 하나같이 이름들이 별나기에."

"물론 외부 인사도 한둘은 끼게 될 걸세. 남 보기에 '그럴듯한' 외관도 필요하니까. 그 문제라면 아일린 양이 알아서 해 주겠지. 정치 따위엔 아무 관심도 없는 젊은이들로 말이야."

"번들이라면 틀림없이 말끔하게 조치해 놓을 걸세, 암."

로맥스는 갑자기 뭔가가 떠오른 눈치였다.

"방금 궁금해진 일인데 말이야. 내가 아까 무슨 이야기를 했는지 기억나나?"

"그게 워낙 잡다한 이야기들을 해서."

로맥스가 목소리를 낮추고 은밀하게 속삭였다.

"아니, 그게 아니라 그 예기치 못한 불의의 사고 말일세. 회고록 말이야, 스틸프티치 백작의 회고록."

케이터햄 경이 하품을 참으며 말했다.

"내 생각엔 자네가 뭔가 잘못 알고 있는 것 같구먼. 사람들은 원래 스캔들을 좋아해. 우습지만 나도 회고록 같은 걸 읽는데 그게 제법 재미가 있거든."

"문제는 사람들이 그걸 읽느냐 안 읽느냐가 아니네. 하기야 눈 깜짝할 새 읽어 치우겠지만. 이런 일촉즉발의 위기 상황에 그 글이 출간되면 모든 일이, 정말 모든 일이 물거품이 될 수 있어. 헤르초슬로바키아 국민들은 왕정복고를 원하고 있고 언제든 미하엘 왕자를 왕위에 앉힐 준비가 되어 있네. 미하엘 왕자로 말할 것 같으면 우리 영국 정부의 지지와 격려를 받고 있는 인물이며……."

"아울러 자신이 왕좌에 앉는 데 필요한 100만 파운드 가량의 돈을 차관받는 대가로 '아이키 허먼슈타인 사(社)'에 석유 독점권을 내줄 준비가 되어 있고……."

"어이, 케이터햄, 제발 입 조심하게. 지금은 그 어느 때보다 입 조심이 필요한 때야."

괴로운 목소리로 호소하는 로맥스 때문에 목소리를 낮추긴 했지만 케이터햄 경은 꽤나 신이 난 목소리로 말을 이었다.

"그럼 문제는 스틸프티치가 남긴 회고록인가 뭔가 때문에 계획이 엉망진창이 될 수도 있다 그 얘기 아닌가? 오볼로비치 가문의 폭정이며 비리가 드러날지도 모른다 그런 거군. 그럼 의회에서 공방이 벌어지겠지. 도대체 공명정대하고 민주적인 현 정부를 진부한 전제 정치로 되돌리려는 이유가 뭐냐? 탐욕무도한 자본주의자들의 농간에 놀아난 정책이다. 내각을 해산시켜라. 대충 이런 식 아니겠나, 응?"

로맥스는 고개를 끄덕이곤 한숨을 내뱉듯이 말했다.

"그보다 상황이 나빠질 수도 있네. 만에 하나 불의의 분실 사건에 대해 누군가가 입이라도 여는 날엔 말이야. 내 말이 무슨 뜻인지는 자네도 알 걸세."

케이터햄 경은 그를 뚫어지게 쳐다봤다.

"아니, 모르겠는데. 뭐가 분실됐다는 소린가?"

"자네도 분명 들어 봤을 텐데? 왜 있잖나, 침니스로 사람들이 모여들었을 때 벌어진 사건. 헨리가 그 일로 큰 곤욕을 치렀지. 그 일로 일평생 쌓아 온 공이 하루아침에 물거품이 될 뻔했으니."

"거 들을수록 재미있어지는구먼. 누가, 아니 도대체 뭐가 분실됐다는 얘긴데?"

로맥스는 상체를 앞으로 기울이고 입을 케이터햄 경의 귀에 갖다 댔다. 케이터햄 경은 급히 고개를 돌렸다.

"제발 귓속말 같은 건 좀 하지 말게."

"내가 한 말 들었나?"

케이터햄 경은 마지못해 대답했다.

"어, 그래. 그러고 보니 뭔가 비슷한 얘기를 들은 기억이 나는군. 아주 흥미로운 사건이었지. 도대체 누가 그런 짓을 저질렀을까 몰라. 결국 못 찾았지 아마?"

"그랬지. 물론 우린 그 문제 역시 철저히 비밀에 부쳐야 했다네. 분실의 'ㅂ'자도 절대 밖으로 새어 나가서는 안 되었으니까. 문제는 스틸프티치가 현장에 있었다는 사실이야. 그자는 뭔가 알고 있었어. 전부 다는 아니지만 그래도 얼마간은. 안 그래도 우린 그자와 터키를 둘러싼 문제로 한두 번 갈등이 있었지. 그자가 억하심정으로 모든 사실을 만천하에 공개해서 사람들의 눈요깃거리로 만든다고 생각해 보게. 소문이 몰고 올 파장은 엄청날 걸세. 그리고 다들 이렇게 떠들겠지, 왜 이런 일을 쉬쉬했느냐고."

"두말하면 잔소리지."

케이터햄 경이 즐거운 기분을 노골적으로 드러냈다.

있는 대로 목청을 돋우던 로맥스가 별안간 정신을 차리고 중얼거렸다.

"내가 이러면 안 되지. 진정하자, 진정해. 근데 여보게, 한 가지 물어봄세. 그자가 악의를 품지 않았다면 도대체 왜 그 원고를 굳이 먼 길을 거쳐서 런던으로 보냈을까?"

"그 점은 확실히 이상해. 그나저나 자네가 알고 있는 사실은 정확한가?"

"그야 물론이지. 우린…… 뭐랄까…… 그렇지. 파리에 비밀 요원들을 깔아 놨다네. 그 회고록은 스틸프티치가 죽기 수 주 전에 어딘가로 빼돌려졌네, 쥐도 새도 모르게."

"그래, 뭔가 냄새가 나긴 해."

케이터햄 경은 여전히 즐거워하는 기색으로 맞장구를 쳤다.

"우린 그자의 원고가 현재 아프리카에 머물고 있는 캐나다인 지미, 아니 제임스 맥그러스라는 자에게 송부되었다는 사실을 알아냈네."

"바야흐로 대영제국의 위상에 어울리는 사건이 된 셈이군?"

"제임스 맥그러스는 내일, 그러니까 목요일에 그래너스 캐슬 편으로 영국에 도착할 걸세."

"어쩔 셈인데?"

"당연히 즉각 그자를 덮쳐야지. 그리고 향후 벌어질지도 모를 중대한 결과를 알려 주고 최소 한 달 동안은 회고록의 출간을 보류해 달라고, 또 혹여 출간이 되더라도 원고 내용을 사리에 맞게, 말하자면 적절히 손봐서 나오게 해 달라고 간청해야지."

"그 친구가 '그렇게는 못 하겠는데요.'라든가 '빌어먹을 인간아, 지옥에 가서 보자.' 뭐 그 비슷한 제법 참신하고 재기 넘치는 대꾸를 할 수도 있지 않은가?"

케이터햄 경이 슬쩍 그를 떠보자 로맥스가 순진하게 대답했다.

"안 그래도 그럴까 봐 걱정이네. 그래서 그 친구를 침니스로 초대하려고 하네. 그자는 미하엘 왕자가 있는 곳에 초대되었다는 사실에 자연히 우쭐해질 테고, 그럼 다루기도 한결 쉬워질 테니까."

케이터햄 경은 급히 말을 잘랐다.

"난 싫네. 난 캐나다 사람들이 영 껄끄럽고 싫어. 예전부터 죽 그랬다고. 하물며 아프리카에서 한참을 산 캐나다 사람이라니!"

"알고 보면 그 친구가 재기 넘치는 젊은이일지도 모르잖나. 또 알아? 채 다듬어지지 않은 옥석일지."

"사양하겠네, 로맥스. 난 그것만큼은 절대 양보할 생각 없네. 딴 사람더러 그자를 맡으라고 해."

"문득 생각난 건데 말이야, 이 일엔 여자가 쓸모가 많을지도 모르겠어. 적당히 분위기 파악은 시켜 주되 속사정까지는 알려 주지는 않는다. 무슨 말인지 알아듣겠나? 여자라면 모든 문제를 세심하고 기술적으로 다룰 수 있을 걸세. 상대의 기분을 건드리지 않고도 자기 앞에 꼭 붙들어 놓는 식이지. 그렇다고 여자들을 정치판에 끌어들이자는 얘긴 아니야. 요즘 하원을 보게, 세상에 그런 엉망진창 난장판이 없다니까. 그래도 여자들은 자기가 맡은 일만큼은 아주 훌륭하게 해내는 재주가 있거든. 헨리의 안사람만 해도 얼마나 남편 내조를 잘했나. 마사야말로 완벽하고 개성이 넘치고, 정말이지 정치가의 아내로선 흠잡을 데 없는 여인이었어."

"자네 설마 우리 형수를 파티에 부를 생각은 아니겠지?"

로맥스가 콧대 높은 자기 형수의 이름을 들먹이자 케이터햄 경은 얼굴이 허옇게 질려 기어들어 가는 목소리로 물었다.

"어허, 이 사람. 자네 날 그렇게 모르나? 난 그냥 여자들이 흔히 어떤 역할에 능한가를 얘기했을 뿐이야. 자네 형수가 아니라 젊은 여자, 매력 있고 아름답고 지성미 넘치는 여자가 있으면 어떨까 해서 하는 말이지."

"설마 번들을 말하는 건 아니겠지? 그 아인 아무짝에도 쓸모가 없어. 극렬 사회주의자라는 사실밖에 내세울 게 없는 애를 뭐에 쓰겠나? 게다가 그런 제안을 받으면 그 아인 아마 박장대소하고 뒤집어질걸세."

"아일린을 얘기하는 게 아니야. 케이터햄, 자네 딸은 애교 있고 매력적이긴 하지만 아직은 어린애일세. 우리가 원하는 건 임기응변에 능하고 균형 잡힌 시각을 지닌, 소위 세상일에 해박한 여자야. 오, 그래, 적임자가 떠올랐어. 내 사촌 동생 버지니아."

케이터햄 경의 얼굴이 환해졌다. 별안간 이번 파티가 즐거운 모임이 될지도 모른다는 예감이 들었다.

"레블 말인가? 그거 좋은 생각이군, 로맥스. 그녀라면 런던에서 최고로 매력적인 여인 아닌가."

"버지니아는 헤르초슬로바키아의 사정에도 훤해. 자네도 기억하겠지만 그 아이 남편이 그곳 대사관에서 근무한 적이 있잖아. 게다가 자네 말처럼 사람들 관심을 끄는 탁월한 재주도 있고."

"보기만 해도 기분이 좋아지는 여자지."

케이터햄 경은 중얼거렸다.

"그럼 해결됐군."

로맥스가 손에서 옷깃을 놓자 케이터햄 경은 그 틈을 놓칠세라 잽싸게 작별 인사를 건넸다.

"그럼 잘 있게, 로맥스. 모든 건 자네가 알아서 조처할 거라고 믿겠네."

케이터햄은 택시에 뛰어들었다. 만약 기독교인 신사가 또 다른 순결한 기독교인 신사를 미워하는 일이 용납된다면, 케이터햄 경은 조지 로맥스 장관을 말 그대로 지긋지긋하게 미워했다. 살이 피둥피둥 오른 불그스레한 얼굴이며 거친 숨소리, 툭 불거져 나온 지나치게 진지한 푸른 눈까지 모든 것이 싫었다. 케이터햄 경은 다가올 주말을 떠올리며 한숨을 지었다. 생각만 해도 지겹도록 성가셨다. 그러다 버지니아 레블을 떠올리자 다소 기분이 좋아졌다.

"사랑스러운 여인이야. 암, 최고로 사랑스러운 여인이고말고."

매력 만점 여인의 등장

조지 로맥스는 곧장 화이트홀(런던의 관청 소재 지역 — 옮긴이)로 돌아왔다. 평소 국사를 보는 호사스러운 집무실에 들어서는데 안에서 우당탕퉁탕하는 소리가 들렸다.

빌 에버슬레이는 부지런히 편지를 정리하고 있었지만 창가에 놓인 큼지막한 안락의자에선 방금 전까지 사람이 앉아 있었는지 아직도 따스한 기운이 느껴졌다.

빌 에버슬레이는 호감을 쉽게 사는 유형의 젊은이로 나이는 25세쯤 되었다. 과장되고 다소 어색한 몸놀림에 못생겼지만 밉지 않은 얼굴, 눈부시게 희고 가지런한 이와 꾸밈이라곤 없어 보이는 갈색 눈의 소유자였다.

"리처드슨이 아직 보고서 안 올려 보냈나?"

"아직 안 왔습니다, 장관님. 어찌된 일인지 연락해 볼까요?"

"놔두게. 전화 온 데는?"

"전화는 오스카 양이 주로 받고 있습니다. 아이작슈타인 씨가 내일 사보이 호텔에서 오찬을 함께 할 수 있는지 궁금해하십니다."

"오스카 양더러 일정표를 점검하라고 하게. 별다른 약속이 없으면 전화해서 그렇게 한다고 해."

"알겠습니다."

"그건 그렇고 에버슬레이, 당장 전화 좀 걸어 줘야겠네. 번호는 전화번호부에 있을 거야. 폰트가(街) 487번지에 사는 레블 부인일세."

"알겠습니다."

빌은 전화번호부를 움켜쥔 채 '엠(M)'으로 시작되는 난을 건성으로 훑더니 책을 쾅 덮고는 책상 위의 전화기로 다가갔다. 그는 손을 전화기에 올려놓은 채 갑자기 뭔가가 떠오른 듯 동작을 멈췄다.

"아, 그게 장관님, 이제 막 생각이 났는데요, 전화기가 고장이 났더군요. 그러니까 레블 부인 전화가요. 방금 전화를 걸려고 했거든요."

조지 로맥스는 얼굴을 찌푸리고는 우유부단하게 탁자를 탁탁 두드렸다.

"하필 이럴 때. 일이 아주 성가시게 됐군."

"중요한 일이면 장관님, 제가 택시를 타고 가 봐도 되는데요. 아침이니까 분명히 집에 계실 겁니다."

조지 로맥스는 어찌 하면 좋을까 생각하면서 잠시 망설였다. 기대에 부푼 빌은 승낙이 떨어질 경우를 대비해 당장이라도 날아갈 것 같은 태세로 답변을 기다렸다.

"아무리 생각해도 그 방법밖엔 없겠군. 좋아, 그럼 택시를 타고 레블 부인 댁으로 가서 오늘 오후 4시에 집에 계실 건지 여쭤봐 주게. 내가 중요한 문제로 긴히 할 말이 있다고."

"알겠습니다."

빌은 모자를 집어 들고 집무실을 나섰다.

10분 뒤 택시는 그를 폰트가 487번지에 내려주었다. 빌은 초인종을 울린 뒤 문고리를 붙잡고 큰 소리로 쾅쾅 두드려 댔다. 근엄한 표정의 직원이 문을 열어 주자 빌은 오래전부터 알고 지낸 듯 편안한 태도로 목례를 건넸다.

"잘 있었습니까, 칠버스? 레블 부인 안에 계시나요?"

"마님께선 외출하려던 참이십니다."

난간 위에서 목소리가 들려왔다.

"빌, 당신이에요? 씩씩하게 문 두드릴 때 알아봤어요. 무슨 용건인지 올라오세요."

빌은 자신을 향해 활짝 웃고 있는 얼굴을 올려다봤다. 그녀의 이런 모습은 늘 그의, 아니 그뿐만 아니라 수많은 남자의 혼을 쏙 빼놓아 앞뒤 안 맞는 소리를 횡설수설하게 만들었다. 빌은 계단을 한 번에 두 개씩 경중경중 뛰어올라 버지니아가 내민 두 손을 덥석 움켜쥐었다.

"잘 있었어요, 버지니아!"

"안녕, 빌!"

매력이란 참으로 묘한 것이다. 버지니아 레블보다 훨씬 미모가 빼어난 여자들 여럿이 이와 똑같은 말투로 '안녕, 빌.'이라는 말을 건넸을 땐 빌은 아무런 감흥도 느끼지 못했다. 그런데 버지니아가 내뱉은 이 짧은 두 마디는 그에게 벅찬 흥분을 안겼다.

버지니아 레블은 이제 겨우 스물일곱 살이었다. 큰 키와 그에 걸맞은 늘씬함을 겸비했는데, 실로 그에 대한 찬미만으로도 시 한편이 나올 수 있을 만큼 절묘하게 균형 잡힌 몸매의 소유자였다. 그녀의 머리칼은 전체적으로 금빛에 초록이 감도는, 이른바 청동빛이었다. 야무지고 앙증맞은 턱과 귀여운 코, 반쯤 감긴 눈꺼풀 사이로 진한 수레국화처럼 빛나는 파란 눈은 초승달처럼 기울어 있었다. 그리고 이른바 '비너스의 징표'로 알려진, 한쪽 입매가 살짝 휘어진 달콤하고 도저히 형용할 수 없는 입술까지. 놀라우리만큼 표현력이 풍부한 얼굴을 지닌 그녀에게선 항상 주변의 관심을 사로잡는 생명력의 광채가 뿜어져 나오는 것처럼 느껴졌다. 버지니아 레블은 누구도 함부로 무시할 수 없는 여자였다.

어느 날 문득 초원에 돋아난 크로커스 꽃처럼 창백한 연자주색과 녹색과 노랑색으로 에워싸인 아담한 응접실로 버지니아는 빌을 안내했다.

"빌, 외무성에서 당신 찾고 있는 거 아녜요? 그 사람들 당신 없이는 아무 일도 못 하잖아요."

"수다쟁이 영감이 당신에게 보내는 전갈을 갖고 왔어요."

불손하게도 빌은 자기 상사를 이런 식으로 에둘러 표현했다.

"그건 그렇고 버지니아, 만약 그 인간이 물어보거든 오늘 아침에 당신 전화가 고장이었다는 사실을 명심해요."

"아닌데, 멀쩡했는데."

"알아요. 하지만 내가 그렇게 말했거든요."

"왜요? 외무성에서 이런 식으로 사람에게 접촉하는 이유가 뭘까 궁금하네."

빌은 그녀에게 원망스런 눈길을 던졌다.

"그야 물론 여기 와서 당신을 직접 보고 싶어서지 뭐겠어요?"

"어쩜, 세상에 빌, 난 왜 이렇게 눈치가 없을까! 이 앙큼하고 귀여운 사람!"

"칠버스 말로는 당신이 나가려던 참이라던데."

"맞아요. 슬론가(街)로 가려던 참이었어요. 거기 가면 끝내주는 엉덩이 밴드 신상품을 살 수 있다고 해서요."

"엉덩이 밴드요?"

"그래요, 빌. 엉덩이 밴드. 엉덩이를 보정해 주는 밴드예요. 일종의 속옷이죠."

"듣고 있기가 민망하군요, 버지니아. 식구도 아닌 젊은 총각에게 함부로 속옷 얘기를 하는 법이 어디 있어요, 고상치 못하게."

"이봐요 빌, 엉덩이는 절대 부끄러운 곳이 아니에요. 세상에 엉덩이 없는 사람은 없다고요. 하기야 우리 한심한 여자들은 어떻게든 엉덩이가 없는 것처럼 보이려고 발악을 하는 게 사실이지만. 엉덩이 밴드는 말이죠, 붉은 고무로 만들었는데 무릎 바로 위까지 내려오기 때문에 그걸 입고는 도저히 걸을 수가 없대요."

"세상에 어디 그런 걸! 그런 걸 왜 입는답니까?"

"아, 그야 아름다운 몸매를 위해서 고통을 감내하는 짜릿한 쾌감 때문이죠. 하지만 엉덩이 밴드 얘기는 그만하고 조지 오빠가 무슨 전갈을 보냈는지 말해 봐요."

"오늘 오후 4시에 집에 계실지 알고 싶답니다."

"아뇨. 래널러에 가 있을 건데. 웬 공식 호출일까? 설마 나한테 프러포즈할 생각은 아니겠죠?"

"그 속을 누가 알겠습니까."

"만약 그럴 생각이라면 가서 전해 줘요, 난 충동적으로 프러포즈하는 남자를 훨씬 더 좋아한다고."

"나처럼 말입니까?"

"빌, 당신은 충동적이 아니에요. 습관적이지."

"버지니아, 당신 정말……."

"아니 싫어요. 그만해요, 빌. 점심 식사도 하기 전 아침부터 그런 문제로 옥신각신하고 싶지 않아요. 그냥 나를 당신 관심을 뼛속 깊이 사로잡은, 중년을 향해 가는 어머니 같은 여인으로 대해 줘요."

"버지니아, 난 당신을 사랑해요."

"알아요. 빌, 안다고요. 근데요, 난 누군가에게 사랑받는 걸 아무렇지도 않게 즐기는 여자예요. 그런데도 내가 소름 끼치고 무시무시하단 생각이 안 들어요? 난 나하고 사랑에 빠질 수 있는 남자라면 이 세상 남자들이 다 몰려온다고 해도 절대 마다하지 않을 여자라고요."

"당신을 사랑하지 않을 남자는 찾기 힘들 겁니다."

빌은 우울하게 말했다.

"그래도 조지 오빠만큼은 제발 참아 줬으면 좋겠어요. 오빠는 누구와 사랑에 빠질 수 있는 사람도 아니거든요. 조지 오빠는 자기 일밖에 모르는 사람이에요. 그 밖에 다른 말은 없었어요?"

"매우 중요한 용건이라는 말밖에는."

"빌, 점점 흥미가 당기는데요. 조지 오빠가 중요하다고 여기는 일은 정말 가뭄에 콩 나듯 하거든요. 아무래도 래널러에 가는 건 포기해야겠어요. 하기야 거긴 아무 때고 갈 수 있으니까. 4시에 집에서 조신하게 기다리고 있겠다고 조지 오빠에게 전해 줘요."

빌은 손목시계를 들여다봤다.

"점심 전에 돌아가 봤자 별 볼 일 없을 것 같으니 함께 나가서 뭐라도 듭시다, 버지니아."

"안 그래도 어디든 나가서 점심을 먹으려던 참이에요."

"그럼 문제없군요. 만사 제쳐 두고 오늘 하루 즐겁게 지내는 겁니다."

"정말 근사하겠는데요."

버지니아는 빌을 향해 미소를 지으면서 말했다.

"버지니아, 당신은 정말 사랑스러운 여인이에요. 말해 줘요. 당신도 날 사랑하죠? 그렇죠? 다른 사람 그 누구보다도 더."

"빌, 나도 당신이 좋아요. 만약 내가 꼭 누군가의 아내가 되어야 한다면, 내 말은 그러니까 법에 그렇게 나와 있고 못된 마귀 할망구가 나더러 '아무하고라도 결혼해. 그렇지 않으면 넌 야금야금 고통을 당하며 죽어 갈 거야.'라고 한다면 물론 난 두말 않고 당신을 택할 거예요. 아무렴, 당연하죠. 그리고 이렇게 말하겠어요. '내게 난쟁이 빌을 주세요.'라고."

"그럼, 그 말은……."

"맞아요. 하지만 난 어느 누구하고도 결혼 같은 건 안 해요. 악독한 미망인으로 사는 게 좋거든요."

"결혼해도 지금하고 똑같이 살 수 있어요. 얼마든지 마음대로 돌아다녀도 좋아요. 아니, 내가 집에 있는 줄도 모르게 할게요."

"빌, 당신은 몰라요. 만약에 결혼이란 걸 한다면 난 열정적인 결혼을 택할 여자예요."

빌이 공허한 신음을 흘리더니 우울하게 중얼거렸다.

"내 손으로 내 목숨을 끊을 날이 머지않은 것 같군요."

"안 돼요. 그러지 말아요, 빌. 언제든 아리따운 아가씨를 데리고 저녁 식사도 하고 그렇게 지내요, 지난번 밤처럼."

빌은 순간 당황했다.

"혹시 도로시 커크패트릭을 말하는 건가요, '혹스 앤드 아이스'에서 일하는? 그게 저기……. 빌어먹을, 그 여자는 자기가 만드는 옷처럼 머리끝에서 발끝까지 훌륭하고 솔직담백한 아가씨일 뿐이에요. 딴 뜻은 전혀 없어요."

"사랑스러운 빌, 아무렴 당연히 그랬겠죠. 나도 당신이 마음껏 즐기고 살았으면 좋겠어요. 그리고 적어도 실연의 상처를 안고 당장이라도 죽을 것같이 굴지는 말아 줘요."

빌은 위엄을 되찾고 냉랭한 목소리로 말했다.

"당신은 절대 몰라요, 버지니아. 남자들은……."

"일부다처제를 원하죠! 그건 나도 알아요. 어떨 땐 나도 내가 일처다부주의자가 아닌가 하고 사뭇 의심이 가는걸요. 빌, 당신이 나를 정말로 사랑한다면 어서 점심 식사하러 데리고 나가 줘요."

런던에서의 첫날 밤

　주도면밀하게 짜여진 각본에도 종종 오류는 있는 법. 조지 로맥스에게도 실수는 있었으니 그의 각본에 존재하는 한 가지 취약점, 그것은 바로 빌이었다.

　빌 에버슬레이는 한마디로 끝내주는 청년이었다. 솜씨 좋은 크리켓 선수이자 이븐 파의 실력을 자랑하는 골퍼였으며 상대의 기분을 잘 맞춰 주는 예절에 성격도 사교적이었다. 하지만 그가 외무성에 자리를 얻기까지는 사실 머리보다 좋은 인간관계가 한 몫 했다. 빌이 맡은 일은 그에게 꽤나 어울렸다. 그는 이른바 조지의 충견이나 다름없었다. 빌은 머리 회전이 필요한 일은 일절 맡지 않았다. 그저 조지 곁에 찰싹 달라붙어서 그가 만나기 싫어하는 별 볼 일 없는 사람들을 접견하고 잔심부름을 하고 그 밖에 두루두루 잡다한 일을 맡는 것이 빌의 역할이었다. 빌은 이런 일들을 비교적 충실히 수행했다. 그런 와중 어쩌다 조지가 자리를 비우면 대문짝만 한 의자에 길게 몸을 누이고 스포츠 뉴스 따위를 읽었는데 그로서는 이런 행동이 단지 유서 깊은 전통을 이행해 내는 것 이상도 이하도 아니었다.

빌에게 심부름을 맡기는 통상적인 관례에 따라 이번에도 조지는 그를 유니언 캐슬 사(社)에 보내 그래너스 캐슬호가 언제 입항하는지 알아 오게 했다. 그런데 고등 교육을 받은 대부분의 영국 젊은이들이 그렇듯이 빌의 발음 역시 멋있기는 해도 알아듣기가 쉽지 않았다. 발성법 전문가라면 누구나 그가 발음한 '그래너스'라는 단어를 문제 삼았을 것이다. 얼마든지 다른 단어로 착각할 수 있다는 얘기다. 결국 회사 직원은 그것을 '칸프레'로 알아들었다.

칸프레 캐슬호의 입항 예정일은 돌아오는 목요일이었다. 직원은 그렇게 알려 주었고 빌은 감사를 표하고 회사를 나섰으며 조지 로맥스는 빌이 알려 준 정보를 기반으로 제반 계획을 세웠다. 유니언 캐슬 사의 정기선에 대해 전혀 아는 바가 없었던 조지는 제임스 맥그러스가 당연히 목요일에 도착할 것으로 믿었다.

그러니 수요일 아침에 클럽 계단에서 케이터햄 경을 붙들고 주저리주저리 떠들고 있던 바로 그 순간에, 이미 그 전날 오후부터 그래너스 캐슬호가 사우샘프턴에 정박해 있었다는 사실을 알았으면 조지는 기절초풍했을 것이다. 그날 오후 2시, 지미 맥그러스라는 이름으로 배를 타고 온 앤터니 케이드는 워털루의 입항 열차 밖으로 걸어 나와 손을 들어 택시를 잡았다. 그는 잠시 망설이다가 운전기사에게 블리츠 호텔로 가 달라고 했다.

"기왕이면 편안히 지내는 게 낫지."

자못 흥미로운 눈길로 차창 밖을 내다보며 앤터니는 혼자 중얼거렸다.

런던을 떠난 지 정확히 14년 만이었다.

그는 호텔에 도착해서 방을 잡은 뒤 템스 강변의 제방을 따라 짧은 산책길에 나섰다. 런던에 돌아오니 다소 기분이 들떴다. 물론 그대로인 것은 하나도 없었다. 예전엔 저쪽, 그러니까 블랙프라이어스교(橋) 바로 너머에 아담한 레스토랑이 있었는데 앤터니는 그곳에서 혈기 왕성한 청년들과 어울려 자주 식사를 하곤 했다. 그때만 해도 사회주의에 심취하던 때라 그는 붉은 타이를 늘어뜨리고 다녔다. 말 그대로 철없던 시절이었다.

앤터니는 온 길을 되밟아 블리츠 호텔로 향했다. 막 길을 건너려는 찰나, 그는 웬 사내에게 떼밀리는 바람에 하마터면 균형을 잃고 넘어질 뻔했다. 두 사람 모두 정신을 차리자 문제의 사내는 앤터니의 얼굴을 샅샅이 훑어보면서 몇 마디 사과의 말을 웅얼거렸다. 노동자 계급으로 보이는 사내는 땅딸막한 체구에 어딘가 모르게 외국인이라는 느낌이 풍겼다.

앤터니는 호텔을 향해 계속 걸으며 사내가 무슨 이유로 자신을 그렇게 샅샅이 훑어봤을까 궁금해했다. 어쩌면 별 뜻이 없었을 수도 있었다. 새카맣게 그을린 자신의 얼굴이 도무지 핏기라곤 없어 보이는 런던 사람들과 사뭇 대조를 이뤄 관심을 끌었을지도 모를 일이었다. 앤터니는 별안간 무슨 생각이 들었는지 방으로 올라가서 거울에 비친 자신의 얼굴을 하나하나 뜯어보았다. 어린 시절 알던, 얼마 안 되는 친구들 (정말로 엄선한 소수의 친구들) 중에서 지금 이 모습으로 만났을 때 그를 알아볼 수 있는 친구들이 몇이나 될까? 앤터니는 천천히 고개를 저었다.

런던을 떠났을 때 앤터니는 겨우 열여덟 살이었다. 그때만 해도 뽀얀 살결에 적당히 통통한, 얼핏 봐선 맑고 천진한 소년 같은 모습이었다. 복잡미묘한 느낌을 풍기는 얼굴에 야윈 체격, 구릿빛 얼굴의 사내에게서 소년 시절의 모습을 찾아내기란 어려운 일이었다.

침대 옆의 전화가 울리자 앤터니는 전화를 받으러 방을 가로질렀다.

"여보세요. 제임스 맥그러스 씨인가요?"

호텔 접수계원의 목소리가 들려왔다.

"그런데요."

"웬 신사분이 만나고 싶어 하십니다."

앤터니는 적잖이 놀랐다.

"날 말인가요?"

"네, 손님. 외국분이신데요."

"누구라고 합니까?"

잠시 침묵이 흐르더니 이윽고 접수계원이 말했다.

"급사에게 그분 명함을 들려서 올려 보내겠습니다."

앤터니는 수화기를 내려놓고 기다렸다. 잠시 후 노크 소리가 들려서 나가 보니 나이 어린 급사가 명함이 놓인 금속 쟁반을 들고 서 있었다.

앤터니가 집어 든 명함에는 이런 이름이 새겨져 있었다.

롤로프레티질 남작

그제야 앤터니는 접수계원이 왜 이름을 말하지 못했는지 이해가
갔다.

그는 선 채로 잠시 명함을 들여다보곤 마침내 결심을 굳혔다.

"신사분을 올려 보내세요."

"알겠습니다, 손님."

잠시 후 롤로프레티질 남작이 그의 방으로 안내되었다. 새까만
턱수염이 부채꼴 모양으로 덥수룩하게 달리고 이마가 훌렁 벗어진
거구의 사내였다.

남작은 양 발꿈치를 척 소리가 나게 갖다 붙이곤 허리를 굽혔다.

"맥그러스 씨."

앤터니는 최대한 비슷하게 그의 행동을 따라 했다.

"남작이시군요."

그는 의자를 앞으로 끌어당겼다.

"좀 앉으시죠. 제가 이렇게 남작을 뵈는 기쁨을 누리는 게 처음인
듯싶습니다만?"

남작은 자리를 잡고 앉으면서 그의 말에 정중하게 동의했다.

"그렇소. 그전에 서로 알지 못한 것이 유감이지요."

"그 점은 저도 마찬가지입니다."

앤터니는 똑같은 어조로 맞장구를 쳤다.

"본론으로 들어갑시다. 나는 런던 주재 헤르초슬로바키아 보수당의 대표외다."

"제 눈엔 그것도 아주 유능한 대표이실 것 같습니다."

남작은 찬사에 대한 보답으로 고개를 숙이며 뻣뻣하게 말했다.

"과찬이시오. 맥그러스 씨, 솔직하게 말하리다. 축복받은 기억 속에 남아 계신 우리 위대하신 니콜라스 4세 국왕 폐하께서 고초당하고 승하하신 뒤로 단절 상태에 있던 왕정을 되찾을 기회가 왔소."

"아멘. 왜 아니겠습니까, 왜 아니겠어요."

앤터니는 중얼거렸다.

"왕좌에 오르실 분은 영국 정부의 지지를 전폭적으로 받고 계신 미하엘 왕자 전하시오."

"놀라운 소식이군요. 친절하게 제게 이런 이야기를 다 해 주시고."

"그런데 모든 준비가 끝난 하필 이 시점에 당신이 여기 나타나서 문제를 일으키고 있다 이 말입니다."

매서운 눈길로 자신을 쏘아보는 남자에게 앤터니가 항의했다.

"이봐요, 남작."

"아, 알아요. 지금 내가 당신한테 무슨 말을 하고 있는지는 내가 압니다. 당신은 고인이 된 스틸프티치 백작의 회고록을 갖고 있소."

그는 힐난하는 눈초리로 앤터니를 뚫어져라 쳐다봤다.

"그게 어때서요? 스틸프티치 백작의 회고록이 미하엘 왕자와 무슨 관련이라도 있습니까?"

"그걸로 인해 스캔들이 생겨날 거요."

"회고록이란 원래 그런 법이에요."

앤터니는 달래듯이 말했다.

"백작은 많은 기밀을 알고 있었소. 그중 다만 일부라도 누설되었다간 유럽 대륙은 전쟁의 폭풍에 휘말리고 말 거요."

"이봐요, 진정해요. 아무렴 그런 일까지 벌어지겠습니까."

"오볼로비치 가문에 대한 비판 여론이 나라 밖으로까지 퍼져 나갈 거요. 민주주의가 영국의 정신이니까."

"오볼로비치 가문이 다소나마 폭정을 휘둘렀던 것은 틀림없는 사실인가 보군요. 핏속에 그런 기질이 흐르나 보죠. 하지만 영국 사람들은 발칸 제국 사람들에게 그 정도는 기대합니다. 왜 그러는지는 모르겠는데 아무튼 그게 사실입니다."

"당신은 모르오. 절대 모릅니다. 그리고 나 역시 절대 입을 열 수 없소."

남작의 입에서 한숨이 흘러나왔다.

"도대체 당신들이 겁내는 게 뭡니까?"

"회고록을 읽기 전에는 나도 모르오. 하지만 뭔가 있긴 있소. 원래 이 작자처럼 잘난 외교관들은 진중하지 못한 법이오. 속담처럼 공든 탑을 하루아침에 무너뜨리는 식이지."

앤터니는 다정하게 말했다.

"이것 봐요. 가만 보니 남작께서는 매사를 지나치게 비관적으로 보는 경향이 있으시군요. 전 출판사들의 생리를 잘 알고 있습니다. 원고를 깔고 앉아서 알을 까듯 그걸 부화시키는 사람들이라고요. 그 원고인지 뭔지가 책이 되어 나오려면 최소한 1년은 걸릴 겁니다."

"당신은 아주 교활한 인간이거나 아주 순진한 젊은이거나 둘 중에 하나요. 그 회고록은 지금 만반의 준비를 갖추고 당장이라도 일요일 신문에 실려 즉각 세상 빛을 보게 될 태세입니다."

앤터니는 적잖이 놀랐지만 낙관적으로 말했다.

"저런! 하지만 당신들이 모든 게 사실과 다르다고 부인하면 될 것 아닙니까?"

남작은 침울한 표정으로 고개를 가로저었다.

"아뇨, 그런 되도 않는 소리는 그만두시오. 다시 본론으로 돌아갑시다. 내가 알기로 당신은 1000파운드를 받기로 되어 있소. 내 말이 틀립니까? 보다시피 난 모르는 게 없는 사람이외다."

"보수파 정보국의 능력은 정말 신기하고 놀랍군요."

"그럼 내가 1500파운드를 주겠소."

앤터니는 깜짝 놀라서 그를 물끄러미 쳐다보다가 이내 아쉬운 얼굴로 고개를 저으며 유감스러운 듯 말했다.

"미안하지만 그렇게는 못 하겠는데요."

"좋소. 그럼 2000파운드를 주리다."

"자꾸 그러시니 구미가 당기는데요. 그래도 제 대답은 변함없습니다."

"그럼 당신이 가격을 제시하시오."

"미안하지만 상황을 이해하시지 못하는군요. 물론 저는 당신이 정의의 편이며 이 회고록이 당신들의 대의명분을 훼손시킬 거라는 사실을 믿어 의심치 않습니다. 하나 저는 맡은 일이 있고 그 일을 제대로 수행할 의무가 있어요. 알아들으시겠어요? 반대파의 공략에 매수당하는 일 따윈 제 사전에 없다 이 말입니다. 그건 사람이 할 짓이 아니죠."

남작은 주의 깊게 그의 말을 경청했다. 앤터니의 일장 연설이 끝나갈 즈음엔 서너 차례 고개를 끄덕이기도 했다.

"알겠소. 영국인으로서 명예를 지키겠다 그 얘기군요?"

"글쎄요. 우린 좀처럼 그런 표현을 쓰지 않아서 말이죠. 하지만 어휘의 차이는 있을지 몰라도 그런 의미라고 감히 말할 수는 있겠네요."

남작은 자리에서 일어섰다.

"난 영국인들의 명예를 지극히 존중하는 사람이오. 그렇담 다른 방법을 알아보는 수밖에. 그럼 안녕히 주무시오."

남작은 다시금 뒤꿈치를 척 소리가 나게 갖다 붙이고 허리를 굽힌 다음 꼿꼿한 자세로 씩씩하게 방을 빠져나갔다.

앤터니는 곰곰이 생각했다.

'저 작자가 왜 저러는지 궁금하군. 협박일까? 그렇다고 다 늙어빠진 롤리팝 따위를 겁낼 내가 아니지. 그러고 보니 저 작자에게 썩 어울리는 이름인데. 그래, 이제부터 저 인간을 롤리팝 남작이라고 불러야겠다.'

앤터니는 다음엔 어떻게 행동해야 할지 고민하면서 방 안을 이리

저리 휘젓고 다녔다. 원고를 넘겨주기로 한 기간은 앞으로 일주일
남짓 남아 있었다. 오늘은 10월 5일이었다. 앤터니는 마지막 순간까
지 절대 원고를 넘겨줄 생각이 없었다. 솔직히 말하면 진즉부터 이
회고록을 읽고 싶어서 몸이 근질근질하던 차였다. 원래는 배를 타
고 오면서 읽어 볼 작정이었는데 열병 기운이 있어서 아무것도 할
수가 없었다. 전부 손으로 쓴 원고를, 그것도 도무지 알아보기 힘
든 악필을 애써 해독할 만한 기분이 아니었던 것이다. 앤터니는 도
대체 무엇 때문에 다들 이렇게 난리 법석인지 알아야겠다는 생각이
그 어느 때보다 강하게 들었다.

할 일은 또 있었다.

별안간 무슨 생각이 들었는지 앤터니는 전화번호부를 집어 들고
'레블'이라는 성을 찾았다. 책에 나와 있는 '레블'이라는 이름은 모
두 여섯 명이었다. '에드워드 헨리 레블'은 할리가(街)에 사는 외과
의사였고 '제임스 레블 상회'는 마구상(馬具商)이었다. '레녹스 레
블'은 햄스테드 애보트버리 아파트에 살았으며 '메리 레블'이라는
여인은 거주지가 일링으로, '티모시 레블' 부인은 폰트가 487번지,
그리고 '윌리스 레블' 부인은 캐도건 광장 42번지로 나와 있었다.
마구상과 메리 레블 부인을 빼고 나니 조사할 사람은 네 명이었다.
문제는 그 여자가 반드시 런던에 산다는 근거가 전혀 없다는 점이
었다. 앤터니는 고개를 저으며 전화번호부를 덮었다.

"일단은 운에 맡겨 보자. 어디선가 단서가 나타나겠지."

앤터니 케이드의 행운은 어느 정도 자신의 믿음에서 생겨나는지

도 몰랐다. 화보가 실린 신문을 여기저기 들추다가 불과 30분도 지나지 않아 찾고 있던 정보를 알아낸 것이다. 퍼스 공작 부인이 주선한 활인화(살아 있는 사람이 분장하여 정지된 모습으로 명화나 역사적 장면 등을 연출하는 것 — 옮긴이)에 대한 기사였는데 한가운데 동양풍의 드레스를 입은 여인이 있고 그 바로 밑에 이런 설명이 붙어 있었다.

클레오파트라로 분한 티모시 레블 부인. 레블 부인의 결혼 전 이름은 버지니아 코손으로 에지바스튼 경의 딸이다.

앤터니는 휘파람을 불듯 입술을 서서히 오므리며 한동안 그림을 들여다보았다. 그러곤 그 페이지를 통째로 찢어서 차곡차곡 접어 주머니에 넣은 뒤, 위층으로 올라가 여행 가방을 열고 편지 뭉치를 꺼냈다. 앤터니는 아까 찢은 종이를 주머니에서 꺼내, 편지 뭉치를 묶은 끈 밑에다 끼워 넣었다.

그때 별안간 등 뒤에서 무슨 소리가 들려 앤터니는 휙 돌아섰다. 웬 사내가 문가에 서 있었다. 희극에 등장하는 합창단에나 나올 법한 느낌을 풍기는 사내였다. 사내는 음흉한 인상으로 이마보다 턱이 넓고 두상이 짐승처럼 쭈그러진 데다 입술이 쫙 찢어져 기분 나쁜 악마가 웃는 것 같았다.

"당신 도대체 여기서 뭐 하는 거야? 그리고 누가 내 방에 올려 보냈어?"

"난 내가 하고 싶은 일은 다 하거든."

낯선 사내는 흠잡을 데 없는 영어를 구사했지만 쉰 목소리에선 외국인의 억양이 묻어났다.

'어디서 웬 놈의 이방인이 나타났담.'

앤터니는 계속해서 소리를 질렀다.

"이봐, 당장 나가. 내 말 안 들려?"

사내의 시선은 앤터니가 황급히 집어 든 편지 뭉치에 고정되어 있었다.

"당신이 내가 온 용건을 들어주면 그때 사라져 주지."

"그게 뭔지 물어봐도 될까?"

사내는 한 걸음 다가서서 음산하게 속삭였다.

"스틸프티치 백작의 회고록."

"당신 말을 어떻게 믿어? 그러고 보니 생긴 게 악당 역이나 맡으면 딱이겠네. 아주 그럴듯해. 누구 사주를 받고 왔지? 롤리팝 남작인가?"

"남작?"

사내의 입에서 문득 귀에 거슬리는 일련의 자음들이 흘러나왔다.

"아하, 발음이 그렇게 되나? 가래 끓는 소리하고 개 짖는 소리 딱 중간이네. 나 같으면 그런 소리 못 내지. 내 목구멍은 좀 다르게 생겼거든. 아무래도 난 그 작자를 롤리팝이라고 불러야 되겠어. 그래, 그 작자가 보냈나?"

하지만 앤터니에게 돌아온 것은 격한 부정이었다. 이 방문객은 앤터니의 물음에 대해 답변 대신 침을 뱉는 훨씬 실용적인 방법을 택했다. 그러곤 주머니에서 종이 한 장을 꺼내 탁자 위에 던졌다.

"봐. 보고서 기절이나 하지 마시지, 이 빌어먹을 영국 놈아."

앤터니는 다분히 궁금한 마음에 종이를 들여다봤지만 상대가 만족할 만큼 기절초풍할 일은 아니었다. 종이에는 사람의 손이 붉은 색으로 조잡하게 그려져 있었다.

"손 같은데. 하지만 네가 굳이 우긴다면 입체파 화가가 그린 '북극에서 본 일몰'이라는 작품이라고 해도 얼마든지 믿어 주지."

"이건 '붉은 손' 당원의 징표다. 나는 '붉은 손' 당원이고."

앤터니는 한결 호기심이 생겨 상대를 쳐다봤다.

"미리 말해 주지 그랬어. 딴 놈들도 다 너같이 생겼냐? 우생학회에서 이런 걸 두고 뭐라고 설명할까 몰라."

사내는 성질을 부리며 으름장을 놓았다.

"개같은 놈. 아니, 개보다 못한 놈. 이빨 빠진 왕의 충복 같으니라고. 당장 회고록을 내놓으면 순순히 놔주지. 너그러운 형제애로 봐주마."

"정말 너그럽기도 하셔라. 근데 미안하지만 그 작자들이나 당신이나 뭘 잘못 알고 헛수고하고 있는 거야. 내가 받은 지령은 그 원고를 너희 같은 사랑스러운 단체가 아니라 특정 출판사로 보내는 거라고."

"하! 당신이 그 회사까지 무사히 살아서 가게 내버려 둘 거라고 생각하나? 한심한 소리 그만하고 머리에 구멍 나기 전에 그 원고나

넘기시지."

사내는 비웃으며 주머니에서 리볼버를 꺼내 허공에다 휘둘렀다.

하지만 그건 앤터니 케이드를 모르고 한 행동이었다. 사내는 생각과 동시에 움직일 수 있는, 혹은 생각보다 먼저 몸을 민첩하게 움직이는 사람들에게 익숙하지 않은 듯했다. 앤터니는 가만히 앉아서 총알받이가 되기를 기다리지 않았다. 사내가 주머니에서 총을 꺼내는 것과 거의 동시에 앤터니는 번개같이 앞으로 뛰쳐나가 그의 손에서 총을 쳐냈다. 그 바람에 사내의 몸이 젖혀지면서 그의 등이 앤터니의 시야에 들어왔다.

절호의 기회였다. 앤터니의 강력한 발차기에 정통으로 걷어차인 사내는 복도로 몸을 가누지 못하고 나가떨어졌다.

앤터니는 그를 쫓아 나갔지만 붉은 손의 용맹스러운 당원은 이미 매운맛을 충분히 본 뒤였다. 사내는 헐레벌떡 일어서더니 통로를 따라서 아래층으로 꽁무니를 뺐다. 앤터니는 그를 추적하는 대신 자신의 방으로 돌아왔다.

"붉은 손 당원들도 별거 아니군. 겉모습만 요란하지 한 방에 맥없이 나가떨어지는걸 뭐. 그나저나 저 인간이 무슨 수로 여기까지 들어왔지? 한 가지는 분명해. 이 일은 생각보다 만만하지 않을 거라는 점. 벌써 보수당과 급진당 두 패에서 보낸 더러운 놈들을 만났잖아. 이러다 조만간 국민당하고 자유당에서도 대표를 파견하겠어. 좋아, 결정했어. 이 원고 건은 오늘 밤 당장 착수한다."

앤터니는 시계를 보고 9시가 거의 됐음을 깨닫곤 방에서 식사를 하기로 결심했다. 의외의 방문객이 더 있을 것 같진 않았지만 이런 상황에서 자신의 몸을 보호할 사람은 스스로밖에 없다는 생각이 들었다. 아래층 간이식당에 내려가 있는 동안 누군가가 자신의 여행 가방을 뒤지게 내버려 둘 수는 없었다. 앤터니는 벨을 울려 메뉴를 물은 뒤 요리 두 가지와 함께 샹베르탱 와인을 주문했다. 웨이터는 식사 주문을 받고 물러갔다.

식사가 오기를 기다리는 동안 앤터니는 원고 보퉁이를 꺼내서 편지 뭉치와 함께 탁자에 올려놓았다.

방문 두드리는 소리가 들리더니 웨이터가 조그만 간이 식탁과 식기 따위를 들고 들어왔다. 이리저리 거닐던 앤터니는 벽난로 주변에서 방을 등지고 거울을 정면으로 마주하고 있었다. 그는 아무 생각 없이 거울을 들여다보다 이상한 점을 발견했다.

웨이터의 시선이 흡사 못이라도 박힌 듯 원고 보퉁이에 고정되어 있었다. 그는 꼼짝하지 않는 앤터니의 뒷모습을 간간이 곁눈질로 흘깃거리며 탁자 모서리를 살살 돌았다. 웨이터는 바싹 마른 입술을 연신 혀로 핥았고 두 손은 부들부들 떨고 있었다. 앤터니는 거울에 비친 웨이터를 자세히 주시했다. 훤칠한 키에 대개의 웨이터들처럼 싹싹한 태도를 지녔으며 수염을 말끔하게 민, 감정이 풍부한 얼굴의 소유자였다. 앤터니는 그가 프랑스 사람이 아니라 이탈리아 사람이라고 생각했다.

위기의 순간에 이르자 앤터니는 갑자기 돌아섰다. 웨이터는 다소 움찔했지만 소금 그릇으로 뭔가를 하고 있었던 척 했다.

"이름이 뭔가?"

앤터니는 난데없이 물었다.

"주세페입니다, 손님."

"이탈리아 사람인가 보군?"

"예, 손님."

앤터니가 이탈리아어로 말을 걸자 웨이터는 사뭇 유창하게 대답했다. 일단 고갯짓으로 그를 내보내긴 했지만 주세페가 가져다준 맛 좋은 식사를 먹는 내내 앤터니의 머릿속에선 이런저런 생각이 획획 스쳐 지나갔다.

'내 착각이었을까? 저자가 원고 보퉁이에 관심을 보인 건 단순한 호기심이었을까?'

그럴지도 몰랐다. 하지만 앤터니는 흥분을 가누지 못하던 그의 모습을 떠올리곤 이런 생각을 접었다. 여전히 혼란스럽기는 매한가지였다.

앤터니는 혼자 중얼거렸다.

"집어치우자. 세상 사람들이 다 그놈의 말라비틀어진 원고 따위에 목을 매기야 하겠어. 아무래도 내가 쓸데없는 공상을 하고 있는 거야."

그는 식사를 마치고 탁자를 정리한 뒤 회고록에 전념했지만 고인이 된 백작의 글씨가 워낙 악필이라 좀처럼 속도가 붙지 않았다. 앤터니의 입에선 연거푸 하품이 터져 나왔다. 결국 그는 4장 끄트머리에 이르러 두 손을 들고 말았다.

지금까지는 도저히 참을 수 없을 만큼 지루한 내용만 있을 뿐 종류를 막론하고 스캔들을 일으킬 내용은 눈을 씻고 찾아봐도 없었다.

앤터니는 탁자에 뭉텅이로 쌓여 있던, 원고를 쌌던 포장지며 편지들을 주섬주섬 챙겨 가방에 집어넣었다. 그런 다음 방문을 잠그고 더 있을지 모르는 만약의 사태에 대비해 의자로 앞을 가로막았다. 의자 위에는 욕실에서 가져온 물병을 올려놓았다.

그는 뿌듯하게 자신이 설치해 둔 비상 장치를 일일이 점검한 뒤 옷을 벗고 잠자리에 들었다. 회고록에 다시 한 번 도전할 생각이었지만 눈꺼풀이 무거워지자 원고를 베개 밑에 쑤셔 넣었다. 그리고 등을 끄는 것과 거의 동시에 잠에 빠져들었다.

앤터니가 깜짝 놀라 잠에서 깼을 땐 족히 4시간은 지난 뒤였음이 분명했다. 무엇 때문에 잠을 깼는지 도무지 알 수가 없었다. 무슨 소리 때문이었을 수도 있고 혹은 파란만장한 인생을 살아온 사람이 뼛속 깊이 체득한 일종의 위험 감지 본능 때문이었을 수도 있었다.

앤터니는 잠시 그대로 누운 채 자신이 느끼고 있는 막연한 예감에 집중하려고 애썼다. 혹시라도 들킬세라 조심조심 바스락거리는 소리가 들리더니 그가 누워 있는 침대와 창문 중간에, 그러니까 여행 가방 바로 옆 마룻바닥에 뭔가 시커먼 것이 보였다.

앤터니는 용수철이 튀듯이 벌떡 일어나 곧바로 전등을 켰다. 누군가가 가방 옆에 무릎을 꿇고 있다가 화들짝 일어섰다.

웨이터 주세페였다. 그의 오른손에 들려 있던 길고 가느다란 칼이 번쩍 빛을 뿜더니 주세페가 와락 앤터니를 덮쳤다. 앤터니는 그제야 자신이 어떤 위험에 처했는지를 정확히 깨달았다. 그는 빈손이었지만 주세페는 손에 든 무기를 완전히 숙달된 솜씨로 다룰 수 있는 것이 분명했다.

앤터니가 옆으로 몸을 홱 비키자 주세페의 칼날이 허공을 갈랐다. 다음 순간 두 남자는 바싹 엉겨 붙은 채로 바닥을 데굴데굴 굴렀다. 앤터니는 주세페가 칼을 쓰지 못하도록 그의 오른팔을 최대한 꽉 틀어잡는 데에 온몸의 힘을 집중하며 팔을 천천히 뒤로 꺾었다. 바로 그때 주세페가 반대편 손으로 앤터니의 목을 움켜쥐더니 힘껏 조이면서 숨통을 틀어막았다. 그 와중에도 앤터니는 여전히 죽을힘을 다해 주세페의 오른팔을 뒤로 꺾었다.

쨍그랑하는 금속음을 내며 칼이 바닥에 떨어졌다. 순간 주세페는 재빨리 팔을 비틀어 앤터니의 손아귀를 벗어났다. 앤터니 또한 질세라 벌떡 일어섰지만 상대의 퇴로를 차단한답시고 문가로 간 것이 실수였다. 의자와 물병이 놓아둔 그대로 문 앞에 있음을 깨달았을 땐 이미 때를 놓친 뒤였다.

창문을 통해 방으로 들어온 주세페는 이번에도 창문으로 달려갔다. 앤터니가 문으로 달려간 아주 잠깐의 틈을 타 창밖으로 몸을 날린 그는 발코니로 뛰어내린 뒤, 다시 옆방의 발코니를 훌쩍 뛰어넘어 역시나 창문을 통해 자취를 감췄다.

앤터니는 그를 쫓아가 봤자 소용이 없다는 사실을 익히 알고 있었다. 놈이 퇴로로 선택한 길은 십중팔구 사전 답사를 완벽하게 마친 길일 터였다. 쫓아간댔자 외려 곤경에 처할 가능성이 있었다.

그는 침대로 다가가 베개 밑으로 손을 집어넣어 회고록을 끄집어
냈다. 가방이 아니라 침대맡에 놓아두길 천만다행이었다. 앤터니는
편지 뭉치를 꺼낼 참으로 방 저편에 있는 가방으로 다가가 안을 들
여다봤다.

그의 입에서 나지막이 욕설이 흘러나왔다.

편지들은 사라지고 없었다.

협박의 기술

버지니아 레블은 왕성한 호기심에 이끌려 제시간에 와야 한다는 의무감으로 폰트가의 저택에 정확히 4시 5분 전에 도착했다. 열쇠로 문을 연 뒤, 현관의 널따란 홀로 들어서자마자 그녀는 무표정한 얼굴의 칠버스와 정면으로 마주쳤다.

"죄송합니다, 마님. 그게 저 어떤 분께서 마님을 찾아오셨는데요……."

버지니아는 칠버스가 애써 원래 의도를 슬쩍 돌려 교묘히 전달하는데도 딱히 신경을 쓰지 않았다.

"로맥스 오빠가? 어디? 응접실에 계셔?"

"아뇨, 마님. 로맥스 나리가 아닙니다. 저는 그분을 안으로 들이기가 내키지 않았습니다만 워낙 중요한 용무라고 해서요. 돌아가신 대위님하고 연관된 일이라고 하시는 것 같았습니다. 그렇다면 마님께서 만나고 싶어 하실 거라는 생각에 그분을, 그게 저, 서재로 모셨습니다."

칠버스의 목소리에는 맥없는 원망이 서려 있었다.

버지니아는 생각에 잠긴 채 잠시 서 있었다. 그녀는 몇 년 전에 남편을 잃었다. 사람들은 그녀가 남편 이야기를 좀처럼 입에 담지 않는 것을 두고 가슴에 난 아픈 상처가 아직 아물지 않아서 일부러 무관심한 척 구는 거라고 여겼다. 그러나 남들이 생각하는 것과 정반대로, 버지니아는 단 한 번도 팀 레블을 진심으로 사랑해 본 적이 없었고 전혀 느끼지 못하는 슬픔을 바깥으로 드러내는 것은 진실하지 못하다고 여겼다.

"마님, 미처 말씀드리지 못한 게 있는데요. 그분은 외국인 같아 보였습니다."

버지니아는 다소 관심이 쏠렸다. 그녀의 남편은 과거 외무성에 근무했고 이들 부부는 세상을 깜짝 놀라게 만든 국왕 내외의 암살 사건이 벌어지기 바로 직전에 헤르초슬로바키아에 있었다. 어쩌면 헤르초슬로바키아에서 함께 흉흉한 시기를 보낸 늙은 하인이 찾아왔을지도 모를 일이었다.

"잘했어, 칠버스. 그 사람이 어디 있다고 했지? 서재?"

괜찮다는 뜻으로 재빨리 고개를 끄덕인 버지니아는 특유의 경쾌하고 탄력 있는 걸음걸이로 홀을 가로질러 식당 옆으로 나 있는 작은 방의 문을 열었다.

방문객은 난롯가 의자에 앉아 있었다. 남자는 버지니아가 들어오자 자리에서 일어나 그녀와 마주했다. 사람의 얼굴을 기억하는 데 탁월한 재주가 있는 버지니아는 즉시 그 사람과 한 번도 만나 본 적이 없다는 것을 확신했다. 남자는 키가 크고 가무잡잡한 피부에 호리호리한 몸매를 지녔으며 십중팔구 외국인이 분명했다. 하지만 아무리 봐도 슬라브 사람 같지는 않았다. 버지니아는 그를 이탈리아 사람 혹은 스페인 사람쯤으로 생각했다.

"절 만나러 오셨나요? 제가 레블입니다만."

남자는 한동안 아무 말도 하지 않았다. 평가라도 하듯 그녀를 천천히 훑어볼 뿐이었다. 버지니아는 남자의 태도에 배어 있는 무례함을 즉시 간파하고는 성마르게 물었다.

"무슨 용건인지 말씀해 주시겠어요?"

"당신이 레블 부인이신가요? 티모시 레블 부인?"

"맞아요. 금방 말씀드렸잖아요."

"그렇군요. 이렇게 절 만나 주셔서 다행입니다, 레블 부인. 그렇지 않았으면 부인 하인에게도 말했다시피 당신 남편분과 문제를 해결해야 됐겠죠."

버지니아는 놀라 그를 쳐다봤지만 뭔지 모를 충동에 입 밖으로 막 튀어나오려던 반격을 삼켰다. 그녀는 심드렁하게 이 말을 건네는 것으로 만족했다.

"그러기는 좀 힘드셨을 텐데요."

"아뇨. 전 아주 집요한 사람입니다. 그건 그렇고 본론으로 들어가죠. 이게 뭔지는 아시겠죠?"

남자는 손에 든 물건을 자랑스럽게 흔들어 보였다. 버지니아는 전혀 무관심한 얼굴로 그것을 쳐다봤다.

"이게 뭔지 말씀해 주실 수 있겠습니까, 부인?"

"편지 같은데요."

버지니아는 정신 나간 사람을 상대하게 생겼음을 비로소 깨달으며 대답했다.

"그럼 이 편지가 누구에게 보내진 건지도 아시겠군요."

남자는 편지를 내밀며 의미심장하게 말했다.

버지니아는 상냥하게 알려 주었다.

"여기 써 있네요. 파리 퀘넬가(街) 15번지에 사는 '캡틴 오닐' 앞으로 되어 있군요."

남자는 굶주린 시선으로 버지니아의 얼굴을 열심히 뜯어봤지만 아무런 낌새도 발견할 수 없었다.

"부인께서 그걸 좀 읽어 주시겠습니까?"

버지니아는 그에게서 봉투를 넘겨받아 안에 든 것을 꺼내 흘깃 훑어보더니 일순 딱딱한 태도로 돌변해 그것을 다시 내밀었다.

"이건 지극히 사적인 편지군요. 내가 읽을 게 못 됩니다."

남자는 냉소적인 웃음을 터뜨렸다.

"그런 행동을 하시다니 정말 존경스럽군요, 레블 부인. 정말 완벽한 연기력의 소유자십니다. 그렇다고 해도 설마 이 서명까지 부인하진 못하시겠죠!"

"서명요?"

버지니아는 편지를 넘겨보곤 놀라서 그만 말문이 막히고 말았다. 옆으로 기울어진 섬세한 필체로 분명히 '버지니아 레블'이라는 이름이 적혀 있었다. 놀란 비명 소리가 금방이라도 입 밖으로 튀어나오려는 것을 가까스로 억누르며 그녀는 편지 앞머리로 돌아가 차근차근 전문을 읽어 내려갔다. 그러곤 선 채로 잠시 생각에 빠졌다. 편지의 성격으로 미루어 앞으로 무슨 일이 벌어질지 불 보듯 뻔했다.

"자 어떻습니까, 부인? 그게 부인 성함 맞죠?"

"아, 맞아요. 내 이름이네요."

하지만 그것은 버지니아의 글씨가 아니었다. 그 사실을 밝히는 대신 버지니아는 자신을 찾아온 방문객에게 이상야릇한 미소를 던지며 다정한 목소리로 제안했다.

"우리 앉아서 이야기 좀 나눌까요?"

남자는 당황했다. 그녀가 이렇게 나올 줄은 전혀 생각지 못했기 때문이었다. 그는 버지니아가 자신을 전혀 겁내지 않는다는 것을 본능적으로 깨달았다.

"우선 당신이 날 어떻게 찾아냈는지부터 알고 싶군요."

"그건 어렵지 않았습니다."

남자는 신문에서 찢어 낸 페이지를 주머니에서 꺼내 버지니아에게 건넸다. 앤터니 케이드였다면 그것을 금세 알아봤을 터였다.

버지니아는 고심이 되는지 다소 찌푸린 얼굴로 그것을 남자에게 돌려주었다.

"그랬군요. 아주 쉬웠겠어요."

"레블 부인, 잘 아시겠지만 편지는 이게 다가 아닙니다. 다른 것들도 있어요."

"이를 어째. 내가 너무 경솔했었나 봐요."

버지니아는 또다시 자신의 가벼운 말투 탓에 상대가 당혹스러워하고 있음을 알아차렸다. 이제 버지니아는 눈앞에서 벌어지는 상황을 즐기고 있었다. 그녀는 상냥하게 미소까지 머금고 말했다.

"어쨌거나 이렇게 손수 날 찾아와서 편지를 돌려주시고, 정말 친절한 분이시군요."

사내가 목소리를 다듬으며 잠시 뜸을 들이다가 이윽고 의미심장한 목소리로 입을 열었다.

"전 가진 게 없는 사람입니다, 레블 부인."

"그만큼 하늘나라에 들어가기는 훨씬 쉬우시겠네요. 다들 그렇게 말하잖아요."

"전 이 편지들을 부인께 거저 넘겨줄 수가 없습니다."

"뭔가 잘못 생각하고 계시는 것 같군요. 이 편지들의 임자는 그걸 쓴 사람이에요."

"법적으로는 그렇겠죠. 하지만 부인, 영국에 이런 속담이 있습니다. '가진 사람이 임자다.' 어찌 됐든 그럼 부인께선 법에 호소할 작정이신가요?"

"공갈 협박범들에게 더없이 가혹한 게 법이라고 하더군요."

버지니아는 쐐기를 박듯 말했다.

"이봐요, 레블 부인. 전 바보가 아닙니다. 저도 이 편지들, 즉 한 여인이 자신의 애인에게 보낸 편지들을 읽어 봤는데 하나같이 남편에게 들킬까 봐 무서워 벌벌 떠는 내용이더군요. 제가 이걸 당신 남편에게 갖다 바쳐도 괜찮으시겠습니까?"

"당신은 한 가지 가능성을 잊고 있어요. 이 편지들은 쓰인 지 오래된 것들이에요. 그 뒤로 내가 과부가 되었을지 누가 알아요?"

남자는 확신에 차서 고개를 저었다.

"그랬다면, 다시 말해 당신이 날 전혀 겁내지 않았다면 나하고 마주 앉아 이런 얘기를 하고 있지는 않겠죠."

버지니아는 미소를 지으며 사무적인 태도로 물었다.

"얼마면 되죠?"

"1000파운드만 주시면 몽땅 넘겨 드리죠. 물론 보잘것없는 액수지만 알다시피 저도 이런 일은 체질이 아니라서요."

"당신에게 1000파운드를 내줄 생각은 꿈에도 없는데요."

버지니아는 단호한 어조로 말했다.

"부인, 전 흥정 따위 안 합니다. 1000파운드입니다. 그럼 당신 손에 이 편지들을 넘겨 드리죠."

버지니아는 곰곰이 생각했다.

"생각할 시간을 주세요. 그렇게 큰돈을 한꺼번에 마련하기가 나로서도 쉬운 일은 아니거든요."

"그럼 계약금조로 다만 얼마라도 주시죠, 한 50파운드 정도. 그럼 다시 찾아오죠."

버지니아는 시계를 올려다봤다. 시계는 4시 5분을 가리키고 있었고 얼핏 벨 소리가 들린 듯도 했다.

"좋아요. 내일 다시 오세요. 하지만 지금보다 좀 늦은 시간이면 좋겠네요, 한 6시쯤."

서둘러 말한 뒤 그녀는 벽에 붙여 놓은 책상으로 다가가 서랍 자물쇠를 열고 아무렇게나 흐트러진 지폐 한 줌을 꺼냈다.

"40파운드쯤 될 거예요. 이 정도면 되겠죠?"

사내는 탐욕스럽게 돈을 낚아챘다.

"그럼 당장 가 줘요. 부탁이에요."

사내는 순순히 방을 나갔다. 벌어진 문틈으로 방금 전 칠버스의 안내를 받고 위층의 홀로 올라온 조지 로맥스의 모습이 언뜻 눈에 들어왔다. 현관문이 닫히자 버지니아가 그를 불렀다.

"어서 와요, 오빠. 칠버스, 부탁인데 차 좀 이리로 갖다 줘."

그녀는 창문 두 짝을 활짝 열어젖혔다. 방으로 들어선 조지 로맥스는 불안한 시선으로 머리칼을 바람에 흩날리며 꼿꼿이 서 있는 그녀를 발견했다.

"아, 금방 닫을 거예요. 아무래도 환기를 시켜야 할 것 같아서요. 오시다가 홀에서 공갈 협박범하고 마주치진 않으셨어요?"

"뭐?"

"공갈 협박범요, 오빠. 공갈 협박범. 남 협박하는 게 일인 사람요."

"무슨 소리냐, 버지니아? 설마 농담이겠지?"

"어머, 아니에요, 오빠."

"하지만 도대체 어느 놈이 누굴 협박하러 여길 왔단 얘기냐?"

"그야 나죠."

"허 참! 버지니아, 너 무슨 일이라도 저지른 거냐?"

"글쎄요. 공교롭게도 딱히 그럴 만한 일이 없었네요. 그 신사분이 날 다른 사람으로 착각한 거예요."

"경찰은 불렀겠지?"

"아뇨, 안 불렀어요. 오빠 내가 경찰을 불렀어야 한다고 생각하는군요."

조지는 깊은 생각에 잠겼다.

"글쎄다. 아니, 그건 아닌 것 같구나. 아무래도 네가 지혜로웠던 것 같다. 괜히 그런 일에 말려들었다가 너에 대해 안 좋은 소문이라도 퍼지는 날엔 상황만 복잡해질 거다. 자칫 증언을 하러 법정에 출두해야 할지도 모르고……."

"제발 그래 봤으면 좋겠어요. 법정이란 데에 불려가서 밖에서 보고 듣던 대로 판사들이 정말 되도 않는 허튼 농담들을 늘어놓는지 보고 싶어요. 최고로 짜릿한 경험일 텐데. 저번에 잃어버린 다이아몬드 브로치를 찾으려고 바인가(街)에 갔는데 거기에 정말로 끝내주게 귀여운 경찰이 있는 거 있죠. 내가 만난 남자 중에 최고로 멋졌어요."

으레 그러듯이 조지는 버지니아가 헛소리를 떠들든 말든 가만 두었다.

"그래서 그 나쁜 놈을 어떻게 했는데?"

"그게 오빠, 말하기 뭣하지만 그냥 하는 대로 내버려 뒀어요."

"뭘 내버려 둬?"

"날 협박하도록요."

조지가 어찌나 험악한 표정을 짓는지 버지니아는 자기도 모르게 아랫입술을 깨물었다.

"그러니까 네 말은 그놈이 잘못 알고 있는 걸 제대로 일깨워 주지 않았다 그 말이냐?"

버지니아는 곁눈질로 슬쩍 그를 쳐다보면서 고개를 끄덕였다.

"세상에, 버지니아. 너 미쳤구나."

"오빠 눈엔 그렇게 보일 거예요."

"하지만 왜? 도대체 왜 그랬어?"

"이유야 많죠. 첫 번째로는 그 사람 하는 행동이, 그러니까 날 협박하는 게 아주 그럴듯했거든요. 자신의 역작을 근사하게 빚어내고 있는 예술가를 방해하기가 싫었어요. 게다가 또 오빠도 알겠지만 생전 처음 협박이란 걸 당해 보니……."

"나 같으면 그런 일은 바라지도 않겠다."

"어떤 기분이 들지 궁금하던데요."

"도무지 너란 아이는 이해할 수가 없구나, 버지니아."

"오빠가 날 이해 못 할 줄 알았어요."

"설마 놈에게 돈을 주진 않았겠지?"

"아주 조금요."

버지니아는 변명조로 대답했다.

"얼마나?"

"40파운드."

"버지니아!"

"오빠, 그건 야회복 한 벌 값밖에 안 돼요. 새 옷을 사는 것만큼이나 새로운 경험을 위해 돈을 내는 건 아주 짜릿한 일이라고요. 사실은 그보다 더 낫지만."

조지 로맥스는 고개만 절레절레 저었다. 때마침 칠버스가 찻주전자를 들고 나타나는 바람에 그는 화를 제대로 터뜨리는 수고를 덜었다. 칠버스가 방 안으로 차를 들이자 버지니아는 육중한 은주전자를 들고 능숙한 손길로 차를 따르며 앞서 하던 이야기를 계속했다.

"이유는 또 있어요, 오빠. 훨씬 기발하고 훌륭한 이유죠. 우리 여자들을 두고 흔히 남 잘되는 일 못 보는 심술쟁이라고들 하지만 적어도 오늘 오후에 난 낯모르는 여자에게 좋은 일 한 가지를 한 거예요. 그 남자는 나 말고 다른 버지니아 레블을 찾아갈 것 같지 않더군요. 자기가 찾던 사냥감을 찾은 줄로만 알더라고요. 가엾기도 하지. 그 여자는 그 편지들을 쓰면서 바보처럼 파랗게 겁에 질렸겠죠. 그 인간, 번지수만 제대로 찾았으면 평생 처음 식은 죽 먹기로 한 건 해치울 수 있었을 텐데. 본인은 몰랐겠지만 하필 아주 고단수의 상대를 만난 거죠. 나는요, 지금까지 한 점 부끄러움 없는 인생을 살아왔다는 이점을 발판으로 흔히 책에서 나오듯 그 인간을 갖고 놀다가 아주 끝장을 내 버릴 생각이에요. 있는 꾀 없는 꾀를 총동원해서."

조지는 여전히 고개를 가로저으며 반대를 표했다.

"그건 아니다. 그건 아니야."

"신경 쓰지 마세요, 오빠. 나랑 공갈 협박범 따위 얘기나 하려고 여기 온 건 아니잖아요. 그런데 진짜 여긴 무슨 일이세요? 내가 모범 답안을 맞혀 볼까요? '널 보러!' 여기서 '널'에 악센트를 준다. 그리고 두 손으로 그녀의 손을 의미심장하게 잡는다. 단, 만에 하나 버터로 떡칠을 한 머핀 따위를 먹고 왔을 땐 예외이며 이땐 모든 행동을 눈으로만 해야 한다."

조지는 심각하게 대답했다.

"널 보러 왔다. 마침 너 혼자 있어서 다행이구나."

"어머, 오빠. 너무 뜻밖인데요."

버지니아는 건포도 한 알을 삼키며 말했다.

"네게 부탁이 있다. 버지니아, 난 그전부터 널 대단히 매력적인 여자라고 생각해 왔다."

"어머, 오빠!"

"그뿐만 아니라 똑똑한 여자라고 생각했지."

"정말요? 어쩜 남자들은 날 잘도 알아본다니까."

"버지니아, 내일 영국에 한 청년이 도착할 텐데 네가 그 사람을 만나 줘야겠다."

"괜찮기는 한데, 우선 오빠 시나리오를 분명히 알아듣도록 말해 보세요."

"장담하지만 승낙만 하면 너의 무한한 매력을 실험해 볼 기회가 될 거다."

버지니아는 한쪽으로 고개를 갸웃했다.

"오빠, 난 직업적으로 남을 홀리는 짓은 안 해요. 워낙에 내가 사람들을 좋아하니까 그 사람들도 종종 내게 호감을 보일 때도 있어요. 하지만 생전 본 적도 없는 가여운 남자를 아무 느낌도 없이 유혹하는 짓은 못 해요. 그런 일은 못 해요, 오빠. 정말 안 돼요. 그런 일이라면 나보다 몇 갑절 잘하는 직업여성들을 데려다 써요."

"그건 말도 안 된다, 버지니아. 각설하고 그 청년은 캐나다인으로 성은 맥그러스……."

"스코틀랜드계 캐나다인이군요."

버지니아는 이름을 바탕으로 그 사실을 추론해 냈다.

"내 보기에 십중팔구 그 청년은 영국 상류 사회의 예절에 그다지 익숙지 않을 거다. 해서 그 친구에게 제대로 된 영국 요조숙녀의 매력과 분별력을 감상할 기회를 주고 싶다."

"나더러 그 일을 하란 말씀이에요?"

"그래."

"내가 왜요?"

"뭐라고?"

"'내가 왜요?'라고 물었어요. 길 잃은 캐나다 사람이 우리 영국 해안에 발을 내디뎠다고 해서 본토박이 영국 요조숙녀가 매번 마중 나가야 되는 건 아니잖아요. 도대체 무슨 꿍꿍이예요? 아니, 터놓고 말해서 도대체 오빠가 그 일로 얻는 게 뭐죠?"

"그게 너하고 무슨 상관이 있는지 모르겠구나, 버지니아."

"정확한 이유를 알기 전에는 모르는 남자와 저녁을 보내며 유혹

하는 짓 따윈 못 해요."

"넌 참 말도 희한하게 하는구나. 남들이 들으면…….

"이상하게 생각할까 봐 걱정되나요? 제발, 오빠, 무슨 일인지 조금만 더 알려 줘요."

"버지니아, 조만간 중부 유럽의 어떤 나라가 정세 불안으로 들썩거리게 될 거다. 정확한 이유는 밝힐 수 없지만 이 남자, 그러니까 맥그러스라는 청년에게 헤르초슬로바키아에서 왕정이 복고되어야만 유럽이 평화로워진다는 걸 알려 줘야 해."

버지니아가 냉정한 목소리로 끼어들었다.

"유럽의 평화라는 부분은 지나친 과장이에요. 하지만 왕정복고라면 언제든 찬성이에요. 특히나 헤르초슬로바키아 국민처럼 독특한 사람들 일이라면요. 그러니까 오빠 말은 결국 헤르초슬로바키아 정부에 국왕 후보를 추대할 생각이다, 그 얘기군요? 그게 누군데요?"

조지는 대답하기가 망설여졌지만 질문을 회피할 만한 뾰족한 수가 떠오르지 않았다. 버지니아와의 문답은 그가 계획했던 것과 전혀 딴 방향으로 흘러가고 있었다. 그는 버지니아를 다루기 쉬운 여자라고 생각하여 그녀가 자기가 준 힌트를 기쁜 마음으로 감지덕지하게 받아들이고 이상한 질문 따위는 하지 않을 줄 알았다. 이것은 전혀 예상치 못한 일이었다. 버지니아는 기필코 모든 것을 알아낼 작정인 듯했고, 반면 평소에 여자란 믿을 만한 사람이 못 된다는 신념이 있던 조지는 무슨 일이 있어도 답변을 회피할 작정이었다. 조지의 판단은 잘못된 것이었다. 버지니아는 이런 일에 어울리는 여자가 아니었다. 외려 심각한 문제를 일으킬 수 있었다. 버지니아가 협박범과 나눈 이야기는 조지의 가슴속에 더욱 어두운 우려의 그림자를 드리웠다. 버지니아는 진지한 문제를 진지하게 다룰 줄 모르는, 도무지 신뢰가 가지 않는 여자였다.

버지니아가 대놓고 답변을 요구하고 있었기 때문에 조지는 하는 수 없이 입을 열었다.

"미하엘 오볼로비치 왕자다. 하지만 더 이상은 알려고 하지 마라."

"바보 같은 소리 말아요, 오빠. 그런 얘기라면 신문에서 벌써부터 떠들고 난리예요. 게다가 기사들은 오볼로비치 왕가를 추켜세울 뿐 아니라 살해된 니콜라스 4세에 대해서도 삼류 여배우에게 농락당한 바보 얼간이가 아니라 성인과 영웅의 중간쯤 되는 존재로 떠들어 대고 있다고요."

조지는 움찔했다. 그는 버지니아를 원군으로 명단에 올린 것이 자신의 실수였다는 사실을 그 어느 때보다도 뼈저리게 통감했다. 당장이라도 그녀를 명단에서 제외시켜야 했다.

그는 작별 인사를 하러 자리에서 일어서면서 서둘러 말했다.

"네 말이 맞다, 버지니아. 너한테 이런 부탁을 하는 게 아니었어. 하지만 우리 정부는 영연방이 이번 헤르초슬로바키아 비상사태에 같은 입장을 취하기를 간절히 원하고 있고, 난 맥그러스가 어떤 식으로든 언론에 영향을 끼칠 거라고 본다. 나는 네가 워낙 열렬한 왕정주의자고 그 나라에 대해서도 잘 알고 있어서 그 친구를 만나면 좋을 거라고 생각했을 뿐이야."

"얘기가 그렇게 된 거군요?"

"그래. 하지만 이제 보니 넌 그 친구를 전혀 마음에 들어 하지 않겠구나."

버지니아는 잠시 그를 쳐다보다 웃음을 터뜨렸다.

"오빠. 어쩜 거짓말도 그렇게 서툴러요?"

"버지니아!"

"세상에 그렇게 거짓말을 못할까! 내가 오빠만큼 훈련을 받았으면 어떻게든 그보단 낫게 꾸며 댔을 거예요, 제법 그럴듯하게. 가여운 오빠, 물론 그래 봤자 나는 다 눈치챘겠지만요. 그건 믿어도 돼요. 비밀에 싸인 맥그러스라. 이번 주말에 침니스에 가면 한두 가지 힌트는 얻게 될 테니 신경 쓸 일 없겠네요."

"침니스? 네가 침니스에 간다고?"

조지는 당황스러움을 감출 수가 없었다. 그는 조만간 케이터햄 경을 만나 초청 파티 건을 비밀에 부치라고 말할 생각이었다.

"오늘 아침에 번들이 전화를 걸어서 와 달라고 하던데요."

조지는 최후의 노력을 기울였다.

"아마 무척 지루한 파티일 거다. 네 취향이 아닐 거야, 버지니아."

"가여운 오빠, 왜 날 믿고 사실대로 털어놓지 않아요? 아직도 안 늦었어요."

조지는 그녀의 손을 잡았다가 힘없이 내려뜨리고는 낯 하나 붉히지 않고 냉랭하게 말했다.

"난 너한테 사실대로 말했다."

버지니아는 마음에 든다는 듯이 말했다.

"이번 거짓말은 한결 낫네요. 하지만 그 정도로는 부족해요. 기운 내요, 오빠. 오빠 말대로 꼭 침니스에 가서 끝도 없는 내 매력을 마음껏 발산할게요. 별안간 사는 게 한결 재미나게 느껴지는데요. 처음엔 공갈 협박범 그리고 나중엔 외교로 머리가 아픈 조지 오빠. 과연 그 청년이 애처롭게 믿어 달라고 구걸하는 아리따운 여인에게 모든 걸 털어놓을까요? 천만에. 마지막 순간이 될 때까지 입도 뻥긋 안 하겠죠. 그럼 조심해서 가요, 오빠. 떠나기 전에 한 번만 좋은 얼굴 하고 가면 안 돼요? 싫다고요? 아이, 오빠. 그렇게 골난 얼굴 하지 말아요!"

조지가 무거운 걸음걸이로 현관문을 빠져나가자 버지니아는 득달같이 전화기로 달려갔다.

그녀는 원하던 전화번호를 찾아내 다이얼을 돌리고 아일린 브렌트를 찾았다.

"번들? 나 내일 침니스에 가기로 했어. 뭐? 따분할 거라고? 아니, 그런 일 없을 거야! 번들, 제아무리 야생마들이라도 날 쫓아내진 못해! 두고 봐!"

맥그러스가 초대를 거절하다

편지 뭉치가 사라졌다!

일단 편지 뭉치가 사라졌다는 사실을 인정한 이상 그것을 받아들이는 수밖엔 달리 도리가 없었다. 앤터니는 주세페를 쫓아서 블리츠 호텔의 복도를 죄다 돌아다녀 봤자 소용없다는 것을 잘 알고 있었다. 그랬다간 괜히 소동만 일으켜 긁어 부스럼이 될 뿐더러 모든 가능성을 고려해 볼 때 목적을 달성할 가능성도 희박했다.

그는 주세페가 다른 포장지에 싸여 있던 편지 뭉치를 회고록으로 착각했을 거라고 결론 내렸다. 주세페가 자신의 실수를 깨달으면 또다시 회고록을 손에 넣으려고 시도할 거라는 계산이 나왔다. 그럴 경우를 대비해 앤터니는 철저한 대비를 갖추기로 했다.

앤터니는 편지 뭉치를 돌려받기 위해 주도면밀하게 광고를 내자는 계획을 떠올렸다. 만약 주세페가 붉은 손 당의 끄나풀이거나 또는 보수당 소속이라면 (사실 앤터니는 이쪽에 더 큰 가능성을 두었다.) 그 편지들은 이들 패거리에게 아무런 관심거리가 되지 못할 것이 분명했다. 그렇다면 그걸 돌려준답시고 푼돈 따위를 요구하려 들지도 모를 일이었다.

앤터니는 모든 생각을 정리한 뒤 잠자리로 돌아가 아침까지 편안하게 수면을 취했다. 주세페가 하룻밤 새 두 차례 맞대면을 원할 것 같지는 않았다.

앤터니는 주도면밀하게 세운 작전을 머릿속에 담고 자리에서 일어났다. 그는 맛있는 아침 식사를 하고 헤르초슬로바키아에서 새로운 유전이 발견되었다는 기사로 도배된 신문들에 눈길을 준 뒤 지배인과의 면담을 요청했다. 그런 다음 앤터니 케이드 본연의 자질, 즉 조용한 결단력을 무기로 십분 발휘해서 바라던 것을 얻어 내는 데 성공했다.

프랑스인으로 극도의 상냥함이 몸에 밴 지배인은 자기 사무실에서 앤터니를 맞이했다.

"절 보자고 하셨습니까, 맥그러스…… 씨?"

"그렇습니다. 나는 어제 오후에 이 호텔에 도착했고 내 방에서 주세페라는 웨이터가 가져다준 식사를 했습니다."

그는 잠시 말을 끊었다.

"저희 호텔에 그런 이름을 가진 웨이터가 한 명 있긴 합니다."

지배인은 별 반응 없이 동의했다.

"그자의 태도가 얼핏 수상하다 싶었지만 그땐 별생각이 없었습니다. 그런데 밤늦게 누군가가 내 방에서 살그머니 움직이는 소리가 나기에 그만 잠을 깼지 뭡니까. 불을 켜 보니 바로 그 주세페라는 작자가 내 가죽 가방을 마구 뒤지고 있더군요."

지배인의 얼굴에서 무심한 표정이 싹 가셨다.

"하지만 전 그런 얘길 들은 적이 없는데요! 왜 저한테 곧바로 알려 주시지 않았습니까?"

"하여간 그 작자와 잠시 난투를 벌였는데, 설상가상으로 그놈이 칼까지 들고 있더군요. 결국 창문으로 도망가 버렸습니다."

"그래서 어쩌셨습니까, 맥그러스 씨?"

"가방에 든 내용물을 살폈죠."

"뭐 잃어버린 거라도 있으셨나요?"

"아뇨, 중요한 건 다 있더군요."

앤터니는 천천히 대답했다.

지배인은 한숨을 내쉬며 의자에 등을 기댔다.

"다행이군요. 하지만 맥그러스 씨, 이런 말씀을 드려도 될지 모르겠지만 전 이번 사고에 대한 손님의 태도가 좀처럼 납득이 가지 않습니다. 호텔 직원들을 깨운다든가 하지 않으시다니요? 도둑을 쫓지도 않으셨고요."

앤터니는 어깨를 으쓱해 보였다.

"말씀드렸다시피 중요한 건 그대로 있었으니까요. 물론 엄밀하게 말하면 이런 일은 경찰이 나서서……."

그가 말을 끊자 지배인은 썩 내키지 않는 목소리로 중얼거렸다.

"경찰이라…… 물론 그러시겠죠."

"하지만 난 그 작자가 어떻게든 솜씨 좋게 도망쳤을 거라고 믿어 의심치 않았습니다. 잃어버린 물건도 없는데 뭣 하러 경찰을 오라 가라 귀찮게 하겠습니까?"

그러자 지배인이 얼핏 미소를 지었다.

"맥그러스 씨, 제가 경찰을 이 일에 끌어들일 생각이 전혀 없다는 걸 눈치채신 모양이군요. 제 소견으로 그건 정말로 화를 불러들이는 짓입니다. 신문사 사람들이란 저희 호텔처럼 상류 인사들이 드나드는 최고급 호텔과 연관된 사건이 걸려들었다 하면 경중에 관계없이, 하다못해 너무나 별 볼 일 없는 사건이라 하더라도 주야장천 떠들어 대서 말이죠."

"맞는 말씀입니다. 내가 방금 중요한 물건은 하나도 잃어버리지 않았다고 했는데 물론 어떤 의미에선 그건 완벽한 사실입니다. 그 도둑놈에게야 가치 있는 물건은 하나도 없었을 테니까요. 한데 그 놈이 나한테는 더없이 소중한 물건을 가져가 버렸더군요."

"무슨 말씀이신지?"

"바로 편지 뭉치랍니다."

지배인의 얼굴에 프랑스 사람만이 터득할 수 있는, 도저히 보통 사람은 지을 수 없는 냉정한 표정이 생겨났다.

"무슨 말씀이신지 알겠습니다. 분명히 알겠어요. 그렇다면야 더더욱 경찰이 관여할 일이 아니겠네요."

"그 점에 대해선 우리 생각이 같군요. 그러나 내가 그 편지들을 어떻게든 되찾고자 한다는 걸 알아 두셔야 할 겁니다. 내가 태어난 세계는 말이죠, 사람들이 자기 일은 자기가 알아서 처리하는 데 익숙하거든요. 하여 내가 여길 찾아온 이유는 그 웨이터, 즉 주세페에 대해 당신이 아는 정보 일체를 넘겨주십사 해서입니다."

지배인은 잠시 뜸을 들이다가 대답했다.

"그야 여부가 있겠습니까. 물론 지금 당장 알려 드릴 수는 없지만 30분쯤 뒤에 다시 방문해 주시면 모든 걸 완벽하게 준비해 놓겠습니다."

"정말 고맙습니다. 그렇게만 해 주시면 저야 대만족이죠."

30분 뒤 지배인은 사무실을 찾아온 앤터니에게 약속대로 완벽한 자료를 제공해 주었다. 주세페 마넬리에 관한 모든 정보가 종이 한 장에 일목요연하게 정리되어 있었다.

"보시다시피 그자는 석 달쯤 전에 저희 호텔에 왔습니다. 노련하고 경험이 풍부한 웨이터였죠. 전혀 흠잡을 데 없는 직원이었습니다. 영국에 온 지는 5년 되었고요."

둘은 그 이탈리아인이 근무했던 호텔이며 식당 목록을 함께 훑어봤다. 그 과정에서 앤터니는 중요한 사실 한 가지를 발견했다. 문제의 호텔 두 곳에서 주세페가 근무하는 동안 큰 도난 사건이 발생했는데 두 번 모두 그는 아무 혐의도 받지 않았다. 그럼에도 이는 뜻하는 바가 컸다.

주세페는 단순히 영리한 호텔 털이범이었을까? 앤터니의 가방을 뒤진 것은 단순히 습관적이고 직업적인 행동이었을까? 놈은 앤터니가 불을 켰을 때 마침 그 편지 뭉치를 손에 들고 있었고 그러다 두 손을 자유롭게 쓰기 위해 기계적으로 주머니에 쑤셔 넣었을 수도 있었다. 그렇다면 이번 일은 그저 평범하고 흔해 빠진 도적질이라는 결론이 나왔다.

하지만 이 경우에는 전날 저녁 탁자에 놓여 있던 편지며 원고를 보고 주세페가 흥분했던 일은 전혀 납득이 가지 않았다. 탁자에는 평범한 좀도둑의 구미를 자극할 만한 돈이나 귀중품이 전혀 없었기 때문이었다.

'아니야.'

앤터니는 주세페가 필시 어떤 외부 조직의 하수인 노릇을 하고 있었을 거라고 확신했다. 지배인이 내준 정보를 활용하면 주세페의 사생활에 대해 뭔가 알아낼 수 있을 테고, 놈을 찾아낼 가능성도 있었다. 앤터니는 종이를 집어 들고 자리에서 일어섰다.

"정말 감사합니다. 물어보나 마나겠지만 혹여 주세페가 아직까지 이 호텔에 있지는 않겠죠?"

지배인은 소리 없이 웃었다.

"그자의 방에 가 봤더니 아예 잠잔 흔적이 없더군요. 소지품도 모두 그대로 있었습니다. 손님 방을 덮친 뒤 그 길로 곧장 줄행랑을 친 것이 분명합니다. 제 생각엔 두 번 다시 그자를 볼 일이 없을 것 같은데요."

"그럴 것 같군요. 어쨌거나 참으로 감사합니다. 아, 난 당분간 여기서 묵을 생각입니다."

"부디 성공적으로 일을 끝마치시길 빌겠습니다. 하지만 그리 만만한 일은 아닐 것 같군요."

"잘 풀리기만 빌 뿐이지요."

앤터니가 택한 초동 수사 방식은 주세페와 절친하게 지낸 웨이터 몇 명에게 그가 갈 만한 곳을 묻는 것이었다. 하지만 결과적으로 신통한 대답을 얻지는 못했다. 앤터니는 애초 계획했던 대로 광고문을 작성해서 구독자가 가장 많은 신문사 다섯 군데에 보냈다. 그 후 주세페가 앞서 근무했던 식당을 찾아가려고 방을 막 나서려는데 전화벨이 울렸다. 앤터니는 수화기를 집어 들었다.

"여보세요? 맥그러스 씨 맞습니까?"

억양 없는 목소리가 저편에서 들려왔다.

"맞는데요. 누구시죠?"

"여기는 '발더슨 앤드 호지킨스' 출판사입니다. 잠깐만 기다려 주십시오. 발더슨 씨께 연결해 드리겠습니다."

'우리의 그 귀하신 출판업자신가 보군. 슬슬 걱정이 되는 모양이지? 그럴 필요 없는데. 아직 일주일이나 남았잖아.'

별안간 다정한 목소리가 앤터니의 귓전을 때렸다.

"여보세요! 맥그러스 씨 되십니까?"

"그런데요."

"전 발더슨 앤드 호지킨스 출판사의 발더슨입니다. 원고는 무사합니까, 맥그러스 씨?"

"그게 무슨 말씀입니까?"

"원고가 아무 탈 없이 있는지 궁금해서 그렇습니다. 남아프리카에서 영국에 도착하신 지 얼마 안 됐다고 들었습니다. 그러니 지금 상황을 잘 모르실 겁니다. 맥그러스 씨, 그 원고 때문에 골치 아픈 일이 생길 겁니다. 그것도 아주 골치 아픈 일이. 오죽하면 그 원고를 맡는다는 소리를 하지 말았어야 했다는 생각까지 들겠습니까."

"설마요?"

"틀림없습니다. 지금으로선 원고를 가능한 빨리 손에 넣어야 한다는 생각뿐입니다. 그런 다음에 복사본 두 부를 만들어 놓을 참입니다. 그럼 원본을 못 쓰게 되더라도 큰 탈은 없을 테니까요."

"나 원 참, 도무지."

"그래요, 무슨 헛소린가 싶으실 겁니다. 그러나 분명히 말하지만 맥그러스 씨는 지금 상황을 잘 모르고 있어요. 분명 그 원고가 우리 사무실에 도착하는 걸 막으려는 시도가 있습니다. 절대 허튼소리가 아닙니다. 솔직히 말씀드려서 당신이 그 원고를 직접 가져올 생각이라면 십중팔구 여기까지 올 수도 없을 겁니다."

"말도 안 되는 소리예요. 난 내가 가고 싶은 곳은 어디든 갑니다."

"위험천만한 자들이 당신을 예의 주시하고 있어요. 그것도 한둘이 아닙니다. 한 달 전이었다면 저 자신도 이런 일을 믿지 않았을 겁니다. 솔직히 말씀드리면 맥그러스 씨, 우린 지금 이런저런 패거리들이 퍼붓는 뇌물 공세며 공갈 협박이며 감언이설에 시달려 앞뒤를 분간하지 못할 만큼 넋이 나간 상태입니다. 부탁드리고 싶은 건 제발 그 원고를 우리 사무실로 가져올 생각을 하지 말아 달라는 겁니다. 우리 측 사람 한 명이 호텔로 당신을 찾아가서 원고를 받아올 겁니다."

"그러다 깡패들에게 당하면요?"

"그건 우리가 알아서 할 문제지 당신 책임은 아닙니다. 우리 사람에게 원고를 넘겨주시면 그 대가로 계약 소멸 통지서를 받게 될 겁니다. 그리고 당신에게 건네주기로 되어 있는 1000파운드 수표는 고인, 즉 원고의 저자와 맺은 계약서상의 지불 조건에 따라 돌아오는 수요일까지는 드릴 수가 없습니다. 누굴 말하는지 잘 아실 겁니다. 그래도 굳이 받아야겠다고 하시면 심부름꾼 편에 같은 액수가 적힌 제 수표를 보내 드리겠습니다."

앤터니는 잠시 고민에 빠졌다. 원래대로라면 회고록을 가능한 한 마지막까지 내주지 않을 작정이었다. 도대체 무엇 때문에 다들 이렇게 난리 법석을 떠는지 알고 싶어서였다. 그럼에도 출판업자의 말투에서 강한 호소력이 느껴졌다. 앤터니는 짧은 한숨을 내쉬며 말했다.

"좋습니다. 그렇게 하시죠. 그쪽에서 사람을 보내 주세요. 그리고 괜찮으시다면 수표는 지금 바로 받고 싶습니다. 다음 수요일 전에 영국을 떠나게 될 것 같아서요."

"걱정 마십시오, 맥그러스 씨. 우리 대리인이 내일 아침 일착으로 당신을 찾아갈 겁니다. 사무실에서 곧바로 누군가를 보내는 건 위험할 것 같아서요. 우리 회사 직원인 홈즈 씨가 런던 남부에 삽니다. 그 사람이 출근길에 당신에게 들러서 원고를 받고 영수증을 줄 겁니다. 부탁입니다만 오늘 밤에 지배인의 금고에다 가짜 원고 뭉치를 넣어 두십시오. 그렇게 하면 당신을 노리고 있는 놈들의 귀에 정보가 들어갈 테고, 그럼 오늘 밤에 또다시 습격을 당하는 불상사를 막을 수 있을 겁니다."

"좋아요. 당신이 시키는 대로 하죠."

앤터니는 깊은 생각에 잠긴 채 수화기를 내려놓았다.

그는 갑작스러운 전화로 중단되었던, 미꾸라지처럼 교활한 주세페의 행적에 대해 뭔가 새로운 사실을 알아내려던 계획을 실행에 옮겼다. 하지만 결과는 완벽한 허탕이었다. 주세페는 문제의 식당에서 근무하긴 했지만 그의 사생활이나 친분 관계에 대해 아는 사람은 한 명도 없었다.

앤터니는 이를 악물고 중얼거렸다.

"하지만 넌 내 손으로 꼭 잡는다. 언젠가는 꼭 그렇게 될 거야. 시간문제일 뿐이지."

런던에서의 두 번째 밤은 더없이 평화로웠다.

이튿날 아침 9시, 급사가 발더슨 앤드 호지킨스 출판사 직원이라고 적힌 홈즈의 명함을 들고 올라왔다. 곧이어 홈즈라는 사람도 따라 들어왔다. 아담한 체격에 몸가짐이 차분하고 살결이 흰 남자였다. 앤터니는 원고를 넘겨주고 그 대가로 1000파운드짜리 수표 한 장을 받았다. 홈즈는 들고 온 작은 갈색 가방에 원고를 집어넣고 앤터니에게 아침 인사를 건넨 뒤 방을 나갔다. 모든 일이 너무나도 싱겁게 끝난 느낌이었다.

앤터니는 창밖을 내다보며 무심코 크게 중얼거렸다.

"하지만 또 모르지, 저 사람도 가는 도중에 누군가에게 살해될지. 알 수 없는 일이네. 정말 알 수 없는 일이야."

앤터니는 수표를 봉투에 넣고 그 위에 뭐라고 몇 줄을 적은 뒤 조심스럽게 봉했다. 불라와요에서 우연히 지미와 마주쳤을 때 앤터니는 주머니 사정이 두둑했던 그에게 꽤 많은 돈을 빌렸는데 지금까지도 그 돈은 고스란히 남아 있었다.

"이렇게 해서 한 가지 일은 끝났고 이제 하나가 남았군. 지금까진 영 어줍었단 말이야. 하지만 이 꼴로 물러선다면 앤터니가 아니지. 어디 보자, 적당히 꾸미고 나가서 폰트가 487번지나 한번 둘러볼까."

혼잣말을 한 앤터니는 소지품을 챙겨서 아래층으로 내려가 방 값을 지불하고 택시에 짐을 실었다. 그러곤 이곳에서 편안하게 지내는 데 아무 도움도 주지 않았다고 해도 지나가는 통행로에 서 있는 사람들에게 적당히 팁을 줬다. 그가 막 차를 타고 떠나려는데 꼬마 아이가 편지를 들고 계단을 헐레벌떡 뛰어내려왔다.

"손님, 이거 방금 손님한테 온 거예요."

앤터니는 한숨을 내쉬며 또다시 1실링을 내밀었다. 택시는 둔중한 신음 소리를 내더니 지독하게 고약한 기어 변속음과 함께 앞으로 튀어 나갔다. 앤터니는 편지를 뜯었다.

봉투에는 꽤나 기묘한 서류가 들어 있었다. 그는 네 번이나 되풀이해서 읽은 뒤에야 서류에 담긴 내용을 정확히 이해할 수 있었다. 편지는 소위 공무원들이 발행하는 공문서에서 흔히 볼 수 있는, 난

해하고 특이한 문체로 쓰여 있었다. 풀이하면 맥그러스가 남아프리카에서 오늘, 즉 목요일에 도착할 거라는 예측하에 스틸프티치 백작의 회고록에 대해 우회적으로 언급하고 조지 로맥스 장관과 극비리에 만나 대화를 나누기 전까지는 회고록과 관련해서 아무 조치도 취하지 말아 달라는 간청까지 담겨 있는 편지였다. 또한 참석자들이 대단한 인물들임을 암시하며 케이터햄 경의 파티에 손님 자격으로서 이튿날인 금요일 침니스로 와 달라는 분명한 초대의 글도 쓰여 있었다.

말 그대로 오리무중의, 처음부터 끝까지 애매모호한 내용의 편지였다. 앤터니는 편지 내용에 큰 호기심을 느끼며 애정 어린 말투로 중얼거렸다.

"역시 영국이군. 딱 이틀씩 시대에 뒤떨어지거든. 정말 딱한 일이야. 아무리 그래도 사실을 감추고 침니스로 갈 수는 없지. 그렇다면 마땅히 묵을 만한 여관은 있을까? 좋아, 나 앤터니 케이드는 나보다 약은 녀석이 없는 여관에 여장을 푼다."

앤터니가 창가에 기댔던 몸을 뒤로 젖히면서 목적지를 바꿔 말하자 운전기사는 별 한심한 곳을 다 간다는 듯이 콧방귀를 뀌며 지시대로 차를 몰았다.

택시는 런던의 구석진 여관촌에 있는 어느 여관 앞에서 멈췄다. 하지만 요금은 출발지의 격에 맞춰 받아 갔다.

그는 앤터니 케이드라는 이름으로 방을 잡은 뒤 지저분한 비즈니스 룸으로 들어가 블리츠 호텔의 로고가 찍힌 메모지를 꺼내 급히 뭔가를 적기 시작했다.

그는 메모지에다가 자신은 이미 지난 화요일에 도착했으며 문제의 원고는 발더슨 앤드 호지킨스 출판사에 넘겼고 즉시 영국을 떠날 예정이기 때문에 유감스럽게도 케이터햄 경의 친절한 초대는 받아들일 수 없다고 적었다. 그러고는 끝에다 '친애하는 제임스 맥그러스'라고 서명했다.

앤터니는 봉투에 우표를 붙이며 말했다.

"그럼 슬슬 업무에 착수해 볼까. 오늘부로 제임스 맥그러스는 끝, 이제부터 앤터니 케이드다."

시체

같은 목요일 오후, 버지니아 레블은 래널러 가든에서 테니스를 치고 있었다. 길고 호화스러운 리무진에 깊숙이 등을 기대고 앉아 폰트가로 돌아오는 내내 그녀의 입가에선 미소가 떠나지 않았다. 그녀는 잠시 후에 있을 협박범과의 맞대면에서 자신이 할 역할을 미리 연습하고 있었다. 물론 다시 찾아오지 않을 가능성도 없지는 않았지만 버지니아는 그자가 반드시 나타날 거라고 믿었다. 그만큼 자신이 손쉬운 먹잇감이라는 인상을 줬기 때문이었다. 어쨌거나 이 번엔 제대로 혼쭐을 내주리라!

차가 집 앞에 멈추자 버지니아는 계단을 올라가려다 말고 운전기 사에게 돌아서서 말했다.

"집사람은 좀 어때요, 월턴? 진작 묻는다는 게 잊었네."

"좀 나아진 것 같습니다, 마님. 의사 선생님이 6시 30분쯤에 와서 봐 주신다고 하셨어요. 차는 더 쓰실 생각이십니까?"

버지니아는 잠시 생각했다.

"주말엔 집을 떠나 있을 거예요. 패딩턴에서 6시 40분 기차를 탈 예정인데 택시 타고 가면 되니까 다시 차 쓸 일은 없을 거예요. 그러니 걱정 말고 의사나 만나 보세요. 혹여 주말에 야외로 나가는 게 집사람 건강에 좋을 거라고 하거든 아무 데고 데려가세요, 비용은 내가 댈 테니까."

운전기사의 고맙다는 인사를 급한 고갯짓으로 짧게 자른 뒤 버지니아는 계단을 뛰어 올라가 가방을 열고 현관 열쇠를 찾았다. 그러다 집 안에 두고 나왔음을 떠올리곤 급하게 벨을 울렸다.

당장은 아무 대답이 없어서 문 앞에서 기다리고 있는데 웬 청년이 계단을 걸어 올라왔다. 누추한 옷차림에 손에는 전단지 한 다발이 들려 있었다. 청년은 그중 한 장을 버지니아에게 건넸는데, 눈에 확 띄게끔 이런 제목이 적혀 있었다. '나는 왜 조국을 위해 봉사했는가?' 더불어 청년의 왼손에는 모금함이 들려 있었다.

"그런 한심한 시를 하루에 두 번씩이나 살 수는 없어요. 오늘 아침에도 하나 샀거든요. 정말이에요, 맹세해요."

버지니아가 간청하듯이 말하자 청년이 고개를 뒤로 젖히고 큰 소리로 웃었다. 버지니아도 따라 웃었다. 무심코 청년의 모습을 훑어보니 흔한 런던의 실업자들과 달리 상당히 호감이 가는 사람이라는 느낌이 들었다. 구릿빛 얼굴이며 호리호리하면서도 다부진 체격도 마음에 들었다. 심지어 그에게 뭔가 일자리를 주면 좋겠다는 생각까지 들었다.

하지만 바로 그때 현관문이 열리면서 버지니아는 순간적으로 이 실업자 청년에 대한 생각을 까맣게 잊어버렸다. 놀랍게도 문을 연 사람은 그녀의 몸종 엘리스였다.

버지니아는 홀로 발을 내디디며 날카로운 목소리로 물었다.

"칠버스는 어디 있지?"

"저기, 다른 식구들하고 떠났는데요, 마님."

"다른 식구들하고? 어디로?"

"다체트지 어디예요, 마님. 전보에서 말씀하신 교외 별장요."

"전보?"

버지니아는 어리둥절한 표정으로 물었다.

"마님께서 전보 보내셨잖아요? 분명히 보내셨어요. 1시간 전에 왔는걸요."

"난 전보 같은 거 보낸 적 없어. 뭐라고 쓰여 있었는데?"

"분명히 저쪽 탁자 위에 아직도 있을 거예요."

엘리스는 냉큼 탁자로 가더니 집어 온 것을 의기양양하게 안주인에게 내밀었다.

"여기 있잖아요, 마님!"

전보는 칠버스 앞으로 쓰여 있었고 내용은 다음과 같았다.

식구들을 즉시 교외의 별장으로 데려와서 주말 파티 준비를 해 줘요. 5시 49분 기차를 타도록.

전보는 전혀 이상할 것이 없었다. 그녀가 별안간 충동이 일어 강변의 방갈로에서 파티를 열 때 흔히 보내는 내용과 똑같았다. 버지니아는 집 볼 사람으로 노파 한 명만 남기곤 집안 식구 모두를 그리로 불러 모으곤 했다. 칠버스는 늘 받던 전보라고만 생각하고 충직한 하인답게 안주인의 지시를 충실히 수행한 것뿐이었다.

"저는 안 갔어요. 마님께서 저더러 짐을 싸 달라고 하실 것 같아서."

버지니아는 화를 내면서 전보를 내팽개쳤다.

"이건 말도 안 되는 장난 전보야! 엘리스, 넌 내가 침니스에 갈 거라는 사실을 누구보다도 잘 알잖아. 내가 오늘 아침에 말했잖아."

"전 마님이 마음을 바꾸신 줄 알았죠. 종종 그러시잖아요. 안 그래요, 마님?"

버지니아는 살짝 쓴웃음을 지으며 엘리스의 비난이 사실임을 인정했다. 그녀는 이렇게 별스럽고도 효과 만점인 장난을 누가 무엇 때문에 꾸몄을까를 알아맞히려고 부지런히 머리를 굴렸다. 엘리스가 한 가지 생각을 떠올렸다.

"이런! 나쁜 놈들이 저지른 짓인가 봐요. 도둑요! 엉터리 전보를 보내서 식구들을 몽땅 집 밖으로 내보내고 집을 털 생각이었을 거예요."

"그럴까?"

버지니아는 그 의견이 못내 의심스러웠다.

"그래요. 맞아요, 마님. 틀림없다니까요. 신문 보면 자주 그런 얘기들 나오잖아요. 얼른 경찰을 부르세요. 그놈들이 와서 우리 목을 치기 전에 얼른요."

"제발 진정해, 엘리스. 제아무리 도둑놈들이라도 지금처럼 밤도 아닌 저녁 6시에 쳐들어와서 목을 잘라 가는 짓은 못 해."

"마님, 부탁이니까 저 좀 내보내 주세요. 그럼 부리나케 달려가서 경찰을 데려올게요."

"도대체 왜 그래? 제발 멍청하게 좀 굴지 마, 엘리스. 아직 침니스에 갈 채비 안 했으면 어서 올라가서 해 줘. 새로 산 야회복하고 흰색 크레이프 옷하고 또 맞다, 검정 벨벳이 있지. 검정 벨벳이 정치적인 모임에는 어울릴 거야. 그렇지?"

"마님은 암녹색 새틴을 입으실 때가 제일 멋지세요."

엘리스는 직업적인 본능을 내세워 거듭 주장했다.

"아니, 그건 싫어. 어서 서둘러. 부탁이야, 엘리스. 시간이 얼마 없단 말이야. 내가 다체트에 있는 칠버스에게 전보도 보내고 이따 나가다가 순찰 중인 경찰에게 우리 집 좀 잘 감시해 달라고 말할 테니까 걱정 말고. 제발 그 눈동자 좀 뒤룩거리지 마. 무슨 일이 일어나기도 전에 그렇게 잔뜩 겁에 질려서야. 정말로 어디 컴컴한 구석에서 이상한 남자가 튀어나와 칼이라도 들이대면 어쩌려고 그래?"

엘리스는 꺅 하고 비명을 지르더니 잔뜩 겁을 먹고는 연신 어깨 너머를 힐긋거리며 부리나케 계단 위로 내뺐다.

버지니아는 도망치는 엘리스의 뒤통수를 향해 눈을 흘기곤 홀을 지나 전화기가 있는 작은 서재로 향했다. 엘리스의 말대로 경찰서에 전화를 거는 것도 나쁘지 않다는 생각에 더 미루지 않고 행동으로 옮길 참이었다.

그녀는 서재 문을 열고 전화기로 다가갔다. 그리고 수화기에 손을 올려놓은 상태로 움직임을 멈췄다. 웬 남자가 큼지막한 안락의자에 희한하게 웅크린 자세로 앉아 있었다. 가짜 전보니 뭐니 하는 것 때문에 정신이 팔려서 찾아오기로 한 방문객에 대해서 까맣게 잊어버리고 있었던 것이다. 아마도 그녀를 기다리다 잠이 든 모양이었다.

버지니아는 다소 장난기 어린 웃음을 띠고 즉시 의자로 다가갔다. 다음 순간 그녀의 얼굴에서 미소가 사라졌다.

남자는 잠든 것이 아니었다. 죽어 있었다.

버지니아는 남자가 죽었다는 것을 금세 알아차렸다. 바닥에 떨어진 반짝이는 권총 한 자루와 남자의 심장 바로 위에 난 살짝 그을린 총탄 자국 그리고 그 주위에 묻은 시커먼 얼룩과 끔찍한 몰골로 힘없이 축 처진 입을 두 눈으로 확인하기 전에도, 본능적으로 알 수 있었다.

버지니아는 두 손을 옆구리에 꼭 붙인 채 죽은 듯이 서 있었다. 조용한 가운데 엘리스가 계단을 뛰어 내려오는 소리가 들렸다.

"마님! 마님!"

"왜, 무슨 일이야?"

버지니아는 잽싸게 문으로 다가갔다. 본능적으로 눈앞에 벌어진 일을 감춰야겠다는, 어쨌든 지금 당장은 엘리스에게 비밀로 해야겠다는 생각이 들었다. 이 일을 엘리스가 알면 단박에 발작을 일으킬 것이 뻔했고, 머릿속을 정리하기 위해서는 차분하고 침착한 분위기가 절대적으로 필요했다.

"마님, 현관문에다 쇠사슬로 빗장을 채우는 게 아무래도 낫지 않을까요? 저 나쁜 놈들이 언제 또 들이닥칠지 모르잖아요."

"그래, 좋을 대로 해. 뭐든 네 맘대로 해."

덜거덕 쇠사슬 소리가 나더니 뒤이어 엘리스가 위층으로 뛰어 올라가는 소리가 들렸다. 버지니아는 안도의 긴 한숨을 내쉬었다.

그녀는 의자 위의 남자를 쳐다보다가 전화기로 시선을 돌렸다. 할 일은 분명했다. 지금 당장 경찰에게 전화는 거는 일이었다.

하지만 버지니아는 그렇게 하지 않았다. 잔뜩 겁에 질려 있기도 했지만 머릿속을 정신없이 휘젓고 지나가는 수많은 생각 때문이었다. 그녀는 흡사 온몸이 마비된 사람처럼 꼼짝도 못 하고 가만히 서 있었다. 그래, 가짜 전보! 그것과 이 일이 무슨 관련이 있는 건 아닐까? 만약에 엘리스가 집에 남아 있지 않았다면? 그럼 버지니아는 꼼짝없이 곤경에 처했을 것이다. 즉 평소처럼 현관 열쇠를 들고 나갔다면 문을 따고 집에 들어섰는데 살해당한 남자와, 다시 말해 앞서 자신을 협박하도록 내버려 뒀던 남자와 한 집에서, 그것도 단둘이 있는 상황이 벌어졌을 것이다. 물론 남자의 협박 건에 대해선 변명의 여지가 있었다. 하지만 머릿속으로 '어떻게 해명하면 좋을까?' 하고 궁리하고 있자니 왠지 마음이 편치 않았다. 그 남자와 있었던 일을 전해 들은 조지가 도저히 믿을 수 없다는 반응을 보였던 일이 떠올랐다. 다른 사람들도 모두 그렇게 생각할까? 그리고 그 편지들.

물론 그녀가 쓴 것은 아니지만 과연 그걸 쉽게 증명할 수 있을까?

버지니아는 양손으로 이마를 짚고 꽉 찍어 눌렀다.

"머리를 짜내야 돼. 어떻게든 머리를 짜내야 된다고."

누가 그 남자를 집에 들였을까? 분명히 엘리스는 아니었다. 그랬다면 즉시 그녀에게 사실대로 알렸을 것이다. 생각하면 할수록 모든 일이 점점 더 수수께끼처럼 꼬이는 기분이었다. 이런 상황에서 할 일은 오직 하나, 경찰서에 전화를 거는 일밖에 없었다.

버지니아는 전화기로 손을 뻗다가 문득 조지를 떠올렸다. 그래, 남자. 지금 그녀에게 필요한 것은 남자였다. 특정한 상황에 처했을 때 사안의 경중을 제대로 파악하고 최선의 해결책을 제시해 줄 수 있는 보통의 분별력을 지닌 냉철한 남자.

다음 순간 그녀는 고개를 가로저었다. 조지는 적임자가 아니었다. 조지라면 자신의 사회적 지위를 제일 먼저 생각해 이런 일에 말려드는 것을 좋아하지 않을 위인이었다. 그는 절대 발을 담그려 하지 않을 터였다.

문득 버지니아의 얼굴이 환해졌다. 그래, 빌이 있지! 더 이상 고민하지 않고 그녀는 빌에게 전화를 걸었다.

그러나 그가 30분 전에 침니스로 떠났다는 사실만 확인했다.

"아, 안 돼!"

버지니아는 수화기를 내동댕이쳤다. 상의할 사람 하나 없이 죽은 사람과 한방에 갇혀 있어야 한다니 생각만 해도 끔찍했다.

현관 벨이 울린 것은 그때였다.

버지니아는 소스라치게 놀랐다. 몇 분 뒤 또다시 벨이 울렸다. 엘리스는 위층에서 짐을 싸느라 벨 소리를 듣지 못할 터였다.

홀로 나간 버지니아는 방범용 쇠사슬을 포함해서 엘리스가 죽어라고 채워 놓은 각종 자물쇠며 빗장들을 풀었다. 그러곤 길게 심호흡을 한 뒤 문을 활짝 열어젖혔다. 아까 봤던 실업자 청년이 계단위에 서 있었다.

지금껏 팽팽하게 잡아당겨졌던 신경줄이 한순간에 느슨해지는것이 느껴졌다. 그녀는 앞뒤 안 가리고 도박을 걸었다.

"들어오세요. 당신이 할 만한 일이 있을 것 같군요."

버지니아는 청년을 식당으로 데리고 들어가 의자를 끌어당겨 앉게 하고는 정면으로 마주하고 앉아 주의 깊게 그를 응시했다.

"실례지만 혹시 당신은…… 그러니까 내 말은……."

"이튼스쿨에 옥스퍼드 출신입니다. 그런 걸 물으시려던 것 아닙니까?"

"그 비슷해요."

버지니아는 청년의 말을 인정했다.

"매일매일 되풀이되는 똑같은 일에 마음도 못 붙이고 소질도 없어서 세상에서 완전히 낙오된 패배자죠. 설마 제게 주시려던 일자리가 그런 일은 아니겠죠?"

그녀의 입가에 잠시 미소가 흘렀다.

"자주 할 수 있는 일은 절대 아니에요."

"다행이군요."

청년은 만족스럽다는 듯이 말했다.

버지니아는 호감 어린 눈길로 그의 구릿빛 얼굴과 호리호리한 몸매를 바라봤다.

"지금 난 곤란한 처지에 놓여 있어요. 그런데 내 친구들은 대부분 뭐랄까, 워낙에 귀하신 분들이어서 자기가 가진 것을 잃어버릴 수 있다 싶은 일에는 절대 손을 대지 않거든요."

"전 잃을 게 없는 사람이니까 어서 말씀하시죠. 무슨 일입니까?"

"옆방에 죽은 남자가 있어요. 누군가에게 살해됐는데 어떻게 해야 할지 모르겠어요."

버지니아는 꼭 어린아이가 말하듯이 주절거렸다. 자신의 이야기를 듣는 청년의 태도에서 버지니아는 그가 범상한 사람이 아님을 직감했다. 어쩌면 이 청년은 살면서 매일 이런 이야기를 들어서 이골이 났는지도 몰랐다.

그는 열의를 보이며 말했다.

"오호, 제법 흥미가 끌리는데요. 아마추어 형사 노릇 한번 해 보는 게 소원이었거든요. 함께 가서 그 시체를 볼까요? 아님 부인께서 먼저 상황 설명을 해 주시겠습니까?"

"상황 설명을 해 드리는 게 나을 것 같군요."

그녀는 잠시 뜸을 두고 어떻게 상황을 요약하면 좋을까 궁리한 뒤 차분하고도 간결하게 이야기를 시작했다.

"그 남자는 어제 처음 우리 집을 찾아와서 날 만나자고 했어요. 무슨 편지 뭉치를 들고 왔는데 알고 보니 연애편지더군요, 내 이름이 서명으로 들어간."

"그런데 그것들은 부인이 쓴 편지가 아니었죠."

청년은 조용히 끼어들자 버지니아는 다소 놀란 얼굴로 그를 쳐다봤다.

"그걸 어떻게 알죠?"

"아, 그냥 추리해 봤을 뿐입니다. 신경 쓰지 말고 계속하세요."

"그 사람은 날 협박하려고 했어요. 그리고 난, 그게 저, 이해가 잘 안 되겠지만 그 사람이 하는 대로 내버려 뒀고요."

버지니아가 애처로운 표정으로 쳐다보자 청년은 걱정 말라는 듯이 고개를 끄덕였다.

"물론 이해합니다. 협박당하는 기분이 어떨지 궁금하셨겠죠."

"세상에 어쩜 이렇게 영리하실까! 맞아요, 그랬어요."

그러자 청년이 점잖게 말했다.

"제가 좀 영리한 편이긴 하죠. 하지만 세상엔 그런 시각을 이해할 수 있는 사람이 드물다는 사실을 명심하셔야 합니다. 아시다시피 보통 사람들은 도무지 상상력이라는 게 없거든요."

"내 생각도 그래요. 난 그 남자에게 오늘 오후 6시에 다시 오라고 했어요. 래널러에 갔다가 집에 도착해 보니 가짜 전보 한 장 때문에 하녀 한 명만 빼고 하인들 모두가 집을 비우고 없더군요. 나는 곧바로 서재로 들어갔다가 총에 맞아 죽은 남자를 발견한 거예요."

"그자를 집에 들인 사람이 누굽니까?"

"모르겠어요. 내 하녀가 그랬다면 나한테 말했을 거예요."

"그 여잔 이 일을 알고 있나요?"

"아뇨, 아무 말도 안 했어요."

청년은 고개를 끄덕이더니 자리에서 일어서며 기운차게 말했다.

"그럼 이제 시체를 보러 가야겠군요. 단, 이 말만은 먼저 드려야겠습니다. 대부분의 경우 사실 그대로 말하는 것이 최선이더군요. 거짓말은 한번 시작하면 계속 꼬리를 물고 이어지기 마련이거든요. 그리고 계속해서 거짓말을 늘어놓는 건 아주 따분한 일이죠."

"그럼 나더러 경찰을 부르란 얘긴가요?"

"그것도 나쁘진 않습니다. 하지만 그러기 전에 먼저 그 사람부터 살펴보죠."

버지니아는 앞장서서 문가로 향했다. 그녀는 문지방 위에서 잠시 걸음을 멈추고 그를 돌아다봤다.

"그러고 보니 아직 이름을 듣지 못했네요?"

"아, 이름요? 제 이름은 앤터니 케이드입니다."

앤터니가 시체를 치우다

앤터니는 입가에 은밀한 미소를 띠고 버지니아를 따라 방을 나섰다. 사건들이 전혀 예상치 못한 방향으로 흘러가고 있었다. 하지만 의자에 있는 시체를 보려고 몸을 굽힐 땐 다시금 근엄한 표정을 지었다. 그가 예리하게 말했다.

"아직 온기가 남아 있군요. 살해된 지 30분도 채 안 됐습니다."

"그럼 내가 돌아오기 바로 직전에 죽었단 얘기네요?"

"그렇죠."

앤터니는 미간을 찌푸려 일자 눈썹을 만들더니 등을 똑바로 폈다. 그런 다음 버지니아에게 한 가지 질문을 던졌는데, 이때만 해도 그녀는 그 질문이 뭘 뜻하는지 알지 못했다.

"물론 부인의 하녀는 이 방에 들어온 적이 없겠죠?"

"네."

"부인이 이 방에 들어왔다는 사실을 그 여자가 알고 있습니까?"

"글쎄요……. 네, 그럴 거예요. 문가에서 내가 그 애한테 뭐라고 말을 했으니까요."

"시체를 발견한 다음에 말이죠?"

"네."

"그리고 아무 말도 안 하셨습니까?"

"내가 말을 했어야 되나요? 난 그 애가 곧장 발작을 일으킬 거라고 생각했어요. 프랑스 사람이라 금세 파르르하거든요. 어떻게 하는 게 최선일지 생각할 시간이 필요했어요."

앤터니는 고개를 끄덕였지만 아무 말도 하지 않았다.

"뭐가 잘못됐나요?"

"글쎄요. 잘못됐다기보단 운이 없었다고 해야겠죠, 레블 부인. 부인이 집에 돌아오자마자 하녀와 함께 시체를 발견했다면 문제는 아주 간단했을 겁니다. 그렇게 되면 이 남자는 부인이 집에 돌아오기 '전에' 총에 맞은 셈이 되니까요."

"그런데 지금 같은 상황에선 내가 온 뒤에 이 남자가 총을 맞았다고 생각할 수도 있다 그 말이군요."

버지니아가 금세 말을 알아듣자 앤터니는 집 밖 계단에서 자신에게 말을 걸었을 때 느꼈던 그녀의 첫인상이 정확했다는 사실을 깨달았다. 미모는 물론이고 담력과 지력까지 갖춘 여자였다.

버지니아는 눈앞에 놓인 퍼즐을 푸는 데 지나치게 열중한 나머지 이 수상한 남자가 자기 이름을 곧바로 부르는데도 전혀 이상한 생각이 들지 않았다.

"엘리스는 왜 총소리를 못 들었을까?"

그녀의 중얼거림에 앤터니가 열려 있는 창문을 가리켰다. 자동차가 지나가면서 시끄러운 소음을 뿜어 대고 있었다.

"그렇군요. 런던은 총소리를 알아들을 수 있는 곳이 못 되죠."

버지니아는 살짝 몸서리를 치면서 의자의 시체를 향해 고개를 돌리며 흥미롭게 말했다.

"이탈리아 사람 같군요."

"이탈리아 사람 맞습니다. 저자의 본업은 웨이터였다고 단언할 수 있습니다. 협박질은 오직 남는 시간에 한 거죠. 이름도 주세페가 확실할 겁니다."

"세상에! 당신 혹시 사립 탐정이에요?"

앤터니는 유감천만한 목소리로 대답했다.

"아뇨. 어디서나 볼 수 있는 흔해 빠진 속임수를 써 봤을 뿐입니다. 곧 모든 걸 알려 드리죠. 방금 이자가 부인에게 편지 같은 걸 보여 주고 돈을 요구했다고 하셨는데 돈을 주긴 하셨나요?"

"네, 줬어요."

"얼마나요?"

"40파운드."

앤터니는 그다지 놀라는 기색이 없었다.

"저런. 그럼 그 전보를 좀 볼 수 있을까요?"

버지니아는 탁자에서 전보를 집어 건넸다. 전보를 들여다보는 앤터니의 얼굴이 점점 어두워졌다.

"뭐가 이상해요?"

앤터니는 아무 말 없이 발신지를 손으로 짚으며 전보를 내밀었다.

"발신지가 반스로 되어 있군요. 그리고 오늘 오후에 부인은 래널러에 있었어요. 그렇다면 부인이 이걸 직접 보내지 말란 법도 없겠죠?"

버지니아는 그의 추리에 확 말려드는 느낌이었다. 마치 그물이 자신의 몸을 얽어매고 단단히 조여 오는 것만 같았다. 앤터니는 버지니아로 하여금 마음 저편에서 어렴풋하게 느끼고 있던 복잡한 감정들을 똑바로 직시하게끔 밀어붙이고 있었다.

앤터니는 손수건을 꺼내 손에다 둘둘 말더니 문제의 권총을 집어들며 둘러대듯이 말했다.

"우리 같은 범죄자는 원래 매사에 조심해야 됩니다. 지문이 묻으면 안 되거든요."

별안간 앤터니의 온몸이 뻣뻣이 굳는 듯하더니 그가 다시 입을 열었다. 좀 전과는 다른, 짧고 퉁명스러운 목소리였다.

"레블 부인, 전에 이 총을 보신 적이 있습니까?"

"아뇨."

버지니아는 의아해하며 대답했다.

"확실합니까?"

"확실해요."

"혹시 총 갖고 계신 것 있습니까?"

"아뇨."

"가져 본 적은요?"

"없어요, 한 번도."

"확실한가요?"

"확실해요."

앤터니가 한동안 자신을 뚫어지게 쳐다보자 버지니아는 달라진 말투를 전혀 이해하지 못하겠다는 표정으로 그의 시선을 맞받았다.

이윽고 앤터니는 한숨을 내쉬며 몸의 긴장을 풀었다.

"이상하군요. 이걸 어떻게 설명하시겠습니까?"

그는 권총을 내밀었다. 어찌나 작고 가냘프게 생겼는지 실제로는 무서운 짓을 저지를 수 있는 무기일망정 장난감이라고 해도 곧이들을 것 같았다. 그 위에 버지니아라는 이름이 새겨져 있었다.

"세상에, 말도 안 돼!"

거짓된 면이라곤 찾아볼 수 없는 버지니아의 놀라는 기색을 보며 앤터니는 그대로 믿을 수밖에 없었다. 그는 차분한 어조로 말했다.

"일단 앉으세요. 처음 생각했던 것과 달리 이 사건에는 뭔가 배후가 있어요. 우선 우리가 세울 수 있는 가정이 뭘까요? 딱 두 가지밖에 없어요. 우선 이 편지들을 쓴 진짜 버지니아를 생각해 볼 수 있겠죠. 그 여자가 천신만고 끝에 이자의 뒤를 밟아 총으로 쏴 죽이고 그 총을 떨어뜨린 다음 편지들을 훔쳐서 달아났을 수도 있어요. 그럴듯한 얘기 아닙니까?"

"그럴 수도 있겠군요."

버지니아는 마지못해 대답했다.

"또 한 가지 가정은 그보다 훨씬 흥미진진한 겁니다. 누군지는 모르지만 주세페를 죽이려던 자들이 놈을 죽여 놓고 그 죄를 부인에게 뒤집어씌우려고 했다는 거죠. 사실은 그게 놈들의 주 목적이었을 겁니다. 놈들은 주세페를 다른 곳에서 얼마든지 쉽게 해치울 수 있었는데도 굳이 고통과 수고를 감내하며 여기를 무대로 택했어요. 게다가 정체 모를 그놈들은 부인과 다체트에 있는 별장, 그리고 평소 파티를 준비할 때 부인이 식구들을 모두 동원한다는 사실과 오늘 오후에 래널러에 있었다는 사실까지 모두 알고 있었어요. 우스운 질문 같지만 혹시 남한테 몹쓸 짓 한 적 있으십니까, 레블 부인?"

"아뇨, 전혀 없어요. 어쨌든 그런 적은 없어요."

"문제는 이제부터 부인과 제가 뭘 해야 하느냐는 겁니다. 선택할 수 있는 방법은 두 가지예요. 첫 번째, 부인이 세상에서 차지하고 있는 확고부동한 지위와 지금까지 살아온 남부끄럽지 않은 삶을 믿고 경찰을 불러 모든 이야기를 고백하는 것. 두 번째, 나 앤터니가 이 시체를 감쪽같이 치워 없애는 것. 저의 개인적인 취향으로는 당연히 두 번째 방법이 끌리는군요. 지금까지 살면서 과연 저란 사람이 적재적소의 잔꾀를 발휘해서 범죄를 은폐할 수 있는 재주를 지녔을까 궁금했거든요. 단 피를 보는 것만큼은 결벽증에 가까울 정도의 거부감을 가져왔죠. 대체로 볼 때는 첫 번째 방법이 가장 건전합니다. 아, 물론 '불온한 부분을 삭제한 수정안'도 있긴 합니다. 즉 경찰서든 어디든 전화를 걸어서 사람이 죽었음을 알리되, 권총과 협박범이 들고 온 편지들은 숨기는 거죠. 물론 그 편지들이 아직 그자에게 있을 때 얘기지만요."

앤터니는 죽은 남자의 주머니를 재빨리 뒤졌다.

"말 그대로 홀딱 벗겨 갔군요. 아무것도 없어요. 지금도 어느 갈림길에선가 그 편지 뭉치를 두고 더러운 수작이 벌어지고 있겠군요. 어, 이게 뭐지? 안감에 구멍이 나 있는데요. 뭔가가 걸려서 심하게 찢겨나간 것 같은데 종잇조각이 남아 있어요."

앤터니는 종잇조각을 떼어 내서 불빛 아래로 가져갔다. 버지니아도 따라갔다.

"나머지 부분이 없어진 게 유감이군요. '침니스. 목요일. 11시 45분.' 이라. 누군가하고 약속한 내용 같은데요."

"지금 침니스라고 했어요? 어떻게 이런 일이, 말도 안 돼!"

"뭐가 말도 안 된다는 겁니까? 이런 밑바닥 인간이 그런 고상한 곳에 간 것이 말이 안 된다 그건가요?"

"오늘 저녁에 침니스로 갈 예정이거든요. 적어도 예정은 그랬어요."

앤터니가 그녀를 향해 획 돌아섰다.

"지금 뭐라고 하셨죠? 다시 말해 보세요."

"오늘 저녁에 침니스로 갈 예정이었다고요."

앤터니는 같은 말을 되풀이한 그녀를 빤히 쳐다봤다.

"이제 알겠군요. 물론 틀릴 가능성은 있지만 적어도 한 가지 추리는 가능해요. 누군가가 부인이 침니스에 가는 걸 극구 막으려던 게 아닐까요?"

버지니아가 미소를 지으며 말했다.

"그럴 만한 사람이라면 사촌 오빠 조지 로맥스가 있긴 해요. 하지만 아무리 생각해도 조지 오빠는 살인을 저지를 사람이 못 돼요."

앤터니는 웃지 않았다. 그는 골똘히 생각에 잠겨 있었다.

"경찰서에 전화를 거는 날엔 오늘이 됐든 내일이 됐든 침니스에 가기로 한 일은 물 건너가고 맙니다. 그리고 개인적으로 전 부인이 침니스에 가셨으면 좋겠습니다. 그래야 우리의 얼굴 없는 친구들이 당황하지 않겠어요? 레블 부인, 저하고 모험 한번 해 보시겠습니까?"

"두 번째 방법으로 가자, 그건가요?"

"두 번째 방법, 맞습니다. 그러려면 우선 부인의 하녀를 이 집에서 내보내는 게 급선무예요. 하실 수 있겠습니까?"

"얼마든지요."

버지니아는 홀로 나가서 계단 위에다 대고 소리쳤다.

"엘리스, 엘리스!"

"왜요, 마님?"

둘 사이에 재빨리 무슨 얘기가 오고 가는 것 같더니 뒤이어 현관문이 열렸다 닫히는 소리가 들렸다. 버지니아는 다시 방으로 돌아왔다.

"내보냈어요. 특별히 사야 할 향수가 있다고 하고 심부름을 보냈죠. 그걸 파는 가게가 8시면 문을 닫는다고요. 물론 거짓말이에요. 그 아이는 집에 돌아오지 않고 다음번 기차 편으로 날 뒤따라올 거예요."

"잘하셨습니다. 그럼 이제 시체 치우는 일에 착수해도 되겠군요.

낡아 빠진 방법이라 좀 그렇긴 하지만 혹시 이 집에 트렁크로 쓸 만한 물건이 있는지 여쭤봐도 될까요?"

"그럼요, 있고말고요. 지하실에 내려가서 마음에 드는 걸로 고르세요."

지하실에는 다양한 트렁크가 있었다. 앤터니는 적당한 크기의 딱딱한 가방을 고르고 유창하게 말했다.

"이 일은 제가 알아서 처리할 테니 부인은 위층에 올라가서 떠날 차비나 하시죠."

버지니아는 그가 시키는 대로 했다. 그녀는 테니스복을 벗어 던지고 부드러운 갈색 여행용 드레스로 갈아입고 경쾌함이 넘쳐나는 작은 주홍색 모자를 쓴 뒤 아래층으로 내려왔다. 앤터니는 가죽끈으로 말끔하게 동여맨 트렁크를 옆에 두고 홀에서 그녀를 기다리고 있었다.

"부인에게 제가 살아온 얘기를 해 드려야 마땅하겠지만 오늘 저녁은 꽤나 바쁠 것 같군요. 이제부터 부인이 할 일을 알려 드리죠. 택시를 불러서 이 트렁크를 포함한 모든 짐을 차에 실으세요. 그리고 패딩턴 역으로 가십시오. 거기서 좌측에 있는 수하물 보관소에 이 트렁크를 맡기세요. 전 승강장에 가 있을 겁니다. 절 지나치면서 수하물 보관소의 티켓을 떨어뜨리세요. 그럼 제가 그걸 집어서 부인에게 돌려드릴 텐데 사실은 주는 척만 하고 제가 보관할 겁니다. 그리고 침니스로 가시면 됩니다. 나머지는 제가 다 알아서 할 테니."

"고마워서 어쩌죠. 이런 시체를 생전 처음 보는 분에게 떠맡기다니 제가 진짜 끔찍한 사람이 된 것 같네요."

앤터니는 태연자약하게 그녀의 말을 받았다.

"제가 좋아서 하는 일인데요. 만약 제 친구 지미 맥그러스가 이 자리에 있었다면 '이 친구는 이런 일이 딱입니다.'라고 부인에게 말씀드렸을 겁니다."

버지니아는 그를 빤히 쳐다봤다.

"지금 친구 누구라고 하셨어요? 지미 맥그러스?"

앤터니는 그녀의 시선을 예리하게 받아쳤다.

"네. 왜 그러시죠? 그 친구를 아십니까?"

"네. 물론 안 지는 얼마 안 됐지만."

버지니아는 망설여지는지 잠시 말을 끊더니 다시 말을 이었다.

"케이드 씨, 아무래도 이 말은 해야겠어요. 나하고 같이 침니스에 가지 않으실래요?"

"조만간 절 만나시게 될 겁니다, 레블 부인. 두고 보시면 압니다. 자, 이제 공모자A는 뒷구멍으로 슬그머니 물러갈 테니 공모자B께선 영광의 불꽃을 받으며 정문으로 퇴장하셔서 택시를 잡아타시죠."

이들의 계획은 일사천리로 진행되었다. 곧 뒤따라온 택시를 잡아 탄 앤터니는 승강장에 있다가 예정대로 그녀가 떨어뜨린 티켓을 챙겼다. 그런 뒤 어지간히 낡아 빠진 중고 모리스 콜리 한 대를 찾으러 떠났는데 사실 이 차는 앤터니가 혹여 자신의 계획에 필요할까 싶어 그날 아침 일찍 구해 놓은 것이었다.

앤터니는 그 차를 타고 패딩턴으로 돌아가는 길에 티켓을 짐꾼에게 건네줬고, 짐꾼은 수하물 보관소에서 트렁크를 꺼내 차 뒷자리에 안전하게 쑤셔 넣었다. 앤터니는 차를 몰았다.

이제 그의 목표는 런던을 벗어나는 것이었다. 그가 탄 차는 노팅힐과 셰퍼즈부시를 지나 골드호크로(路)를 따라 내려갔다. 거기서 다시 브렌트퍼드와 하운슬로우 지역을 지나자, 하운슬로우와 스테인스 중간쯤에 길게 뻗은 도로가 나타났다. 자동차들이 꼬리를 물고 지나다닐 만큼 왕래가 빈번한 곳이었다. 사람 발자국은 물론이고 자동차 바퀴 자국도 웬만해선 남아나기 힘들 것 같았다. 앤터니는 마땅한 곳을 골라 차를 세운 뒤 내리자마자 진흙으로 번호판부터 가렸다. 그리고 양쪽에서 차 소리가 들리지 않을 때까지 기다렸다가 트렁크를 열고 주세페의 시체를 끄집어낸 다음 휘어진 도로 안쪽에 바싹 붙여서 얌전히 내려놓았다. 지나가는 자동차들의 전조등이 시체를 비추지 못하게 하려는 의도였다.

일이 끝나자 앤터니는 다시 차를 타고 그곳을 떠났다. 정확히 1분 30초 만에 모든 일을 끝낸 것이다. 그는 버넘 비치스를 거쳐서 런던으로 돌아가는 우측 우회로를 택했다. 거기서 또다시 차를 세운 앤터니는 숲에서 제일 큰 나무를 골라 조심스레 타고 올라갔다. 앤터니에게도 곡예나 다름없는 일이었다. 그는 맨 꼭대기에 있는 나뭇가지에 고동색 포장지로 싼 조그만 꾸러미를 매단 뒤 줄기 옆쪽의 좁고 후미진 공간에 감췄다.

앤터니는 제법 만족스러워하며 혼잣말을 했다.

"총을 처리하려면 이쯤은 돼야지. 바닥을 샅샅이 뒤진다거나 연못을 훑는 일은 아무나 할 수 있지만 이 영국에서 저런 나무를 탈 수 있는 사람은 거의 없을걸."

앤터니는 런던의 패딩턴 역으로 돌아왔다. 그러나 아까와 달리 이번에는 열차가 도착하는 쪽에 있는 또 다른 수하물 보관소에 빈 트렁크를 맡겼다. 그러고 나니 문득 맛있는 우둔살 스테이크며 육즙 가득한 고기, 푸짐한 감자튀김 따위가 눈앞에서 아른거렸다. 하지만 그는 아쉬움이 가득한 표정으로 고개를 저은 뒤 손목시계를 흘깃 쳐다봤다. 그는 모리스 콜리에 신선한 휘발유를 채워 넣고 또 다시 차를 몰았다. 이번에는 북쪽이었다.

앤터니가 침니스 저택의 정원과 맞붙어 있는 도로에 차를 세운 것은 11시 30분이 막 지난 시각이었다. 그는 어렵지 않게 담장을 뛰어넘어 저택으로 걸음을 옮겼다. 저택까지는 생각보다 꽤 멀었고, 앤터니의 걸음걸이는 이내 뜀박질로 바뀌었다. 거대한 잿빛 물체가 캄캄한 어둠 속에서 모습을 드러냈다. 유서 깊은 침니스 대저택이었다. 멀리서 마구간 시계가 11시 45분을 알렸다.

11시 45분. 그것은 찢어진 종이에 적혀 있던 시각이었다. 한참 만에 테라스에 도착한 앤터니는 저택을 올려다보았다. 사방이 캄캄하고 고요했다.

"정치인 나리들은 일찍들 잠자리에 드시나 보군."

바로 그때 별안간 귓전을 때리는 소리가 들렸다. 총소리였다. 앤터니는 재빨리 주위를 살폈다. 총소리는 집 안에서 들려온 것이 틀림없었다. 잠시 기다려 봤지만 사방은 죽음처럼 고요하기만 했다.

이윽고 앤터니는 총소리가 났다고 판단되는, 유리창이 양쪽으로 달린 긴 창문들 중에 한 곳으로 올라가 손잡이를 돌려 보았다. 잠겨 있었다. 그는 혹여 무슨 소리라도 들릴까 귀를 기울인 채 다른 창문 몇 개도 건드려 보았다. 하지만 여전히 침묵은 깨지지 않았다.

결국 앤터니는 자신이 들은 소리가 순전히 착각이었거나, 아니면 밀렵꾼이 숲속에서 잘못 쏜 총소리가 틀림없을 거라고 중얼거렸다. 그는 못내 찜찜하고 불편한 심정으로 돌아서서 왔던 길을 되밟아 정원을 가로질렀다.

그가 문득 저택 쪽을 돌아다봤을 때 2층 창문 한 곳에서 반짝하고 불이 들어왔다. 불빛은 곧바로 꺼졌고 주위는 또다시 어둠에 잠겼다.

침니스 저택

지금 이곳은 배지워시 경위의 사무실. 시각은 오전 8시 30분. 큰 키에 뚱뚱한 몸집인 그는 평소에 걸을 때도 쿵쿵 소리가 난다. 긴장한 채로 일에 몰두해 있으면 숨을 거칠게 몰아쉬는 경향이 있다. 그를 보좌하는 존슨 순경은 경찰서의 완전 풋내기로 솜털이 보송보송한 것이 아직도 애송이 티가 난다.

탁자 위의 전화기가 날카롭게 울리자 경위는 여느 때와 다름없이 엄숙하게 무게를 잡으며 수화기를 집어 들었다.

"네, 마켓 베이싱 서의 배지워시 경위입니다. 무엇을 도와 드릴까요?"

그의 태도에 약간의 변화가 일었다. 존슨이 그의 밥이라면 배지워시 경위는 그보다 훨씬 높으신 분들의 밥이었다.

"네, 맞습니다 각하. 죄송하지만 뭐라고 하셨습니까? 뭐라고 하셨는지 못 알아들었습니다."

긴 침묵이 흘렀다. 전화기 너머의 이야기를 경청하는 동안 평소 무표정이 특기인 배지워시 경위의 얼굴 위로 다양한 표정이 스치고 지나갔다. 이윽고 "즉시 출동하겠습니다."라는 한마디와 함께 경위는 수화기를 내려놓았다.

그는 눈에 띄게 무게를 잡으면서 존슨을 돌아다봤다.

"각하 말씀이 침니스 저택에서 살인 사건이 발생했다는군."

"살인 사건요?"

존슨이 마땅히 충격을 받은 얼굴로 그의 말을 따라했다.

"그래, 살인 사건."

대단히 만족스런 표정으로 경위가 말했다.

"이상하네요, 이 지역에선 살인 사건이라곤 없었는데. 제가 들어 본 바로는 없었습니다. 톰 피어스가 자기 애인을 쏴 죽인 사건 말고는요."

"그리고 그 사건은 술에 취해서 저지른 짓이니 엄밀히 말해서 살인이라고 볼 수 없지."

경위는 비아냥거리는 투로 말했다.

"하긴 그러고 보니 그자는 교수형을 당하지도 않았군요. 하지만 이번엔 진짜잖아요. 안 그렇습니까, 경위님?"

존슨이 우울하게 그의 말을 수긍했다.

"맞아, 존슨. 케이터햄 경의 손님들 중에 외국인 신사 한 분이 총에 맞은 시체로 발견됐다네. 창문은 열려 있었고 외부에 발자국도 나 있었다는군."

"외국인이라니 그거 유감이네요."

존슨이 다소 아쉽다는 듯이 말한 것은 사망자가 외국인이라는 사실이 살인 사건의 극적인 맛을 반감시키기 때문이었다. 존슨의 시각으로 볼 때 외국인은 총을 맞아도 싼 사람들이었다.

"각하께서 수심에 잠겨 계시네. 카트라이트 선생에게 연락해서 당장 함께 그리로 가 봐야겠어. 그나저나 외부에 난 발자국들이 엉망진창이 되지 말아야 할 텐데."

배지워시는 한껏 들떠 있었다. 살인 사건이 벌어졌다! 그것도 침니스 저택에서! 배지워시 경위가 이 사건을 진두지휘하고, 경찰이 단서를 확보한 후에 대대적인 범인 체포가 이뤄지리라. 그렇게만 되면 배지워시 경위에겐 승진과 명성이 따를 터였다.

"하지만 그놈의 런던 경시청이 끼어들면 산통이 깨질 텐데."

혼자 중얼거린 배지워시 경위는 그 생각에 일순 어깨가 내려앉았다. 사안의 중요성으로 볼 때 그럴 가능성이 너무나 농후했다.

두 사람이 카트라이트의 병원에 들러 자초지종을 전하자 비교적 젊은 나이의 의사는 민감한 반응을 보이며 존슨과 똑같은 태도로 큰 소리로 떠들어댔다.

"큰 사건이네요. 톰 피어스 사건 이후로 이 지역에서 살인 사건은 처음인 것 같은데요."

세 사람은 카트라이트의 소형차에 올라타고 기운차게 침니스로 출발했다. 차가 '졸리 크리키터스'라는 여관을 지나갈 때였다. 문가에 서 있던 한 남자의 모습이 카트라이트의 눈에 들어왔다.

"모르는 얼굴인데. 꽤나 잘생긴 녀석이군. 저 친구, 이 동네에 얼마나 있었던 거지? 저 여관에 머물면서 도대체 뭘 하는 걸까? 이 주변에서 한 번도 본 적 없는 얼굴인데. 어젯밤에 도착한 게 분명해."

"기차로 오진 않았어요."

형이 지방 철도역의 짐꾼으로 있어서 존슨은 이곳을 들고 나는 사람들을 항시 훤히 꿰뚫고 있었다.

"어제 침니스로 간다며 여기 도착한 사람이 누구누군가?"

경위가 물었다.

"아일린 양이 3시 40분 기차로 도착했고, 미국 신사 한 명하고 애송이 군인도 함께 도착했는데 둘 다 하인은 없었습니다. 케이터햄 각하께서는 외국인 한 분과 그분의 하인을 대동하고 5시 40분 기차로 오셨는데, 아무래도 총을 맞았다는 사람이 그분이 아닐까 싶습니다. 에버슬레이 씨도 같은 기차를 타고 오셨고요. 그밖에 7시 25분 기차로 레블 부인이 도착하셨고 외국인인 듯싶은 또 다른 이가 역시 그 기차로 오셨는데 대머리에 매부리코가 눈에 띄는 분이었습니다. 레블 부인의 하녀는 8시 56분 기차로 왔고요."

존슨은 숨을 몰아쉬며 잠시 말을 멈췄다.

"그럼 크리키터스 여관으로 간 손님은 없었다 그거군?"

존슨은 고개를 저었다.

"그렇담 저자는 차를 타고 온 게 분명해. 존슨, 돌아가는 길에 크리키터스 여관에 들러서 조사 좀 해 봐. 수상한 사람이 나타난 이상 그 사람에 대해 낱낱이 알아내는 게 우리 의무일세. 살갗이 제법 그을린 걸 보면 외국에서 왔을 가능성도 있어."

경위는 위대한 철학자라도 된 양 무게를 잡으며 고개를 끄덕였다. 마치 자신은 공상이나 하다가 꾸벅꾸벅 조는 모습 따위를 들키는 일은 절대 없는, 항시 초롱초롱한 눈으로 바싹 긴장하고 있는 사나이라고 주장하는 듯했다.

세 사람을 태운 차가 마침내 침니스 저택 정원의 문을 통과했다. 이 역사적인 명소에 대한 소개는 어느 안내서에나 나와 있었다. 21실링짜리 잡지 《영국의 유서 깊은 저택》도 이곳을 세 손가락에 드는 저택으로 소개한 적이 있을 정도였다. 매주 목요일이면 미들링엄에서 구경꾼들을 태운 마차들이 침니스로 와서 일반인에게 공개된 곳들을 관람했다. 이런 사실만 봐도 침니스에 대해 더 왈가왈부하는 것은 불필요한 일이었다.

세 사람은 현관에서 깍듯한 예절로 무장한, 머리가 허옇게 센 집사의 영접을 받았다. 그 모습이 마치 이렇게 말하는 듯했다. '우린 이 담장 안에서 살인 사건이 벌어졌다는 사실이 좀처럼 믿어지지 않는답니다. 하지만 요즘 세상은 별별 흉악한 일이 다 생기니까요. 그 어느 때보다도 침착하게 이 재앙에 대처하고 죽을힘을 다해 평소처럼, 아무 일도 일어나지 않은 것처럼 행동합시다.'

"나리께서 기다리고 계십니다. 이리로 오십시오."

집사는 케이터햄 경이 화려한 일상에서 벗어나 편히 쉬고자 할 때 즐겨 찾는 아담하고 아늑한 방으로 세 사람을 안내한 뒤 이들의 도착을 알렸다.

"나리, 경찰분들하고 카트라이트 선생님이 오셨습니다."

케이터햄 경은 눈에 띄게 흥분한 상태로 방 안을 서성이고 있었다.

"오! 경위, 드디어 나타나셨군. 정말 고맙구려. 잘 지내셨소, 카트라이트 씨? 다들 아시겠지만 아주 골치 아픈 일이 터졌소. 보통 골치 아픈 일이 아니오."

초조해 죽겠다는 듯이 두 손으로 연신 머리를 쥐어뜯는 통에 케이터햄 경의 머리는 흡사 조그만 실타래처럼 벌떡 일어선 꼴이 되었고, 그 모습이 평소보다도 한층 더 상원 의원이라는 그의 직책과 거리가 멀어 보였다.

"시체는 어디 있습니까?"

카트라이트는 지극히 사무적이고 딱딱한 태도로 물었다.

케이터햄 경은 그의 단도직입적인 질문에 외려 마음이 놓인다는 표정으로 돌아섰다.

"회의실에 있어요, 시체가 처음 발견된 곳에. 난 손도 대지 않았소. 아무래도 그게 뭐랄까, 옳은 일 같아서."

"잘하셨습니다, 각하."

경위가 칭찬하듯 말하고는 노트와 연필을 꺼냈다.

"시체는 누가 발견했습니까? 각하십니까?"

"무슨, 천만에. 경위는 내가 평소 이런 말도 안 되는 꼭두새벽에 일어날 것 같소? 내가 아니라 가정부요. 한참이나 소리를 질러 댔을 거요. 물론 나야 못 들었지만. 식솔들이 이런 일이 있었다고 알려 주길래 그제야 나 또한 일어나서 이리로 내려와 사태를 확인하게 된 겁니다."

"그 시체가 각하의 손님 중에 한 분이라고 하셨습니까?"

"그렇소, 경위."

"성함은요?"

이 너무나도 간단한 질문이 케이터햄 경의 심사를 건드린 듯했다. 그는 한두 번 입을 열더니 도로 다물어 버렸다. 이윽고 케이터햄 경이 힘없이 물었다.

"그 말은, 그러니까 그 사람 이름이 뭐냐 이 말이오?"

"그렇습니다, 각하."

일종의 영감이라도 얻으려는 듯 케이터햄 경은 천천히 방 안을 둘러보았다.

"글쎄. 그러니까 그 사람 이름이 아마도…… 그래요. 스타니슬라우스 백작. 분명히 그거였소."

케이터햄 경의 태도가 어딘가 좀 이상해서 경위는 연필을 휘갈기다 말고 그의 얼굴을 빤히 쳐다봤다. 하지만 바로 그때 궁지에 몰린 상원 의원이 두 손 들어 반길 일이 벌어졌다.

문이 열리더니 아가씨 한 명이 방으로 들어온 것이다. 훤칠하고 늘씬한 몸매에 가무잡잡한 피부, 미소년을 연상시키는 매력적인 얼굴에 결단력까지 엿보이는 아가씨였다. 사람들이 흔히 번들이라고 부르는 케이터햄 경의 맏딸 아일린 브렌트였다. 그녀는 손님들에게 목례를 건네곤 곧장 아버지를 향해 대뜸 선언했다.

"잡았어요."

순간 경위는 이 어린 숙녀가 채 손에 피가 마르지 않은 범인을 잡왔다는 얘기인 줄 알고 앞으로 튀어 나갈 뻔했으나 곧바로 그녀의 말뜻이 전혀 다른 것임을 깨달았다.

케이터햄 경은 안도의 한숨을 내쉬었다.

"잘됐구나. 그래 뭐라고 하던?"

"당장 오신대요. 우리더러 '반드시 신중할 것을' 당부하시던 걸요."

그러자 케이터햄 경이 짜증 섞인 소리로 말했다.

"조지 로맥스라면 그런 멍청한 소릴 하고도 남지. 어쨌거나 그 친구가 오면 난 이 일에서 손을 뗄 수 있겠구나."

케이터햄 경은 희망에 부풀어 다소 기운이 나는 눈치였다.

"살해된 사람 이름이 스타니슬라우스 백작이라고 하셨나요?"

카트라이트가 물었다.

이들 부녀 사이에 재빨리 눈길이 오고 가더니 케이터햄 경이 위엄을 부리며 대답했다.

"확실하오. 방금 내가 그렇게 말했잖소."

"전 경께서 그 점에 대해 왠지 자신 없어 하시는 것 같아서 여쭤 본 겁니다."

카트라이트가 부연했다.

얼핏 눈빛이 흔들리면서 케이터햄 경은 그를 책망하듯이 바라보더니 한결 가벼운 목소리로 말했다.

"그럼 내가 앞장설 테니 다들 회의실로 가십니다."

일행은 케이터햄 경을 따라갔다. 맨 뒤에서 따라가던 경위가 별안간 멈춰서더니 주변 곳곳을 예리한 눈길로 쏘아봤다. 그림 액자

나 문 뒤에서 무슨 단서가 나오지 않을까 하고 기대하는 눈치였다.

케이터햄 경은 주머니에서 열쇠를 꺼내 자물쇠를 풀고 회의실 문을 활짝 열어젖혔다. 일행은 떡갈나무 목재로 벽을 바르고 테라스 쪽으로 유리창 세 개가 달린 큼지막한 방으로 들어섰다. 안에는 긴 휴게실용 탁자와 역시 떡갈나무로 만든 수많은 고가의 서랍장들 그리고 아름답고 고풍미가 넘치는 의자 몇 개가 놓여 있었다. 벽에는 세상을 떠난 케이터햄 가문 사람들을 포함해서 다른 인물들의 초상화가 여러 장 걸려 있었다.

왼쪽 벽 가까이에, 방문과 창문의 중간쯤 되는 지점에 한 남자가 두 팔을 활짝 벌린 채 누워 있었다.

카트라이트는 다가가서 시체 옆에 무릎을 꿇고 앉았다. 경위는 창가로 뚜벅뚜벅 가 창문들을 번갈아 살폈다. 가운데 창문은 닫혀 있기는 했지만 잠겨 있지는 않았다. 바깥 계단에는 발자국이 창문까지 나 있었고 다시 돌아간 발자국도 있었다.

경위는 고개를 끄덕이며 말했다.

"상태가 제법 깨끗하군. 하나 그렇다면 집 안에도 발자국이 나 있어야 맞을 텐데요. 이런 쪽매널 바닥에선 더더군다나 쉽게 눈에 띌 텐데."

그때 번들이 끼어들었다.

"그건 제가 설명해 드릴게요. 오늘 아침에 가정부가 시체를 발견했을 땐 이미 마룻바닥을 반쯤 닦은 뒤였다고 하더군요. 아시겠지만 그 여자가 여기 들어왔을 땐 캄캄한 새벽이었거든요. 가정부는 여기 들어오는 즉시 창문으로 다가가 커튼을 열고 바닥을 닦기 시작했기 때문에 탁자에 가려서 자연히 저쪽에 감춰진 시체를 볼 수 없었어요. 결국 시체 머리맡에까지 와서야 발견한 거죠."

경위는 고개를 끄덕였다.

케이터햄 경은 오직 이 상황을 벗어나야겠다는 일념으로 말했다.

"자, 그럼 모든 건 당신에게 맡기겠소, 경위. 언제든, 그게…… 그러니까 내가 필요하면 언제든 부르시오. 하지만 조지 로맥스 장관이 조만간 와이번 저택에서 이리로 온다니까 그 친구에게 도움을 청하면 나보다 훨씬 많은 얘길 해 줄 겁니다. 사실상 이 일은 그 친구 소관이라서 말이오. 나야 해 줄 말이 없지만 그 친구는 다를 거요."

케이터햄 경은 답변을 들을 새도 없이 서둘러 발길을 돌리곤 이렇게 투덜거렸다.

"로맥스, 이 나쁜 자식. 이런 일로 나를 궁지에 빠뜨리다니. 무슨 일인가, 트레드웰?"

머리가 허옇게 센 집사가 공손한 태도로 그의 곁에 바싹 붙어 서서 머뭇거리고 있었다.

"나리, 무례한 일인지 모르겠으나 제 맘대로 나리의 조반 시간을 앞당겼습니다. 지금 식당에 아침 식사가 준비되어 있습니다."

"지금 같아선 아침이고 뭐고 아무 생각이 없구먼. 어디 입맛이 나야 말이지."

케이터햄 경은 식당 쪽으로 발걸음을 돌리며 우울하게 말했다.

번들이 아버지의 팔짱을 끼면서 이들 부녀는 함께 식당으로 들어섰다. 사이드보드 위에선 무거운 은제 그릇에 담긴 10여 가지 음식이 신기한 장치에 의해 따끈하게 덥혀지고 있었다.

"오믈렛이군."

케이터햄 경은 음식 뚜껑을 번갈아 들어 올렸다.

"계란하고 베이컨, 콩팥 요리, 후추 범벅을 한 새고기에 대구, 차가운 햄, 차갑게 식힌 꿩고기. 어째 마음에 드는 게 하나도 없네. 트레드웰, 주방에 가서 달걀 요리 한 개만 해 달라고 해 주겠나?"

"알겠습니다, 나리."

트레드웰은 물러갔다. 케이터햄 경은 넋 나간 사람처럼 콩팥 요리며 베이컨을 되는대로 집어 먹더니 직접 커피 한 잔을 따라서 긴 탁자 앞에 주저앉았다. 번들은 벌써부터 계란과 베이컨을 한 접시 담아 부지런히 먹고 있었다.

번들은 입 안 가득 음식물을 넣은 채 말했다.

"배고파 죽을 뻔했네. 흥분해서 그런가 봐요."

"너한테야 신나는 일이겠지. 너같이 젊은 애들은 짜릿한 일은 무조건 좋아하잖니. 하지만 아버진 지금 몸이 영 좋지가 않구나. 애브너 윌리스 경이 그러더라, 골치 아픈 일을 멀리하라고. 그것도 아주 멀리하라고 말이다. 하긴 할리가의 진찰실에 앉아서 입으로만 떠들어 대는데 무슨 말은 못하겠냐마는. 멍청한 로맥스 그 인간이 이따위 골칫거리를 나한테 안겨 줬는데 어떻게 걱정을 안 해? 그때 내가 넘어가지 말았어야 했어. 분명한 태도를 취했어야 했다고."

케이터햄 경은 속상한 듯 고개를 저으며 자리에서 일어나 직접

햄 한 접시를 썰었다.

"조지 아저씨도 이번엔 확실히 혼쭐이 나신 눈치던데요. 전화를 하는데 거의 횡설수설하시더라고요. 두고 보세요, 금방이라도 '반드시 신중해야 한다, 입 밖에 내면 안 된다.' 하시며 마구 침을 튀기면서 들이닥치실 테니."

번들이 신이 나서 떠들었다.

케이터햄 경은 그 생각을 하니 절로 신음이 흘러나왔다.

"그 친구 일어나긴 했던?"

"아침 7시부터 일어나서 편지니 외교 각서 같은 걸 받아쓰라고 부하 직원을 들볶던 중이시라던데요."

"퍽이나 자랑이다. 하여간 공직에 있는 인간들은 순전히 자기밖에 모른다니까. 쓰레기만도 못한 것들을 받아쓰라고 말도 안 되는 꼭두새벽에 불쌍한 비서들이나 깨워 대고 말이지. 그런 놈들을 11시까지 침대에서 꼼짝 못 하게 규제하는 법안이 통과되면 아마 온 나라가 살판이 날 거다! 그따위 허튼소리만 안 지껄여 대도 내가 이렇게 난리는 안 친다. 로맥스 그 인간 입만 열면 '지위'를 들먹거리는데 내 지위가 뭐 그리 대단하다고. 요즘 상원 의원 따위를 하고 싶은 사람이 있다던?"

"없죠. 그러느니 잘나가는 술집이나 운영할걸요."

트레드웰이 반숙 두 개가 담긴 작은 은접시를 들고 소리 없이 나타나선 케이터햄 경 앞에 놓인 탁자에 올려놓았다.

"이게 뭔가, 트레드웰?"

케이터햄 경이 먹기 싫다는 얼굴로 탁자에 놓인 음식을 쳐다보며 물었다.

"말씀하신 달걀 반숙입니다, 나리."

"난 반숙 따윈 질색이라고. 아무 맛도 없는 걸 음식이라고. 먹기는 커녕 쳐다보기도 싫네. 당장 치우게, 어서!"

"알겠습니다, 나리."

트레드웰은 반숙이 담긴 접시를 집어 들고는 들어올 때와 똑같이 소리 없이 물러갔다.

케이터햄 경은 솔직한 심정을 토로했다.

"그나마 식구들이 일찍 일어나지 않아서 천만다행이구나. 만약 일찍 일어났으면 이 일을 시시콜콜 설명해 줘야 했을 텐데 말이다."

그는 한숨을 내쉬었다.

"누가 그 사람을 죽였을까요? 그리고 왜 죽였을까요?"

"그건 우리가 신경 쓸 일이 아니다. 경찰에서 알아서 할 일이지. 그렇다고 배지워시가 뭐라도 알아낼 거란 얘긴 아니다. 대체적인 정황으로 볼 때 아무래도 그 아이작슈타인인지 뭔지가 범인이 아닐까 싶다."

"그 말씀은……."

"왜 그 영국인들로만 구성된 신디케이트 대표 말이다."

"일부러 미하엘 왕자를 만나러 여기까지 오겠다던 사람이 그 사람을 왜 죽이겠어요?"

그 말에 케이터햄 경은 모호하게 대답했다.

"거액의 융자금 때문이겠지. 그러고 보니 아이작슈타인이 오늘 아침에 일찍 일어나지 않은 것도 전혀 이상한 일이 아니로구나. 그 작자 조금 있으면 이리로 들이닥칠 거다. 도시 사람들은 늘 허둥대는 게 습관이거든. 제아무리 부자라도 아침 9시 17분 기차는 꼭 타야 하니까."

열린 창문 너머로 엄청난 속도로 달려오는 자동차 소리가 들려왔다.

"수다쟁이 아저씨예요."

번들이 외쳤다.

차가 현관 앞에 멈추자 케이터햄 부녀는 창문 밖으로 몸을 내밀고 차 주인에게 반갑게 인사를 건넸다.

"어이, 여길세."

케이터햄 경은 입 안 가득 물고 있던 햄을 급히 삼키며 소리쳤다.

조지 로맥스 사전에 창문을 넘어 2층으로 올라간다는 것은 있을 수 없는 일이었다. 그는 현관 안쪽으로 사라지더니 잠시 후 트레드웰의 안내를 받아 위층에 모습을 드러냈다. 트레드웰은 즉시 물러갔다.

"아침 식사 좀 하게나. 콩팥 요리 어떤가?"

케이터햄 경은 그의 손을 잡고 흔들어 대며 말했다.

조지는 초조한 마음에 그가 권해 준 콩팥 요리를 옆으로 치웠다.

"이건 끔찍한 재앙이야. 암, 끔찍한 재앙이고말고."

"자네 말이 맞아. 고기 좀 들겠나?"

"아니, 됐네. 이번 일은 절대 비밀에 부쳐야 해. 무슨 일이 있어도 절대 비밀에 부쳐야 하네."

번들의 예상대로 조지는 입에 침을 튀기며 떠들기 시작했다.

케이터햄 경이 안됐다는 듯이 말했다.

"자네 기분 잘 아네. 여기 달걀하고 베이컨 좀 들게나. 대구를 좀 먹어 보든지."

"이건 전혀 예상치 못한 사고네. 국가적인 재난이야. 석유 독점권 이고 뭐고 엉망이 되게 생겼어."

"여유를 좀 가지게. 그리고 뭐라도 좀 들어 봐. 냉정을 찾기 위해 서라도 자넨 뭘 좀 먹어야 돼. 반숙이라도 줄까? 방금까지만 해도 여기 반숙이 있었는데."

"음식 따윈 필요 없네. 아침도 먹고 왔고. 아니 안 먹었더라도 전 혀 생각이 없었을 걸세. 지금 우리가 할 일은 앞으로 어떻게 할지를 정하는 일이야. 자네 아직 아무에게도 말 안 했겠지?"

"그게 지금으로선 번들하고 나, 그리고 경찰이랑 카트라이트 선 생이 알고 있네. 물론 하인들도 전부 알고."

조지의 입에서 신음이 흘러나왔다.

케이터햄 경이 다정하게 말했다.

"이보게, 제발 진정 좀 해. 자네가 아침 식사나 하면 좋겠구먼. 시 체는 그렇게 쉬쉬하고 숨길 수 있는 게 못 돼. 어찌 그걸 모르는가? 시체 처리라는 건 땅에다 묻는 일 말고도 온갖 잡다한 일이 따르는 법이야. 불행하기 짝이 없는 일이지만 그게 현실이니 어쩌겠나."

조지는 별안간 조용해졌다.

"자네 말이 맞아, 케이터햄. 그런데 자네 지역 경찰을 불렀다고 했나? 그래 갖고는 어림도 없어. 이런 일은 배틀(Battle)이 필요해."

"배틀? 전쟁 말인가? 살인과 갑작스러운 죽음에 전쟁이 왜?"

케이터햄 경은 어리둥절한 표정으로 물었다.

"아니, 그런 얘기가 아니야. 런던 경시청의 배틀 총경을 말하는 걸세. 누구보다도 입이 무거운 사람이지. 당 기금과 관련해서 아주 골치 아픈 일이 터진 적이 있었는데 그때 우리 일을 도와준 적이 있다네."

"도대체 무슨 일이었는데?"

케이터햄 경은 다소 관심을 보이며 물었다.

하지만 조지의 시선은 몸의 반은 밖으로 내밀고 반은 안에 들인 채 창틀에 걸터앉아 있는 번들에게 가서 꽂혔다. 순간 그의 머릿속에 '입조심'이라는 세 글자가 떠올랐다. 조지는 일어섰다.

"이렇게 한가하게 있을 틈이 없네. 당장 전보를 보내야겠어."

"자네가 전문을 써 주면 번들이 전화국과 통화를 해서 보낼 걸세."

조지는 만년필을 꺼내 놀라운 속도로 전문을 쓰기 시작했다. 번들은 그가 건네준 첫 번째 전문을 읽어 보곤 눈이 휘둥그레졌다.

"어머! 이름 한 번 희한하네. 이게 무슨 남작이라고 쓰신 거예요?"

"롤로프레티질 남작."

번들은 눈을 깜빡였다.

"그렇구나. 우체국에다 이 이름을 전하려면 꽤 애먹겠는데요."

조지는 계속 써 내려갔다. 그리고 공들여 쓴 전문을 번들에게 건네준 뒤 집주인을 향해 말했다.

"케이터햄, 자네가 할 수 있는 최선의 행동은……."

"알아."

케이터햄 경은 걱정스럽게 말했다.

"모든 걸 나한테 맡기는 걸세."

조지의 말에 케이터햄 경은 잽싸게 응수했다.

"그야 여부가 있겠나. 안 그래도 나도 그렇게 생각하고 있었네. 회의실에 가면 경찰들과 카트라이트 선생이 있을 거야. 그러니까 뭐냐…… 그 시체하고 말이지. 이보게, 로맥스. 이제부터 침니스는 무조건 자네한테 맡김세. 그러니 마음 푹 놓고 쓰게나."

"고맙네. 혹여 자네하고 상의할 일이 생기면……."

그러나 케이터햄 경은 이미 맞은편 문을 통해 은근슬쩍 사라진 뒤였다. 번들은 아버지의 퇴장을 쓸쓸한 미소로 지켜봤다.

"아저씨가 주신 전문들을 지금 바로 보낼게요. 회의실은 어떻게 가는지 아시죠?"

"고맙다, 아일린."

조지는 서둘러 방을 나섰다.

배틀 총경 도착하다

케이터햄 경은 조지와 머리를 맞대고 얘기를 나누는 일이 너무나 지긋지긋했던 터라 오전 내내 경지 여기저기를 둘러보며 시간을 보냈다. 주린 배의 고통만 아니었어도 그는 집 근처에는 가지도 않았을 것이다. 한편으론 지금쯤이면 분명히 최악의 상황은 지나갔을 거라는 생각도 있었다.

케이터햄 경은 조그마한 옆문을 통해 몰래 집 안으로 들어섰다. 그리고 자기만의 성소로 슬그머니 숨어들었다. 그는 아무도 자기가 집 안에 들어오는 것을 보지 못했을 거라고 자위했지만 그것은 착각이었다. 눈치 빠른 트레드웰이 조그만 움직임 하나라도 놓칠 리 없었다. 그가 문 앞에 모습을 나타냈다.

"나리, 죄송합니다만……."

"무슨 일인가, 트레드웰?"

"로맥스 장관님이 나리께서 돌아오시는 대로 도서관에서 꼭 좀 뵙자고 하십니다만."

이것은 트레드웰의 교묘한 표현법으로 케이터햄 경이 원하지 않으면 아직 집에 돌아오지 않은 것으로 하겠다는 일종의 암시였다.

케이터햄 경이 한숨을 쉬더니 자리에서 일어섰다.

"어차피 조만간 치러야 할 일이야. 도서관이라고 했나?"

"네, 나리."

케이터햄 경은 또 한 번 한숨을 내쉬곤 조상 대대로 물려받은 광활한 대저택을 가로질러 도서관으로 향했다. 문은 잠겨 있었다. 손잡이를 달각거리자 안에서 문 여는 소리가 들리더니 조그맣게 벌어진 틈새로 의심스럽게 밖을 내다보는 조지 로맥스의 얼굴이 나타났다.

찾아온 사람이 케이터햄이라는 것을 아는 순간 그의 표정이 확 달라졌다.

"오, 케이터햄, 어서 들어오게. 안 그래도 다들 자네가 어디로 사라졌나 궁금해하던 참이네."

경지 이곳저곳을 둘러볼 일도 있고 이것저것 손볼 것도 있었다는 둥 애매한 변명을 늘어놓으며 케이터햄 경은 쑥스러운 표정으로 가만히 발을 들이밀었다. 안에는 두 사람이 더 있었다. 한 사람은 경찰서장 멜로스 대령이었고 나머지 한 사람은 네모지고 다부진 체격에 남달리 무표정한 얼굴이 눈에 띄는 중년 남자였다.

조지가 설명했다.

"배틀 총경이 30분 전에 도착했어. 배지위시 경위하고 집 안 여기저기를 둘러보고 카트라이트 씨도 만나 봤다네. 지금은 우리에게 몇 가지 물어보고 싶다는군."

케이터햄 경이 멜로스 대령과 인사를 나누고 배틀 총경과 통성명을 한 뒤 모두들 자리에 앉았다.

조지가 먼저 입을 열었다.

"배틀 총경, 꼭 당부할 말이 있소. 이번 일은 우리 모두 최대한 신중을 기해야 하는 사안이오."

배틀 총경은 소탈한 표정으로 고개를 끄덕였다. 케이터햄 경은 그의 그런 모습에 마음이 끌렸다.

"그 점이라면 걱정 마십시오, 로맥스 장관님. 하지만 저희에겐 절대 아무것도 감추시면 안 됩니다. 듣자 하니 죽은 신사분의 성함이 스타니슬라우스 백작이라고 하더군요. 적어도 이 집 사람들은 그렇게 알고 있던데 그게 그분의 진짜 이름이 맞습니까?"

"아니오."

"그럼 진짜 이름은 뭡니까?"

"헤르초슬로바키아의 미하엘 왕자요."

순간 배틀의 눈이 살짝 커지는 듯했으나 그 외에 다른 반응은 없었다.

"이런 질문을 여쭤봐도 될지 모르겠지만 그분이 여길 방문한 목적은 뭐였습니까? 단지 사람들과 어울려 즐겁게 지내기 위해서였나요?"

"다른 목적이 있었소, 배틀. 물론 내가 지금 말하는 내용은 절대 비밀이오."

"네. 잘 알아듣겠습니다, 장관님."

"멜로스 대령께서도?"

"물론입니다."

"좋아요. 그럼 말하리다. 미하엘 왕자가 여기 온 것은 급히 허먼 아이작슈타인 씨를 만나기 위해서였소. 특정 조건으로 융자받을 일이 있었기 때문이오."

"그게 무엇입니까?"

"자세한 내막은 나도 모르오. 확정된 내용은 아니오만 일단 왕좌에 오르기만 하면 미하엘 왕자는 아이작슈타인 씨가 대표로 있는 일련의 업체들에게 특정 석유의 독점권을 내주기로 약속했소. 따라서 영국 정부는 왕자가 지니고 있는 확고한 친영 성향에 기대어 그를 왕위에 옹립하는 일에 적극 후원할 태세를 갖추고 있었소."

배틀 총경이 끼어들었다.

"그런 일이라면 더 이상 파고들 필요가 없겠군요. 미하엘 왕자는 돈이 필요했고 아이작슈타인 씨는 석유가 필요했다, 또한 영국 정부는 막후 후원자 노릇을 할 태세가 되어 있었다 이 얘기니까요. 한 가지만 더 여쭤보겠습니다. 좀 전에 말씀하신 석유 독점권 말입니다. 그걸 탐내던 자들이 또 있었나요?"

"미국 자본가 단체가 미하엘 전하와 교섭을 시도한 걸로 알고 있소."

"그런데 거절당했군요?"

하지만 조지는 유도 신문에 말려들지 않았다.

"미하엘 왕자는 전적으로 친영파였소."

배틀 총경은 더 이상 그 문제를 파고들지 않았다.

"케이터햄 경, 듣기로는 사건이 일어난 것이 어제라고 하더군요. 경께선 런던 시내에서 미하엘 왕자를 만나 함께 이곳에 오셨습니다. 왕자는 같은 헤르초슬로바키아 사람인 보리스 안초코프는 시종으로 대동했지만 시종무관인 안드라시 대위는 시내에 남겨 뒀습니다. 그리고 여기 도착하자마자 피곤해서 쉬어야겠다며 자신에게 마련된 방으로 물러갔습니다. 저녁 식사는 왕자의 방으로 배달되었고 따라서 그분은 하우스 파티에 참석한 다른 사람들과 만난 적이 없습니다. 맞습니까?"

"맞소."

"오늘 아침에 가정부가 시체를 발견한 것은 대략 7시 45분경이었습니다. 카트라이트 씨가 죽은 사람을 살펴보고 사망의 원인이 권총 총알임을 밝혀냈어요. 그러나 권총은 발견되지 않았고 이 집 안에 있는 사람들 중에 어느 누구도 총소리를 듣지 못한 것으로 드러났습니다. 한편 사망자의 손목시계가 바닥에 나가떨어지면서 박살이 났는데 그 시계는 범죄가 정확히 11시 45분에 일어났음을 말해 주고 있습니다. 어젯밤에 다들 몇 시쯤 잠자리에 드셨죠?"

"다들 일찍 물러갔어요. 아무튼 파티가 '이어질' 것 같은 분위기는 아니었소. 무슨 뜻인지 아시겠죠, 총경? 대충 10시 30분쯤 각자의 방으로 돌아갔을 겁니다."

"말씀해 주셔서 감사합니다. 케이터햄 경, 이번에는 이곳에 묵고 계신 손님들에 대해 한 분도 빠짐없이 제게 말씀해 주실 수 있겠습니까?"

"그게, 이런 말을 해도 될지 모르겠지만 범인은 외부에서 들어온 게 아니었소?"

배틀 총경은 미소를 지었다.

"저도 그렇게 생각합니다. 물론 밖에서 들어왔을 겁니다. 그래도 집에 누가 있었는지는 알아야 하니까요. 아시다시피 그게 통상적인 절차입니다."

"그러니까 먼저 미하엘 왕자와 그분의 시종하고 허먼 아이작슈타인 씨가 있었소. 그 사람들은 총경이 다 아는 이들이오. 그리고 에버슬레이하고……."

"내 밑에서 근무하는 친구요."

조지가 짐짓 친절한 척 끼어들었다.

"그럼 그 사람도 미하엘 왕자가 여기에 온 진짜 이유를 알고 있었습니까?"

"아니, 그렇지 않아요. 뭔가가 있다는 걸 감으로 알고 있는 건 분명했지만 그 친구에게 내밀한 얘기까지 털어놓을 필요는 없다고 생각했소."

조지는 목소리에 무게를 실어 총경에게 대답했다.

"그렇군요. 계속하시죠, 케이터햄 경?"

"봅시다. 아, 하이럼 피시 씨가 있네요."

"하이럼 피시 씨는 누굽니까?"

"피시 씨는 미국인이오. 루시어스 고트 씨가 써 준 소개장을 들고 왔더군요. 루시어스 고트 씨에 대해 들어 봤소?"

배틀 총경은 그렇다는 뜻으로 미소를 지었다. 억만장자 루시어스 C. 고트를 모르는 사람이 있을까?

"그 사람은 특히 내가 소장하고 있는 책들의 초판본을 몹시 보고 싶어 했소. 물론 고트 씨의 소장품들도 타의 추종을 불허하지만 내가 갖고 있는 것들도 그 못지않게 귀해서 말이외다. 지금 말한 피시 씨는 이를테면 수집광이오. 로맥스 장관이 겉보기에 좀 더 자연스러운 모임을 만들어야 한다며 이번 주말 파티에 한두 사람 추가로 더 부르는 게 어떻겠냐고 해서 피시 씨를 부르기로 한 겁니다. 남자들은 그게 다군요. 그리고 여자 손님으로는 레블 부인이 유일한데 아마 하녀를 한두 명쯤 데리고 왔을 겁니다. 그리고 내 딸하고 또 그렇지, 꼬맹이들하고 유모들, 가정 교사들, 하인들이 있군요."

케이터햄 경은 잠시 말을 멈추고 숨을 가다듬었다.

"말씀해 주셔서 감사합니다. 단순한 절차이긴 합니다만 그만큼 중요해서요."

"이건 내 생각인데 살인범은 분명 창문으로 들어왔을 거요."

조지가 곰곰이 생각에 잠긴 채 말했다.

배틀은 잠시 뜸을 들이다가 천천히 대답했다.

"창문 쪽으로 난 발자국도 있고 반대로 멀어져 간 발자국도 있습니다. 어젯밤 11시 40분에 자동차 한 대가 침니스 저택 정원 바깥쪽에 멈췄어요. 그리고 12시에 한 청년이 차를 타고 졸리 크리키터스 여관에 도착해서 방을 잡았습니다. 그 청년은 신발을 닦아 달라며 신고 온 부츠를 밖에 내놨는데 마치 길게 자란 잔디밭을 밟고 지나다닌 것처럼 진흙이 덕지덕지 묻은 채 흠뻑 젖어 있었죠."

조지는 귀가 솔깃해서 의자 앞으로 다가앉았다.

"그자의 신발하고 여기 난 발자국하고 대조해 보면 되잖소?"

"이미 해 봤습니다."

"그런데?"

"정확히 일치했습니다."

"그럼 끝났군! 범인은 손안에 있소. 그건 그렇고 그 청년…… 이름이 뭐랍디까?"

"숙박계에 써 있는 이름은 앤터니 케이드였습니다."

"앤터니 케이드 그 작자를 당장 쫓아가서 체포하시오."

"그럴 필요까진 없을 겁니다."

"무슨 소리요?"

"아직 그곳에 머무르고 있으니까요."

"뭐라고?"

"흥미로운 일 아닙니까?"

그러자 멜로스 대령이 총경을 날카롭게 쏘아봤다.

"도대체 무슨 생각을 하고 있는 거요, 배틀? 어서 털어놔 보시오."

"전 그저 흥미롭지 않으냐고 말씀드렸을 뿐입니다. 당장이라도 줄행랑을 쳐야 마땅한 청년이 있는데 도망가지 않고 있다, 외려 지금도 여기에 머물면서 자신의 신발과 범인의 것으로 보이는 발자국을 비교해 볼 수 있도록 우리에게 모든 편의를 제공하고 있다……."

"그럼 당신 생각은 뭡니까?"

"뭘 생각해야 할지는 저도 모르겠습니다. 머릿속이 온통 뒤죽박 죽이라서 말이죠."

"당신 생각은 그럼……."

멜로스 대령은 말을 하다가 조심스럽게 문 두드리는 소리가 들리 자 입을 다물었다.

조지는 일어나서 문가로 향했다. 이런 식으로 비굴하게 문을 두 드려야 한다는 사실에 못내 괴로워하던 트레드웰은 당당히 문지방 에 서서 주인을 향해 말했다.

"나리, 죄송합니다만 웬 신사분이 지금 당장 중요한 일로 나리를 뵙고 싶어 하십니다. 제 생각엔 아무래도 오늘 아침에 벌어진 비극 적인 사태와 관련이 있는 분 같습니다."

"이름이 뭐라던가요?"

배틀이 문득 물었다.

"앤터니 케이드라고 밝히긴 했습니다만 아무도 자기 이름에는 관 심이 없을 거라고 했습니다."

그러나 여기 있는 네 사람에게만큼은 그 이름이 중요한 의미가 있어 보였다. 이들은 제각각 놀라움의 정도를 달리하며 앉은 자세 를 가다듬었다.

케이터햄 경이 껄껄거리기 시작했다.

"일이 갈수록 점점 더 재미있어지는군. 그 청년을 안으로 들이게, 트레드웰. 지금 당장 들여보내."

앤터니가 자신의 이야기를 고백하다

"앤터니 케이드 씨입니다."

트레드웰이 자신을 소개하자 앤터니는 말했다.

"그럼 동네 여관에서 온 수상쩍은 나그네 들어가겠습니다."

여느 나그네에게선 볼 수 없는 직감으로 앤터니는 케이터햄 경에
게로 다가갔다. 그와 동시에 나머지 세 사람에 대해 내심 이런 정의
를 내렸다.

'1은 런던 경시청 출신, 2는 이 지방의 고위층(경찰서장쯤 되겠군.),
3은 뇌졸중으로 쓰러지기 직전의 성가신 신사양반. 정부에서 나온
사람이겠지.'

앤터니는 케이터햄 경을 겨냥해서 말했다.

"먼저 양해 말씀부터 드려야겠군요. 제 마음대로 이렇게 나타난
것에 대해서 말입니다. 한데 '졸리 도그'라나 뭐라나, 하여간 이 동

네의 그 비슷한 이름을 가진 싸구려 여관에 도는 소문을 듣자 하니 여러분들이 머물고 계신 이곳에서 살인 사건이 발생했다고 하더군요. 해서 그 일에 일종의 서광을 비춰 드릴 수 있지 않을까 하는 생각에 이렇게 여기까지 오게 됐습니다."

잠시 동안은 아무도 입을 열지 않았다. 배틀 총경은 그렇게 할 수만 있으면 누구든 마음대로 떠들게 내버려 두는 것이 절대적으로 문제 해결에 도움이 된다는 사실을 오랜 경험으로 알고 있는 사람이었으며, 멜로스 대령은 본래가 과묵한 사람이었다. 반면 조지는 남에게 질문을 받는 데에 익숙했으며 케이터햄 경은 뭐라고 해야 할지 전혀 판단이 서지 않았다. 그러나 나머지 세 사람이 입을 다물고 있는 상황에서 상대가 자신을 지목하고 입을 연 이상, 케이터햄 경도 어쩔 수 없었다. 그는 불안한 목소리로 말했다.

"에…… 정말 그렇겠군요. 그래, 그렇겠소. 어디 좀 앉겠소?"

"감사합니다."

이어서 조지가 근엄하게 목을 가다듬었다.

"그러니까 이 일에 서광을 비춰 줄 수 있다는 말은……."

"제 말은 어젯밤 대략 11시 45분쯤에 제가 케이터햄 경의 사유지(이 점에 대해서 부디 용서를 구하는 바입니다.)에 무단으로 침입했으며 또 우연히 총소리를 들었다는 뜻입니다. 최소한 범죄가 일어난 시각을 여러분 앞에 확실하게 말씀드릴 수 있다, 그 얘기죠."

세 사람을 번갈아 둘러보던 앤터니의 시선이 배틀 총경의 얼굴에 이르러 멈췄다. 무표정한 얼굴에 관심이 끌린 듯했다.

"하지만 제 말씀이 여러분들에겐 딱히 새롭지 않을 듯하군요."

앤터니가 부드럽게 덧붙이자 배틀이 질문을 던졌다.

"케이드 씨, 그 말씀은 무슨 뜻인가요?"

"이런 뜻이지요. 전 오늘 아침에 일어나서 일단 실내화를 신었습니다. 그런데 나중에 제 부츠를 찾으니까 없는 겁니다. 어떤 젊은 멋쟁이 경찰관 나리께서 찾아와 제 신발을 가져갔다고 하더군요. 전 자연스럽게 어찌된 상황인가 추론을 해 보곤 아무래도 제 신원을 분명히 해야겠다 싶어서 이렇게 부지런히 온 겁니다."

"눈치가 상당히 빠르시군요."

배틀이 애매한 말을 건넸다.

앤터니의 두 눈이 언뜻 빛을 발했다.

"그리 봐 주시니 감사합니다, 경위님. 경위님 맞으시죠?"

케이터햄 경이 둘의 대화에 끼어들었다. 그는 슬슬 앤터니라는 사람이 좋아지고 있었다.

"런던 경시청의 배틀 총경이시오. 이분은 경찰서장 멜로스 대령, 그리고 이분은 로맥스 장관."

앤터니는 조지를 날카롭게 쏘아봤다.

"조지 로맥스 장관이십니까?"

"그렇소."

"그러고 보니 제가 어제 장관님께 편지를 받는 영광을 누린 것 같군요."

조지가 그를 노려보며 차갑게 말했다.

"그런 일 없소."

하지만 조지는 내심 오스카 양이 여기 있었으면 하고 바랐다. 오스카 양은 그를 대신해서 편지 작성을 전담하고 있기 때문에 편지의 수신인이 누군지, 또 어떤 내용인지 모두 다 기억했다. 조지처럼 고매한 인물이 그런 자잘하고 성가신 사항까지 모두 기억한다는 것은 있을 수 없는 일이었다. 그는 슬쩍 이런 질문을 던졌다.

"케이드 씨, 당신은 우리에게, 그러니까 어젯밤 11시 45분에 이 저택 경내에서 뭘 하고 있었는지를 말하려던 게 아니었소?"

그의 어조는 앤터니가 무슨 변명을 해도 믿지 않을 거라는 사실을 분명히 드러내고 있었다.

"그래요, 케이드 씨. 도대체 여기서 뭘 하고 있었던 거요?"

케이터햄 경도 매우 궁금하다는 듯이 물었다.

"그게 설명하려면 아주 길어서 말이죠."

앤터니는 유감스러운 듯이 대답하며 담뱃갑을 꺼냈다.

"좀 피워도 되겠습니까?"

케이터햄 경이 고개를 끄덕이자 앤터니는 담배 한 대를 피워 물고 앞으로 닥칠 시련에 대비해 마음을 단단히 먹었다.

그는 자신이 어떤 위험에 처해 있는지 너무나 잘 알고 있었다. 24시간이라는 짧은 시간 동안 그는 두 가지 다른 범죄에 말려들었다. 첫 번째 범죄와 관련한 그의 행동은 일고할 가치조차 없었다. 주도면밀하게 누군가의 시체를 처리하는 것으로 법의 취지를 무색케 한 다음 그는 곧바로 두 번째 범죄의 현장에, 그것도 범죄가 벌어지고 있는 순간에 도착했다. 골칫거리만 찾아다니는 청년에게 이보다 좋은 기회는 없을 터였다.

'남아메리카에 가도 이보다 화끈한 경험은 못 할걸!'

앤터니는 앞으로 취할 행동을 이미 머릿속에 정해 놓았다. 그는 사실대로 말할 작정이었다. 다만 한 가지는 살짝 바꿔 말하고 또 한 가지는 철저히 입을 다물기로 했다.

"모든 이야기는 대략 3주 전 불라와요에서 시작됩니다. 물론 로맥스 장관께선 그곳이 어딘지 잘 알고 계시겠죠? 왜 있잖습니까, 머나먼 변경에 있는 대영제국의 식민지. '영국인들만이 아는 영국의 참모습에 대해 과연 우리는 뭘 알고 있는가?' 뭐, 이런 곳이죠. 그때 전 제임스 맥그러스라는 친구를 만나 얘기를 나누다가……."

앤터니는 조지에게 의미심장한 눈길을 보내면서 친구의 이름을 천천히 입 밖에 냈다. 조지는 의자에서 펄쩍 뛰면서 터져 나오려는 비명소리를 가까스로 참았다.

"우리가 나눈 대화의 결론은 제가 맥그러스 그 친구 대신 작은 임무를 수행하기 위해 여기 영국으로 오자는 것이었습니다. 그 친구가 여기 올 형편이 못 되었거든요. 그런데 통행권이 그 친구 이름으로 예약되어 있어서 제임스 맥그러스라는 이름으로 배를 탔죠. 저로서야 법에 저촉되는지 모르고 한 행동이지만 혹여 총경 나리께서 그 일로 저한테 여러 달 동안 구류를 살라 하실지도 모르겠군요."

"괜찮으시다면 하던 얘기 마저 하시죠, 케이드 씨."

말은 이렇게 했지만 배틀의 두 눈에서 언뜻 불꽃이 튀었다.

"런던에 도착하자마자 전 블리츠 호텔로 갔습니다. 물론 제임스 맥그러스라는 신분으로요. 원래 런던에서의 제 임무는 어떤 원고를 출판사에 넘겨주는 일이었는데 막상 도착해 보니 웬 머나먼 왕국의 두 군데 정당 대표가 보낸 사절단이 절 기다리고 있더군요. 한쪽이 동원한 수법은 지극히 합법적이었지만 다른 쪽은 전혀 아니었고, 해서 전 양쪽을 각자의 격에 맞게 처리해 줬죠. 하지만 절 가로막고 있는 것은 그게 다가 아니었습니다. 그날 밤 누군가가 제 방에 침입한 겁니다. 제가 묵고 있던 호텔의 웨이터가 뭔가를 훔쳐 가려고 기도한 거였죠."

"경찰에는 그런 신고가 접수된 적이 없는 걸로 아는데요?"

배틀 총경이 물었다.

"맞습니다. 신고하지 않았으니까요. 가져간 게 없었거든요. 하지만 호텔 지배인에게는 보고했으니 그 사람에게 물어보면 제 얘기가 사실이란 걸 확인해 줄 겁니다. 물론 문제의 웨이터가 오밤중에 별안간 줄행랑을 쳤다는 사실도 말이죠. 그런데 이튿날 출판사에서 전화가 왔습니다. 자기네 회사 사람 한 명이 찾아가서 원고를 받아 가도 되겠느냐고 하더군요. 전 그러라고 했고 이튿날 아침 모든 일이 예정대로 진행되었습니다. 그날 이후로 아무 소식도 듣지 못했으니 저로선 원고가 그들 손에 안전하게 들어갔다고 믿을 수밖에요. 여전히 제임스 맥그러스로 지내는 상황에서 어제 로맥스 장관 명의의 편지 한 통을 받게 되었는데……."

앤터니는 잠시 말을 멈췄다. 그는 눈앞에서 벌어지는 상황을 즐기고 있었다. 조지는 불안한 듯 자세를 이리저리 고쳐 앉더니 중얼거렸다.

"이제야 생각나는군. 제법 긴 편지였을 거요. 물론 이름이 뒤바뀌었지만 그야 내가 알 바 아니고."

조지의 목소리는 도덕적인 자신감을 확신하는 듯한 단호함으로 한결 높아졌다.

"또한 내 의견으론 높은 신분에 있는 사람을 가장하고 다니는 행위는 부적절하다고 봅니다. 난 기필코 당신이 혹독한 법의 처벌을 받을 일을 초래했다고 확신하오."

앤터니는 전혀 동요하지 않고 말을 계속했다.

"그 편지에서 로맥스 장관께선 제가 맡고 있던 원고와 관련해서 여러 가지 제안을 하셨습니다. 더불어 케이터햄 경의 초대 손님으로 여기서 열리는 하우스 파티에 참석해 달라는 말까지 써 있었죠."

"이렇게 만나게 돼서 반갑구려, 젊은 친구. 늦긴 했지만 안 온 것보다야 낫지. 안 그렇소?"

케이터햄 경이 그렇게 말하자 조지가 그에게 인상을 썼다.

배틀 총경은 전혀 흔들림이 없는 시선으로 앤터니를 쏘아봤다.

"그게 당신이 어젯밤 여기 나타난 이유인가요?"

앤터니는 누그러진 말투로 대답했다.

"물론 아니죠. 귀족의 지방 저택에 머물러 달라는 요청을 받았기로서니 제가 아무럼 야심한 시각에 그 집 담장 높이를 재고 정원을 마구 짓밟고 창문 밑의 계단을 올라가겠습니까? 당연히 현관문 앞에 차를 세우고 벨을 울린 다음 매트에다 깨끗이 발을 문지르고 들어가야 예의겠죠. 그럼 하던 얘기를 계속하겠습니다. 저는 로맥스 장관께 답장을 보냈습니다. 원고는 이미 제 수중을 벗어났으며 따라서 유감스럽지만 케이터햄 경의 친절한 초대를 거절해야겠노라고 말이죠. 그런데 막상 그렇게 하고 나니 그때까지 잠시 잊고 있던 뭔가가 떠오르더군요."

그는 말을 끊었다. 바야흐로 살얼음판 위를 걸어야 하는 순간이 다가온 것이다.

"여러분께 제가 주세페라는 웨이터와 몸싸움을 하다가 뭐라고 몇 마디가 적힌 쪽지를 놈에게서 뜯어 냈다는 사실을 꼭 말씀드리고 싶군요. 그땐 거기 쓰인 내용이 뭘 뜻하는지 몰랐지만 어쨌든 아직까지 버리지 않고 있었는데, 침니스라는 이름을 듣는 순간 문득 그 내용이 떠오르더군요. 해서 부리나케 찢어진 쪽지를 꺼내서 읽어 봤죠. 제 생각이 맞았습니다. 여기 그 쪽지를 가져왔으니 신사분들께서 두 눈으로 직접 확인해 보십시오. 종이에 적힌 내용은 이겁니다. '침니스. 목요일. 11시 45분.'"

배틀은 앤터니가 내민 종이를 자세히 살피는 동안 앤터니는 말을 계속했다.

"물론 침니스란 말이 이 저택과는 전혀 상관이 없을 수도 있습니다. 반면에 그렇지 않을 수도 있죠. 이 주세페란 작자는 도둑질이나 일삼는 불한당이 틀림없습니다. 하여 저는 어젯밤 차편으로 이곳에 와서 우선 모든 게 원래대로인지 직접 확인하고 여관에 여장을 푼

다음 케이터햄 경에게 전화를 걸어서 혹여 주말 동안에 불미스런 일이 벌어질지도 모르니 조심하라는 말을 전하기로 결심한 것이죠."

"아무렴 그랬을 거요. 왜 아니겠소."

케이터햄 경이 격려하듯이 말했다.

"그런데 너무 늦게 도착하는 바람에 시간이 얼마 없더군요. 저는 차를 세우고 담장을 타 넘은 뒤 정원을 가로질러 달렸습니다. 테라스에 도착했을 땐 온 저택이 고요하고 깜깜한 어둠에 잠겨 있더군요. 막 돌아서는데 총소리가 들렸습니다. 집 안에서 들린 것 같다는 생각에 저는 다시 저택 쪽으로 돌아서서 테라스를 넘어 창문으로 들어가려고 했죠. 그런데 창문은 모두 잠겨 있었고 안에선 아무 소리도 들리지 않았습니다. 잠시 기다려 봤지만 사방은 무덤처럼 고요하기만 했고, 결국 저는 아무래도 길 잃은 밀렵꾼이 쏜 총소리를 착각했다는 결론을 내렸습니다. 그런 상황이라면 누구나 그런 결론을 내리지 않겠습니까?"

"물론입니다."

배틀 총경이 무표정하게 대꾸했다.

"앞서도 말씀드렸지만 전 여관으로 돌아가서 그곳에서 밤을 지냈고 오늘 아침에 이런 소식을 들은 겁니다. 물론 제가 의심받을 만한 입장에 있다는 것도 알았죠. 사정이 이러니 당연한 일 아니겠습니까? 그래서 상황이 저를 범인으로 몰고 있지 않기를 바라며 여기까지 와서 이렇게 제 얘기를 하게 된 겁니다."

잠시 침묵이 흘렀다. 멜로스 대령은 배틀 총경을 곁눈으로 바라봤다.

"내 생각엔 이 청년 말이 틀림없는 것 같소만."

"그렇습니다. 오늘 아침은 수갑 꺼낼 일이 없을 것 같군요."

"물어볼 게 아직 남아 있소, 배틀?"

"한 가지 궁금한 점이 있습니다. 이 청년이 아까 뭔고 얘기를 했는데, 그게 무슨 얘기죠?"

배틀 총경의 눈길이 건너편에 있는 자신에게로 향하자 조지가 마지못해 대답했다.

"고인이 된 스틸프티치 백작의 회고록이오. 그게, 재차 말하지만······."

"더 이상 말씀 안 하셔도 됩니다, 익히 알고 있으니까요."

배틀이 말을 자르더니 앤터니를 향해 돌아섰다.

"총에 맞은 사람이 누군지 알고 계십니까, 케이드 씨?"

"'졸리 도그' 사람들 말로는 스타니슬라우스 백작인지 하여간 그 비슷한 이름을 지닌 사람이라고 하더군요."

"이 청년에게 직접 말씀해 주시죠."

배틀은 조지 로맥스에게 단도직입적으로 말했다.

조지는 망설이는 눈치가 역력했지만 하는 수 없이 입을 열었다.

"이곳에 스타니슬라우스 백작이라는 이름으로 머물던 분은 사실 헤르초슬로바키아의 미하엘 왕자 전하요."

앤터니는 휘익 하고 휘파람을 불었다.

"상황이 아주 골치 아프게 됐군요."

아까부터 앤터니를 면밀히 관찰하고 있던 배틀 총경은 뭔가 알아냈다는 듯 짧은 신음을 흘리더니 별안간 자리에서 일어섰다.

"케이드 씨에게 한두 가지 물어볼 것이 있으니 괜찮으시다면 이 사람을 데리고 회의실에 가 봤으면 합니다."

"물론이오, 얼마든지. 어디든 데려가도록 하시오."

케이터햄 경의 허락에 앤터니와 총경은 함께 방을 나섰다.

시체는 비극의 현장에서 이미 치워지고 없었다. 시체가 누워 있던 자리에 남은 시커먼 얼룩 한 점을 제외하곤 그곳에서 비극적인 사건이 발생했다는 사실을 암시할 만한 것은 전혀 없었다. 세 개의 창문으로 쏟아져 들어오는 햇빛이 방 안을 환한 빛으로 가득 채우면서 낡은 목재 벽면의 고풍스럽고 매끄러운 질감을 고스란히 드러냈다. 앤터니는 대단하다는 표정으로 주위를 둘러보았다.

"정말 멋지군요. 영국의 전통미를 따라갈 만한 것은 없을 거예요. 안 그렇습니까?"

"처음 총소리를 들었을 때 혹시 이 방에서 난 것 같지는 않던가요?"

총경은 앤터니의 찬사에는 아무 대꾸도 하지 않은 채 물었다.

"잠깐 생각해 봅시다."

앤터니는 창문을 열고 테라스로 나가 집을 올려다보았다.

"맞아요, 이 방이 분명해요. 이 방은 벽면이 바깥으로 돌아 있는 데다 저택 모서리를 전부 차지하고 있네요. 여기 말고 다른 곳에서 총이 발사되었다면 여기를 기준으로 왼쪽에서 소리가 났어야 하는데 그땐 저의 등 뒤 혹은 오른쪽에서 들렸거든요. 그래서 제가 밀렵

꾼의 총소리일지 모른다고 생각한 겁니다. 보다시피 이 방은 부속
건물의 맨 끝에 위치해 있고요."

앤터니는 창턱을 넘어 다시 안으로 들어서다가 갑자기 무슨 생각
이 들었는지 불쑥 이렇게 물었다.

"그런데 그건 왜 물으시죠? 총경님도 그 사람이 여기서 총에 맞은
줄 아시잖습니까?"

"아! 알고 싶어 한다고 모든 걸 알 수 있는 건 아니니까요. 하지만
맞아요. 그 사람은 여기서 죽은 게 분명합니다. 아까 창문을 넘어 안
으로 들어가려 했다는 그 비슷한 말을 하신 것 같은데 맞습니까?"

"네. 그런데 안에서 잠겨 있었습니다."

"몇 개나 열어 봤습니까?"

"세 개 다요."

"확실합니까?"

"저는 매사에 확실을 기하는 사람입니다. 왜 물으시죠?"

"흥미로운 점이 있어서요."

"뭐가 흥미롭다는 얘기죠?"

"오늘 아침에 범죄의 실태가 드러났을 땐 가운데 창문이 열려 있
었습니다. 다시 말해 빗장이 채워지지 않은 상태였다는 말씀입니다."

앤터니는 창가의 긴 의자에 풀썩 주저앉으며 담뱃갑을 꺼냈다.

"휴우! 한 대 맞은 기분인데요. 총경님 말씀대로라면 상황이 전혀
다른 국면으로 전개되겠어요. 그럼 가능성은 두 가지네요. 집 내부
에 있던 누군가가 왕자를 살해한 다음 제가 집을 떠날 때까지 기다

렸다가 바깥에서 저지른 일처럼 보이게 하려고 창문의 빗장을 열어 놓았거나 (이 경우 전 꼼짝없이 못된 짓을 저지른 장본인이 되겠죠.) 아님 까놓고 말해서 제가 거짓말을 하고 있거나. 총경님은 필시 두 번째 가능성에 무게를 두고 계시겠지만 제 명예를 걸고 말씀드리자면 총경님이 틀리셨습니다."

"신문 절차가 끝나기 전엔 한 사람도 이 집을 나갈 수 없습니다. 그것만 알고 계십시오."

배틀 총경의 어조는 싸늘했다.

앤터니는 그를 날카롭게 쏘아봤다.

"이번 일이 내부 소행일지도 모른다는 생각을 언제부터 하셨죠?"

배틀은 가만히 웃었다.

"처음부터 줄곧 그런 생각을 하고 있었습니다. 그렇게 보자면 당신의 자취는 뭐랄까, 지나치게 요란하더군요. 당신 신발 자국이 여기에 난 발자국과 일치한다는 것을 안 순간부터 그런 의심이 들었습니다."

"소문에 듣던 대로 런던 경시청은 정말 대단한 곳이군요."

앤터니가 경쾌하게 말했다.

하지만 바로 그 순간에, 즉 배틀이 이번 사건과 자신이 아무 관련이 없다고 인정하는 듯한 발언을 한 순간에 앤터니는 그 어느 때보다도 스스로를 방어해야 할 필요성을 느꼈다. 배틀 총경은 좀처럼 빈틈이 없는 경찰이었다. 배틀 총경 앞에서 행여 실수라도 저질렀다간 꼼짝없이 걸릴 터였다.

"저기가 사건 현장인가요?"

앤터니는 고갯짓으로 바닥의 시커먼 얼룩을 가리키며 물었다.

"그렇습니다."

"그 사람을 쏜 것은 뭐였습니까, 권총이었나요?"

"맞습니다. 하지만 부검을 해서 총탄을 꺼내 보기 전까지 정확한 사실은 알 수 없습니다."

"그럼 아직 발견되지 않았단 말씀인가요?"

"네. 아직 발견되지 않았습니다."

"단서도 전혀 없고요?"

"글쎄요. 이게 있긴 합니다만."

배틀 총경은 마술사 같은 동작으로 반만 남은 메모지 한 장을 꺼냈다. 그 와중에도 겉으로 드러나지 않게 앤터니의 동태를 살폈다.

하지만 앤터니는 전혀 당황하는 기색 없이 금세 메모지에 찍힌 로고를 알아봤다.

"아하! 붉은 손 당원들이 또 나타나셨군. 이따위 것들을 아무 데나 뿌리고 다닐 참이었으면 아예 석판인쇄를 하는 게 나았을 것을. 이런 걸 일일이 그리려면 엄청나게 성가실 텐데 말입니다. 근데 이 걸 어디서 찾으셨어요?"

"시체 밑에서요. 전에 본 적이 있으십니까?"

앤터니는 애국심에 불타던 붉은 손 당원과의 짧은 만남을 배틀에게 자세히 설명했다.

"아무래도 제 생각엔 붉은 손 당원들이 죽인 것 같군요."

"그렇게 보십니까?"

"글쎄요. 그들의 평소 선전 방식대로라면 그럴 겁니다. 하지만 제가 지금까지 봐 온 바로는 피를 보여 주겠다느니 하고 시끄럽게 떠들어 대는 인간치고 실제로 피가 흐르는 광경을 본 놈은 한 명도 없더군요. 물론 그놈들이 그만한 배짱이 있는 녀석들도 아니고 말입니다. 게다가 생김새도 별나서 어딜 가나 눈에 띄죠. 그런 놈들이 이런 지방 귀족의 별장에 올 법한 손님으로 변장을 한다는 건 말이 안 됩니다. 하긴, 장담할 수는 없지만요."

"맞는 말씀입니다, 케이드 씨. 장담은 금물이죠."

앤터니는 별안간 즐거운 표정이 되었다.

"이제야 총경님 생각을 알겠군요. 열려 있는 창문, 집 밖에 난 발자국 그리고 동네 여관에 묵고 있는 수상쩍은 외지인. 하나 분명히 말씀드리지만 존경하는 총경님, 제가 누구건 간에 절대 붉은 손 당의 현지 끄나풀은 아니라는 건 알아 두십시오."

배틀 총경은 얼핏 미소를 짓더니 마침내 비장의 카드를 꺼내 보였다.

"괜찮으시다면 시체를 보러 가시겠습니까?"

난데없는 돌출 발언이었다.

"괜찮다마다요."

배틀은 주머니에서 열쇠를 꺼내고 앞장서서 복도를 따라 내려갔다. 그러곤 어느 문 앞에서 걸음을 멈추고 자물쇠를 열었다. 그곳은 이 저택에서 비교적 규모가 작은 응접실 중에 하나였다. 시체가 흰

천에 덮인 채 탁자에 누워 있었다.

배틀 총경은 앤터니가 곁으로 다가오기를 기다렸다가 시체를 덮었던 천을 갑자기 열어젖혔다.

입에서 반쯤 흘러나오다 만 비명, 그리고 앤터니의 얼굴을 뒤덮은 놀라는 기색을 보고 배틀의 두 눈에서 의욕의 불길이 일었다.

"이 사람을 알아보시는군요, 케이드 씨?"

배틀 총경은 애써 승리의 쾌감을 감추는 듯한 목소리로 물었다.

앤터니는 정신을 차리고 말했다.

"그래요, 전에 본 적이 있어요. 하지만 이 사람은 미하엘 오볼로비치 왕자가 아니었습니다. 이 사람은 자기 이름을 홈즈라고 소개했던, 발더슨 앤드 호지킨스 출판사 직원이예요."

미국인 방문객

최고의 득점을 올릴 수 있는 카드를 내밀었다가 완전히 낭패를 본 듯 배틀 총경은 다소 맥 빠진 표정으로 흰 천을 도로 덮었다. 앤터니는 양손을 주머니에 꽂은 채 곰곰이 생각에 잠겼다.

"롤리팝 영감이 다른 방법 운운한 게 바로 이거였군."

한참 만에 그는 이렇게 중얼거렸다.

"지금 뭐라고 하셨습니까, 케이드 씨?"

"아무것도 아닙니다, 총경님. 잠시 딴생각을 해서요. 죄송합니다. 그게 제가, 아니 제 친구 지미 맥그러스가 1000파운드라는 돈을 깨끗이 날려 버리게 됐거든요."

"1000파운드라면 제법 큰 돈인데요."

"물론 그게 큰돈이라는 사실에는 저도 동의합니다. 하지만 지금은 1000파운드가 문제가 아니에요. 속았다는 사실만 생각하면 울화가 치밉니다. 전 그 원고를 아무것도 모르는 바보천치처럼 넘겨줬어요. 생각할수록 속이 쓰립니다, 총경님. 속이 쓰려서 미치겠어요."

배틀은 아무 대꾸도 하지 않았다.

"그래요. 후회해 봤자 소용없는 일이죠. 그리고 아직은 전부 다 잃은 게 아닐 수도 있어요. 그 대단하신 스틸프티치 영감의 회고록을 지금부터 다음 수요일 사이에 손에 넣기만 하면 모든 일이 순조롭게 진행될 테니까요."

"회의실로 다시 가시면 안 될까요, 케이드 씨? 별건 아니지만 한 가지 말씀드릴 게 있습니다."

다시 회의실로 돌아오자 배틀은 즉시 가운데 창문으로 뚜벅뚜벅 다가갔다.

"이건 제 생각인데요, 케이드 씨. 이 창문은 아주 뻑뻑합니다. 그것도 보통 뻑뻑한 게 아니죠. 이 창문이 잠겨 있었다는 당신 생각은 착각이었을 수도 있어요. 워낙 단단히 틀어박혀서 그런 생각이 들었을 수도 있다는 얘깁니다. 그래요. 제 판단으론 그건 틀림없이 당신의 착각이었을 겁니다."

앤터니는 날카롭게 그를 쏘아봤다.

"제가 절대 착각이 아니었다고 말씀드리면요?"

"착각일 수도 있다는 생각은 안 드십니까?"

배틀은 매우 집요한 눈으로 그를 쳐다보며 되물었다.

"글쎄요. 총경님이 그렇게 말씀하신다면야 아니라고는 못하겠죠."

배틀은 만족스럽다는 듯이 미소를 지었다.

"이해력이 아주 빠르시군요. 그럼 적당한 때에 자연스럽게 그 말씀을 다시 해 주실 수 있겠습니까?"

"그야 아무래도 상관없습니다. 전……."

배틀이 자신의 팔을 움켜쥐자 앤터니는 말을 멈췄다. 총경은 귀를 곤두세우며 몸을 앞으로 숙였다.

그는 손짓으로 앤터니에게 조용히 하라는 신호를 보낸 뒤 까치발을 하고 살금살금 문가로 다가가 문을 홱 열어젖혔다.

새카만 머리칼에 키가 껑충한 남자가 문 앞에 서 있었다. 단정하게 가운데 가르마를 탄 머리, 은은한 빛이 감도는 푸른 눈에선 순진함이 고스란히 드러났으며 큼지막한 얼굴에선 평온함이 느껴졌다.

"실례합니다. 범죄 현장을 좀 살펴보아도 될까 하고요. 두 분 모두 런던 경시청에서 오신 분들 같은데 맞습니까?"

미국식 악센트가 물씬 묻어나는 느리고 질질 끄는 듯한 말투였다.

"제가 어찌 그런 훌륭한 곳에 있겠습니까. 하지만 이 신사분은 런던 경시청에서 오신 배틀 총경님이 맞습니다."

앤터니의 대답에 미국인 신사는 대단히 관심이 많은 듯한 반응을 보였다.

"그러세요? 이렇게 뵙게 돼서 영광입니다. 저는 뉴욕에서 온 하이럼 피시라고 합니다."

"보시고 싶은 것이 뭔가요, 피시 씨?"

배틀이 물었다.

미국인은 점잖게 방 안으로 걸어 들어오더니 대단히 흥미롭다는 표정으로 바닥에 난 시커먼 얼룩을 쳐다봤다.

"배틀 총경님, 저는 평소 범죄에 관심이 많습니다. 제 취미 가운데 하나죠. 우리 나라에서 발행되는 주간지에 '타락과 범인'이라는 주제로 논문을 실은 적도 있답니다."

피시는 방 안에 있는 모든 것을 하나하나 눈에 담으려는 듯 점잔을 빼며 주위를 살폈다. 그의 눈길이 창문에 가닿더니 한참을 머물렀다.

"시체는 다른 곳으로 치웠습니다."

배틀 총경이 누구나 알고 있는 사실을 말했다.

"그랬군요."

피시의 시선은 나무 벽면으로 향했다.

"그러고 보니 이 방엔 제법 대단한 작품들이 많네요. 홀바인 작품 한 점하고 반 다이크 작품 두 점하고 또 제가 잘못 안 게 아니라면 벨라스케스의 작품도 한 점 있군요. 저는 그림에도 관심이 많은 편이죠. 물론 고서들의 초판본만큼이나요. 케이터햄 경이 친절하게 저를 이곳에 초대한 것도 그분이 소장하고 계신 초판본들을 보여 주기 위해서였는데……."

그는 점잖게 한숨을 쉬었다.

"아무래도 이젠 물 건너간 것 같군요. 제 생각엔 여기 계신 손님들이 당장이라도 시내로 돌아가고 싶어 할 것 같습니다. 당연한 일 아닙니까?"

"죄송하지만 그건 불가능합니다. 신문이 끝나기 전엔 한 사람도 이곳을 떠날 수 없습니다."

"그래요? 신문이 언젠데요?"

"내일이 될 수도 있고 월요일로 연기될 수도 있습니다. 부검 절차도 밟고 검시관도 만나야 하니까요."

"무슨 소린지 알겠습니다. 상황이 이러니 아무래도 우울한 파티가 되겠군요."

배틀은 앞장서서 문가로 향했다.

"다들 여기서 나가시는 게 좋겠습니다. 문을 잠가야 해서요."

그는 두 사람이 문밖으로 나오기를 기다렸다가 문을 채우고 열쇠를 잡아 뺐다.

"혹시 지문을 찾고 계셨습니까?"

"어쩌면요."

피시의 질문에 총경은 짧게 대답했다.

"그렇다면 이건 어디까지나 제 생각입니다만 어제 같은 밤이라면 딱딱한 나무 바닥에 침입자의 발자국이 남아 있을 겁니다."

"안에는 없었습니다. 밖에는 많았지만."

"제가 남긴 겁니다."

앤터니는 잔뜩 신이 나서 거들었다.

피시는 순진한 눈으로 앤터니를 쓱 훑어봤다.

"젊은이는 사람을 놀라게 하는 재주가 있군요."

세 사람은 모퉁이를 돌아 크고 널찍한 홀로 들어섰다. 회의실과 마찬가지로 오래된 떡갈나무 목재로 벽을 바른 곳이었는데 그 위로 널찍한 미술품 전시실이 자리 잡고 있었다. 또 다른 두 사람이 맞은 편 끝에서 모습을 드러냈다.

"오호! 우리의 자상하신 주인장께서 등장하셨군요."

케이터햄 경에 대한 피시의 표현이 어쩌나 우스운지 앤터니는 새어나오는 웃음을 들키지 않기 위해 고개를 돌려야 했다.

"그리고 어젯밤에 소개를 받긴 했는데 그 옆에 있는 숙녀는 상당히 영리한 여자더군요. 보통이 아니에요."

케이터햄 경과 함께 있는 여자는 버지니아 레블이었다.

앤터니는 그동안 줄곧 이런 만남을 기대하고 있었다. 뭘 어떻게 하겠다는 생각은 없었다. 그것은 버지니아가 알아서 할 일이었다. 냉정하고 침착한 여자라는 점에는 추호의 의심도 없었지만 그녀가 앞으로 어떤 행동을 취할지는 전혀 감을 잡을 수가 없었다. 그러나 앤터니의 이런 염려는 오래가지 않았다.

"어머, 케이드 씨 아니세요? 어쩜, 결국 이곳에 오시기로 하셨군요."

버지니아가 아는 척을 하면서 그에게 두 손을 내밀었다.

"레블, 케이드 씨가 당신 친구였다니, 미처 몰랐구려."

케이터햄 경이 말했다.

"이분은 저의 아주 오랜 친구예요. 어제 런던에서 우연히 마주쳤는데 제가 여기 올 거라고 했거든요."

버지니아는 장난기 어린 눈으로 앤터니를 향해 미소를 지어 보이며 말했다.

앤터니는 재빨리 그녀의 충실한 사냥개가 되었다.

"그래서 제가 레블 부인에게 그랬죠. 원래 제가 아닌 전혀 다른 사람에게 보낸 초대장이기 때문에 부득불 경의 친절한 초대를 거절할 수밖에 없었다고 말입니다. 게다가 거짓 행세를 하고 남의 흉내를 낼 자신도 없었고요."

"자, 자, 이봐요. 다 지난 일이오. 내 크리키터스 여관으로 사람을 보내 당신 가방을 가져오게 하겠소."

"케이터햄 경, 친절은 너무나 고맙습니다만……."

"무슨 소리, 당신은 당연히 침니스로 와야 해요. 크리키터스 여관같이 끔찍한 곳에서 잠을 자다니 안 될 소리요."

"그래요. 이리로 오시는 게 맞아요, 케이드 씨."

버지니아가 달콤한 목소리로 거들었다.

앤터니는 주변의 공기가 달라졌음을 느꼈다. 버지니아의 역할이 그만큼 대단하다는 얘기였다. 그는 더 이상 이곳에서 출신을 알 수 없는 낯선 이방인이 아니었다. 버지니아가 차지하는 위치가 누구도 함부로 할 수 없을 만큼 확고했기 때문에 일단 그녀가 보증한 사람은 추호의 의심 없이 받아들여졌다. 앤터니는 버넘 비치스의 숲속 나무에 숨겨 둔 권총을 떠올리고 내심 미소를 지었다.

케이터햄 경이 앤터니에게 말했다.

"사람을 시켜 짐을 가져오게 하겠소. 아무래도 사냥은 무리일 것 같군요. 서운하게 됐지만 상황이 이러니 어쩌겠소. 그건 그렇고 아이작슈타인 씨는 또 어떻게 대해야 할지. 이거 원, 엎친 데 덮친 격이니."

실의에 빠진 상원 의원은 무거운 한숨을 내쉬었다.

"그럼 얘긴 끝났네요. 케이드 씨, 바로 이 순간부터 당신이 이 집에서 쓸모 있는 사람이 되도록 해 드릴게요. 바로 날 데리고 호숫가로 가는 거예요. 범죄니 시체니 하는 무시무시한 것들과 멀리 떨어진 아주 평화로운 곳이죠. 가여운 케이터햄 경, 댁에서 살인 사건이 발생했으니 지금 얼마나 괴롭겠어요? 하지만 알고 보면 이번 일은 조지 오빠 잘못이에요. 오빠가 주관한 파티니까요."

"허! 그 친구 말을 듣지 말았어야 했는데!"

원래는 의지가 강한데 그놈의 단 한 가지 약점 때문에 뒷덜미가 잡혔다는 말투였다.

"누가 됐든 조지 오빠 말은 안 듣고 못 배기잖아요. 자기 말이 끝날 때까지 멱살을 꽉 틀어쥐는데 어떻게 빠져나오겠어요? 안 그래도 요즘 뗐다 붙였다 할 수 있는 옷깃을 개발할까 생각 중이에요."

케이터햄 경이 만족스런 미소를 지으며 말했다.

"제발 좀 그래 주구려. 이렇게 우릴 찾아와 줘서 반갑소, 케이드. 지금 내겐 도와줄 사람이 필요하오."

"이렇게 친절하게 대해 주시니 몸 둘 바를 모르겠습니다. 더군다나 제가 유력한 용의자로 몰리고 있는 상황에서요. 하지만 제가 여기서 지내면 배틀 총경님 입장에선 일이 한결 수월해지실 겁니다."

"수월해지다니 그게 무슨 뜻입니까?"

앤터니는 총경의 질문에 느긋이 대답했다.

"절 감시하기가 쉬워질 테니까요."

배틀 총경의 눈썹에 순간적으로 경련이 이는 것을 보고 앤터니는
자신의 공격이 적중했음을 깨달았다.

정치계와 경제계의 거물

의지와 상관없이 잠시 눈썹에 경련이 일기는 했지만 그 점을 제외하곤 배틀 총경의 침착함은 일절 흐트러짐이 없었다. 버지니아와 앤터니가 아는 사이라는 사실이 놀랍기는 했지만 겉으로 표현하지는 않았다. 배틀은 정원의 문을 빠져나가는 두 사람의 모습을 케이터햄 경과 나란히 서서 지켜보았다. 피시도 함께 바라봤다.

"괜찮은 젊은이요."

케이터햄 경이 먼저 말했다.

"레블 부인이 오랜 친구분을 만나게 돼서 정말 잘됐네요."

피시가 중얼거렸다.

"두 사람이 알고 지낸 지 꽤 오래된 것 같지 않습니까?"

"그러게요. 한데 레블은 지금까지 저 친구 얘기를 한 번도 한 적이 없었소. 참, 그건 그렇고 배틀, 로맥스가 당신을 찾고 있던데. 아침 식사 때 식당으로 쓰는 '블루'라는 방이 있으니 그리 가 보시구려."

"알겠습니다, 케이터햄 경. 지금 당장 가 보겠습니다."

배틀은 전혀 힘들이지 않고 캐이터햄이 말한 방을 찾아갔다. 그는 이미 이 집의 구조를 훤히 꿰뚫고 있었다.

"오, 오셨군요, 배틀 총경."

조지 로맥스는 무거운 걸음으로 카펫 위를 초조하게 오락가락하고 있었다. 방 안에는 한 사람이 더 있었는데 거구의 남자로, 난롯가 의자에 앉아 있었다. 배틀은 그가 입고 있는 정통 영국식 사격복이 왠지 부담스러웠다. 남자는 퉁퉁하고 누르스름한 얼굴에 코브라처럼 도저히 속을 알 수 없는 새까만 눈동자를 지니고 있었다. 높은 코는 완만하게 곡선이 졌고 넙적한 사각턱에선 힘이 느껴졌다.

"어서 오시오, 배틀. 그리고 그 문 좀 닫아 주시오. 여기 이분은 허먼 아이작슈타인 씨요."

조지가 달뜬 목소리로 말했다.

배틀은 정중하게 고개를 숙였다.

허먼 아이작슈타인이라면 그도 익히 알고 있었다. 그뿐만 아니라 이 경제계의 거물은 말없이 앉아만 있고 로맥스가 일어났다 앉았다 하며 열심히 떠들어 대고 있지만, 이 방의 실세가 누구인지도 파악했다.

"이제야 마음 편히 얘기할 수 있겠군. 케이터햄 경하고 멜로스 대령 앞에선 마음 놓고 뭔 얘길 할 수가 있어야지. 무슨 말인지 알아듣겠소, 배틀? 이런 일들은 절대 밖으로 새어 나가면 안 되는 법이오."

"아, 그렇군요! 하지만 참으로 안타깝게도 이런 얘기는 늘 새어 나가기 마련이더군요."

아주 잠깐이지만 배틀은 아이작슈타인의 통통하고 누르스름한 얼굴에 언뜻 미소가 스치는 것을 알아차렸다. 그러나 그의 미소는 다가왔을 때처럼 별안간 사라져 버렸다.

"저기 총경은 그 젊은이, 그러니까 앤터니 케이드란 녀석을 어떻게 생각하시오? 아직도 그자가 결백하다고 생각합니까?"

배틀은 보일 듯 말 듯 어깨를 으쓱했다.

"그 친구는 자기 얘기를 아주 솔직하게 털어놓더군요. 몇 가지는 진상을 알아볼 수 있을 겁니다. 외관상으론 그 친구의 얘기가 어젯 밤에 여기 나타난 이유를 설명해 주고 있는 게 사실입니다. 물론 남 아프리카로 전보를 쳐서 그 친구의 전력을 알아볼 생각입니다."

"그럼 총경은 그자에게 아무 혐의도 두지 않는단 말이오?"

그러자 배틀은 네모나고 큼지막한 손을 들어 올렸다.

"장관님은 성격이 몹시 급하시군요. 전 그렇게 말한 적 없습니다."

"이번 사건에 대한 당신 생각은 뭡니까, 배틀 총경?"

아이작슈타인이 처음으로 입을 열었다.

그의 목소리는 굵고 풍부했으며 분명 어딘지 모르게 남을 압도하는 힘이 있었다. 한창 때 중역 회의 같은 자리에서 그가 남보다 돋보일 수 있었던 것은 바로 이런 목소리 덕분이었다.

"아이작슈타인 씨, 아직 뭐라 말씀드리기엔 이릅니다. 저 자신이 아직도 첫 번째 질문에 대한 답조차 제대로 찾지 못하고 있는 형편이라서요."

"그게 뭡니까?"

"아, 그야 언제나 똑같은 질문이죠. 바로 '살인 동기'입니다. 미하엘 왕자의 죽음으로 이득을 볼 사람이 과연 누구인가? 먼저 이 질문에 대한 답을 구해야 다음 단계로 넘어갈 수 있습니다."

조지가 끼어들었다.

"그야 헤르초슬로바키아의 급진당 말고 누가……."

배틀 총경은 평소 보여 줬던 예의를 저버리고 손으로 그를 저지하고 나섰다.

"장관님, 혹시 의심하실지 몰라서 드리는 말씀입니다만 절대 붉은 손 당원들은 아닙니다."

"그럼 붉은 손이 그려져 있던 그 종이는 뭐요?"

"뻔한 결론을 유도하기 위한 일종의 미끼라고 보시면 됩니다."

그의 말은 조지의 체면을 다소 구겼다.

"배틀, 난 당신이 도대체 무슨 근거로 그 점을 자신하는지 도통 모르겠소."

"장관님, 저희 경시청에선 붉은 손 당원들과 관련된 정보를 훤히 꿰뚫고 있습니다. 미하엘 왕자가 영국 땅에 내려선 그 순간부터 우린 놈들의 일거수일투족을 감시하고 있어요. 그 정도는 저 같은 형사들에겐 기본 수칙입니다. 놈들은 미하엘 왕자의 반경 1.6킬로미터 이내로 절대 접근할 수 없습니다."

"나도 배틀 총경과 같은 생각이오. 다른 곳에 눈을 돌리는 게 맞을 겁니다."

아이작슈타인의 지원에 힘입어 배틀이 말을 이었다.

"실은 이번 사건과 관련해서 전혀 단서가 없는 건 아닙니다. 미하엘 왕자의 죽음으로 누가 이득을 얻는지는 몰라도 누가 손해를 보는지는 분명하기 때문이죠."

"무슨 뜻이오?"

질문을 던진 아이작슈타인의 새까만 눈이 배틀 형사에게로 쏠렸다. 배틀은 그의 그런 모습이 너무나도 모자 쓴 코브라를 닮았다고 생각했다.

"바로 두 분이십니다. 물론 헤르초슬로바키아의 보수당도 포함되죠. 외람된 표현입니다만 선생께선 지금 진창에 빠진 처지나 다름없습니다."

"이것 봐요, 배틀!"

조지가 머리끝까지 흥분해서 했지만 아이작슈타인이 가로막고 나섰다.

"계속하시오, 배틀 총경. 진창에 빠졌다는 말은 지금 상황에 아주 걸맞은 표현이군요. 참으로 똑똑하시오."

배틀은 큼지막한 손마디를 뚝 소리가 나게 꺾었다.

"두 분에겐 왕이 필요했습니다. 그런데 그 왕을 잃어버리셨죠. 그것도 졸지에! 그래서 급히 다른 왕을 찾아야 하는데 그게 그리 쉬운 일이 아니죠. 전 두 분의 계획을 시시콜콜 알고자 하는 게 아닙니다. 대강의 윤곽만으로도 충분합니다. 하지만 그 계획이란 것이 큰 이

권이 걸린 일이라는 생각은 하고 있습니다. 제 말이 틀렸습니까?"

아이작슈타인은 천천히 고개를 끄덕였다.

"엄청난 이권이 걸린 일이오."

"그럼 두 번째 질문으로 들어가죠. 헤르초슬로바키아의 두 번째 왕위 계승자가 누굽니까?"

아이작슈타인은 조지를 건너다보았다. 조지는 오래 주저하더니 마지못해 질문에 답했다.

"아마 그게…… 그렇소. 모든 가능성을 볼 때 니콜라스 왕자가 차기 계승자가 맞을 거요."

"아, 그렇군요! 그런데 니콜라스 왕자가 누구죠?"

"미하엘 왕자의 사촌 동생이오."

"그랬군요! 그렇다면 니콜라스 왕자에 대해서 자세히 말씀해 주시죠. 특히 지금 있는 곳이 어딘지에 대해서요."

"그 사람에 대해선 거의 알려진 것이 없어요. 한창땐 아주 독특한 사고방식을 지니고 있어 사회주의자며 공화당원과 어울려 다니면서 도무지 지위에 어울리지 않는 행동만 일삼고 다녔소. 듣자 하니 못된 짓을 하다가 옥스퍼드에서 퇴학당했다고 합니다. 그 일이 있고 2년 뒤에 콩고에서 죽었다는 소문이 돌았는데 말 그대로 소문에 불과했소. 몇 달 전 극우 보수주의자들의 저항이 일고 있다는 소문이 퍼져 나가자 모습을 드러냈기 때문이오."

"그게 정말입니까? 어디에서요?"

"미국이오."

"미국!"

배틀은 의미심장한 한마디를 내뱉으며 아이작슈타인을 돌아봤다.

"석유 때문인가요?"

아이작슈타인이 고개를 끄덕였다.

"니콜라스는 헤르초슬로바키아 국민들이 왕을 고른다면 좀 더 개방적이고 진보적인, 소위 현대적 사고방식에 가깝다는 점에서 미하엘보다는 자신을 더 선호할 거라고 생각했소. 그래서 자신이 과거 민주주의적인 관점을 지녔으며 공화국의 이상에도 공감하고 있음을 내세워 사람들의 관심을 사로잡은 겁니다. 또한 경제적 지원을 받는 대가로 미국의 모 자본가 단체에 자국에서 생산되는 석유의 독점권을 내어줄 작정이었소."

배틀은 일순 습관처럼 지녀 온 평정심을 잃고 길게 휘파람을 불었다.

"일이 그렇게 된 거군요. 그런데도 보수당에서 미하엘 왕자를 지지하고 나서자 두 분은 이제 모든 건 우리 차지라고 느끼셨겠죠. 그런데 이런 일이 터진 겁니다!"

"혹시 그렇게 생각한다면……."

조지가 말을 시작하다가 말았다.

"그건 큰 거래였습니다. 아이작슈타인 씨도 인정하셨듯이. 그리고 아이작슈타인 씨가 큰 거래라고 하시면 그건 정말 큰 거래지요."

아이작슈타인이 조용히 입을 열었다.

"이런 일에는 늘 비양심적인 수단을 획책하는 세력이 있기 마련이오. 지금으로선 '월스트리트'가 이긴 셈이군요. 그러나 나는 아직 지지 않았지요. 배틀 총경, 조국을 위해 뭔가를 하고 싶다면 미하엘 왕자의 살해범을 반드시 잡아 주시오."

이어서 조지가 한마디했다.

"아주 수상한 점 한 가지가 떠오르는군. 미하엘 왕자의 시종무관인 안드라시 대위는 왜 어제 왕자와 함께 이곳에 오지 않은 거요?"

"저도 그 점을 조사해 봤는데 이유는 아주 간단했습니다. 대위는 미하엘 왕자를 대신해서 다음 주말에 어떤 숙녀분과 약속을 잡기 위해 런던 시내에 남아 있었어요. 현재 진행 중인 사안의 중대성을 볼 때 그런 일을 벌이는 것이 현명하지 못한 처사라고 생각한 롤로프레티질 남작은 왕자의 그런 행동을 도통 마음에 들어하지 않았죠. 결국 미하엘 전하는 남작 몰래 그 일을 추진할 수밖에 없었습니다. 이를테면 왕자는…… 소위 주색잡기에 빠진 젊은이였던 셈이죠."

"안됐지만 맞는 말이오. 맞는 말이야."

조지가 곰곰이 생각하며 말했다.

배틀이 몹시 주저하면서 입을 열었다.

"우리가 고려해야 할 문제는 또 있습니다. 킹 빅터가 영국에 있다는 얘기가 있습니다."

"킹 빅터?"

조지는 미간을 찌푸리고 애써 기억을 더듬었다.

"프랑스 출신의 악명 높은 사기꾼이죠. 파리 경시청에서 그런 정보를 보내왔습니다."

"그래, 이제야 생각나는군. 보석 도둑 아니었소? 왜 있잖소, 그 때……."

조지는 갑자기 말을 멈췄다. 난롯가에서 넋 나간 사람처럼 인상을 쓰고 있던 아이작슈타인이 고개를 들었을 땐 이미 배틀 총경과 조지 사이에 경계의 눈길이 오고 간 뒤였다. 하지만 주변 공기의 미세한 변화에 예민한 아이작슈타인은 방 안에 묘한 긴장이 감돌고 있음을 금세 알아차리고 물었다.

"로맥스 장관, 아직도 내게 물어볼 말이 남아 있소?"

"아뇨. 정말 감사했습니다."

"내가 런던으로 돌아가면 당신 계획에 차질이 생깁니까, 배틀 총경?"

총경은 공손하게 대답했다.

"죄송하지만 그렇습니다. 잘 아시겠지만 선생께서 떠나시면 마찬가지로 떠나고 싶어 하는 분들이 또 생길 겁니다. 그럼 문제 해결이 아주 어렵게 됩니다."

"그렇겠군요."

경제계의 거물은 이 말을 남기곤 방을 나서서 문을 닫았다.

"대단한 친구일세, 아이작슈타인 저 사람."

조지 로맥스는 겉치레로 중얼거렸다.

"한 성격 하는 분이군요."

배틀 총경이 맞장구를 쳤다.

조지는 다시금 방 안을 서성이기 시작했다.

"당신이 한 말이 영 마음에 걸리는군. 킹 빅터라! 그 작자 감옥에 있다고 하지 않았소?"

"서너 달 전에 출옥했습니다. 프랑스 경찰에선 놈의 일거수일투족을 감시할 생각이었지만 놈은 미꾸라지처럼 즉시 감시망을 빠져나갔죠. 충분히 그럴 능력이 있는 작자입니다. 역사상 가장 침착하고 뻔뻔한 놈 중 하나니까요. 이런저런 정황으로 볼 때 프랑스 경찰은 놈이 영국에 있을 것으로 파악하고 그런 취지의 공문을 우리에게 보낸 겁니다."

"하지만 그놈이 도대체 영국에서 뭘 하고 있단 말이오?"

"그 대답은 장관님께서 해 주셔야죠."

배틀이 의미심장한 대답을 했다.

"그게 무슨 소리요? 설마 당신……? 그야 당신도 알고 있는 얘기잖소. 아, 그래, 분명히 당신도 알 거요. 물론 그때 난 외무성에 몸담고 있지 않았지만 그 일에 관해선 선대 케이터햄 경에게 들어서 자세히 알고 있었소. 도저히 감당하기 힘든, 대재앙이었지."

"그 코이누르 말이군요."

배틀이 곰곰이 생각에 잠겨 말하자 조지가 수상쩍은 눈으로 주변을 흘깃거렸다.

"쉿, 입 다물어요. 배틀! 제발 부탁이니 이름을 부르는 건 삼가시오. 제발 부탁이오. 꼭 불러야겠다면 그냥 '케이(K)'라고 불러요."

배틀 총경은 다시금 무표정한 얼굴이 되었다.

"설마 킹 빅터가 이번 사건에 관련 있다는 얘기요, 배틀?"

"단지 그럴 가능성이 있다는 거지 다른 뜻은 없습니다. 장관님, 기

억을 더듬어 보시면 그자…… 그러니까 그 악명 높은 왕실 방문객
이 그 보석을 숨길 만한 후보지를 네 군데로 좁혔던 일이 떠오르실
겁니다. 침니스도 그중 하나였죠. 제가 함부로 입에 올려도 되는지
모르겠지만 그 '케이'가 사라지고 나서 킹 빅터는 사흘 뒤에 파리에
서 체포됐습니다. 경시청에선 언젠가 놈이 우리를 그 보석이 숨겨
진 곳으로 데려가 주리라고 기대해 왔습니다."

"하지만 침니스는 이미 열댓 번도 넘게 이 잡듯 뒤졌잖소?"

배틀은 짐짓 아는 척하며 말했다.

"물론 그랬죠. 하지만 어딜 뒤져야 하는지 모르는 상황에서 아무
리 이 잡듯 뒤져 봐야 헛수고일 뿐입니다. 지금으로서는 킹 빅터가
그 보석을 찾아 이리로 왔다가 미하엘 왕자와 맞닥뜨리게 되자 깜
짝 놀라서 그를 총으로 쐈을 거라고 가정해 볼 수 있겠습니다."

"그럴 수도 있겠군. 대단히 가능성이 높은 추리요."

"아직은 단정 지을 수 없습니다. 그럴 가능성이 있다는 정도지 그
이상은 아닙니다."

"왜 그렇게 생각하시오?"

"킹 빅터는 절대 사람을 해치지 않는 것으로 알려져 있으니까요."

배틀이 진지하게 대답했다.

"아, 하지만 그놈처럼 위험천만한 범죄자라면……."

배틀은 말이 안 된다는 듯 고개를 저었다.

"장관님, 범죄자는 누구나 정해진 행동 유형이 있습니다. 신기한
일이죠. 제 생각엔 그보다……."

"그보다 뭐요?"

"왕자의 시종이란 작자에게 의심이 갑니다. 그래서 일부러 그자를 마지막까지 내버려 둔 겁니다. 장관께서 괜찮으시다면 그자를 이리로 부를까 하는데요."

조지는 손짓으로 동의를 표했다. 배틀 총경은 벨을 울렸다. 트레드웰이 벨 소리를 듣고 올라와서 지시 사항을 전달받고 물러갔다.

잠시 후 트레드웰은 광대뼈가 툭 튀어나오고 움푹 팬 파란 눈에 배틀 총경에 버금갈 만큼 무표정한 얼굴을 지닌 허연 피부의 껑다리 사내를 대동하고 나타났다.

"당신이 보리스 안초코프인가요?"

"그렇습니다."

"미하엘 왕자의 시종이 맞습니까?"

"전하의 시종 맞습니다."

외국인 특유의 거친 악센트가 두드러지긴 했지만 사내는 제법 훌륭한 영어를 구사했다.

"당신 주인이 어젯밤에 살해되었다는 사실을 압니까?"

그는 가슴 깊이에서 우러나오는, 마치 들짐승이 으르렁거리는 듯한 소리만 낼 뿐이었다. 그 소리에 놀란 조지가 창가 쪽으로 조심스럽게 물러섰다.

"주인을 마지막으로 본 게 언제죠?"

"전하께선 10시 30분에 침소에 드셨습니다. 저는 평소처럼 전하의 침실 옆에 붙어 있는 곁방에서 잠이 들었습니다. 전하께선 다른 문을 통해, 그러니까 복도 쪽으로 나 있는 문을 통해 아래층 방으로 내려가신 게 틀림없습니다. 전 전하께서 나가시는 소리를 듣지 못했습니다. 아마도 약에 취했던 것 같습니다. 전 충실하지 못한 시종이었습니다. 주인님께서 일어나 계실 때 잠이나 잤으니 말입니다. 전 죽어도 마땅합니다."

조지는 매료된 듯 그의 얼굴을 유심히 쳐다봤다.

"주인을 무척 존경했나 보군요?"

배틀은 사내를 자세히 관찰하며 물었다.

보리스의 얼굴이 고통스럽게 우그러들었다. 그는 두어 차례 침을 삼켰다. 그러더니 감정이 북받친 듯 목이 잠긴 채 이렇게 말했다.

"영국 경찰 나리, 이건 알아주십시오. 전 주인님을 위해서라면 대신 죽을 수도 있었습니다! 그런데 이제 주인님이 세상에 안 계시는데 저는 살아 있다니까요! 제 두 손으로 주인님의 원한을 풀어 드리기 전에는 제 두 눈은 잠을 알지 못할 것이며 제 심장은 휴식을 모를 겁니다. 주인님의 충견으로서 저는 전하를 죽인 놈을 기필코 찾아낼 것이며 그다음엔…… 아!"

그의 두 눈에서 살의가 번뜩이더니 사내는 별안간 코트 바로 안쪽에서 큼지막한 칼을 뽑아들더니 높이 휘둘렀다.

"단칼에 놈의 숨통을 끊어 주는 자비 따윈 절대 베풀지 않을 겁니다, 절대로! 먼저 놈의 코를 벤 다음 두 귀를 잘라 내고 두 눈을 잡아 뽑은 뒤에 그리고 나서…… 그리고 나서 놈의 시커먼 심장에다 이 칼을 꽂아 주겠습니다."

그는 칼을 날쌔게 가슴팍에 집어넣고는 돌아서서 방을 나갔다. 안 그래도 평소 눈이 불거진 편인 조지 로맥스는 저러다 머리 밖으로 튀어나오는 게 아닐까 싶을 만큼 두 눈을 희번덕거리며 닫힌 문을 쳐다보며 내뱉었다.

"저건 헤르초슬로바키아 토박이 놈이 분명해. 세상에서 최고로 야만적인 종족. 산적 떼거리 같은 놈들."

배틀 총경은 민첩하게 자리에서 일어섰다.

"저자는 진실한 사람이거나, 제가 지금껏 만나 본 사람 중에 가장 심한 허풍쟁이일 것 같군요. 전자가 맞다면 미하엘 왕자의 살해범이 훗날 저 인간 사냥개에게 붙잡혔을 때 부디 그자에게 신의 은총이 있기를 비는 수밖에요."

프랑스에서 온 이방인

버지니아와 앤터니는 호수로 난 길을 나란히 걸었다. 집을 나서고 몇 분간은 둘 다 말이 없었다. 이윽고 버지니아가 낮게 웃음을 터뜨리며 침묵을 깼다.

"세상에, 정말 끔찍해요. 안 그래요? 당신에게 할 말도 많고 궁금한 것도 많아서 가슴이 터질 것 같은데 무슨 얘기부터 해야 할지 모르겠어요. 우선 제일 먼저 물어볼 말은……."

그녀는 목소리를 깔았다.

"그 시체 어떻게 했어요? 이렇게 말하니까 정말 끔찍하네요! 난 내가 이렇게 범죄에 깊숙이 개입하게 될 줄은 꿈에도 몰랐거든요."

"부인에겐 꽤나 신선한 충격이었을 겁니다."

"그럼 당신에겐 아니란 얘기예요?"

"글쎄요. 하기야 저도 시체를 치워 본 일은 처음이었으니까요."

"그 얘기 좀 해 봐요."

앤터니는 간략하고 단순하게 전날 밤 자신이 한 일을 설명했다. 버지니아는 주의 깊게 귀를 기울였다.

그의 말이 끝나자 버지니아는 잘했다는 듯이 말했다.

"당신은 정말 영리한 사람이군요. 트렁크는 나중에 패딩턴으로 돌아갈 때 찾아가면 되겠네요. 문제는 앞으로 당신에게 위기가 닥칠 거란 점이에요. 저 사람들이 당신에게 어제 저녁에 어디에 있었는지 대라고 할지도 모르거든요."

"그런 일은 없을 겁니다. 그 시체는 어젯밤 늦은 시각까지, 아니 어쩌면 오늘 아침까지도 발견되지 않은 게 분명해요. 발견되었다면 오늘 아침 신문에서 무슨 얘기가 있었겠죠. 그리고 탐정 소설들에서 무슨 얘기를 읽으셨는지 모르겠지만 의사들은 절대 마법사가 아닙니다. 시체를 보더라도 정확히 몇 날 몇 시에 죽었는지 알아맞히지 못합니다. 정확한 사망 시각이라고 해 봐야 어림짐작일 뿐이죠. 그보단 어젯밤 알리바이가 훨씬 중요할 겁니다."

"저도 알아요. 케이터햄 경이 말해 줬거든요. 하지만 런던 경시청에서 온 분은 당신의 결백을 상당히 확신하는 것 같던데, 아닌가요?"

앤터니는 바로 대답하지는 않았다.

"하긴 내가 보기엔 그리 예리한 형사 같지는 않더군요."

버지니아의 말에 앤터니는 천천히 대꾸했다.

"그건 모릅니다. 배틀 총경은 전혀 빈틈없는 사람이에요. 겉보기엔 저의 결백을 믿고 있는 듯하지만 그것도 확실하진 않아요. 당장은 외관상 제게 살인 동기가 없으니 골머리를 썩고 있을 뿐이죠."

"외관상이라고요? 하지만 당신이 생판 얼굴도 모르는, 그것도 다른 나라에서 온 백작을 죽일 이유가 뭐가 있겠어요?"

앤터니는 예리한 눈길로 버지니아를 쏘아봤다.

"예전에 헤르초슬로바키아에 가 본 적이 있다고 하셨죠?"

"네. 남편하고 2년 동안 그곳 대사관에 있었어요."

"국왕 부부의 암살 사건이 터지기 바로 직전이었죠. 그럼 미하엘 오볼로비치 왕자를 만나 보신 적이 있습니까?"

"미하엘 왕자요? 당연하죠. 파렴치하고 뻔뻔한 자식! 나더러 자기하고 결혼해 달라고 덤비더군요."

"정말입니까? 그럼 부인의 남편분은 어떻게 하고요?"

"그야 우리아를 전쟁터에 내보내고 그의 아내를 빼앗은 다윗처럼 굴 작정이었겠죠."

"그래서 왕자의 호의를 어떻게 받아들이셨습니까?"

"글쎄요. 외교관 아내라는 자리가 그렇게 원망스러울 수가 없더군요. 결국 한심한 미하엘 그 인간은 나한테 망나니처럼 굴고도 아무 대가도 치르지 않았어요. 톡톡히 망신을 줬어야 했는데. 하지만 결과적으론 자존심에 상처를 입고 물러났죠. 그런데 미하엘에게 왜 그렇게 관심이 많은 거죠?"

"엉터리 추론이긴 해도 제 나름대로 뭔가 밝히고 싶어서입니다. 그럼 부인은 사고로 죽은 스타니슬라우스 백작이란 사람을 만나지 못한 거군요?"

"네. 책에서라면 '그는 도착 즉시 자기 방으로 들어가 버렸다.'라고 표현했겠지요"

"그럼 백작의 시체도 당연히 보지 못했겠군요?"

버지니아는 그런 걸 왜 묻느냐는 얼굴로 앤터니를 쳐다보며 고개를 끄덕였다.

"시체를 한번 보셨으면 싶은데 혹여 그런 기회를 얻으실 순 없겠습니까?"

"케이터햄 경처럼 높으신 분의 입김을 업으면야 못할 것도 없겠죠. 왜요? 이건 명령인가요?"

앤터니는 기겁을 하고 말했다.

"그럴 리가요, 아닙니다. 제가 언제 부인에게 그런 식으로 함부로 군 적이 있던가요? 천만에요. 제가 그런 부탁을 드린 건 오직 한 가지 이유밖에 없습니다. 스타니슬라우스 백작은 사실 헤르초슬로바키아의 왕자 미하엘의 다른 이름이기 때문이죠."

버지니아의 눈이 왕방울만 해졌다. 잠시 뒤 그녀의 얼굴이 한쪽 입매만 치켜 올라가는 매혹적인 미소로 바뀌었다.

"이제야 짐작이 가네요. 그러니까 미하엘 그 인간이 순전히 날 피하려고 오자마자 자기 방으로 가 버렸다 그 얘기군요?"

앤터니는 그녀의 질문을 긍정했다.

"그렇다고 볼 수 있죠. 누군가가 부인이 침니스로 오는 걸 막으려 했을 거라는 제 짐작이 맞는다면, 그건 부인이 헤르초슬로바키아라는 나라를 잘 알고 있기 때문일 가능성이 높아요. 여기 온 사람 중에 미하엘 왕자를 직접 본 사람이 부인밖에 없다는 건 아십니까?"

"당신 말은 그럼 살해당한 남자가 가짜다 그 말인가요?"

버지니아가 다짜고짜 물었다.

"그럴지도 모른다는 생각이 문득 머릿속을 스치더군요. 부인이 케이터햄 경을 구워삶아서 시체를 확인할 수만 있으면 이 문제에 대한 해답은 바로 알아낼 수 있을겁니다."

버지니아는 생각에 잠긴 채 말했다.

"그 사람이 총에 맞은 시각은 11시 45분이에요. 바로 그 쪽지에 적혀 있던 시간이죠. 하나같이 무시무시한 수수께끼투성이예요."

"그러고 보니 생각나네요. 저 위에 있는 게 혹시 부인 방 창문인 가요? 회의실 바로 위층의 끝에서 두 번째 유리창이?"

"아뇨. 내 방은 엘리자베스 시대의 양식으로 지은 부속 건물에 있으니까 그 반대편인데요. 그건 왜요?"

"어젯밤에 언뜻 총소리가 들리고 나서 집 밖으로 나가는데 저 유리창에 불이 켜졌거든요."

"그런 일이 있었어요? 누구 방인지는 모르겠는데 아마 번들에게 가서 물어보면 알 수 있을 거예요. 그럼 그 방의 주인도 총소리를 들었겠군요?"

"그게 아직까지는 누가 총소리를 들었다는 소릴 안 한 상태입니다. 배틀 총경님 말로는 이 집에서 총소리를 들은 사람이 아무도 없다고 했거든요. 그나마 제가 본 불빛이 유일한 단서인데, 지금으로선 썩 신통치 않은 단서 같긴 하지만 그래도 이 단서가 무슨 역할을 할지 끝까지 지켜볼 생각입니다."

"정말 흥미롭군요."

버지니아는 깊은 생각에 잠겨 말했다.

호숫가에 있는 보트 창고에 도착한 두 사람은 그곳에 등을 기댄 채 이야기를 나누었다.

"이제 본격적인 얘길 해야겠군요. 호시탐탐 우리 얘기를 엿듣던 런던 경시청 양반이며 미국에서 온 방문객들이며 호기심 많은 가정부들을 벗어나 저기 호수 한복판으로 슬슬 노나 저어 볼까요?"

"케이터햄 경이 얘기해 주긴 했는데 그것만 가지고는 성에 차지 않아요. 우선은 그보다 당신의 정체는 뭐예요? 앤터니 케이드예요, 아님 지미 맥그러스예요?"

결국 앤터니는 그날 아침에만 두 번째로 자신의 삶에서 지난 6주 동안 있었던 일을 털어놓아야 했다. 다만 아까와 달리 버지니아에게는 전혀 사실을 각색할 필요가 없었다. 그는 죽은 사람이 '홈즈'라는 사실을 발견하고 기절초풍했다는 이야기로 끝을 맺었다.

"그건 그렇고 레블 부인, 목숨이 위험해질 수 있는 상황을 무릅써 가면서까지 저를 오랜 친구라고 말해 주신 것에 대해 미처 감사하단 말씀을 못 드린 것 같군요."

"무슨 소리예요! 당신은 당연히 내 오랜 친구예요. 설마하니 당신에게 그런 식으로 시체를 떠맡겨 놓고 대충 얼굴만 아는 사람처럼 굴 거라고 생각했어요? 그건 말도 안 돼요. 아무렴요. 말도 안 되죠!"

그녀는 잠시 쉬었다가 다시 말을 이었다.

"여기서 벌어지고 있는 일들에 대해 내가 한 가지 이상하게 생각하는 게 뭔 줄 알아요? 그 회고록에 아직 우리가 간파하지 못한 뭔가 수상한 점이 더 있다는 거예요."

"제 생각도 같습니다. 한 가지 물어보고 싶은 것이 있어요."

"그게 뭔데요?"

"어제 폰트가에서 제가 지미 맥그러스라는 이름을 말했을 때 왜 그렇게 놀란 표정을 지으신 겁니까? 들어 본 이름인가요?"

"맞아요, 셜록 홈즈 나리. 조지 오빠, 참, 조지 로맥스가 내 사촌 오빠란 건 알죠? 오빠가 지난번에 날 찾아와서는 정말이지 한심스럽기 짝이 없는 제안들을 잔뜩 늘어놓더군요. 글쎄, 나더러 여기 와서 그 남자, 즉 맥그러스의 환심을 사라는 거예요. 삼손과 델릴라에 나오는 델릴라처럼 수단 방법 가리지 말고 그 회고록을 빼어 내라는 얘기였죠. 물론 그런 식으로 말하진 않았지만. 영국 요조숙녀가 어떻고 하는 얼토당토않은 말만 잔뜩 둘러댔는데 그러고도 진짜 속내는 전혀 감추지 못하는 것 있죠. 가여운 조지 오빠는 생각한다는 것도 늘 그 모양 그 꼴이에요. 그러다 결국 내가 이것저것 자꾸 캐내려 드니까 두 살배기 어린애도 눈치챌 법한 거짓말로 날 밀어내려고 하더군요."

"어쨌거나 계획은 성공한 셈이네요. 여기 있는 제가 바로 장관님이 염두에 뒀던 제임스 맥그러스고, 여기 있는 부인이 바로 제 마음을 사로잡은 장본인이니까요."

"하지만 불쌍한 조지 영감이 그리도 원하던 회고록이 없으니 어

204

쩌나! 그러고 보니 한 가지 물어볼 게 있어요. 그 편지들을 쓴 사람이 내가 아니라고 했을 때 당신은 이미 알고 있다고 했어요. 그걸 어떻게 알았어요?"

앤터니가 미소를 지으며 대답했다.

"아, 그건 어렵지 않습니다. 제가 터득하고 있는 효과 만점의 심리학 기술을 이용하면 그 정도는 얼마든지 알 수 있거든요."

"그 말은 그럼 나의 도덕적인 면을 당신이 그만큼 믿고……."

하지만 앤터니는 그녀가 말을 끝마치기도 전에 강하게 고개를 저었다.

"천만에요. 전 부인의 도덕성이 어떤지 전혀 알지 못합니다. 부인에게 실제로 애인이 있을지, 또 그에게 연애편지 같은 걸 쓸지 그건 모르는 일이죠. 하지만 부인은 절대 협박범 따위에게 굴복할 사람이 아니에요. 그 편지들을 쓴 버지니아 레블은 잔뜩 겁에 질려 있었어요. 부인이라면 맞서서 싸웠을 겁니다."

"진짜로 그 편지들을 쓴 버지니아 레블이 누군지 궁금해요. 아, 내 말은 그 여자가 어디에 사는지 궁금하단 소리예요. 왠지 어딘가에 또 다른 내가 있는 것 같거든요."

앤터니는 담배에 불을 붙였다. 그리곤 한참 만에 입을 열었다.

"그 편지들 중에 발신지가 침니스로 되어 있는 편지가 있다는 사실을 알고 계십니까?"

버지니아는 화들짝 놀랐다.

"뭐라고요? 언제 쓰인 건데요?"

"날짜는 없어요. 하지만 이상한 일이죠. 안 그렇습니까?"

"나 말고 그 어떤 버지니아 레블도 여기 침니스에 머문 적이 없다는 건 내가 장담해요. 그런 여자가 있었으면 번들이나 케이터햄 경이 동명이인이 있다는 얘길 했을 거예요."

"그래요. 정말 이상한 일이죠. 그것 아세요, 레블 부인? 전 슬슬 그 또 다른 버지니아 레블의 존재가 심히 의심스러워지고 있는 중입니다."

"정말 그 여자야말로 오리무중이네요."

"이상할 정도로 오리무중이죠. 아무래도 누군가가 그 편지들을 쓰고 나서 의도적으로 부인의 이름을 도용했을 거라는 생각이 듭니다."

"하지만 뭣 때문에요? 왜 그런 짓을 하죠?"

"바로 그게 문제입니다. 하나같이 베일에 쌓인 것투성이예요."

버지니아가 느닷없이 물었다.

"당신은 미하엘을 죽인 범인이 누구라고 생각해요? 붉은 손 당의 끄나풀?"

앤터니는 썩 마땅치 않은 듯이 대답했다.

"그럴 가능성도 없지는 않아요. 특별한 목적의식 없이 사람을 죽이는 게 놈들의 습성이니까."

"좋아요. 그럼 시작해 봐요. 저기 케이터햄 경과 번들이 함께 거닐고 있는 것 보이죠? 지금부터 우리가 제일 먼저 할 일은 죽은 남자가 미하엘인지 아닌지 확실히 가려내는 거예요."

앤터니는 호숫가로 노를 저었고 몇 분 뒤 두 사람은 케이터햄 경 부녀와 합류했다.

케이터햄 경이 언짢은 목소리로 말했다.

"점심이 늦는군. 배틀이 요리사를 붙잡고 이것저것 물어보느라 그런 모양이오."

"번들, 이 남자는 내 친구야. 그러니까 잘 좀 대해 줘."

버지니아의 말에 번들은 호기심이 가득한 눈으로 한동안 앤터니를 바라보더니 마치 그가 없는 듯 버지니아를 향해 말했다. 샘이 난 목소리였다.

"언니는 도대체 어디서 이렇게 잘생긴 남자들을 데려오는 거예요? 도대체 비결이 뭐예요?"

버지니아는 다정하게 대답했다.

"그렇게 맘에 들면 네가 가지렴. 난 케이터햄 경이면 충분하니까."

그녀는 한껏 기분이 추켜세워진 상원 의원을 향해 싱긋이 웃어 보이곤 그의 팔짱을 끼고 저쪽으로 가 버렸다.

번들이 앤터니에게 물었다.

"말 좀 하시는 편이세요? 아님 그냥 무게나 잡고 과묵한 걸 좋아하는 분이신가요?"

"말이 많으냐고 하셨습니까? 제 특기가 바로 실없이 지껄이기와 투덜거리기와 거품 물고 말하기인걸요. 그것도 마구 쏟아져 내려가는 시냇물처럼 아주 요란하게. 가끔은 질문도 합니다."

"예를 들면요?"

"저 끝에서 왼쪽으로 두 번째 방의 주인이 누구죠?"

그는 자기가 말한 곳을 가리켰다.

"정말 별 희한한 질문을 다 하시네요! 제법 관심이 끌리는걸요. 어디 보자…… 맞아요, 저긴 브뢩 여사 방이에요. 프랑스에서 온 가정 교사인데 내 여동생들을 사람으로 만드느라 아주 애를 먹고 있답니다. 덜시하고 데이지인데 꼭 무슨 노래 제목 같죠? 밑으로 동생이라도 생겼으면 걔들은 그 애한테 도로시 메이라는 이름을 붙여 줬을 거예요. 하지만 어머니는 줄줄이 딸만 낳는 데 지쳐서 그만 세상을 뜨셨어요. 다른 사람이 대를 이어 줄 거라고 생각하셨나 봐요."

앤터니는 깊은 생각에 잠겨 중얼거렸다.

"브뢩 여사라. 그 여자가 당신 가족과 함께 지낸 지는 얼마나 됐습니까?"

"두 달요. 우리 가족이 스코틀랜드에 있을 때 왔으니까."

"아하! 슬슬 썩은 냄새가 나는데요."

"나는 점심 냄새나 났으면 좋겠는데. 런던 경시청에서 온 분에게도 함께 점심 드시자고 할까요, 케이드 씨? 당신은 세상일에 훤한 사람이니까 그런 에티켓쯤은 알고 계실 거예요. 이 집에서 살인 사건이 난 것은 이번이 처음이거든요. 정말 가슴 떨려 죽겠어요. 오늘 아침에 당신에 대한 혐의가 완전히 벗겨진 게 섭섭하긴 하지만. 실제로 살인범을 만나 보고 과연 그들이 주말판 신문에서 노상 떠들어 대듯이 부드럽고 매력적인 사람인지 두 눈으로 확인해 보는 게 제 소원이었거든요. 어머나! 저게 뭐죠?"

"택시가 다가오는 것 같군요. 두 사람이 탔는데 한 사람은 키가 크고 대머리에 까만 턱수염이 나 있어요. 다른 한 사람은 그보다 키도 작고 나이도 훨씬 젊은데 역시나 까만 턱수염이 나 있군요."

둘 중 앞서 말한 사람을 기억해 낸 앤터니는 옆에 있던 번들의 탄성을 자아낸 것이 실은 그들이 탄 차량이 아니라 그 사람의 외모였을 거라고 짐작했다.

"제 눈이 크게 잘못되지 않았으면 저 사람은 제 오랜 친구 롤리팝 남작이 맞을 겁니다."

"무슨 남작요?"

"저는 편의상 저 친구를 롤리팝이라고 부릅니다. 진짜 이름을 발음하다 보면 동맥경화가 걸릴 것 같아서요."

"하긴 그 이름 때문에 오늘 아침에 전화기가 박살이 날 뻔했죠. 저 사람이 바로 그 남작인가 보죠? 왠지 오늘 오후에 내가 저 사람을 떠맡게 될 것 같은 예감이 드네요. 안 그래도 오전 내내 아이작 슈타인 씨를 맡느라 힘들었는데. 조지 아저씨께 말해야겠어요. 본인이 저지른 구차스러운 일은 스스로 처리하시라고요. 그놈의 정치니 어쩌니 하는 이야기들도 모두 다요. 죄송하지만 가 봐야겠어요, 케이드 씨. 늙고 가여운 우리 아버지 곁으로 가야 하거든요."

번들은 날쌔게 집 쪽으로 물러갔다.

앤터니는 잠시 그녀의 뒷모습을 바라보며 서 있다가 고민이 깊은 사람처럼 담배에 불을 붙였다. 막 성냥불을 켜는 찰나 바로 옆에서 뭔가를 억지로 참는 듯한 소리가 들려왔다. 앤터니가 서 있는 곳은 보트 창고 옆이었는데 소리는 모퉁이를 막 돌아선 지점에서 들려오는 듯했다. 느닷없이 터져 나오는 재채기를 필사적으로 참는 소리

같았다.

"누구지……? 보트 창고 뒤에 도대체 누가 있을까? 눈으로 확인해 봐야지 안 되겠다."

말한 바를 행동으로 옮기기 위해 그는 방금 전에 막 입으로 불어서 끈 성냥을 소리가 난 쪽으로 휙 던진 다음 보트 창고의 모퉁이를 소리 없이 빠르게 돌았다.

앤터니와 맞닥뜨렸을 때 소리의 임자는 바닥에 무릎을 꿇고 앉아 있다가 막 일어서려고 낑낑대고 있었다. 키가 큰 편인 남자는 밝은색 외투 차림에 안경을 썼으며 짧고 뾰족하게 자른 까만 턱수염이 인상적인, 제법 멋스러운 느낌을 풍기는 사람이었다. 나이는 30살에서 40살쯤 되어 보였고 외모로 봐선 대체로 점잖은 인상이었다.

"여기서 뭐하는 거요?"

앤터니가 보기에 그 남자는 분명 케이터햄 경의 손님이 아니었다.

"죄송합니다."

낯선 사내는 외국인임이 드러나는 독특한 악센트와 의도적으로 꾸민 친절한 미소로 대답했다.

"그게, '졸리 크리키터스' 여관으로 돌아가려고 하는데 그만 길을 잃어서요. 선생께서 길을 가르쳐 주시면 안 되겠습니까?"

"그야 어렵지 않습니다만 거긴 배를 타고 갈 수 없다는 걸 아실 텐데요."

"네?"

낯선 사내는 당황한 듯한 태도를 보였다.

앤터니는 보트 창고에 의미심장한 눈길을 던지며 같은 말을 되풀이했다.

"배를 타고는 거길 갈 수 없다고 말했습니다. 여기서 좀 떨어진 곳에 정원을 가로지르는 정식 통행로가 있긴 합니다만 이 일대는 사유지거든요. 선생은 지금 남의 사유지를 무단 침입하셨습니다."

"이거 대단히 미안하게 됐군요. 방향 감각을 완전히 잃어버렸거든요. 그래서 이쪽으로 와서 길을 물어봐야겠다고 생각했죠."

아무리 그래도 보트 창고 뒤에 숨어서 무릎을 꿇고 앉아 누군가에게 길을 물어보는 것은 좀 별나지 않으냐고 따져 묻고 싶은 것을 앤터니는 가까스로 참고 친절하게 사내의 팔을 잡았다.

"이리로 가세요. 호수를 끼고 오른쪽으로 돌아서 곧장 가면 틀림없이 길이 나올 겁니다. 길이 나오면 왼쪽으로 가세요. 그럼 동네가 나올 겁니다. 지금 묵고 계신 곳이 크리키터스 여관인가 보죠?"

"맞습니다. 오늘 아침에 여장을 풀었죠. 이토록 친절하게 길을 가르쳐 주시니 몸 둘 바를 모르겠습니다."

"별말씀을요. 그나저나 감기에 걸리지 않으셨나 모르겠네요."

"네?"

"축축한 바닥에 무릎을 꿇고 계셨으니 드리는 말씀입니다. 얼핏 들으니 재채기를 하시는 것 같기에."

"재채기를 하긴 했습니다."

"그랬군요. 그런데 잘 아시겠지만 재채기는 참으면 안 됩니다. 불과 얼마 전에 최고 권위의 의사 선생님 한 분이 그러시더군요, 재채기를 참으면 끔찍한 일이 생길 수 있다고. 생리 작용에 무슨 문제가 생긴다고 하든가 동맥 경화라든가, 하여간 정확히 무슨 증세인지는 기억나지 않지만 두 번 다시 그런 짓은 하지 마세요. 그럼 조심해서 가십시오."

"선생도 좋은 하루 되시고 바른 길을 가르쳐 주신 데 다시 한 번 감사드립니다."

앤터니는 사내의 멀어져 가는 뒷모습을 바라보며 중얼거렸다.

"동네 여관에 수상한 인물이 또 나타나셨군. 도무지 정체를 알 수 없는 자야. 겉모습으로 봐선 장사차 여기저기 돌아다니는 프랑스 사람 같은데. 아무리 봐도 붉은 손 당원 같진 않아. 그렇다면 혼란의 도가니에 빠진 헤르초슬로바키아의 제3당 소속일까? 끝에서 두 번째 창문이 프랑스에서 온 가정 교사가 쓰는 방의 창문이라고 했지. 그리고 프랑스에서 온 수상한 남자 한 명이 저택 구내를 살금살금 돌아다니며 들어서는 안 될 대화를 엿듣다가 발각됐고. 분명히 뭔가가 있어."

앤터니는 이런 생각을 하면서 집 쪽으로 발을 돌렸다. 테라스에 도착하니 지금 이런 상황이라면 누구라도 지을 수밖에 없는 우울한 표정을 한 케이터햄 경과 새로 도착한 손님 두 명이 이야기를 나누고 있었다. 앤터니를 보고 케이터햄 경의 표정이 그나마 밝아졌다.

"오, 케이드 씨가 오셨군요. 자, 다들 인사하시죠. 여긴 롤로……
롤로…… 하여튼 무슨 남작하고 안드라시 대위 그리고 여긴 앤터니 케이드 씨."

남작은 점점 수상하다는 눈으로 앤터니를 빤히 쳐다보더니 경직된 목소리로 물었다.

"케이드 씨요? 그럴 리가요."

"잠시 드릴 말씀이 있습니다, 남작. 어떻게 된 일인지 다 설명해 드리겠습니다."

앤터니의 말에 남작은 고개를 숙여 그리 하겠다고 했고, 곧이어 두 사람은 함께 테라스를 걸어 내려갔다.

앤터니가 먼저 입을 열었다.

"남작, 저는 지금 남작에게 제 운명을 맡겨야만 하는 처지입니다. 지금까지 전 다른 사람 이름으로 이 나라를 여행함으로써 영국인 신사의 명예를 실추시켰습니다. 저는 남작에게 저 자신을 제임스 맥그러스라고 소개했지만 딱히 대단한 속셈이 있어서 속인 건 아니라는 사실을 꼭 좀 알아주셨으면 합니다. 물론 남작께서도 셰익스피어의 작품은 익히 알고 계시겠지만 그 역시 '장미꽃에다 이런저런 이름을 갖다 붙이는 것은 하찮은 일이다.'라고 하지 않았습니까? 제 경우가 바로 그렇습니다. 이름이 무엇이든 남작이 만나고 싶어 하던 사람은 수중에 그 회고록을 지니고 있던 사람이었죠. 제가 바로 그 사람이었습니다. 하지만 남작도 너무나 잘 알고 계시듯이 전 더 이상 그 회고록의 소유자가 아닙니다. 깔끔한 속임수를 쓰셨더군요. 아주 깔끔했어요. 누구 생각이었습니까? 남작입니까, 아니면 당신 상관입니까?"

"전하의 생각이셨소. 또한 전하께선 당신 자신 말고는 어느 누구에게도 그 일을 맡길 수 없다고 하셨소."

"아주 그럴듯하게 해내셨더군요. 전 그분이 진짜 영국 사람인줄 알았습니다."

앤터니는 감탄하듯이 말했다.

"왕자 전하께선 영국 신사가 되는 데 필요한 교육을 받으신 분이오. 그것이 헤르초슬로바키아 왕실의 전통입니다."

"아무리 전문가라도 그분처럼 교묘하게 회고록을 슬쩍하기는 힘들었을 겁니다. 체면 불구하고 묻겠습니다만 그 회고록은 어떻게 됐습니까?"

"신사끼리 그런 질문을……."

남작이 입을 떼자 앤터니가 나지막이 속삭였다.

"남작은 정말 친절한 분이시군요. 지난 48시간 동안 어쩌면 다들 그렇게 제 이름 뒤에 신사라는 호칭을 붙여 주시던지. 그전에는 생전 그렇게 불러 주는 사람이 없었는데 말입니다."

"내가 당신에게 해 줄 말은…… 아마도 그 원고는 불태워졌을 거라는 겁니다."

"그렇게 짐작한다는 말씀이지, 정확하게 아신다는 말은 아니죠?"

"전하께서 손수 보관하고 계셨소. 전하는 원고를 읽고 나서 불태워 없애 버리고자 하셨소."

"그렇군요. 하지만 그 원고는 30분 만에 후딱 읽어 치울 수 있는 가벼운 문학 작품이 아니었을 텐데요."

"그렇듯 안타깝게 희생되시고 나서 전하의 유품을 살펴봤지만 회고록은 없었소. 그러니 불태운 것이 확실하오."

"흐음! 과연 그럴까요?"

앤터니는 잠시 입을 다물고 있다가 다시 말을 이었다.

"제가 이런 질문들을 여쭤본 것은, 남작도 들어서 아시겠지만 저 자신이 이번 사건의 용의자로 의심받고 있기 때문입니다. 사람들이 저에게 추호의 의심도 갖지 않게끔 저는 제게 있는 혐의를 완벽하게 벗겨내야 합니다."

"지당한 말씀이오, 당신 명예를 위해서라도."

"바로 그겁니다. 남작은 생각을 말로 옮기는 재주가 탁월하시군요. 전 도무지 말재주가 없어서 말이죠. 그럼 하던 이야기로 돌아가서, 제가 혐의를 벗을 수 있는 유일한 방법은 진짜 살인범을 찾아내는 겁니다. 그러려면 모든 사실을 알고 있어야 합니다. 회고록과 관련된 문제는 아주 중요합니다. 제 짐작으론 그 회고록이 이번 범죄의 동기가 될 수 있다고 봅니다. 어떻습니까, 남작? 탁월한 추론 아닙니까?"

잠시 망설이던 남작이 이윽고 조심스럽게 물었다.

"당신도 그 회고록을 읽어 봤소?"

앤터니는 웃으며 대답했다.

"그 대답은 드린 것 같은데요. 보세요, 남작. 아직 끝나지 않은 일이 한 가지 있어요. 이건 경고 삼아 드리는 말씀인데요, 전 아직도 그 원고를 다음 수요일, 즉 10월 13일에 출판사에 넘겨줄 생각을 포기하지 않았습니다."

남작은 그를 노려봤다.

"하지만 이미 당신 수중에 없잖소?"

"그래서 다음 수요일이라고 말씀드린 겁니다. 오늘은 금요일이죠. 원고를 되찾을 때까진 닷새의 여유가 남아 있습니다."

"하지만 이미 불태웠으면 어쩔 거요?"

"그럴 리 없습니다. 제가 이렇게 믿는 데는 그만한 이유가 있습니다."

앤터니는 남작과 함께 테라스의 모퉁이를 돌았다. 엄청난 거구가 그들 쪽으로 다가오고 있었다. 아직까지 경제계의 거물 허먼 아이작슈타인을 만나 본 적이 없는 앤터니는 대단한 흥미를 품고 그를 쳐다봤다.

"오, 남작 오셨구려."

아이작슈타인은 입에 물고 있던 까만색의 큼지막한 시가를 흔들며 말을 건넸다.

"골치 아픈 일이 터졌소. 아주 골치 아픈 일이오."

남작이 목소리를 높였다.

"그러게 말입니다. 아이작슈타인 씨. 우리가 애써 쌓은 고귀한 성전이 하루아침에 폐허가 되게 생겼습니다."

앤터니는 두 신사가 애통한 심정을 나눌 수 있도록 눈치 빠르게 테라스 쪽으로 걸음을 되돌렸다.

그러다 별안간 멈춰 섰다. 주목나무 울타리의 정확히 한가운데서 가느다란 담배 연기가 공중으로 꼬불꼬불 피어오르고 있었다.

"가운데가 비어 있는 게 틀림없군. 전에도 그런 얘길 들은 적이 있었어."

앤터니는 곰곰이 생각하고는 재빨리 좌우를 살폈다. 테라스 반대 편 끄트머리 쪽에서 케이터햄 경과 안드라시 대위가 그에게 등을 돌린 채 서 있었다. 앤터니는 허리를 숙이고 거대한 주목나무 울타리 사이를 요리조리 헤쳐 나갔다.

그의 짐작은 제법 정확했다. 울타리는 사실은 하나가 아니라 둘이었고 좁은 오솔길이 그 사이를 갈라 놓고 있었다. 들어가는 입구는 집 쪽으로 중간쯤 올라간 지점에 있었다. 딱히 신기하달 것까진 없었지만 정면에서 이 울타리를 보는 사람은 그런 길이 있을 거라곤 짐작도 못 할 것 같았다.

앤터니는 좁은 샛길을 내려다보았다. 중간쯤 내려간 곳에 한 남자가 버들가지로 엮은 의자에 등을 기댄 채 앉아 있었다. 반쯤 피우다 만 시가가 팔걸이에 얹혀 있는 것으로 봐선 잠이 든 것 같았다.

앤터니는 혼잣말을 중얼거렸다.

"흐음! 하이럼 피시 저 친구, 사람들 눈을 피해 있기를 좋아하는 게 분명해."

브링과의 만남

긴한 얘기를 마음 놓고 할 곳은 역시 호수 한가운데뿐이라는 생각을 문득 떠올리며 앤터니는 테라스로 돌아갔다.

집 안에서 종소리가 울려 퍼지더니 트레드웰이 변함없이 위풍당당한 자세로 옆문 안에서 모습을 드러냈다.

"점심 식사가 준비됐습니다, 나리."

"오! 점심때가 됐군!"

케이터햄 경이 다소 기운이 난 듯 외쳤다.

그때 어린아이 둘이 집 밖으로 뛰쳐나왔다. 한창 씩씩한 12살과 10살짜리 여자아이였는데 번들 말대로 원래 이름은 덜시와 데이지겠지만 평소엔 거글과 윙클이라는 이름으로 불리는 모양이었다. 마치 '출전의 춤'을 추는 인디언들처럼 두 아이가 간간히 워워 소리까지 섞어 가며 소리를 꽥꽥 질러 대자 이를 보다 못한 번들이 나서서 동생들을 진정시켰다.

"브륑 선생님은 어디 계시니?"

"선생님은 편두통이래요. 편두통, 편두통!"

윙클이 노래하듯이 대답했다.

"만세!"

거글이 옆에서 거들었다.

손님들 대부분을 성공적으로 집 안으로 들여보낸 케이터햄 경은 잠시 머뭇거리더니 앤터니의 팔을 붙잡고 속삭였다.

"내 서재로 좀 갑시다. 거기 가면 특별한 게 있으니."

집주인이 아니라 이 집을 털러 온 도둑이라도 된 양 케이터햄 경은 살금살금 홀을 지나 자신의 성소이자 안식처로 들어섰다. 그는 벽장의 자물쇠를 열더니 다양한 술병을 끄집어내고 변명하듯이 말했다.

"외국 사람하고 얘기를 하려면 꼭 목이 타서 말이오. 왜 그럴까 몰라."

방문 두드리는 소리가 나더니 버지니아가 문틈으로 고개를 쏙 들이밀었다.

"저한테도 근사한 칵테일 한 잔 만들어 주실래요?"

케이터햄 경은 반갑게 대답했다.

"물론이오. 어서 들어와요."

몇 분 동안 세 사람 사이에는 진지한 의식이 치러졌다.

케이터햄 경이 술잔을 탁자 위에 올려놓으며 한숨을 쉬었다.

"한잔하지 않고는 도저히 견딜 수가 없었소. 좀 전에도 말했지만 외국 사람들을 상대하려면 어찌나 피곤하던지. 아무래도 그 사람들이 너무 예의범절을 따져서 그런가 보오. 자, 갑시다. 가서 점심 식사나 합시다."

그는 앞장서서 식당으로 향했다. 버지니아가 앤터니의 팔을 잡더니 뒤로 살짝 잡아끌었다.

"내가 오늘의 과제를 무사히 해결했답니다. 케이터햄 경을 설득해서 시체를 봤거든요."

"그래요?"

앤터니가 큰 관심을 보이며 물었다.

바야흐로 그가 생각하고 있던 한 가지 추론이 사실로 증명되느냐 아니면 틀린 것으로 판명되느냐 하는 순간이었다.

버지니아는 고개를 저으며 나지막이 속삭였다.

"당신이 틀렸어요. 그 사람은 미하엘 왕자가 맞아요."

앤터니는 속이 쓰렸다. 그는 불만이 묻어나는 목소리로 말했다.

"아! 그리고 가정 교사는 편두통에 걸렸고요."

"그게 무슨 상관이에요?"

"별 상관은 없겠지만 그래도 그 여자를 만나 봤으면 좋겠어요. 그 여자 방이 끝에서 두 번째라는 걸 알아냈거든요. 어젯밤에 불이 켜졌던 바로 그 방요."

"흥미로운 일이네요."

"별 소득이 없을 수도 있어요. 그래도 오늘이 지나가기 전에 그 여자를 만나 봐야겠어요."

점심 식사 시간은 고역이었다. 번들이 명랑하게 이 사람 저 사람 골고루 챙겼지만 각계에서 모인 이질적인 집단을 융화시키기에는 역부족이었다. 남작과 안드라시 대위는 정색을 하고 깍듯한 예의를 갖추고 식사를 하는 품이 꼭 거대한 묘지에서 열리는 만찬에라도 참가한 사람들 같았다. 케이터햄 경은 식욕도 없을뿐더러 침울함 그 자체였다. 빌 에버슬레이는 사랑스러워 죽겠다는 듯이 버지니아에게서 눈을 떼지 못했고, 자신이 처한 괴로운 입장에 마음이 무거운 조지는 남작과 아이작슈타인과 함께 시종 무거운 대화를 주고받았다. 집에서 살인 사건이 났다는 사실에 흥분해서 제정신이 아닌 두 꼬마 거글과 윙클은 수시로 어른들에게 혼나고 잔소리를 들어야 했다. 반면에 하이럼 피시는 느긋하게 자신의 음식을 씹으며 그만의 느리고 독특한 말투로 이런저런 평을 덧붙였다. 배틀 총경은 무슨 생각에선지 완전히 자취를 감춘 터라 아무도 지금 그가 어디에서 뭘 하고 있는지 알지 못했다.

모두가 식탁 앞을 떠나자 번들이 앤터니에게 투정하듯 말했다.

"답답해서 죽을 뻔한 것 있죠. 그리고 조지 아저씨가 오늘 오후에 국가 기밀 사항을 논의하러 외국 사절들을 웨스트민스터 성당으로 데리고 간다나 봐요."

"그럼 분위기가 한결 나아지겠군요."

"전 그 미국 사람은 별로 신경 안 써요. 아버지하고 어디 구석에 틀어박혀서 고서의 초판본인지 뭔지 하는 얘기로 희희낙락하라고 할 생각이에요. 어머, 피시 씨."

대화의 주인공이 가까이 다가왔다.

"피시 씨를 위해 평화로운 오후를 준비해 놨답니다."

미국인이 정중히 고개를 숙였다.

"정말 고맙습니다, 아일린 양."

앤터니가 말했다.

"피시 씨는 아침에도 꽤나 느긋한 시간을 보내시더군요."

피시가 즉시 그를 쏘아봤다.

"아, 제가 한적한 곳에 틀어박혀 있는 걸 보셨나 보군요? 그게 말이죠. 조용한 취향을 지닌 사람에겐 정신 사나운 사람들 곁을 떠나호젓이 지내는 게 유일한 활력소가 될 때가 있거든요."

번들이 어디론가 가 버리자 피시와 앤터니만 남았다. 피시가 다소 목소리를 낮추고 말했다.

"이건 내 생각인데, 이번 소동에는 뭔가 수상쩍은 부분이 많아요."

"어느 정도는 그렇다고 볼 수 있죠."

"그 대머리 녀석은 이 집안하고 친척이라도 되는가 보죠?"

"그 비슷하다고 볼 수 있습니다."

"이런 중앙 유럽 국가 사람들은 다른 사람을 주눅 들게 하는 경향이 있더군요. 그나저나 죽은 사람이 왕자 전하라는 소문이 돌던데 맞는 얘깁니까?"

"그분은 스타니슬라우스 백작이라는 이름으로 여기에 묵고 있었습니다."

앤터니가 둘러대듯이 말하자 피시는 "오, 저런!" 하고 다소 애매한 반응을 보일 뿐 더 이상 토를 달지는 않았다.

한동안 침묵 속에 잠겨 있다가 마침내 그가 입을 열었다.

"당신네들의 그 경찰 우두머리 말예요. 배틀인가 뭔가 하는 그 사람이 이 일의 적임자는 맞습니까?"

"런던 경시청에선 그렇게 생각하더군요."

앤터니가 무덤덤하게 대답했다.

"내가 볼 땐 고루하고 답답한 사람 같던데. 도무지 추진력이 없어요. 그 작자 머리에서 나온 계획이라고 해 봤자 이 집에서 아무도 내보내지 않겠다는 거잖아요. 도대체 그게 말이 되는 소립니까?"

피시는 이렇게 말하면서 예리한 눈길로 앤터니를 쏘아봤다.

"내일 아침에 여기 있는 사람들 모두 신문을 받아야 한다고 하지 않았습니까?"

"그게 다랍니까? 고작 그 때문이래요? 그럼 뭡니까, 케이터햄 경의 초대를 받고 온 손님들을 몽땅 용의자로 본다는 얘깁니까?"

"제발 진정하세요, 피시 씨!"

"영국 땅에서 낯선 이방인으로 있으려니 도통 맘이 편치 않아서 그래요. 하기야 집 안이 아닌 바깥에서 누군가가 들어와서 저지른 일이었다죠. 창문 하나가 잠겨 있지 않은 채로 발견됐다던데 사실입니까?"

"사실입니다."

앤터니는 똑바로 정면을 응시했다.

피시는 한숨을 내쉬더니 잠시 후 푸념하듯 말했다.

"케이드 씨, 탄광에서 어떻게 물을 퍼내는지 아십니까?"

"어떻게 하는데요?"

"펌프로 퍼 올리죠. 하지만 말이 쉽지 그게 보통 중노동이 아니랍
니다! 어이구, 저기 저를 초대해 주신 친절한 주인장께서 일행들과
헤어져 쓸쓸히 계시네요. 그리로 가 봐야겠습니다."

피시가 점잖게 양해를 구하고 자리를 뜨자 번들이 바람처럼 다시
나타났다.

"피시 저 사람 정말 웃기죠?"

"그러네요."

"그래 봤자 소용없으니까 버지니아 언니 좀 그만 찾으세요."

번들이 예리하게 한마디했다.

"그런 적 없어요."

"그랬어요. 언니는 어떻게 이런 재주를 갖고 있나 몰라. 말솜씨 때
문도 아니고 외모 때문은 더더욱 아닌 것 같은데. 그런데도 어쩜!
매번 자기 마음대로 사람들을 좌지우지한단 말예요. 어쨌든 지금
언니는 일이 있어서 다른 곳에 가 있어요. 언니가 당신에게 잘해 드
리라고 해서 그렇게 할 생각이에요. 안 되면 강제로라도."

앤터니는 그녀를 안심시켰다.

"그럴 필요까진 없을 겁니다. 하지만 아무래도 상관없다면 기왕이
면 물가로 배를 타고 나가서 잘해 주셔도 좋을 것 같은데 어떠세요?"

"괜찮은 생각 같군요."

번들이 깊은 생각에 잠긴 듯한 표정으로 말했다.

두 사람은 함께 호숫가로 걸어 내려갔다.

호숫가에서 천천히 배를 저어 나가며 앤터니가 말했다.

"본격적으로 흥미진진한 주제를 다루기 전에 한 가지 물어보고 싶은 게 있습니다. 여흥을 즐기기에 앞서 공식 일정을 마무리 짓는 다고 할까요."

"이번에는 또 누구 침실이 궁금하신 거죠?"

번들이 짜증이 나는 것을 참아 가며 물었다.

"이번에는 침실이 아닙니다. 다름이 아니라 프랑스에서 온 그 가 정 교사 말입니다. 그 여자를 어디서 소개받으셨는지 궁금해서요."

"그새 또 넘어가셨나 보네. 알선업체에서 소개받은 여자인데 제 가 1년에 100파운드씩 줘요. 세례명은 제네비브예요. 또 궁금한 것 있어요?"

"우리가 그 알선업체라고 치면 그 여자와 신원 조회는 어떻게 했 을까요?"

"와, 진짜 집요하시네! 모 백작 부인 집에서 10년 동안 함께 지냈 다더군요."

"모 백작 부인이라면……?"

"브르퇴이 백작 부인요. 디나르의 브르퇴이 성에 사는."

"그 백작 부인이란 사람을 직접 만나 본 건 아니죠? 그냥 소개서 하나만 믿고 일을 진행시킨 거죠?"

"그야 당연하죠."

"흐음!"

"정말 궁금하네. 진짜 궁금해 죽겠어요. 사랑 때문에 이러는 거예요, 아님 그 사건 때문에 이러는 거예요?"

"아무래도 내가 한심한 생각을 했나 봅니다. 그 얘긴 잊어버리죠."

"궁금한 건 죄다 캐내고 아무렇지도 않게 뭐, '그 얘긴 잊어버리죠?' 케이드 씨, 도대체 당신이 의심하는 사람이 누구예요? 만약에 나더러 사람을 지목하라면 그런 일을 저지를 가능성이 가장 적어 보이는 버지니아 언니를 택하겠어요, 아니면 빌이나."

"당신은 왜 빼죠?"

"귀족 가문의 딸이 붉은 손 당과 은밀히 손을 잡는다? 그것만으로도 세상이 발칵 뒤집어지겠는데요."

앤터니는 웃음을 터뜨렸다. 날카로운 잿빛 눈이 속을 예리하게 꿰뚫어 보는 듯해서 다소 두렵기는 해도 그는 번들이 마음에 들었다.

"이렇게 대단한 재산을 소유하고 있으니 뿌듯하시겠어요."

앤터니는 저 멀리 보이는 대저택을 향해 손을 내저으며 문득 이렇게 말했다.

번들은 두 눈을 찌푸리며 한쪽으로 고개를 갸우뚱했다.

"그래요. 전혀 아니라고는 못 해요. 하지만 늘 봐서 그런지 이젠 봐도 아무 감흥도 없어요. 게다가 여기 자주 오는 편도 아니고요. 워낙 따분하고 지루하거든요. 우리 가족은 런던 시내에 있다가 여름만 되면 늘 카우스와 도빌에 가서 지내고, 그러고 나면 다시 스코틀랜드로 가요. 침니스는 5개월 정도는 먼지 이불을 뒤집어쓰고 있어야 하죠. 그러다 일주일에 한 번 쌓인 먼지를 떨어내면 관광객을 미어터지게 실은 대형 버스들이 들이닥치고, 사람들은 멍청하니 입을 벌리고 트레드웰이 떠드는 소리에 귀를 기울이죠. 그래 봤자 '여러분 오른쪽에 있는 그림은 조슈아 레이놀즈 경이 그린 케이터햄 4세 후작 부인의 초상화입니다.' 같은 얘기들이지만요. 그림 구경꾼 중에서 유머 감각이 뛰어난 누군가가 옆에 있던 애인을 팔꿈치로 쿡 찌르며 이렇게 말하는 거예요. '이봐! 글래디스, 저것들이 기껏해야 서푼도 안 되는 그림을 갖다 걸어 놓고 좋아 죽겠대.' 그러곤 그림들을 좀 더 구경한답시고 온 집을 헤집고 돌아다니며 연신 하품을 하고 발을 질질 끌면서 어서 빨리 집에 갈 시간이나 됐으면 좋겠다고 생각하는 식이죠."

"그래도 세간에 떠도는 얘기로는 여기서 한두 차례 역사가 이루어졌다고 하던데요."

번들이 날카롭게 말했다.

"조지 아저씨가 하는 얘길 들으셨나 보군요. 아저씨는 입만 열면 늘 그런 소릴 하시거든요."

하지만 앤터니는 팔꿈치에 몸을 의지한 채 상체를 세우고 기슭 쪽을 뚫어져라 쳐다보고 있었다.

"저기 보트 창고 옆에 비탄에 잠긴 채 서 있는 사람 보이세요? 제3의 수상한 이방인 같은데 맞습니까? 아니면 이번 파티에 참석한 사람인가요?"

번들은 주홍색 쿠션에 기대고 있다가 고개를 들었다.

"저건 빌이에요."

"뭔가를 찾는 것 같은데요."

"아마 날 찾고 있을 거예요."

번들은 심드렁하니 말했다.

"잽싸게 반대편으로 내뺄까요?"

"그게 맞는 답이긴 한데요. 그런 말은 좀 더 진지한 열의를 가지고 했으면 좋겠네요."

"따끔한 비난을 받았으니 그럼 속도를 곱절로 높여서 노를 저어 보도록 하겠습니다."

"됐어요, 나도 자존심이 있지. 새파란 애송이가 기다리고 있는 저곳으로 데려다 주세요. 아무래도 저 사람 누군가의 보살핌이 필요할 것 같네요. 버지니아 언니에게 퇴짜를 맞은 게 분명해요. 터무니없는 얘기 같지만 또 알아요, 멀지 않은 미래에 저도 조지 아저씨 같은 사람과 결혼하고 싶어질지? 그때를 대비해서 영국 내 저명한 정치가의 안주인 역할을 미리 연습해 두는 것도 나쁘진 않겠죠."

앤터니는 그녀의 요청대로 순순히 기슭으로 배를 저으며 불평하듯이 말했다.

"그럼 전 어떻게 되는 건지 알고 싶은데요. 전 불필요한 제삼자가 되는 건 사절입니다. 저기 멀리 보이는 게 동생분들 맞죠?"

"맞아요. 조심하세요. 안 그러면 쟤네들 올가미에 꼼짝없이 걸려들고 말 테니까."

"이래 봬도 전 아이들을 좋아합니다. 어쩌면 근사하고 조용한, 지적인 게임을 가르쳐 줄 수 있을 지도 모르죠."

"글쎄요. 나중에 나더러 왜 미리 조심하라는 말을 안 했냐고 뭐라고 그러지나 마세요."

앤터니는 실의에 빠진 빌에게 번들을 넘겨준 뒤 꽥꽥거리는 비명소리가 한낮의 평화를 깨고 있는 곳으로 다가갔다. 아이들은 환호성을 지르며 그를 반겼다.

"아메리칸 인디언 놀이 할 줄 아세요?"

거글이 무서운 얼굴을 하고서 물었다.

"웬만큼은. 머리 가죽 벗겨질 때 나는 소리를 내 볼 테니 한번 들어 볼래? 잘 봐."

앤터니는 시범을 해 보였다.

윙클이 인심 쓰듯이 말했다.

"그 정도면 뭐. 그럼 우리 머리 가죽 벗길 때 나는 소리 질러요."

앤터니는 소름 끼치는 비명으로 아이들 비위를 맞춰 주었다. 주변은 순식간에 아메리칸 인디언들의 놀이터가 되었다.

1시간쯤 지나자 앤터니는 이마의 땀을 닦으며 슬슬 가정 교사의 편두통에 대해 물었다. 그러다 지금은 말끔히 나았다는 얘기를 듣고 속으로 쾌재를 불렀다. 이미 아이들 사이에서 인기인이 되어 있던 그는 당장 공부방에 가서 함께 차를 마시자는 초대를 받았다.

"거기 가면요, 아저씨가 봤다던 그 목 매달린 남자 얘기 꼭 해 주세요."

거글이 졸라 댔다.

"아저씨 밧줄 같은 거 있다고 했죠?"

이번엔 윙클이 물었다.

"그럼, 내 옷 가방에 있지. 너희들에게 하나씩 줄게."

앤터니가 근엄하게 대답하자 그 즉시 윙클의 입에서 사나운 인디언들이 대승을 거두었을 때 내는 함성이 터져 나왔다.

거글이 시무룩하게 말했다.

"이제 들어가서 씻어야 될 시간이에요. 차 마시러 올 거죠? 그죠? 잊어버리면 안 돼요!"

앤터니는 하늘이 무너져도 그 약속은 꼭 지킬 거라고 엄숙히 맹세했다. 발랄한 두 꼬마 아가씨는 흡족한 얼굴로 집을 향해 퇴각했다. 선 채로 잠시 아이들을 바라보던 앤터니는 문득 작은 나무숲 맞은편에서 누군가가 자리를 피하는 것을 발견하곤 급히 정원을 가로질렀다. 그는 이 남자가 그날 아침 우연히 마주쳤던 까만 턱수염의 이방인과 동일인이라고 확신했다. 앤터니가 그를 쫓아갈까 말까 망설이고 있는데 코앞에 있던 나무들이 갈라지면서 하이럼 피시가 탁 트인 곳으로 발을 내디뎠다. 그는 앤터니를 발견하곤 다소 놀란 눈치였다.

"평화로운 오후 잘 보내고 계시죠, 피시 씨?"

"아, 예."

그러나 피시는 평소에 비해 그리 평화로운 표정이 아니었다. 얼굴은 붉게 달아올랐고 장거리 달리기라도 한 사람처럼 거칠게 숨까지 몰아쉬었다. 그는 회중시계를 꺼내 시간을 들여다보고 부드러운 목소리로 말했다.

"차 마실 시간이 된 것 같군요, 오후만 되면 당신네 영국인들이 습관처럼 즐기는."

피시는 시계 뚜껑을 딱 소리가 나게 닫고는 점잖게 집으로 걸음을 옮겼다.

선 채로 골똘히 생각에 잠겨 있던 앤터니는 배틀 총경이 어느새 곁에 와 있음을 깨닫곤 화들짝 놀라고 말았다. 아무런 인기척도 없었기 때문에 앤터니는 배틀 총경이 문자 그대로 아무것도 없는 허공에서 갑자기 생겨난 것만 같았다.

"갑자기 어디서 나타나신 거예요?"

앤터니가 예민해진 말투로 물었다.

배틀은 슬쩍 고갯짓을 하면서 등 뒤편의 작은 덤불숲을 가리켰다.

"오늘 오후엔 사람들이 유난히 거기만 찾는 것 같군요."

"깊은 생각에 잠겨 계시더군요, 케이드 씨."

"그러게요. 배틀 총경님, 제가 뭘 하고 있었는지 아세요? 2와 1과 5와 3, 이 네 가지 숫자를 모두 이용해서 4를 만들어 보려고 궁리 중이었어요. 그런데 안 돼요. 도저히 답이 안 나와요."

"아무렴 쉽지 않은 일이죠."

"하지만 마침 배틀 총경님을 뵙고 싶었던 참인데 잘됐어요. 총경님, 절 여기서 내보내 주십시오."

평소 신념대로 배틀 총경은 감정의 변화도, 놀라는 기색도 비치지 않았다. 그의 대답은 간단하고 무미건조했다.

"그건 당신이 어딜 가고 싶어 하느냐에 달렸습니다."

"그건 확실하게 말씀드릴게요, 배틀 총경님. 자, 제 카드를 모두 내놓겠습니다. 브르퇴이 백작 부인의 성이 있는 디나르로 갈 생각입니다. 허락해 주시겠습니까?"

"언제 가실 건가요, 케이드 씨?"

"내일 신문이 끝난 뒤에요. 일요일 저녁까지는 돌아올 수 있습니다."

"그렇군요."

총경은 특유의 단호한 말투로 말했다.

"안 되겠습니까?"

"난 반대 안 합니다. 당신이 가겠다고 한 곳에 갔다가 곧장 여기로 돌아오신다고만 하면요."

"정말 총경님 같은 분은 눈을 씻고 찾아봐도 없을 겁니다. 총경님은 절 남달리 좋아하시거나 남달리 속을 알기 힘든 사람이거나 둘 중에 하나세요. 도대체 어떤 쪽입니까?"

배틀 총경은 얼핏 미소만 지을 뿐 대답은 하지 않았다.

"좋습니다. 좋아요. 저도 총경님이 예방 조치를 취해 놓으셨으리라는 것쯤은 예상하고 있습니다. 신중한 법의 심복이 수상쩍은 제 행적을 쫓아다니겠죠. 그건 총경님 마음대로 하세요. 하지만 전 상황이 어떻게 돌아가고 있는지 꼭 알아내고 싶습니다."

"무슨 말씀이신지 못 알아듣겠는데요, 케이드 씨."

"그 회고록과 지금 벌어지고 있는 일들 전부 다에 대해서요. 그 회고록이 그저 단순한 회고록이 맞습니까? 아니면 총경님께서 숨겨 둔 비장의 카드라도 있는 겁니까?"

배틀은 다시 미소를 지었다.

"내 얘길 들어 보세요. 케이드 씨, 내가 당신에게 호의를 베푸는 것은 당신이 좋은 인상을 줬기 때문입니다. 난 이번 사건을 해결하는데 당신이 도움을 주었으면 합니다. 아마추어와 전문가, 잘 어울리지 않습니까? 한 사람은 친밀감이, 다른 한 사람은 경험이 무기가 될 테니까요."

앤터니가 천천히 말했다.

"글쎄요. 하기야 제 평생 소원이 살인 사건의 미스터리를 파헤쳐 보는 일이라는 걸 굳이 부인하고 싶지는 않군요."

"혹시 이번 사건에 대해 나름대로 갖고 계신 생각이라도 있습니까, 케이드 씨?"

"말하자면 많죠. 하지만 아직은 대부분 의문만 품고 있는 수준입니다."

"예를 들면요?"

"'살해당한 미하엘의 후임이 과연 누굴까?' 전 그 점이 중요하다고 보는데 총경님 생각은 어떠세요?"

배틀 총경의 얼굴에 씁쓸한 미소가 스쳤다.

"그런 생각을 하시다니 정말 대단하군요. 니콜라스 오볼로비치 왕자가 차기 국왕 후보입니다. 미하엘 왕자의 사촌이죠."

앤터니는 담뱃불을 붙이기 위해 고개를 돌리며 물었다.

"그럼 그 사람은 지금 어디 있습니까? 배틀 총경님, 알고도 시치미 떼지는 마십시오. 그래 봤자 전 안 믿으니까."

"현재 미국에 머물고 있음을 알려 주는 증거가 있습니다. 여하튼 극히 최근까지는 미국에 머물렀습니다. 원대한 포부를 품고 기금을 모을 작정이었다는군요."

앤터니는 놀란 나머지 자기도 모르게 휘파람을 불었다.

"이제야 알겠네요. 미하엘이 영국을 등에 업었다면 니콜라스는 미국을 등에 업었다 그 얘기군요. 두 나라 모두 자본가 단체를 결성해서 석유의 독점권을 얻어 내려고 혈안이 되어 있으니까요. 그런데 미하엘을 후보로 추대할 생각이었던 보수당으로선 현재 다른 곳을 알아봐야 할 처지가 된 거죠. 아이작슈타인 씨는 물론이고 그가 대표로 있는 신디케이트며 조지 로맥스 장관으로선 분해서 이가 갈릴 일이겠네요. 어떻습니까, 제 추리가?"

"과히 틀리지는 않습니다."

"흐음! 총경님이 덤불 속에서 뭘 하고 계셨는지 짐작이 가고도 남네요."

배틀 총경은 미소만 지을 뿐 아무 대답도 하지 않았다.

"국제 정치는 아주 매력적인 데가 있어요. 하지만 이젠 안됐지만 총경님 곁을 떠나야 할 때가 됐네요. 공부방에서 약속이 있거든요."

앤터니는 집을 향해 활기차게 걸어갔다. 위엄이 몸에 밴 트레드웰이 공부방으로 가는 길을 가르쳐 주었다. 앤터니가 방문을 두드리고 안으로 들어서자 시끄러운 환호성이 그를 맞이했다.

거글과 윙클은 그를 보자마자 와락 안겨 들더니 잔뜩 신이 나서는 가정 교사와 인사를 시키겠다며 그를 마구 떠밀었다.

그날 앤터니는 태어나서 처음으로 아찔한 현기증을 맛봐야 했다. 브룅이라는 여자는 알고 보니 땅딸막한 키에 누르스름한 얼굴 그리고 후추와 소금을 군데군데 뿌린 듯 희끗희끗한 머리에 콧수염이 막 돋아나기 시작한 중년 부인이 아닌가!

먼 나라에서 온 악명 높은 여자 사기꾼이라기엔 도저히 어울리는 모습이 아니었다.

앤터니는 혼잣말을 중얼거렸다.

"아무래도 내가 최고로 멍청한 바보짓을 하고 있는 게 분명해. 아무렴 신경 쓰지 말자. 일단은 밀고 나가는 수밖에."

앤터니를 본 브룅 여사는 좋아서 어쩔 줄을 몰랐다. 그녀 입장에선 잘생긴 젊은 남자가 자기가 가르치는 공부방에 느닷없이 들이닥쳤으니 그보다 반가운 일이 없을 터였다. 식사는 대성공이었다.

하지만 그날 저녁 앤터니는 자신에게 배정된 값비싼 침실에서 몇 번이나 고개를 가로저으며 중얼거렸다.

"내 생각이 틀렸어. 두 번이나 잘못 짚다니. 아무래도 내가 제대로 된 상황 판단을 못 하고 있는 거야."

그는 방 안을 서성이다가 멈춰 섰다.

"도대체 뭐가……."

앤터니가 막 입을 여는데 조용히 문이 열렸다. 곧이어 웬 사내가 살그머니 방 안으로 들어오더니 공손한 자세로 문가에 멈춰 섰다.

거구의 사내는 흰 피부와 다부진 체격 그리고 슬라브 민족 특유의 툭 튀어나온 광대뼈와 꿈을 꾸듯 광기가 어린 눈을 지니고 있었다.

"도대체 당신은 누구요?"

앤터니는 그를 노려보며 물었다.

사내는 완벽한 영어로 대답했다.

"전 보리스 안초코프라고 합니다."

"죽은 미하엘 왕자의 시종 말인가요?"

"그렇습니다. 제 주인님을 모시던 사람입니다. 그분은 돌아가셨습니다. 이제부터는 선생님을 모시겠습니다."

"친절은 고맙습니다만 난 꿈에라도 하인을 둘 생각은 없는 사람입니다."

"선생님은 이제부터 제 주인이십니다. 충직한 하인이 되겠습니다."

"알았어요, 알았어. 그런데 이것 봐요……. 나는 시종이 필요 없어요. 난 시종을 책임질 능력이 없다 이 말입니다."

보리스 안초코프는 언뜻 경멸 어린 눈초리로 그를 바라봤다.

"전 돈 따위는 바라지 않습니다. 전 이제껏 제 주인님을 모셨습니다. 그리고 이제부턴 똑같이 선생님을 주인님으로 모시겠습니다. 이 목숨 다하는 그날까지!"

그는 다짜고짜 앞으로 걸어 나와 바닥에 무릎을 꿇더니 앤터니의 손을 잡고 자기 이마에 올려놓았다. 그리고 다시 벌떡 일어나더니 올 때와 마찬가지로 홀연히 방을 나갔다.

앤터니는 기가 막힌다는 얼굴로 그의 뒷모습을 물끄러미 바라봤다.

"별 희한한 놈이 다 있군. 정말 대단한 충견이야. 저런 녀석들은 하여간 기질도 특이하다니까."

그는 일어서서 다시금 방을 오락가락했다.

"그래도 그렇지 어처구니가 없네. 어처구니가 없어. 그것도 지금 같은 때에."

한밤중에 일어난 뜻밖의 사건

신문은 이튿날 아침에 이뤄졌다. 선풍적인 인기를 끄는 소설책에 흔히들 등장하는 것과 비교하면 달라도 너무 다른 신문이었다. 흥밋거리가 될 만한 세세한 사항 일체를 엄격히 통제하여 조지 로맥스조차도 신문 절차에 흡족해할 정도였다. 경찰서장의 협조하에 배틀 총경과 검시관이 힘을 합쳐 절차를 최대한 간소화한 덕분이었다.

신문이 끝나는 즉시 앤터니는 조용히 저택을 떠났다.

앤터니가 이 집을 떠나면서 빌 에버슬레이에게는 한 줄기 서광이 비춰 들었다. 하지만 자신의 사회적 지위에 타격을 줄 만한 뭔가가 밖으로 새어 나갈까 봐 전전긍긍하던 조지 로맥스는 있는 대로 약이 올라 있었다. 오스카 양과 빌은 시간과 장소를 가리지 않고 열심히 뛰어다녔다. 쓸모 있고 재미있는 일은 전적으로 오스카 양의 몫이었다. 반면 빌의 역할은 끝도 없이 이어지는 전언들을 들고 이리저리 뛰어다니기, 전보문 해독하기, 시간마다 조지가 늘어놓는 똑같은 이야기 경청하기 등이었다.

일요일 밤 비로소 침대에 몸을 뉘었을 때 빌은 완전히 녹초가 된 상태였다. 조지가 말도 안 되는 요구를 자꾸만 늘어놓는 바람에 온종일 버지니아와 한마디도 할 기회가 없다 보니 마음은 마음대로 상하고 억울하게 착취당했다는 기분마저 들었다. 그런 상황에서 그놈의 미국 녀석인지 뭔지가 제 발로 알아서 떠났으니 그야말로 절호의 기회였다. 앤터니는 어쨌거나 버지니아를 독차지하다시피 했었으니 말이다. 물론 조지 로맥스가 계속 이런 식으로 자신을 바보로 만든다면……. 빌은 이글거리는 분노를 안고 잠이 들었다. 그리고 꿈에서 위안을 얻었다. 꿈속에 버지니아가 등장했기 때문이었다.

한마디로 영웅적인 꿈이었다. 지붕의 들보가 불타는 상황에서 빌은 용감한 구원자의 역할을 맡았다. 그는 맨 꼭대기로 올라가 버지니아를 품에 안고 내려왔다. 그녀는 의식이 없었다. 빌은 그녀를 풀밭에 눕힌 뒤 어디론가 샌드위치 보퉁이를 찾으러 갔다. 샌드위치 보퉁이를 찾는 것이 그에겐 무엇보다 중요했다. 샌드위치는 조지가 들고 있었는데, 그는 그것을 빌에게 내주기는커녕 전보문을 받아 적으라는 지시를 내렸다. 그러더니 어느새 두 사람이 있던 장소는 성당 제의실로 바뀌었다. 잠시 후면 버지니아가 빌과 결혼식을 올리기 위해 도착할 참이었다. 그런데 이게 웬일인가! 빌은 파자마 차림이었다. 당장 집으로 가서 마땅한 예복을 찾아야 했다. 그는 허둥지둥 차로 갔다. 그런데 시동이 걸리지 않았다. 연료가 바닥난 것이다! 빌은 점점 절망의 나락으로 빠졌다. 바로 그때 커다란 버스가 다가와 멈추더니, 버지니아가 머리가 훌렁 벗어진 남작의 팔에 이끌려 버스에서 내렸다. 그녀는 홀딱 반할 만큼 근사했으며 잿빛이 나는 우아한 드레스 차림이었다. 버지니아는 빌에게 다가오더니 짓궂게 그의 어깨를 잡고 흔들었다.

"빌. 이봐요, 빌."

그녀는 좀 더 세게 흔들었다.

"빌, 눈 좀 떠 봐요. 아이 참, 제발 눈 좀 떠 보라고요!"

빌은 어리둥절한 채로 눈을 떴다. 그는 침니스의 자기 침실에 누워 있었다. 하지만 의식 절반은 여전히 꿈속을 헤매는 중이었다. 버지니아는 허리를 굽힌 채 아까부터 똑같은 말을 이리저리 바꿔 가며 되풀이하고 있었다.

"눈 좀 떠 봐요, 빌. 제발 눈 좀 떠 보라고요! 빌!"

빌은 침대에 일어나 앉으며 말했다.

"어, 버지니아! 무슨 일이에요?"

버지니아는 안도의 한숨을 내쉬었다.

"십년감수했네. 당신이 두 번 다시 못 깨어나는 줄 알았잖아요. 아까부터 계속 흔들어 대고 있었다고요. 이제 정신이 좀 들어요?"

"그런 것 같아요."

빌은 자신 없는 목소리로 대답했다.

"멍청한 사람. 괜히 나만 고생시키고! 팔 아파 죽겠잖아요."

"그런 모욕적인 말을 할 필요까진 없잖습니까. 버지니아, 내가 보기에 지금 당신의 행동은 당신하고 너무나 어울리지 않아요. 순결하고 젊은 미망인이 할 행동이 절대 아니라고요."

빌이 체면을 차리며 말했다.

"멍청한 소리 그만해요, 빌. 일이 벌어졌어요."

"무슨 일요?"

"희한한 일요. 회의실에서요. 어디선가 쾅 문 닫는 소리가 들린 것 같아서 무슨 일인가 알아보러 내려갔거든요. 그런데 회의실에서 불빛이 새어 나오는 거예요. 그래서 살금살금 복도를 걸어가서 벌어진 문틈으로 살짝 들여다봤죠. 잘 보이진 않았지만 그래도 눈에 들어온 광경이 너무나 이상해서 좀 더 봐야겠다 싶더군요. 그런데 별안간 이럴 때 멋지고 건장한 남자가 옆에 있어 주면 좋겠다는 생각이 들지 뭐예요. 그러자 문득 그 누구보다도 멋있고 건장하고 강인한 당신이 생각나는 것 있죠. 그래서 이렇게 와서 조용히 당신을 깨우려고 했던 거예요. 그런데 이게 뭐예요. 당신을 깨우다 폭삭 늙어버렸잖아요."

"그랬군요. 그런데 지금 나더러 뭘 해 달라는 거죠? 일어나서 그 강도들을 붙잡으란 말인가요?"

버지니아는 이마를 찌푸렸다.

"그 사람들이 강도인지는 잘 모르겠어요. 빌, 정말이지 너무 이상해서……. 어쨌거나 지금 이렇게 노닥거릴 시간 없어요. 어서 일어나요."

빌은 순순히 침대에서 빠져나왔다.

"부츠 신을 동안만 기다려 줘요. 바닥에 징이 박힌 큼지막한 부츠가 있거든요. 제아무리 내가 건장하고 힘이 장사라도 튼튼하게 단련한 강도들을 맨발로 걸어 넘어뜨릴 순 없지 않겠어요?"

"그 파자마 마음에 들어요. 빌. 밝은색인데도 전혀 천박한 느낌이 나지 않네요."

버지니아가 꿈을 꾸듯 말했다.

빌은 나머지 한쪽 부츠에 손을 뻗으며 말했다.

"옷 얘기가 나왔으니 말이지만 난 당신의 그 뭐시기인가가 마음에 드네요. 초록색 비슷한데 아주 예뻐요. 그런 옷을 뭐라고 합니까? 그냥 기운은 아니잖아요."

"네글리제라고 하는 거예요. 그게 무슨 옷인지도 모르다니, 당신이 그 정도로 순진한 사람인 줄 몰랐네요. 아이, 반가워라!"

그러자 빌이 발끈했다.

"그렇지 않아요."

"괜히 거짓말하지 말아요. 당신은 아주 멋있는 남자예요, 빌. 그러니까 내가 좋아하죠. 미리 말해 두지만 내일 아침 10시쯤, 말하자면 감정이 지나치게 흥분될 염려가 없는 아주 안전한 시각에 당신에게 키스를 해 줄 수도 있어요."

"이런 일은 생각났을 때 바로 실천에 옮기는 것이 최선이라는 게 제 신조입니다."

"지금은 달리 할 일이 있잖아요. 자, 방독면하고 사슬 갑옷까지 걸칠 생각이 아니면 그만 출발해요."

"준비 완료입니다."

빌은 요란한 색상의 실크 가운을 꿈틀거리며 껴입더니 부지깽이를 집어 들며 한마디했다.

"강도 잡는 무기로는 이거만 한 게 없거든요."

"자, 가요. 그리고 소리 내면 안 돼요."

두 사람은 살며시 방을 빠져나와 복도를 지난 뒤 난간을 가운데 두고 둘로 나눠진 넓은 계단을 내려갔다. 계단 밑에 이르렀을 때 버지니아가 인상을 썼다.

"당신이 신고 있는 그 부츠인지 뭔지는 도무지 조용할 줄을 모르는군요, 빌!"

"징은 징 구실을 해야 하니까요. 전 지금 최선을 다하고 있어요."

"당장 그것들 좀 벗어 버려요."

버지니아가 단호히 말하자 빌이 투덜거렸다.

"그리고 차라리 손에 들고 가요. 난 당신이 회의실에서 벌어지고 있는 일을 해결해 내는 광경을 보고 싶어요. 빌, 정말 너무나 수상해요. 도대체 강도들이 갑옷상을 갈기갈기 분해할 일이 뭐가 있을까요?"

"글쎄요. 그야 통째로 안전하게 훔쳐 갈 수 없기 때문 아닐까요? 일단 마디마디를 분해한 다음 깔끔하게 쓱싹."

버지니아는 못마땅하다는 듯이 고개를 저었다.

"그놈들이 왜 낡고 케케묵은 갑옷 따위를 훔쳐 가려는 걸까요? 여기 침니스엔 그보다 훨씬 훔치기 쉬운 값진 물건들이 지천으로 있는데."

빌은 고개를 저었다. 그가 부지깽이를 잡은 손에 한결 힘을 주면서 물었다.

"놈들이 몇 명이나 되던가요?"

"제대로 볼 수가 없었어요. 열쇠 구멍이란 데가 원래 그렇잖아요. 게다가 놈들도 손전등 한 개밖에 없었고요."

"놈들이 이제 그만 사라져 줬으면 좋겠군요."

빌은 진심으로 그렇게 바라는 듯했다.

그는 바닥에 앉아서 부츠를 벗은 다음 손에 들고 회의실로 나 있는 통로를 살금살금 걸었다. 버지니아가 그 뒤를 바싹 따라갔다. 두 사람은 떡갈나무로 된 거대한 문 앞에서 걸음을 멈췄다. 안에선 아무 소리도 들리지 않았다. 갑자기 버지니아가 팔을 잡았고 빌은 고개를 끄덕였다. 열쇠 구멍 사이로 언뜻 밝은 불빛이 새어나온 것이다.

빌은 무릎을 꿇고 한쪽 눈을 열쇠 구멍에 갖다 댔다. 그러나 눈에 들어온 것만으로는 도무지 무슨 일이 벌어지고 있는지 알 수가 없었다. 안에서 상연되고 있는 연극의 무대는 문의 왼편으로, 빌의 시야를 벗어나 있었다. 조심스럽게 댕그랑거리는 소리가 간간이 들리는 것으로 봐선 침입자들은 여전히 갑옷상을 만지작거리고 있는 눈치였다. 빌의 짐작에 안에 있는 놈은 둘이었다. 그들은 홀바인의 초상화 바로 아래 벽면에 바싹 붙어 서 있었다. 손전등 불빛은 진행 중인 작업을 비추고 있음이 분명했고, 방의 나머지는 거의 깜깜한 어둠 속에 잠겨 있었다. 그중 한 명이 얼핏 그의 눈앞을 휙 지나간 듯했지만 불빛이 흐려 정체를 분간할 수 없었다. 남자 같기도 하고 여자 같기도 했다. 잠시 후 그자가 원래 자리로 휙 돌아가더니 또다시 조심조심 쇳조각 부딪치는 소리가 들렸다. 그러자 이제는 새로운 소리가 들렸다. 손마디 같은 것으로 나무를 툭툭 두드리는 소리였다.

빌이 갑자기 자세를 고쳐 앉았다.

"왜 그래요?"

버지니아가 속삭이듯 물었다.

"아무것도 아니에요. 여기서 이러고 있어 봤자 소용없겠어요. 전혀 안 보이니 놈들이 지금 무슨 짓을 하는지 전혀 짐작도 못 하겠어요. 안으로 들어가서 붙잡아야겠어요."

빌이 부츠를 신고 벌떡 일어섰다.

"버지니아, 내 말 잘 들어요. 이제 최대한 소리 내지 않고 문을 열 겁니다. 전등 스위치가 어디 있는지 알죠?"

"네. 문 바로 옆에요."

"내 생각에 놈들은 둘뿐이에요. 어쩌면 한 놈일 수도 있고요. 내가 무사히 방 안으로 진입해서 '켜!'라고 외치면 불을 켜는 겁니다. 아시겠죠?"

"네."

"비명을 지른다거나 기절을 한다거나 그러면 안 됩니다. 당신이 다치는 건 전 못 봅니다."

"당신은 영웅이에요!"

버지니아는 작게 속삭였다.

빌은 믿어지지 않는다는 듯이 어둠 사이로 그녀를 응시했다. 희미하게 흐느끼는지 웃는지 모를 소리가 그의 귀에 들렸다. 이윽고 빌은 부지깽이를 단단히 움켜쥐고 벌떡 일어섰다. 그는 이만하면 지금 상황에서 할 수 있는 만반의 준비를 갖췄다고 믿었다.

빌은 최대한 조심스럽게 문손잡이를 돌렸다. 손잡이는 쉽게 돌아갔고 문은 부드럽게 안으로 열렸다. 빌은 버지니아가 자기 곁에 바싹 붙어 있음을 느낄 수 있었다. 두 사람은 소리 없이 방 안으로 들어섰다.

방 저편 끄트머리에서 손전등 하나가 홀바인의 그림을 비추고 있었다. 누군가가 불빛을 등지고 윤곽만 드러낸 채 의자 위에 올라서서 살살 나무 벽을 두드리고 있었다. 그러다 보니 자연히 등이 두 사람을 향하고 있었는데 그 모습이 마치 괴이한 그림자가 눈앞에 버티고 있는 듯했다.

더 자세히 볼 수도 있었겠지만 그럴 기회는 없었다. 그 순간에 빌의 부츠에 박힌 징들이 마루 위에서 끽 소리를 냈기 때문이다. 의자 위의 남자가 뒤로 홱 돌아서면서 강력한 손전등 빛을 쏘아 대자 두 사람은 갑작스런 불빛에 눈이 어지러웠다.

빌은 망설이지 않았다.

"켜!"

그가 고함을 지르며 상대를 향해 돌진하자 버지니아는 시키는 대로 전등 스위치를 눌렀다.

평소대로라면 거대한 샹들리에에서 엄청난 빛이 쏟아져 내려야

옳았다. 하지만 그 대신 스위치가 딸깍 하는 소리가 들린 것이 전부였다. 방은 여전히 어둠 속에 잠겨 있었다. 버지니아의 귀에 빌의 입에서 터져 나오는 상스러운 말이 들렸다. 그러더니 가쁜 숨소리와 함께 격렬하게 치고받는 소리가 주변을 가득 메웠다. 놈이 들고 있던 손전등은 바닥에 내동댕이쳐져 그 충격으로 불이 나간 상태였다. 캄캄한 어둠 속에서 목숨을 건 싸움이 벌어지고 있는데도 누가 이기고 있는지, 아니 도대체 누구와 싸우는 것인지조차 버지니아는 짐작조차 할 수 없었다. 혹시 이 방에 벽을 두드리던 사람 말고 다른 사람이 있는 건 아닐까? 그럴 가능성도 있었다. 방 안을 살펴봤다고는 하지만 딱 한 번, 그것도 지극히 짧은 시간에 둘러본 것이 고작이었다.

버지니아는 무력감을 느꼈다. 뭘 해야 할지 판단이 서지 않았다. 그렇다고 감히 눈앞에서 벌어지고 있는 싸움에 끼어들 엄두는 나지 않았다. 빌에게 해가 되거나 그 정도는 아니더라도 크게 도움이 될 것 같지 않았다. 문득 한 가지 생각이 떠올랐다. 누군가가 도망치려고 할 때를 대비해 밖으로 나가지 못하도록 문 앞에 버티고 서 있자는 것이었다. 생각이 떠오른 동시에 버지니아는 빌의 특별 지시를 어기고 큰 소리로 악을 쓰면서 사람 살리라고 외쳐 댔다.

위층에서 방문 열리는 소리가 하나둘 나더니 순식간에 홀과 큰 계단에 불빛이 환하게 들어왔다. 이제 도움의 손길이 올 때까지 빌이 놈을 붙잡고 있기만 하면 되었다.

하지만 바로 그때 마지막으로 뭔가가 엄청난 소리를 내며 박살이

나는 소리가 들렸다. 갑옷상이 귀가 먹먹할 정도의 굉음을 내며 바닥에 쓰러지는 소리였다. 둘이 부둥켜안은 채 거기에 부딪힌 것이 분명했다. 얼핏 누군가가 창문으로 내빼는 듯싶더니 동시에 빌이 욕설을 퍼부으며 갑옷 파편을 떨어 내는 소리가 들렸다.

버지니아는 지금껏 꿋꿋이 지키고 있던 자리를 벗어나 도망친 놈을 쫓아 미친 듯이 창가로 달려갔다. 하지만 창문은 이미 빗장이 풀려 있어서 침입자가 우물쭈물하며 열려고 애쓸 필요가 없었다. 창문을 훌쩍 뛰어넘은 침입자는 테라스 밑으로 죽어라고 내빼더니 모퉁이 너머로 사라져 버렸다. 버지니아는 죽을힘을 다해 그를 쫓아갔다. 젊고 운동 신경도 좋은 편이라 사냥감에 불과 몇 초 뒤지지 않아 테라스 모퉁이를 돌아설 수 있었다.

하지만 버지니아는 작은 옆문 안에서 불쑥 나타난 남자의 품으로 곧장 뛰어들고 말았다. 하이럼 피시였다.

"어이쿠! 숙녀분이셨군요! 이거 죄송하게 됐군요, 레블 부인. 전 그만 정의를 피해 도망치는 자객 중에 하나인 줄 알고."

버지니아는 숨을 헐떡이며 외쳤다.

"놈이 금방 이리로 지나갔는데 잡을 수 있을까요?"

말은 그렇게 했지만 그녀는 이미 늦었다는 것을 알고 있었다. 지금쯤이면 놈은 정원까지 갔을 게 분명한데 지금은 깜깜한 밤인 데다 달빛도 없었다. 버지니아는 회의실로 발길을 되돌렸고 피시는 달랜답시고 그녀 곁에 붙어서 강도들의 일반적인 습성 따위를 장황하게 늘어놓았다. 아마도 그 방면에 도가 튼 모양이었다.

케이터햄 경과 번들 그리고 잔뜩 겁을 집어먹은 하인 여럿이 회의실 문간에서 웅성거리고 있었다.

번들이 물었다.

"도대체 무슨 일이에요? 강도라도 든 거예요? 피시 씨하고 뭐하고 있는 거예요, 언니? 오밤중에 산보라도 한 거예요?"

버지니아는 방금 일어난 일들을 들려주었다.

번들이 한마디 내뱉었다.

"정말 가슴 떨려서 못 살겠네. 어떻게 일주일 사이에 살인 사건하고 강도 사건이 한꺼번에 일어날 수 있죠? 근데 여기는 왜 불이 안 들어와요? 다른 데는 다 이상이 없는데."

그녀의 의문은 금세 풀렸다. 간단했다. 그들이 전구들을 빼놨기 때문이었다. 빼놓은 전구들은 벽 바로 아래에 가지런히 놓여 있었다. 속옷 차림일 때도 절대 위엄을 잃지 않는 트레드웰이 두어 계단 위로 올라서서 충격에 빠진 방 안에 다시금 불빛을 비추었다.

케이터햄 경이 주위를 둘러보며 침통한 목소리로 말했다.

"내가 착각한 게 아니라면 요즘 들어 이 방이 폭력 사건의 주무대가 되는 것 같군."

어느 정도 일리가 있는 말이었다. 한마디로 때려 부술 만한 것들은 모조리 부서져 있었다. 동강 난 의자들이며 깨진 도자기며 갑옷 파편들이 바닥 여기저기에 널려 있었다.

번들이 물었다.

"몇 명이었어요? 처절한 전투가 있었던 것 같은데."

"한 명밖에 없었던 것 같아."

하지만 버지니아는 다소 망설여졌다. 창문 밖으로 도망간 사람, 아니 남자는 분명히 한 명뿐이었다. 하지만 놈을 쫓아갈 때 그녀는 언뜻 아주 가까이에서 뭔가가 부스럭거리는 소리가 들렸다고 느꼈다. 만약 그렇다면 이 방을 차지한 또 다른 누군가가 문밖으로 도망쳤을 가능성이 있었다. 물론 그 소리가 그녀 자신의 상상이었을 가능성도 없지는 않았다.

빌이 불쑥 창가에 모습을 드러냈다. 숨이 찬지 몹시 헐떡이고 있었다. 그는 화가 나서 씩씩거리며 외쳤다.

"나쁜 자식! 내빼 버렸어요. 주변을 이 잡듯 뒤져 봤는데 흔적도 없어요."

"기운 내요, 빌. 다음엔 꼭 잡을 수 있을 거예요."

버지니아가 달래자 이어서 케이터햄 경이 말했다.

"자, 이제부터 어떻게 하는 게 좋겠소? 다시 잠자리로 돌아갈까요? 이런 한밤중에 배지워시 경위를 데려올 수도 없고. 트레드웰, 자네가 이럴 때 필요한 조치들을 잘 알 테니 알아서 처리해 주게."

"걱정 마십시오, 나리."

케이터햄 경은 안도의 한숨을 내쉬며 물러갈 채비를 하다 다소 질투 어린 목소리로 말했다.

"아이작슈타인 그 작자는 잘도 자는군. 이런 난리 법석이 일어났으면 벌써 내려올 법도 하구먼."

그는 피시를 건너다보더니 이렇게 덧붙였다.

"용케 옷 입을 시간이 있으셨나 보군요."

"아 예, 되는 대로 아무거나 후닥닥 걸치고 나왔죠."

"몸이 아주 재십니다. 이것 참, 썰렁한 파자마 차림으로 있자니 영."

케이터햄 경은 하품을 했다. 다소 가라앉은 분위기 속에서 모두들 각자의 잠자리로 돌아갔다.

한밤중에 일어난 두 번째 사건

　이튿날 오후 기차에서 내려선 앤터니를 제일 먼저 맞이한 사람은 배틀 총경이었다. 그를 보자 앤터니의 얼굴에 문득 미소가 번졌다.

　"약속대로 돌아왔습니다. 직접 눈으로 확인하려고 이렇게 나와 계셨어요?"

　배틀은 고개를 저었다.

　"그런 걱정은 안 했습니다. 케이드 씨. 우연히 런던에 갈 일이 생겨서요."

　"배틀 총경님은 사람을 철저히 믿으시는 분이군요."

　"그렇게 생각하십니까?"

　"아뇨. 제가 볼 때 총경님은 속을 알 수 없는…… 그것도 전혀 알 수 없는 분이세요. 깊이를 알 수 없는 잔잔한 물이랄까, 하여간 그런 분이죠. 그럼 지금 런던에 가시는 길이세요?"

"그렇습니다."

"무슨 일로?"

배틀 총경은 아무 대답도 하지 않았다.

"총경님은 아주 솔직하고 허물없는 분이시잖아요. 제가 총경님을 좋아하는 것도 그래서고요."

배틀의 눈에서 얼핏 광채가 났다.

"보신다던 일은 어떻게 됐습니까? 잘됐나요?"

"완전히 허탕만 쳤습니다. 또다시 제 판단이 대책 없이 틀렸다는 걸 확인했죠. 분통 터지는 일 아닙니까?"

"그 판단이 어떤 것이었는지 물어봐도 되겠습니까?"

"배틀 총경님, 전 프랑스에서 온 그 가정 교사에게 의심이 갔습니다. 그렇게 생각하는 이유는 첫째, 유수한 베스트셀러 소설에서 제시하는 기준으로 볼 때 가장 의심받지 않을 위치에 있다는 점 때문이고 둘째, 비극이 일어났던 날 밤에 그 여자 방에 불이 켜졌기 때문입니다."

"별로 신빙성 있는 근거는 아니군요."

"맞는 말씀입니다, 저도 그렇게 생각했으니까요. 그런데 그 여자가 여기 온 지 얼마 안 됐다는 사실을 알게 됐고, 그런 와중에 웬 수상한 프랑스 남자가 침니스 주변을 어슬렁거리며 염탐하고 있는 걸 보게 됐습니다. 설마 총경님이 그자의 정체를 모르시지는 않겠죠?"

"크리키터스 여관에 묵으면서 자기 이름을 셸이라고 주장하는 사람 말인가요? 실크를 팔러 다닌다는?"

"바로 그자예요. 그 작자 도대체 뭐하는 인간입니까? 런던 경시청에선 그 작자를 어떻게 봅니까?"

"행동이 수상쩍긴 하더군요."

배틀 총경은 무덤덤하게 말했다.

"수상쩍은 정도가 아니에요. 제가 이렇게 말하는 데는 이유가 있습니다. 집 안에는 프랑스인 여자 가정 교사, 밖에는 프랑스인 장사꾼. 전 두 사람이 한패라는 결론을 내리고 그길로 브룅이라는 여자가 지난 10년간 함께 지냈다던 귀부인을 만나러 갔습니다. 그녀 입에서 브룅이라는 여자를 생전 듣도 보도 못 했다는 이야기를 들을거라고 단단히 기대하고 말이죠. 그런데 제 생각이 완전히 빗나갔어요. 브룅은 틀림없는 진짜였습니다."

배틀은 고개를 끄덕였다.

"인정하기 싫지만 그 여자를 만나서 말을 건네는 순간 내가 헛다리를 짚었구나 하는 불길한 예감이 들더군요. 그 여잔 가정 교사로전혀 흠잡을 데 없는 사람이었어요."

배틀은 또 한 번 고개를 끄덕였다.

"케이드 씨, 그렇다고 판단을 늘 그런 식으로 하면 안 됩니다. 여자들은 특이나 화장술로 많은 걸 감출 수 있습니다. 내가 만나 본적 있는 꽤나 예쁜 아가씨 한 명도 머리색을 바꾸고 얼굴은 노르스름하게, 눈꺼풀은 붉게 칠하고 거기다 촌스러운 옷차림(무엇보다도 강력한 효과를 발휘하더군요.)까지 하고 나니까 그녀의 예전 모습을알던 사람들 열에 아홉은 전혀 알아보지 못하더군요. 남자들에겐 그만한 재주가 없어요. 물론 눈썹 모양을 살짝 바꾼다거나 틀니 따위를 끼워서 얼굴을 전혀 달라 보이게 할 수도 있습니다. 하지만 이럴 때도 늘 귀가 문제가 됩니다. 사람의 귀는 그 어떤 신체 부위보다도 많은 특징을 담고 있거든요."

"제발 제 귀 좀 그렇게 노려보지 마세요, 배틀 총경님. 자꾸 신경 쓰이잖아요."

"내가 말하는 건 가짜 턱수염이나 분장술이 아닙니다. 그런 것들은 책에나 나오는 얘기죠. 세상에 남들 앞에서 자신의 신분을 감쪽같이 속일 수 있는 사람은 극히 드뭅니다. 실제로 내가 아는 사람 중에 상당한 경지의 분장술을 지닌 사람은 오직 한 명뿐입니다. 바로 킹 빅터죠. 킹 빅터라는 이름을 들어 보셨습니까, 케이드 씨?"

배틀 총경이 질문을 던지는 방식이 지나치게 예리하고 급작스럽다는 생각에 앤터니는 입 밖으로 튀어나오려던 말을 도로 삼켰다.

그는 대신 곰곰이 생각하며 말했다.

"킹 빅터요? 그러고 보니 들어 본 것도 같네요."

"전 세계적으로 가장 유명한 보석 강도 중에 한 명이죠. 아버지는 아일랜드인이고 어머니는 프랑스인입니다. 최소한 5개 국어를 구사하는 인물입니다. 그동안 감옥에 있었는데 서너 달 전에 형기를 끝마쳤죠."

"정말요? 그럼 그 작자는 지금 어디에 있습니까?"

"글쎄요. 그게 바로 우리가 알고 싶은 점입니다."

앤터니는 들떠서 말했다.

"얘기가 복잡해지는데요. 설마 그 작자가 여기 나타날 가능성은 없겠죠? 하긴 정치적으로 얽힌 회고록 따위에 관심을 가질 리 없겠죠. 보석이라면 또 몰라도."

"단정 지을 순 없습니다. 어쩌면 이미 여기 와 있는지도 모르죠."

"말단직 하인으로 변장하고 말입니까? 이거 기절초풍할 소식이군요. 그럼 총경님이 귀를 보고 그놈을 찾아내서 영예를 한 몸에 받으시면 되겠네요."

"케이드 씨는 우스운 농담을 꽤나 좋아하시는군요. 그건 그렇고 스테인스에서 있었던 흥미로운 사건에 대해선 어떻게 생각하십니까?"

"스테인스요? 스테인스에서 무슨 일이 있었습니까?"

"토요일자 신문에 났더군요. 전 케이드 씨가 그 기사를 봤을 줄 알았습니다. 도로변에서 총에 맞아 죽은 사람의 시체가 발견됐다는 군요. 외국인이랍니다. 물론 오늘자 신문에도 났고요."

앤터니는 무심하게 말했다.

"그 비슷한 기사를 보긴 했습니다. 자살로 보이지는 않는다고 하던데요."

"자살은 아닙니다. 총기가 발견되지 않았거든요. 아직까지 신원 확인은 안 된 상태입니다."

앤터니는 미소를 지으며 말했다.

"총경님은 그 사건에 관심이 많으신 모양입니다. 미하엘 왕자의 죽음하곤 전혀 상관없는 일인데도 말이죠. 안 그렇습니까?"

그의 손은 더없이 침착했다. 눈도 마찬가지였다. 그럼에도 배틀 총경이 비상한 관심을 갖고 자신을 바라보고 있다고 느낀 건 단지 착각이었을까?

배틀이 말했다.

"그런 일들은 원래 꼬리를 물고 퍼져 나가나 봅니다. 하지만 글쎄요, 아마 아무 관련도 없을 겁니다."

런던행 기차가 천둥소리를 내며 플랫폼으로 들어서자 배틀은 돌아서서 손짓으로 짐꾼을 불렀다. 앤터니는 조용히 안도의 한숨을 들이쉬었다.

그는 평소와 달리 깊은 생각에 잠긴 채 천천히 정원을 가로질렀다. 그러곤 운명적인 그 목요일 밤에 자신이 걸어 들어왔던 길을 되밟아 집으로 향했다. 집에 거의 다다를 즈음 앤터니는 고개를 들고 창문들을 올려다보면서 그날 밤 자신이 봤던 창문의 위치를 기억해내려고 애썼다. 지금껏 그가 믿었던 대로 끝에서 두 번째 창문이 분명했을까?

이 과정에서 앤터니는 한 가지 새로운 사실을 발견했다. 건물 모서리의 직각으로 꺾어진 부분에 창문 하나가 외따로 나 있었다. 서 있는 지점이 어디냐에 따라 이 창문이 첫 번째로 보일 수도 있고 회의실 위에 나 있는 첫 번째 창문이 두 번째로 보일 수가 있었다. 하지만 거기서 오른쪽으로 3~4미터만 움직이면 회의실 위의 밖으로 불거져 나온 부분이 이 집의 끝자락으로 보였다. 이렇게 보면 첫 번째 창문은 안 보이는 대신 회의실 윗방에 나 있는 나머지 창문 두 개가 끝에서 첫 번째와 두 번째가 되었다. 그날 밤 창문에 불이 켜졌을 때 앤터니가 서 있던 곳은 정확히 어디였을까?

앤터니는 좀처럼 이 질문에 대한 해답을 찾을 수 없었다. 불과 1미터 차이로 모든 상황이 뒤집힐 수 있었다. 그러나 한 가지만은 제법 분명해졌다. 불이 들어온 방이 끝에서 두 번째였다는 그의 주장이 착각이었을 수 있다는 점이었다. 그렇게 본다면 불이 켜진 곳은 얼마든지 세 번째 방이 될 수도 있었다.

그렇다면 지금 그 세 번째 방은 누가 쓰고 있을까? 앤터니는 최대한 빨리 그것을 알아내기로 결심했다. 행운은 그의 편이었다. 홀에 들어서자 트레드웰이 차 쟁반 위에다 큼지막한 은주전자를 막 올려놓고 있었다. 그밖에는 아무도 없었다.

"수고가 많군요, 트레드웰. 당신에게 물어볼 말이 있는데요. 이 건물 왼쪽 끝에서 세 번째 방을 누가 쓰고 있죠? 그러니까 회의실 바로 위쪽요."

트레드웰은 잠시 생각에 잠겼다.

"아마 미국에서 오신 신사분이 쓰고 계실 겁니다. 피시 씨 말입니다."

"아, 그래요? 알려 줘서 고마워요."

"아닙니다, 선생님."

트레드웰은 떠나려다 말고 잠시 머뭇거렸다. 새로운 소식을 가장 먼저 전하고픈 욕구는 그처럼 오만한 집사들마저도 인간답게 만드는 모양이었다.

"선생께서도 어젯밤에 무슨 일이 있었는지 들으셨지요?"

"아뇨, 전혀요. 무슨 일이 있었나요?"

"강도가 들었다는군요!"

"설마요? 없어진 물건은요?"

"없답니다. 도둑놈들이 회의실에 있던 갑옷들을 마구 파헤치다가 사람들이 들이닥치니까 그만 기절초풍을 하고 도망쳐 버렸다는군요. 안됐지만 한 놈도 못 붙잡았답니다."

"그것참 희한하네요. 이번에도 또 회의실이라니. 이번에도 창문으로 들어왔답니까?"

"억지로 창문을 열고 들어왔을 거라고 하시더군요."

트레드웰은 자신이 알려 준 정보가 상대방에게 큰 관심을 불러일으키자 흡족해하며 물러가는 듯하더니 갑자기 멈춰 서서 누군가에게 정중히 사과를 했다.

"죄송합니다, 선생님. 미처 오시는 소리를 못 들어서 바로 뒤에 계신 줄 몰랐습니다."

그와 부딪친 장본인인 아이작슈타인은 쓸데없는 걱정 말라는 식으로 손을 내저었다.

"어디 다친 데도 없는데 뭘. 자네도 다친 데는 없는 것 같구먼."

트레드웰이 몹시 면구스러운 표정을 지으며 물러가자 아이작슈타인은 앞으로 다가와 안락의자에 풀썩 주저앉았다.

"안녕하시오, 케이드 씨. 돌아오셨군요. 어젯밤에 작은 소동이 벌어졌단 얘기 들으셨소?"

"네. 참으로 흥미진진한 주말이군요. 안 그렇습니까?"

"내 생각에 어젯밤 일은 아무래도 동네 사람들이 저지른 짓 같소.

어설픈 것이 아마추어 냄새가 나거든요."

"혹시 여기 계신 분들 중에 갑옷 수집이 취미인 분이 있는 건 아닐까요? 수집품으로는 이상한 물건이라는 생각이 들어서요."

"많이 이상한 물건이죠."

아이작슈타인이 그 말에 맞장구를 치더니 잠시 뜸을 뒀다가 천천히 입을 열었다. 어딘가 모르게 위협적인 느낌이 드는 목소리였다.

"지금의 조처는 전반적으로 매우 부적절하다는 생각이오."

"무슨 말씀이신지 못 알아듣겠는데요."

"도대체 우리를 여기다 이렇게 가둬 두는 이유가 뭡니까? 신문은 어제로 다 끝났소. 왕자의 유해는 런던으로 옮겨질 거고 공식적인 사망 원인은 심장 마비로 할 거라고 합디다. 그런데도 여전히 아무도 이 집을 떠날 수 없다잖소. 로맥스 장관도 그 정도밖에는 모르는 눈치고 물어보면 무조건 배틀 총경에게 말해 보라고 하니 이거 원!"

앤터니는 곰곰이 생각하며 말했다.

"배틀 총경에겐 뭔가 복안이 있어요. 아무도 이 집을 떠날 수 없게 하는 게 그 사람 계획의 핵심인 것 같습니다."

"하지만 이보시오, 케이드 씨. 당신은 나갔다 오지 않았소?"

"그야 한쪽 발에다 밧줄을 묶어 둔 상태였죠. 몸은 밖에 나가 있었지만 다른 분들과 마찬가지로 저 역시 총경의 감시망을 벗어나지 못했는걸요. 권총이 됐든 뭐가 됐든, 하여간 그 비슷한 게 있었던들 어디다 감출 만한 짬도 없었을 겁니다."

"아, 그 권총. 아직 발견되지 않은 걸로 알고 있소만?"

아이작슈타인이 조심스럽게 말했다.

"아직요."

"지나가다 호수에 던져 넣었을 거요."

"그럴 가능성이 높습니다."

"배틀 총경은 어디 간 겁니까? 오후 들어 본 적이 없으니."

"런던에 가셨답니다. 역에서 만났어요."

"런던으로 가 버렸다고? 정말이오? 언제 돌아온다고 하던가요?"

"내일 아침 일찍 오신다고 들었습니다."

버지니아가 케이터햄 경과 피시를 대동하고 들어왔다. 그녀는 앤터니를 보자 반갑게 웃었다.

"돌아왔군요, 케이드 씨. 어젯밤에 우리가 겪은 사건에 대해 들으셨어요?"

하이럼 피시가 말했다.

"진짜 실감납디다, 케이드 씨. 어젯밤은 정말 흥분의 도가니였다니까요. 제가 레블 부인을 도둑놈 중에 한 명으로 착각했다는 얘기 들으셨습니까?"

"그건 그렇고 그럼 도둑놈은……?"

"깨끗이 꽁무니를 감춰 버렸죠."

피시가 통탄스럽다는 듯이 대답했다.

"당신이 접대 좀 해 주겠소? 번들이 어디 갔나 모르겠구려."

케이터햄 경이 버지니아에게 말했다.

버지니아는 그의 부탁대로 안주인 역할을 맡아 손님들에게 차를 따른 뒤 앤터니 곁으로 다가와 앉았다.

"차 마시고 같이 보트 창고로 가요. 빌하고 내가 당신에게 할 말이 있어서 그래요."

그녀는 낮은 목소리로 속삭이고는 밝은 얼굴로 사람들 대화에 끼어들었다.

보트 창고에서의 만남은 예정대로 진행되었다.

버지니아와 빌은 밤새 있었던 일을 흥분해서 정신없이 떠들어 댔다. 두 사람은 비밀 얘기를 하려면 배를 타고 호수 한가운데로 나가는 것이 가장 안전하다는 데에 앤터니와 의견을 같이했다. 이만하면 충분하다 싶은 곳까지 노를 저어 나간 뒤, 앤터니는 버지니아와 빌의 입을 통해서 간밤의 무용담을 낱낱이 전해 들었다. 빌은 다소 심술이 난 얼굴이었다. 버지니아가 바다 건너 온 외국 녀석을 이번 일에 끼워 넣자고 주장하는 게 영 마음에 들지 않아서였다.

이야기가 끝나자 앤터니가 말했다.

"참 이상한 일이군요. 부인 생각은 어때요?"

즉각 버지니아의 대답이 돌아왔다.

"내 생각엔 놈들이 뭔가를 찾고 있었던 것 같아요. 단순한 도둑으로 보기엔 어딘가 어색했거든요."

"그게 뭔지는 모르지만 놈들은 그것이 갑옷 속에 숨겨져 있다고 생각했을 겁니다. 그래요, 분명히 그럴 거예요. 하지만 벽은 왜 두드렸을까요? 비밀 계단이나 그 비슷한 걸 찾고 있었던 게 아닐까요?"

"침니스에는 사제의 은신처가 있는 걸로 알아요. 그리고 이건 짐작이지만 비밀 계단도 분명히 있을 거예요. 케이터햄 경에게 물어보면 알 수 있겠죠. 내가 궁금한 건 놈들이 찾고 있던 물건이 과연 무엇이었을까 하는 점이에요."

"회고록은 아닐 겁니다. 그건 부피가 아주 크거든요. 그보다 작은 물건이 틀림없어요."

"조지 오빠라면 알 거예요. 과연 그걸 얘기해 줄지가 문제지만. 지금까지 내 예감으로는 여기서 벌어진 모든 일 뒤에는 분명히 뭔가가 있어요."

앤터니는 간밤의 이야기를 물고 늘어졌다.

"부인은 방 안에 한 명밖에 없었다고 했죠. 하지만 창문으로 달려갈 때 문 쪽으로 무엇인가 움직이는 소리가 났다고 한 걸로 봐선 한 명이 더 있었을 가능성도 있어요."

"아주 작은 소리였어요. 그냥 내 상상이었는지도 몰라요."

"물론 그럴 수도 있어요. 하지만 상상이 아니라면 제2의 범인은 분명히 집 안에 있었다는 얘기가 되죠. 그렇다면 이상한 건……."

"뭐가 이상하다는 거예요?"

"하이럼 피시의 철두철미함요. 아래층에서 사람 살리라는 비명이 들리는데도 그 사람은 완벽하게 옷을 차려입고 나타났으니까."

"맞아요, 뭔가가 있어요. 그러고 보니 아이작슈타인 씨도 밤새 한 번도 깨지 않았어요. 수상하기는 그 사람도 마찬가지예요. 그런 난리 통에 어떻게 밤새 쿨쿨 잘 수가 있겠어요?"

거기에는 빌이 의견을 내놓았다.

"보리스란 작자는 또 어떻고요. 생긴 것만 봐도 벌써 악당 같잖아요. 왜, 그 미하엘 왕자의 하인이란 작자요."

"그러고 보니 침니스엔 온통 수상한 사람들뿐이네요. 분명히 다른 사람들도 우리를 수상한 눈으로 보고 있을 거예요. 배틀 총경이 런던으로 가 버린 게 못내 아쉬워요. 썩 영리한 사람 같아 보이지는 않았지만……. 그건 그렇고 케이드 씨, 여기 정원을 염탐하고 다닌다던 특이하게 생긴 그 프랑스 사람요. 나도 한두 번 본 것 같아요."

앤터니가 솔직한 심정을 털어났다.

"뭐가 뭔지 하나도 모르겠군요. 그런데 저란 인간은 되도 않는 일을 쫓아다닌답시고 밖으로 나다니다 왔으니. 완전히 바보짓을 한 거죠. 제 생각엔 모든 의문점은 여기에 집약되는 것 같아요. 어젯밤에 놈들이 찾고자 했던 물건을 과연 찾았느냐는 것."

"못 찾았을지도 모르잖아요? 솔직히 난 그럴 거라고 확신해요."

"바로 그거예요. 그렇기 때문에 놈들은 반드시 돌아옵니다. 놈들은 배틀이 런던에 가고 없다는 사실을 이미 알고 있거나 조만간 알게 될 거예요. 위험을 감수하고라도 오늘 밤에 다시 나타날 겁니다."

"정말 그럴까요?"

"이건 기회예요. 이제부터 우리 셋이서 소규모 연합을 결성하는 겁니다. 에버슬레이 씨와 내가 만반의 준비를 해 놓은 상태에서 회의실에 숨어 있다가……."

버지니아가 말을 잘랐다.

"나는요? 날 이 일에서 빼놓을 생각이라면 어림도 없어요."

"내 말 들어요, 버지니아. 이런 일은 남자들이……."

"바보 같은 소리 말아요, 빌. 난 이번 일의 당사자예요. 행여 그 점 잊지 말아요. 우리 3인 연합은 오늘 밤 감시 작업에 들어갑니다."

이렇게 해서 계획은 결정이 됐고 세부 사항도 모두 정해졌다. 손님들이 모두 잠자리로 물러가자 이들 3인 연합은 먼저 한 명이 움직이면 잠시 간격을 두고 다른 한 명이 움직이는 식으로 살금살금 아래층으로 모여들었다. 세 사람 모두 각자 강력한 손전등으로 무장했으며 앤터니는 외투 주머니에 권총도 한 자루 넣었다.

앤터니는 놈들이 원하는 물건을 찾으러 다시 침입을 시도할 거라고 주장했다. 말은 그렇게 했지만 그는 그 시도가 집 밖에서 이뤄질 거라고는 생각하지 않았다. 그는 전날 밤 캄캄한 어둠 속에서 누군가가 옆을 스쳐 지나간 것 같다는 버지니아의 짐작이 맞을 거라고 믿었다. 때문에 오래된 떡갈나무로 만든 서랍장 뒤에 숨어 있는 그의 두 눈은 창문이 아니라 문 쪽을 향하고 있었다. 버지니아는 맞은편 벽 부근의 갑옷상 뒤에, 빌은 창가에 웅크리고 앉았다.

몇 분이라는 시간이 끝이 보이지 않는 거리처럼 흘러갔다. 시계가 1시를 치더니 곧이어 1시 30분 그리고 2시, 다시 2시 30분을 알렸다. 앤터니는 팔다리가 저리고 갑갑해지는 것을 느꼈다. 이 일이 자신의 판단 착오였다는 생각이 서서히 그를 엄습해 왔다. 오늘 밤에는 놈들의 시도가 없을지도 몰랐다.

순간 앤터니는 별안간 온몸이 뻣뻣해지면서 신경이 있는 대로 곤두서는 것을 느꼈다. 창밖 테라스에서 발자국 소리가 들려왔기 때문이었다. 조용해지는가 싶더니 이윽고 날카로운 물건으로 살살 창문 긁는 소리가 들려왔다. 별안간 소리가 멈추고 창문이 활짝 열렸다. 웬 사내가 고요를 뚫고 방 안으로 들어섰다. 사내는 잠시 꼼짝 않고 서서 귀를 기울이는 듯 주위를 살폈다. 그렇게 일이 분 뒤 안심이 됐는지 그는 들고 있던 손전등을 켜고 잽싸게 방을 살폈다. 이상한 것을 전혀 발견하지 못한 눈치였다. 세 감시자는 숨을 죽였다.

사내는 어젯밤에 유심히 살펴보던 바로 그 벽으로 다가갔다.

순간 끔찍한 예감이 빌을 급습했다. 재채기가 나오려는 게 아닌가! 어젯밤에 이슬이 내린 정원을 미친놈처럼 이리저리 뛰어다니는 바람에 감기가 든 것이 문제였다. 빌은 온종일 시도 때도 없이 튀어나오는 재채기에 시달려야 했다. 그런데 그놈의 재채기가 당장이라도 튀어나올 참이니 천하장사라도 막을 도리가 없는 일이었다.

빌은 생각해 낼 수 있는 방법은 모조리 동원했다. 윗입술도 눌러 보고 침도 꿀꺽 삼켜 보고 고개를 뒤로 젖히고 천장도 쳐다봤다. 최후의 수단으로 코를 쥐고 있는 힘껏 꼬집어 보기도 했다. 하지만 전혀 소용이 없었다. 결국 그는 재채기를 하고 말았다.

최대한 참고 억누른 보람이 있어 재채기 소리는 그리 크지 않았지만 죽음과도 같은 방 안의 정적 속에선 천둥소리나 다름없었다.

낯선 침입자가 뒤를 휙 돌아보는 순간 앤터니가 행동을 개시했다. 그는 들고 온 손전등의 불을 켜고 그의 정면으로 뛰어들었다. 다음 순간 둘은 부둥켜안고 바닥에 나동그라졌다.

"불 켜요!"

앤터니가 소리쳤다.

버지니아는 즉시 스위치를 켰다. 오늘은 아무 이상 없이 전구에 불이 들어왔다. 앤터니가 상대를 찍어 누르고 있었다. 빌이 덤벼들어 함께 힘을 보탰다.

"자, 이제 네놈의 면상을 보여 주시지, 이 나쁜 자식아."

앤터니는 이렇게 말하면서 발밑에 깔린 사냥감을 뒤집었다. 알고 보니 그자는 바로 크리키터스 여관에서 왔다던 말쑥하게 까만 턱수염이 난 이방인이었다.

"정말 대단들 하십니다."

어디선가 감탄하는 목소리가 들렸다.

다들 깜짝 놀라서 고개를 쳐들었다. 거구의 배틀 총경이 열린 문가에 서 있었다.

"런던에 가신 줄 알았는데요, 배틀 총경님."

앤터니의 말에 배틀의 두 눈이 반짝하고 빛났다.

"그랬습니까? 사람들에게 내가 여길 떠나 있는 것으로 해 두는 편이 좋을 것 같아서 그랬습니다."

"총경님 예상대로 됐군요."

앤터니가 기진맥진한 상대를 내려다보며 말했다.

그런데 놀랍게도 상대의 얼굴에는 희미한 미소가 떠올라 있었다.

"좀 일어나도 되겠소? 당신들은 셋이지만 난 하나잖소."

앤터니는 친절하게 남자를 일으켜 주었다. 그러자 그는 외투를 입고 깃을 세우더니 날카로운 눈으로 배틀을 똑바로 쳐다봤다.

"실례지만 당신이 런던 경시청에서 파견된 분 맞습니까?"

"그렇습니다."

남자는 다소 애처로운 웃음을 지으며 말했다.

"그럼 내가 갖고 온 신임장을 당신에게 보여 줘야겠군요. 진작 그랬으면 좋았을 뻔했습니다."

그는 주머니에서 서류 몇 장을 꺼내더니 배틀 총경에게 건넸다. 그러면서 외투 깃을 뒤로 젖히고 배지를 보여 줬다.

배틀은 깜짝 놀라며 탄성을 질렀다. 그는 건네받은 서류를 자세히 훑어보곤 가벼운 목례와 함께 주인에게 돌려주며 말했다.

"이거 함부로 대해서 죄송하게 됐군요. 하지만 일을 이렇게 만든 건 당신입니다, 아시죠?"

배틀은 다른 사람들이 어리둥절한 표정을 짓자 미소를 지으며 말했다.

"이분은 조만간 우리와 합류하기로 되어 있던 분이시군요. 파리 경시청의 르무앵 씨입니다."

감춰진 이야기

세 사람의 눈길이 일제히 자신을 향하자 르무앵은 미소로 답했다.

"맞아요. 배틀 총경님 말이 사실입니다."

세 사람이 머릿속을 정리하는 데는 어느 정도 시간이 걸렸다. 이윽고 버지니아가 배틀을 향해 돌아섰다.

"내가 무슨 생각을 했는지 아세요, 배틀 총경님?"

"무슨 생각을 하셨는데요, 레블 부인?"

"이젠 우리도 어느 정도는 알아야 할 때가 됐다고 생각했어요."

"알다뇨? 무슨 말씀이신지 모르겠군요."

"배틀 총경님, 다 알면서 그런 말씀 마세요. 내 사촌 오빠인 로맥스 장관이 총경님에게 최대한 모든 걸 비밀로 하라고 신신당부했다는 것은 나도 알고 있어요. 오빠는 충분히 그럴 사람이니까요. 하나 분명히 말하지만 우리 손으로 비밀을 찾아낼 때까지 내버려 뒀다가

그로 인해 막대한 피해를 입는 것보단 그냥 말씀해 주시는 편이 나
을 거예요. 르무앵 씨, 내 말이 맞지 않나요?"

배틀이 말했다.

"전적으로 동감입니다, 부인. 뭔가를 영원히 비밀에 부친다는 건
불가능한 일이죠. 저도 로맥스 장관에게 그렇게 말했습니다. 에버
슬레이 씨는 로맥스 장관의 보좌관이니 알게 된다 해도 별 문제는
없겠죠. 케이드 씨의 경우도 연유야 어찌 됐든 이 일에 말려든 이상
자신의 입장에 대해 알 권리가 있다고 생각합니다. 다만……."

거기서 배틀은 잠시 말을 끊었다.

"무슨 말씀 하시려는지 알아요. 여자들은 도무지 믿을 수 없다 그
얘기잖아요! 그건 조지 오빠에게 심심찮게 듣던 소리예요."

르무앵은 아까부터 버지니아를 주의 깊게 관찰하고 있었다. 이윽
고 그가 런던 경시청의 총경 배틀에게 돌아섰다.

"방금 이 부인을 레블이라는 이름으로 부르는 걸 들었습니다만?"

"그게 제 이름이에요."

버지니아가 대신 대답했다.

"혹시 남편 되는 분이 외무성에 근무하지 않으셨나요? 제 말이 맞
는다면 부인은 남편분과 함께 선왕 폐하 부부가 암살당하기 직전에
헤르초슬로바키아에 계셨을 겁니다."

"맞아요."

르무앵은 다시 돌아섰다.

"그렇다면 부인도 이 얘기를 들을 권리가 있습니다. 간접적으로

관련이 있기 때문이죠. 더군다나······."

그의 두 눈에서 얼핏 광채가 일었다.

"외교계에선 부인의 신망이 매우 두터운 것으로 알려져 있더군요."

버지니아가 큰 소리로 웃으며 말했다.

"그 사람들이 날 좋게 봐 준다니 기분 좋은데요. 그리고 내가 이일에서 제외되지 않아도 된다니 그것도 기분 좋고요."

"뭐라도 들면서 하면 어떻겠습니까? 회의는 어디서 열리죠? 이자리에서 하나요?"

앤터니의 물음에 배틀이 대답했다.

"좋으실 대로요. 제 맘 같아선 아침까지 이 방을 떠나지 않았으면 좋겠습니다. 제 얘기를 들으시면 무슨 소린지 이해가 가실 겁니다."

"그럼 제가 가서 먹을 것을 가져오죠."

앤터니가 말했고 빌이 그를 따라갔다. 잠시 후 두 사람은 술잔과 탄산수를 비롯해서 필요한 것들이 담긴 쟁반을 들고 돌아왔다.

원래 인원보다 규모가 커진 이들 연합은 창문에서 가까운 구석자리에서 긴 떡갈나무 탁자를 둥글게 에워싸고 편안히 자리를 잡았다.

배틀이 입을 열었다.

"물론 여기서 한 얘기는 내용을 불문하고 절대 비밀임을 명심하셔야 합니다. 절대 밖으로 새어 나가면 안 됩니다. 전 항상 조만간이 일이 외부에 알려지리라 생각하고 있었습니다. 로맥스 장관처럼 모든 걸 비밀에 부치고 싶어 하다 외려 더 큰 위험에 처하는 경우가 있기 때문입니다. 이번 사업이 최초로 구상된 것은 대략 7년 전입니다. 소위 재건의 움직임이 활발하게 벌어지고 있던 시기였죠. 특히 근동에서 말입니다. 당시 영국에선 노신사 스틸프티치 백작을 배후에 업고 극비리에 엄청난 거래가 이뤄졌습니다. 발칸 제국의 모든 국가가 이해 관계에 있었는데 그로 인해 당시 영국에는 수많은 왕족들이 운집해 있었습니다. 자세한 내막은 말씀드릴 수 없지만 여하간 그때 뭔가가 사라져 버렸습니다. 다음에 말씀드리는 두 가지 전제 없이는 도저히 일어날 수 없는 경로로 사라진 겁니다. 즉, 그걸 훔쳐 간 도둑이 왕실의 일원이며 그와 동시에 최고 실력을 갖춘 전문가라는 점이죠. 그런 가정이 성립될 수 있는 배경에 관해선 여기 계신 르무앵 씨가 여러분께 설명해 드릴 겁니다.”

프랑스인 형사는 정중하게 고개를 숙인 뒤 이야기의 바통을 넘겨받았다.

“여기 계신 영국분들 중에는 신출귀몰하는 그 유명한 킹 빅터에 대해 한 번도 들어 보지 못한 분들도 계실 겁니다. 본명은 알려져 있지 않지만 놈은 남다른 용기와 대담함의 소유자로 5개 국어를 구사하며 변장술 역시 타의 추종을 불허합니다. 아버지가 영국인 혹은 아일랜드인으로 알려져 있지만 정작 그 자신은 파리를 주 무대로 활동해 왔죠. 8년 전, 놈은 파리에서 캡틴 오닐이라는 이름으로 대담무쌍한 연쇄 강도짓을 벌이고 다녔습니다.”

버지니아의 입에서 희미한 탄성이 흘러나왔다. 르무앵은 예리한 눈길로 그녀를 쏘아봤다.

"부인이 무슨 일로 동요하시는지 알 것 같군요. 조금만 기다리시면 알게 될 겁니다. 해서 우리 경시청에선 이 캡틴 오닐이라는 자가 다름 아닌 '킹 빅터'일 거라고 의심했지만 필요한 증거를 얻을 수가 없었죠. 당시 파리에는 앙젤 모리라고 하는 폴리베르제르 극장 소속의 영리하고 젊은 여배우가 있었습니다. 우리는 한동안 이 여자가 킹 빅터의 행각에 가담했을 것으로 추정했지만 이번에도 도움이 될 만한 증거는 없었습니다.

그즈음 파리는 헤르초슬로바키아의 젊은 황제 니콜라스 4세의 영접을 준비 중이었습니다. 경시청에서 일하던 우리는 황제 전하의 안전을 보장하고자 특별 지침을 전달받았습니다. 자칭 붉은 손 당이라고 주장하는 특정 반정부 조직의 활동을 면밀히 감시하라는 특별 지시가 내려졌죠. 그자들이 앙젤 모리와 접촉해서 자신들의 계획을 도와주면 그녀에게 거금을 주겠다고 제안한 것이 분명했습니다. 그들의 제안은 젊은 황제를 꼬여 내서 사전에 자기네들과 약속한 장소로 유인하는 일이었죠. 앙젤 모리는 뇌물을 받고 그렇게 하기로 약속했습니다.

하지만 이 젊은 여배우는 그녀를 고용한 자들이 생각했던 것보다 훨씬 영리할 뿐더러 대단한 야욕의 소유자였습니다. 그녀는 왕을 사로잡는 데 성공했고, 왕은 그녀에게 완전히 넋이 나가 온갖 금은보화를 안겨 주었죠. 바로 그때 그녀에겐 한 가지 생각이 떠올랐습니다. 왕의 정부(情婦)가 아니라 왕비가 되자는 생각이었죠! 그리고 다들 아시다시피 자신의 꿈을 실현시켰습니다. 결국 그녀는 헤르초슬로바키아 국민들에게 로마노프 왕가의 먼 친척뻘 되는 바라가 포폴레프스키 백작 부인으로 소개됐습니다. 보잘것없는 파리 여배우로선 그만하면 괜찮은 자리였죠! 지금까지 듣기로는 왕비 역할을 더할 나위 없이 잘해 냈다고 하더군요. 하지만 그녀의 성공은 오래가지 못했습니다. 그녀의 배신에 격분한 붉은 손 당이 두 번이나 암살을 시도했기 때문이죠. 결국 그들은 국민들을 부추겨 혁명을 일으켰고 그 결과 왕과 왕비 모두 비명횡사하고 말았습니다. 사람들은 끔찍하게 난도질당해 도저히 알아볼 수 없을 만큼 심하게 훼손된 두 사람의 시신을 찾아냈는데 천한 신분의 외국인 왕비에 대한 민중의 분노를 단적으로 보여 주는 사건이었죠.

그런데 이런 일을 겪는 동안에도 바라가 왕비는 자신의 공모자였던 킹 빅터와 계속 연락을 취했던 모양입니다. 이런 대담한 계획은 킹 빅터 그자가 오래전부터 계획했을 가능성이 큽니다. 알려진 바로는 그녀가 헤르초슬로바키아 궁에서 비밀 암호로 놈에게 편지 연락을 계속했다고 합니다. 왕비는 신변의 안전을 생각해 영어로 편지를 쓴 다음 당시 대사관에 있던 영국 여인의 이름으로 서명을 했습니다. 만약 조사가 이루어진 후 문제의 여인이 자기 서명이 아니라고 부인한다 하더라도 그녀의 주장은 받아들여지지 않았을 겁니다. 그 편지들은 누가 봐도 부정한 여인이 애인에게 보내는 것들이었으니까요. 그때 왕비가 도용했던 이름의 주인공이 바로 당신입니다, 레블 부인."

버지니아는 수시로 안색이 변하고 있었다.

"그랬군요. 그 편지들을 둘러싼 진실이 바로 그거였어요! 도무지 어떻게 된 일인지 궁금하고 또 궁금했는데."

빌이 분개하며 소리쳤다.

"어디서 그런 천박한 수작을!"

"그 편지들의 수신지는 파리에 있던 캡틴 오닐의 방이었는데 결과적으로 그 편지들의 목적은 나중에 드러난 흥미로운 사실로 인해 명백히 밝혀지게 됩니다. 국왕 내외가 암살당한 뒤 헤르초슬로바키아 왕실의 수많은 보석은 자연히 폭도들의 손아귀에 들어갔고, 그 보석들은 다시 우여곡절 끝에 파리까지 흘러가게 되었는데 정작 발견되었을 땐 열에 아홉은 값비싼 원석 대신 납유리로 바꿔치기된 상태였습니다. 여기서 명심할 점은 헤르초슬로바키아의 보석 중에는 이름난 것이 꽤 많았다는 사실입니다. 결국 앙젤 모리는 왕비 자리에 있으면서도 여전히 과거의 버릇을 버리지 못했던 거죠.

이쯤이면 여러분은 우리가 어떤 결론에 도달했는지 아실 겁니다. 니콜라스 4세와 바라가 왕비는 영국에 와서 당시 외무장관으로 있던 케이터햄 후작 8세의 영접을 받았습니다. 헤르초슬로바키아는 작긴 해도 무시할 수 있는 나라는 아니었죠. 바라가 왕비는 그에 상응하는 대접을 받았습니다. 결국 우리가 모신 사람은 왕족인 동시에 전문 도둑이었던 셈이죠. 또한 전문가만 빼고 어느 누구라도 속아 넘어갈 만큼 정교한 모조품을 만들어 낼 수 있는 사람은 킹 빅터밖에 없다는 것이 중론이기 때문에 그 뻔뻔함과 대담성으로 미루어 모든 계획의 주모자로 결국 그자가 지목된 겁니다."

"무슨 일이 있었던 거군요?"

버지니아의 질문에 배틀 총경이 간단히 대답했다.

"비밀에 부쳐진 사건이었습니다. 오늘날까지 그런 일이 있었다는 얘기조차 세간에 알려진 바 없으니까요. 우리로선 최대한 모든 일을 비밀리에 처리했지만 여러분이 상상할 수 있는 것보다 훨씬 더 엄청난 일이었다는 것만 알고 계십시오. 저희 경시청은 세상을 깜짝 놀라게 할 만한 저희만의 일처리 방식이 있습니다. 그 보석은 헤르초슬로바키아 왕비와 함께 영국 땅을 떠나지 못했습니다. 제가 여러분에게 해 드릴 수 있는 말씀은 거기까지입니다. 왕비는 그것을 분명 모처에 숨겼습니다. 다만 그곳이 어딘지 우리가 알아내지 못했을 뿐입니다. 하지만 또 모르죠. 그것이 혹시 이 방 어딘가에 숨겨져 있을지."

배틀 총경은 천천히 주변을 둘러보았다.

앤터니가 벌떡 일어서며 못 믿겠다는 듯이 소리쳤다.

"뭐라고요? 이렇게 오랜 세월 동안 말입니까? 말도 안 돼요."

르무앵이 재빨리 끼어들었다.

"그건 당신이 당시의 독특한 상황을 몰라서 하는 소립니다. 불과 보름 뒤에 헤르초슬로바키아에선 혁명이 일어났고 국왕 내외가 살해당했어요. 그뿐만 아니라 캡틴 오닐은 파리에서 체포되어 별것 아닌 죄목으로 형을 선고받았죠. 우리는 그자의 집에서 암호로 된 편지 뭉치를 찾을 것으로 기대했지만 헤르초슬로바키아에서 온 중개인이 이미 훔쳐 간 모양이더군요. 그자는 혁명이 일어나기 바로 직전에 헤르초슬로바키아에 모습을 드러낸 다음 완전히 자취를 감췄습니다."

"아마 외국으로 갔을 겁니다. 아프리카 같은 데로요. 그리고 그 편지뭉치는 절대 포기하지 않았을 겁니다. 그에겐 금광과도 같은 거니까요. 세상일은 참 희한하게 흘러가는 경향이 있어요. 어쩌면 그 친구는 거기 사람들 사이에서 '더치 페드로'라든가 하여간 그 비슷한 이름으로 불리고 있을 지도 모르죠."

신중히 말한 앤터니는 배틀 총경의 무표정한 시선이 자신을 향하고 있음을 알아채곤 미소를 지었다.

"무슨 생각 하시는지 아는데요. 제가 진짜로 천리안이 있어서 하는 얘기는 아니에요, 배틀 총경님. 곧 말씀드릴게요."

버지니아가 말했다.

"한 가지 당신이 설명하지 않은 것이 있어요. 이 일하고 그 회고록하고 무슨 연관이 있는 거죠? 분명히 무슨 연관이 있어요. 그렇죠?"

르무앵이 대단하다는 투로 말했다.

"부인은 정말 예리하시군요. 맞아요, 연관이 있습니다. 당시 침니스엔 스틸프티치 백작도 함께 머물고 있었습니다."

"그럼 백작도 그런 사실을 알고 있었겠군요?"

배틀이 말했다.

"물론이죠. 그리고 애지중지하는 회고록에다 백작이 그런 사실을 털어놓았다면 그 파장은 엄청날 겁니다. 특히나 모든 것을 비밀에 부치기로 한 뒤였으니까요."

앤터니는 담배에 불을 붙이고 물었다.

"회고록에 그 보석이 숨겨진 곳에 관한 단서가 있을 가능성은 없습니까?"

배틀은 단호하게 대답했다.

"거의 없습니다. 백작은 필사적으로 둘의 결혼을 반대할 만큼 왕비와는 상극이었습니다. 그런 그녀가 백작을 자신의 심복으로 삼았을 가능성은 별로 없다는 얘기죠."

"제 말은 그런 뜻이 아닙니다. 다만 모든 정황으로 볼 때 백작은 늙고 야비한 여우였어요. 왕비 모르게 그녀가 보석을 숨겨 둔 곳을 알아냈을 가능성도 있어요. 그랬다면 백작은 어떻게 했을까요?"

배틀이 앤터니의 말을 잠시 생각해 보더니 대답했다.

"일단은 사태를 지켜봤겠죠."

르무앵이 끼어들었다.

"나도 동감입니다. 그 어느 때보다도 신중함이 요구되는 때였으니까요. 그림자처럼 신분을 드러내지 않고 그 보석을 제자리에 되돌려 놓는 일은 보통 어려운 일이 아니었을 겁니다. 더불어 그 보석의 소재지를 안다는 사실이 엄청난 힘이 되었을 겁니다. 특히나 권력이라면 사족을 못 쓰는 그 희한한 늙은이에겐 말이죠. 백작은 왕비를 완전히 손아귀에 쥐고 흔들 수 있게 된 겁니다. 아무 때고 협상의 카드로 내밀 수 있는 강력한 무기가 생겼으니까요. 백작이 지니고 있던 비밀은 그것 말고도 또 있었습니다. 간교한 자식! 진귀한 골동품 수집가처럼 비밀들을 주워 모은 거죠. 들리는 말로는 죽기 전에 한두 번인가 그런 말을 자랑 삼아 떠들어 댔다고 하더군요. 언제든 마음이 내키면 자신이 알고 있는 엄청난 비밀 이야기들을 세상 사람들 앞에 공표하겠노라고 말이죠. 그뿐만 아니라 언젠가는 자신의 회고록에다 세상을 깜짝 놀라게 할 내용을 폭로할 작정이라고 공공연히 떠든 적도 있었답니다. 그래서……."

그는 다소 무미건조하게 웃었다.

"곳곳에서 그 회고록을 손에 넣으려고 안달이 난 겁니다. 우리 프랑스의 비밀경찰 역시 그 회고록을 손에 넣으려고 했지만 주도면밀한 백작이 죽기 전에 어디 먼 곳으로 옮겨 놓은 거죠."

"하지만 백작이 정말로 대단한 비밀을 알고 있었다는 확실한 증거가 없지 않습니까?"

그때 앤터니가 조용히 말했다.

"말씀 중에 끼어들어서 죄송하지만 백작이 생전에 남긴 말이 있습니다."

"뭐라고요?"

자신들의 귀를 믿을 수 없다는 듯 두 형사는 앤터니를 노려봤다.

"맥그러스는 백작의 회고록 원고를 영국으로 전해 달라고 제게 건네주면서 스틸프티치 백작과 우연히 만났던 일을 들려줬습니다. 장소는 파리였는데 당시 백작은 상당한 위험에 처해 있었다고 하더군요. 맥그러스는 조직폭력배의 손아귀에서 백작을 구해 줬습니다. 제가 듣기로 그때 백작은…… 쉽게 말해서 한창 흥이 올라 있었던 모양인데 그 상태에서 제법 흥미로운 말을 두어 마디 했답니다. 그중 하나가 코이누르가 있는 곳을 안다든가 하는 말이었는데 제 친구는 그 말에 별로 신경을 쓰지 않았죠. 그밖에도 문제의 폭력배들이 킹 빅터의 부하들이라는 말도 했답니다. 종합해 보면 이 두 마디는 상당히 중요한 의미가 있습니다."

배틀 총경이 불현듯 외쳤다.

"아무렴요, 당연히 중요합니다. 이로써 미하엘 왕자의 살인 사건 역시 다른 국면을 맞이하게 되는군요."

"킹 빅터는 한 번도 사람을 해친 적이 없습니다."

르무앵이 배틀에게 일깨워 줬다.

"하지만 그 보석을 찾아다니다가 뭔가에 놀랐을 수도 있지 않습니까?"

"그럼 그자가 지금 영국에 있다는 말인가요? 총경님 말로는 서너달 전에 풀려났다고 했는데 그럼 행적을 쫓지 않았다는 말씀이세요?"

앤터니가 예리한 질문을 던졌다.

르무앵의 얼굴 위로 씁쓸한 미소가 퍼져 나갔다.

"그러려고 했죠. 하지만 그자는 귀신같은 놈입니다. 놈은 즉시 우리를 따돌렸어요. 즉시요. 우린 당연히 놈이 곧장 영국으로 향할 거라고 생각했습니다. 하나 아니었어요. 놈이 간 곳이 어디였을 것 같습니까?"

"어딘데요?"

앤터니는 무의식중에 손가락으로 성냥갑을 만지작거리면서 르무앵을 뚫어져라 쳐다봤다.

"미국요. 미국으로 갔습니다."

"뭐라고요?"

앤터니의 반응은 말 그대로 경악 그 자체였다.

"그래요. 거기서 놈이 스스로를 뭐라고 부르고 다닌 줄 아십니까? 누구 행세를 한 줄 아세요? 바로 헤르초슬로바키아의 니콜라스 왕자 행세를 했답니다."

앤터니의 손에서 성냥갑이 뚝 떨어졌다. 하지만 배틀 형사의 놀라움도 그에 못지않았다.

"말도 안 돼요."

"말도 안 되는 일이 아닙니다. 아침 뉴스를 보면 아시게 될 겁니다. 가짜 행세를 해도 보통 대단한 행세를 한 게 아니죠. 잘 아시겠지만 니콜라스 왕자는 몇 년 전에 콩고에서 죽은 것으로 알려져 있습니다. 우리의 친구 킹 빅터는 그런 오지에서 죽을 경우 사실 확인이 힘들다는 점을 이용한 겁니다. 놈은 지금 어마어마한 액수의 미국 달러를 가지고 도망칠 셈으로 죽은 니콜라스 왕자를 되살려서 그 사람 행세를 하고 있습니다. 하지만 무슨 이유에선지 변장을 하지 않은 탓에 서둘러 그 나라를 떠나야 했죠. 이번에 놈이 택한 곳은 영국이었습니다. 제가 여기 와 있는 것은 그 때문입니다. 놈은 조만간 여기 침니스로 올 겁니다. 물론 아직 오지 않았다면요!"

"정말 그렇게 생각하십니까?"

"제 생각에 놈은 미하엘 왕자가 죽은 날 밤에도 여기 있었고 어젯밤에도 있었어요."

배틀이 물었다.

"재차 시도를 했다는 얘기군요?"

"그렇습니다."

"안 그래도 여기 계신 르무앵 씨에게 무슨 일이 일어났나 싶어 답답하던 중이었습니다. 파리에서 보내온 전갈로는 저와 함께 수사에 참여하러 이리로 오고 있다고 했는데 어째서 나타나지 않는지 그이유를 알 수가 없었죠."

"그 점에 대해선 사과드리겠습니다. 알다시피 제가 도착했을 땐살인 사건이 난 이튿날 아침이었어요. 문득 당신 동료라는 공식적인 입장이 아닌 비공식적인 입장에서 사태를 조사해 보는 편이 나을 것 같다는 생각이 들더군요. 그렇게 하면 뭔가 더 큰 것을 알아낼 수 있을 것 같았습니다. 물론 그럴 경우 제가 의심의 대상이 될수도 있다는 사실도 잘 알고 있었습니다. 하지만 어찌 보면 그 때문에 더더욱 제 계획대로 밀고 나간 면도 있습니다. 그래야 제가 쫓고있는 자들이 저를 경계하지 않을 테니까요. 자신 있게 말씀드리지만 전 지난 이틀 동안 흥미로운 점들을 상당수 발견했습니다."

빌이 물었다.

"하지만 이봐요. 그럼 어젯밤에 일어난 일은 뭡니까?"

"죄송하지만 제가 여러분에게 좀 과격한 운동을 시킨 겁니다."

"그럼 내가 쫓아간 사람이 당신이란 말입니까?"

"네. 어찌된 일인지 다 말씀드리겠습니다. 저는 왕자가 여기서 살해된 것으로 미뤄 필시 이 방이 그 비밀과 관련이 있을 거라는 확신을 품고 여길 감시하기로 마음을 먹었습니다. 그래서 집 밖의 테라스에 서 있었죠. 그런데 곧이어 누군가가 이 방에서 서성이고 있음을 알게 됐습니다. 손전등 불빛이 간간히 눈에 들어오더군요. 가운데 창문으로 다가가 열어 봤더니 빗장이 열려 있었습니다. 그자가 저보다 앞서서 그리로 들어간 건지, 아니면 훼방꾼이 생겼을 때를 대비해 놈이 눈가림으로 열어 놓은 건지는 모르겠습니다. 전 극도로 조심스럽게 창문을 젖히고 안으로 몰래 들어갔습니다. 한 발 한 발 더듬어 가다가 들킬 염려 없이 놈이 하는 짓을 볼 수 있는 곳까지 다가갔죠. 하지만 정작 놈의 모습을 제대로 볼 수가 없었습니다. 놈은 제게 등을 돌리고 있었고 결국 전등 불빛 때문에 보이는 거라곤 놈의 윤곽이 드러난 그림자뿐이었죠. 하지만 놈의 행동은 절 경악시켰습니다. 방 안에 있던 갑옷 두 벌을 하나하나 분해하더니 일일이 들여다보는 거예요. 그러다 자기가 찾는 물건이 그 속에 없다는 확신이 들었는지 이번엔 그림 아래쪽의 벽면을 두드리기 시작했습니다. 그다음에 놈이 뭘 했는지는 저도 모릅니다. 훼방꾼이 들이닥쳤으니까요. 바로 당신이…….”

그는 이 말을 하면서 빌을 쳐다봤다.

버지니아가 조심스럽게 말했다.

“우린 좋은 의도로 끼어든 건데 그만 애석하게 됐네요.”

“어떤 면에선 그렇습니다, 부인. 놈이 들고 있던 손전등이 꺼지자 그때까지 신분을 드러내고 싶지 않았던 저는 즉시 창문으로 달려갔습니다. 그러다 어둠 속에서 다른 두 사람과 충돌하면서 그대로 넘어지고 말았죠. 전 벌떡 일어나서 창문을 통해 밖으로 뛰쳐나갔습니다. 에버슬레이 씨는 자신을 공격한 놈이 전 줄 알고 쫓아온 겁니다."

"제일 먼저 쫓아간 사람은 저예요. 빌은 그다음이었고요. 당신 말대로라면 나머지 한 놈은 용케 쥐 죽은 듯이 있다가 문으로 빠져나갔단 얘기네요. 그런데 어떻게 우릴 구하러 온 사람들과 마주치지 않은 거죠?"

"그건 어렵지 않았을 겁니다. 다른 사람들보다 앞장서서 구하러 나온 척하면 그뿐이니까요. 그럼 간단하죠."

그러자 빌이 두 눈을 반짝이며 물었다.

"총경님은 이 아르센 뤼팽 녀석이 정말로 이 집에 있다고 생각하십니까?"

"가능성은 충분합니다. 놈은 완벽한 하인 행세를 하고 있을 지도 모릅니다. 또 압니까, 어쩌면 고 미하엘 왕자의 충복이었던 보리스 안초코프가 그놈일지."

빌이 맞장구를 쳤다.

"하긴 그 자식은 생긴 것부터가 이상했어요."

하지만 앤터니는 웃고만 있었다. 그가 조용히 말했다.

"당신답지 않은 생각이군요. 르무앵 씨."

프랑스인 형사도 똑같이 미소를 지었다.

배틀 총경이 앤터니에게 물었다.

"가만 보니 당신이 그 친구를 시종으로 고용한 것 같더군요. 맞습니까, 케이드 씨?"

"배틀 총경님, 정말 총경님껜 경의를 표하고 싶군요. 총경님은 모르는 게 없으세요. 하지만 엄밀히 말하면 제가 그 친구를 고용한 게 아니라 그 친구가 절 주인으로 고용한 겁니다."

"그게 무슨 말입니까, 케이드 씨?"

앤터니는 무덤덤하게 대답했다.

"저도 모르겠습니다. 특이한 취향 같긴 한데 아마 제 얼굴이 마음에 들었나 봅니다. 아니면 저를 자기 주인을 죽인 범인으로 지목하고 복수를 하기 위해 유리한 지위를 확보하고 싶었을 수도 있고요."

앤터니는 일어나서 창가로 다가가 커튼을 잡아당겼다. 그는 가벼운 하품을 하며 말했다.

"동이 트네요. 오늘은 더 이상 소동이 벌어지지 않을 모양입니다."

"그만 가 봐야겠습니다. 이따 늦은 시간에 다시 뵙게 될지 모르겠군요."

르무앵도 자리에서 일어서서 버지니아에게 점잖게 인사를 건네곤 창밖으로 걸어 나갔다.

버지니아가 하품을 하며 말했다.

"자야겠어요. 정말 흥미 만점인 밤이었어요. 가요, 빌. 착한 어린아이처럼 어서 가서 자야죠. 아무래도 우린 아침 식사 시간에 여러분을 뵙지 못할 것 같군요."

앤터니는 멀어져 가는 르무앵의 뒷모습을 창가에 서서 바라보았다.

등 뒤에서 배틀의 목소리가 들려왔다.

"당신은 인정하지 않겠지만 저 친구는 프랑스에서 가장 뛰어난 형사로 인정받고 있는 사람입니다."

앤터니가 조심스럽게 말했다.

"그렇지 않아요. 저도 저 사람이 대단하다고 생각하고 있는걸요."

"하긴 오늘 밤은 더 이상 큰 일이 없을 거라는 얘긴 맞힌 것 같군요. 그건 그렇고 스테인스 부근에서 총에 맞은 채 발견되었다던 남자 얘기 기억하십니까?"

"네. 왜요?"

"아무것도 아닙니다. 그냥 그 사람의 신원이 확인되었다고 해서요. 주세페 마누엘리라는 것 같더군요. 런던 블리츠 호텔의 웨이터였답니다. 희한한 일이죠. 안 그렇습니까?"

배틀과 앤터니의 협의

앤터니는 아무 말도 하지 않고 계속 창밖을 바라봤다. 배틀 총경은 동상처럼 굳어 있는 그의 뒷모습을 한동안 바라보았다.

"그럼 안녕히 주무십시오."

이윽고 배틀은 이 말을 남기고 문으로 향했다.

앤터니의 몸이 움찔했다.

"배틀 총경님, 잠깐만요."

총경은 순순히 걸음을 멈췄다. 앤터니는 창가를 벗어나 담뱃갑에서 담배 한 대를 꺼내 불을 붙였다. 그는 두 모금을 피우곤 말했다.

"총경님은 스테인스 사건에 꽤나 관심이 많으신 모양입니다."

"그 정도까지는 아닙니다. 그저 좀 특이한 사건이라서요. 그뿐입니다."

"총경님은 시체가 발견된 곳에서 그자가 총에 맞았을 거라고 보십니까, 아니면 다른 데서 맞고 나서 그 자리에 유기되었을 거라고 보십니까?"

"제 생각엔 다른 데서 총을 맞고 차편으로 옮겨진 것 같습니다."

"제 생각도 그렇습니다."

배틀 총경은 뭔가를 힘주어 말하는 듯한 그의 말투에 문득 고개를 쳐들었다.

"뭐, 알고 계신 거라도 있으십니까? 그자를 거기에 데려다 놓은 사람을 아세요?"

"네. 제가 그 사람이니까요."

앤터니는 일말의 동요도 없이 침착함을 유지하는 배틀의 태도에 다소 짜증이 났다.

"총경님은 제가 이렇게 충격적인 말을 하는데도 너무나 의연하시군요."

"'절대 감정을 드러내지 말 것.' 언젠가 누가 저에게 그런 지침을 일러 주더군요. 제법 쓸모가 많은 지침이죠."

"총경님은 그 점에 아주 철저한 분이세요. 지금껏 한 번도 총경님이 동요하는 모습을 본 적이 없으니까요. 그건 그렇고 자초지종을 듣고 싶으세요?"

"괜찮으시다면요."

앤터니가 의자 두 개를 끌어당기고 두 사람은 각자 자리에 앉았다. 앤터니는 지난 목요일 저녁 일을 배틀에게 털어놓았다.

배틀은 미동도 없이 그의 이야기에 귀를 기울였다. 앤터니의 이야기가 끝나자 배틀의 두 눈에 어렴풋이 광채가 일었다.

"아시겠지만 조만간 경찰에 불려 갈 일이 생기시겠군요."

"그 말씀은 이번에도 절 감옥에 가두지 않겠다 그 얘긴가요?"

"우리의 평소 신조가 '최대한 많은 자유를 주자.'입니다."

"정곡을 찌르시는군요. 진짜 중요한 부분은 생략하시면서도 말이죠."

"이해가 안 되는 점이 있습니다. 왜 지금 그런 사실을 털어놓기로 결심하신 겁니까?"

"설명하기가 좀 어렵군요. 배틀 총경님, 저는 총경님의 실력을 대단히 높게 평가하고 있습니다. 중요한 순간이 오면 총경님은 늘 현장에 계셨어요. 오늘 밤도 보세요. 그러자 문득 제가 알고 있는 사실을 계속해서 숨길 경우 총경님이 일처리를 해 나가시는 데 크게 방해가 될 거라는 생각이 들었습니다. 총경님은 모든 사실을 알아야 할 자격이 있는 분이니까요. 저로선 최선을 다했지만 이제 와서 보니 모든 게 뒤죽박죽이 되었더군요. 어젯밤까지는 레블 부인의 입장을 생각해서 입을 열 수가 없었습니다. 지금이야 그 편지들이 레블 부인과 아무 관계가 없다는 사실이 명백해졌으니 부인이 이 일에 연루되었을 거라는 생각 자체가 우습게 됐지만요. 처음에 제 충고가 부적절했던 게 아닌가 싶지만 그땐 문득 그런 생각이 들더군요. 레블 부인이 편지 뭉치를 들고 자신을 협박하러 온 사내에게 순전히 장난 삼아서 돈을 쥐여 주고 대신 그 편지들을 공개하지 말아 달라고 했다는 얘길 과연 누가 믿어 줄까 하고요."

"제가 배심원이었다면 믿지 않았을 겁니다. 배심원들은 도무지 상상력이라곤 없는 사람들이니까요."

앤터니가 그를 흥미로운 눈길로 바라보며 물었다.

"하지만 총경님이라면 얼마든지 쉽게 받아들이시겠죠?"

"글쎄요. 케이드 씨, 제가 하는 일의 대부분은 이런 사람들과 관련이 있습니다. 소위 상류층 인사들이죠. 아시겠지만 사람들은 대개 남들이 자기를 어떻게 생각하고 있을까를 늘 염려합니다. 하지만 매춘부라든가 높으신 정치가들은 다릅니다. 이런 사람들은 머릿속에 제일 먼저 떠오른 대로 행동하고, 남들이 자기를 어떻게 볼까 하는 일로 쓸데없이 고민하지 않습니다. 비단 수시로 초호화 파티를 여는 게으른 갑부들만을 지칭하는 것이 아닙니다. 제가 말하는 이들은 자기 생각 말고는 다른 누구의 의견도 중요하지 않다는 사고방식이 조상 대대로 뼛속 깊이 밴 사람들입니다. 지금까지 제 경험으로 볼 때 상류층들은 똑같습니다. 용감하고 정직하고 가끔은 특이하리만큼 어리석죠."

"정말 재미난 강의군요, 배틀 총경님. 이러다가 총경님도 조만간 회고록 한 권 쓰시겠는데요? 보나마나 베스트셀러가 될 것 같고요."

배틀 총경은 그의 제안에 미소로 답할 뿐 아무 말도 하지 않았다.

"그보다 총경님께 한 가지 물어볼 게 있습니다. 혹시 절 그 스테인스 사건과 연결시키고 계셨나요? 총경님 태도에서 왠지 그런 느낌이 들어서요."

"제대로 맞히셨습니다. 그런 예감이 든 건 사실입니다. 하지만 확실한 증거가 없었어요. 이렇게 말해도 될지 모르겠지만 케이드 씨, 당신의 태도는 아주 훌륭했습니다. 절대 경솔함의 도를 넘지 않으셨으니까요."

"듣던 중 반가운 소린데요. 총경님을 만난 뒤부터 전 줄곧 총경님이 함정을 파 놓고 제가 빠지기만을 기다리고 있다는 느낌이 들었습니다. 어찌어찌해서 대충 피하긴 했지만 그 긴장감은 정말 견디기 힘들더군요."

배틀은 싸늘한 웃음을 지었다.

"그것이 결국 도둑을 잡는 비법이죠. 이리 갔다 저리 갔다 수시로 방향을 바꾸고 요리조리 도망 다니도록 내버려 두는 겁니다. 그럼 얼마 못 가서 상대는 기력이 쇠진해지는데, 그때 잡으면 됩니다."

"하여간 재밌는 분이세요, 배틀 총경님은. 그럼 전 언제 잡으실 생각이셨어요?"

"마음껏 자유를 준다고 하지 않았습니까?"

배틀 총경은 '마음껏 자유를 준다.'라는 말을 재차 강조했다.

"그럼 전 그동안 계속해서 아마추어 형사 보조 역할을 해도 되나요?"

"물론입니다, 케이드 씨."

"홈즈를 도와주는 왓슨처럼 말이죠?"

"추리 소설들은 터무니없는 내용이 대부분입니다."

배틀은 무감각하게 말하곤 다시 이렇게 덧붙였다.

"하지만 사람들을 즐겁게 해 주죠. 때론 아주 유용할 때도 있습니다."

앤터니가 호기심 어린 표정으로 물었다.

"어떻게요?"

"경찰은 멍청하다는 고정 관념에 힘을 실어 주거든요. 특히 살인 사건처럼 비전문적인 범죄를 해결할 땐 아주 쓸모가 많습니다."

앤터니는 한동안 말없이 그를 쳐다봤다. 배틀은 각지고 평온한 얼굴을 무표정으로 일관하며 이따금 눈동자를 깜빡일 뿐 꼼짝 않고 조용히 앉아 있었다. 이윽고 그가 일어섰다.

"잠자리로 돌아가 봤자 별 도움이 안 될 것 같군요. 케이터햄 경이 일어나면 몇 마디 나눠 봐야겠습니다. 이제 이 집을 떠나고 싶은 사람은 언제든 나가도 좋습니다. 다만 현재 저로선 케이터햄 경에게 비공식적인 초대 형식으로 손님들을 계속 붙잡아 달라고 부탁할 수밖에 없는 처지입니다. 괜찮으시다면 케이드 씨도 수락해 주셨으면 합니다. 레블 부인도 마찬가지고요."

앤터니가 갑작스런 질문을 던졌다.

"권총은 찾으셨어요?"

"미하엘 왕자를 쏜 총 말입니까? 아뇨, 아직 못 찾았습니다. 하지만 그 총은 반드시 집 안이나 마당 어딘가에 있을 겁니다. 케이드 씨, 당신이 힌트만 주면 제가 부하들을 풀어 온 집을 이 잡듯 뒤지겠습니다. 그 총을 손에 넣을 수만 있으면 다만 얼마라도 진전이 있을 텐데요. 총이 안 되면 편지 뭉치라도 말이죠. 참, 그 편지들 중에 수신지가 '침니스'로 되어 있는 편지가 있다고 하셨죠? 그렇다면 그 편지가 가장 마지막에 쓰인 것이겠군요. 문제의 다이아몬드를 찾기 위한 지침이 바로 그 편지에 암호로 적혀 있으니까요."

"총경님은 주세페의 죽음을 어떻게 생각하세요?"

"그자는 분명 평범한 도둑이었을 겁니다. 그러다 킹 빅터 내지는 붉은 손 당원들과 선이 닿아 매수된 거죠. 붉은 손 당과 킹 빅터가 손을 맞잡았다 하더라도 딱히 놀랄 일은 아닙니다. 놈들은 재력이나 힘은 막강해도 머리 쓰는 일엔 별로거든요. 주세페의 임무는 그 회고록을 훔치는 일이었고 놈들로선 당신이 그 편지들을 갖고 있다는 사실을 알 리 만무했을 테니, 어쨌거나 당신이 그 편지들을 갖고 있었다는 건 정말 우연의 일치가 아닐 수 없습니다."

"그렇군요. 그런 추리를 해내시다니 정말 대단하십니다."

"주세페는 회고록 대신 그 편지들을 손에 넣게 됩니다. 처음에는 분해서 어쩔 줄 모르죠. 그러다가 찢어 낸 종이를 발견하곤 그 편지들을 이용해서 혼자서 레블 부인을 협박하자는 기발한 생각을 한 겁니다. 물론 그 편지들이 실제로 뭘 뜻하는지는 전혀 모르고 말이죠. 붉은 손 당에선 그자가 하려는 짓을 알아내곤 약속을 저버렸다는 판단 하에 그를 죽이기로 결심합니다. 반역자를 처단하는 것이 그들의 주특기니까요. 남들 눈에 특이하게 보여도 그들에겐 매력적인가 보더군요. 제가 정말 이해가 가지 않는 점은 '버지니아'라는 이름이 새겨진 그 총입니다. 붉은 손 당의 소행으로 보기엔 단수가 너무 높습니다. 그들은 평소 자신들의 상징인 붉은 손 표식을 사방에 뿌리고 다니길 좋아하는데 그건 미래의 반역자들에게 잘못하면 죽는다는 경종을 울리기 위해서입니다. 그들은 아니에요. 제가 볼 땐 킹 빅터가 개입되어 있는 듯합니다. 하지만 그자가 왜 그런 행동을 했는지는 모르겠어요. 표면상으론 레블 부인에게 살인죄를 뒤집어 씌우려는 상당히 치밀한 계획처럼 보이지만 그렇게 단정하기엔 뭔가가 부족합니다."

"저도 한 가지 가정이 있긴 했어요. 계획대로 되지 않았다는 게 문제지만."

앤터니는 버지니아가 미하엘 왕자와 안면이 있었다는 사실을 배틀에게 알려 줬다. 배틀은 고개를 끄덕였다.

"아, 그건 레블 부인 말이 맞습니다. 시신의 신원에 대해선 의심의 여지가 없어요. 그건 그렇고 그 연로하신 남작분이 케이드 씨를 썩 괜찮은 사람으로 보고 계시더군요. 입에 침이 마르도록 칭찬하시던데요."

"절 그렇게 말씀해 주셨다니 몸 둘 바를 모르겠군요. 더군다나 제가 그분에게 다음 수요일이 되기 전에 잃어버린 회고록을 되찾기 위해 수단 방법을 가리지 않겠다고 단단히 경고했는데 말이죠."

"그 일이 생각처럼 만만하진 않을 겁니다."

"그야…… 그렇겠죠. 전 킹 빅터와 그 일당이 그 편지 뭉치를 갖고 있다고 생각하는데 사실일까요?"

배틀은 고개를 끄덕였다.

"놈들은 그날 폰트가에서 주세페를 만나 편지 뭉치를 뺏었을 겁니다. 필시 사전에 짜고 한 일이었죠. 그래요. 놈들은 편지를 무사히 손에 넣은 다음 해독을 끝마치고 지금쯤이면 어딜 뒤져야 할지 알고 있을 겁니다."

배틀과 함께 방을 나가려다 말고 앤터니가 문득 뒤를 돌아다보며 물었다.

"여기가 그곳이란 말씀인가요?"

"맞아요. 여깁니다. 하지만 놈들은 아직 노획물을 찾지 못했고 따라서 그걸 손에 넣기 위해 상당한 위험을 감수할 겁니다."

"총경님의 치밀한 머릿속에 분명 모종의 계획이 들어 있을 것 같은데요?"

배틀은 아무 대답도 하지 않았다. 대신 그 어느 때보다도 아둔하고 아무 생각 없는 듯한 표정을 짓더니 아주 천천히 눈을 찡긋해 보였다.

"저더러 지금 도와 달라는 말씀이세요?"

"그래요. 그리고 다른 사람의 도움도 필요할 것 같습니다."

"그게 누군데요?"

"레블 부인입니다. 당신도 눈치채셨겠지만 레블 부인은 남달리 사람을 속이는 재주가 뛰어난 분입니다."

"당연히 눈치채다마다요."

앤터니가 맞장구를 치며 시계를 쳐다봤다.

"총경님이 자러 가 봤자 소용없을 거라고 하시더니 저도 자꾸 그런 생각이 드네요. 호수에 발 한번 담그고 따뜻한 아침 식사를 하는 편이 훨씬 낫겠어요."

앤터니는 위층에 있는 자신의 침실을 향해 신나게 달려갔다. 그는 휘파람까지 불어 가며 입고 있던 야회복을 벗은 뒤 평상복과 목욕 수건을 집어 들었다.

그런데 별안간 화장대 앞에서 죽은 듯이 멈춰 서더니 거울 앞에 얌전히 놓여 있는 물건을 뚫어져라 쳐다봤다.

잠시나마 그는 자신의 눈을 믿을 수가 없었다. 그는 그 물건을 집어 자세히 살폈다. 확실했다. 잘못 본 것이 아니었다.

그것은 버지니아 레블이라는 서명이 적힌 편지 뭉치였다. 원래 있던 그대로였다. 없어진 것도 전혀 없었다.

앤터니는 편지 뭉치를 손에 쥔 채 의자에 풀썩 주저앉았다. 그리고 중얼거렸다.

"이러다간 내 머리가 깨지고 말겠어. 이 집에서 벌어지고 있는 일들의 반의반도 이해가 가지 않아. 도대체 이 편지들이 빌어먹을 놈의 마술처럼 다시 나타난 이유가 뭘까? 누가 이걸 내 화장대에 놔뒀지? 도대체 왜?"

그러나 누구라도 떠올릴 법한 이런 의문들에 대해 그는 한 가지도 만족스런 답변을 찾을 수 없었다.

아이작슈타인의 옷 가방

그날 아침 10시, 케이터햄 부녀는 아침 식사를 하고 있었다. 번들은 몹시 생각이 많은 얼굴이었다. 그녀가 이윽고 입을 열었다.

"아버지."

케이터햄 경은 《타임스》에 정신이 팔려 있어 아무 대답이 없었다.

"아버지."

번들은 좀 더 날카로운 목소리로 다시 아버지를 불렀다.

케이터햄 경은 관심 있게 정독하고 있던, 조만간 있을 희귀 서적 판매와 관련된 기사에서 눈을 떼고 멍하니 고개를 들었다.

"응? 불렀냐?"

"네. 아침에 저기서 식사한 사람이 누구예요?"

그녀는 누가 앉아 있었음에 분명한 자리 하나를 고갯짓으로 가리켰다. 나머지는 모두 아는 사람들 자리였다.

"아, 그 사람 이름이…… 뭐라고 하던데…….'

"뚱보 아이작씨요?"

번들과 그녀의 아버지 케이터햄 경은 상대의 관찰력이 다소 오락가락하더라도 알아서 이해할 만큼 서로 충분한 공감대를 지니고 있었다.

"그래, 맞는다.'

"오늘 아침 식사 전에 보니까 아버지가 형사분하고 한참 말씀을 나누고 계시던데요?"

케이터햄 경은 한숨을 쉬었다.

"그래. 그 사람이 홀에서 나를 붙잡고는 어찌나 놔주지 않던지. 아버진 식전만큼은 신성해야 한다고 생각하는 사람이다. 어디 외국이라도 나가야지 이거 원. 있는 대로 신경이 곤두서 갖고……."

번들은 아버지의 말을 버릇없이 잘랐다.

"그 사람이 뭐래요?"

"원하는 사람은 누구나 이 집을 떠나도 된다는구나.'

"잘 됐네요. 아버지가 줄곧 바라던 바잖아요.'

"그래. 한데 알고 보니 그게 아니야. 말은 그렇게 해 놓고 정작 그 사람들을 전부 이 집에 붙들어 달라지 뭐냐.'

"그게 무슨 소리예요?"

번들이 코를 찡그리며 말했다.

케이터햄 경이 푸념하듯 말했다.

"도통 이해도 안 가고 앞뒤 안 맞는 얘기만 늘어놓더라. 그것도 식전 댓바람부터."

"그래서 뭐라고 하셨어요?"

"아, 당연히 그러마고 했지. 그런 사람들하고 입씨름해 봐야 하나 좋을 일이 없어. 특히나 식전에는."

케이터햄 경은 입버릇처럼 또다시 불평을 늘어놓았다.

"지금까지 누구누구에게 부탁하셨어요?"

"케이드. 꼭두새벽부터 일어난 모양이더라. 그 친구는 계속 묵겠다고 했다. 나야 싫지 않은 일이지. 그 녀석은 도통 속을 알 수가 없어. 그런데도 마음에 든단 말이야, 그것도 썩."

"버지니아 언니도 그 사람이 마음에 든대요."

번들이 포크로 식탁 위에 그림을 그리며 말했다.

"뭐?"

"저도 그렇고요. 하지만 그건 중요하지 않은 것 같던데요."

"아이작슈타인 씨에게도 부탁했다."

"그랬더니 뭐래요?"

"다행히 런던으로 돌아가야 한다는구나. 참, 10시 50분 기차를 타야 한다니까 차 대기시켜 놓는 것 잊지 마라."

"걱정 마세요."

"이제 피시 그 작자만 없애 버리면 되는데."

케이터햄 경은 한껏 기분이 고조되어 떠들어 댔다.

"전 아버지가 그 사람을 붙잡고 곰팡내 나는 고서들에 대해 이런 저런 말씀 나누시는 걸 좋아하시는 줄 알았는데요."

"좋아하지. 아무렴 좋아하고말고. 아니, 좋아했지. 하지만 일방적으로 한 사람만 주야장천 떠들어 댄다고 생각해 봐라. 얼마나 지겹겠는지. 피시 그 사람 관심은 많더라만 도무지 자기 의견을 내놓을 줄을 몰라."

"일방적으로 주야장천 듣기만 하는 것보단 낫잖아요. 조지 로맥스 아저씨하고 같이 있을 때처럼요."

케이터햄 경은 기억을 떠올리며 진저리를 쳤다.

"조지 아저씨는 강단에만 올라서면 펄펄 나세요. 아저씨가 하는 말씀이 순전히 허튼소리라는 걸 알지만 그래도 어쩌겠요. 저라도 박수를 쳐 드려야지. 그리고 어쨌거나 전 사회주의를 찬성하는 사람이니까……."

"알았다, 얘야. 알았으니까 그만해라."

케이터햄 경이 서둘러 말을 잘랐다.

"좋아요. 정치 얘긴 집으로 끌어들이지 않을게요. 그런 건 조지 아저씨 전문이잖아요. 사적인 자리에서도 공적인 얘기만 하는 거. 그런 건 의회에서 법으로 정해서 아주 없애 버렸으면 좋겠어요."

"그러게 말이다."

"버지니아 언니는요? 버지니아 언니도 계속 있어야 한대요?"

"배틀 말로는 모두 다란다."

"내가 그럴 줄 알았어요! 그런데 버지니아 언니더러 제 새엄마가 돼 달란 말씀은 해 보셨어요?"

케이터햄 경은 처량한 목소리로 대답했다.

"그래 봤자 소용없을 것 같다. 하기야 어젯밤에는 날 '사랑스러운 당신'이라고 부르긴 하더라만. 천성이 상냥하고 매력적인 젊은 여자들은 그게 문제야, 아무 말이나 쉽게 하지만 정작 그 말에 아무 의미도 두지 않으니 말이다."

"그러게요. 차라리 아버지에게 신발을 집어 던졌거나 확 깨물어 버리려고 했다면 훨씬 가망이 있었을 텐데."

"너 같은 요즘 애들은 왜 사랑을 해도 꼭 그렇게 별스럽고 불쾌한 짓거리로 하는지 모르겠다."

케이터햄 경이 서글프다는 식으로 말했다.

"『시크(에디스 머드 헐의 1919년 작품 — 옮긴이)』에 그런 표현이 나오거든요. '사랑을 버려라.'라든가 '여자를 내팽개쳐라.'라든가 하는."

"시크? 그게 뭐냐? 시 제목이냐?"

번들은 순진하게 묻는 아버지를 안됐다는 표정으로 쳐다봤다. 그러곤 일어나서 아버지의 이마에 입을 맞췄다.

"가여운 우리 아빠."

그녀는 이렇게 말하곤 신나게 창밖으로 뛰쳐나갔다.

케이터햄 경은 신문에 난 책 광고란에 도로 고개를 파묻었다.

하이럼 피시가 별안간 아침 인사를 건네자 케이터햄 경은 화들짝 놀랐다. 그는 평소처럼 아무 인기척도 없이 방에 들어와 있었다.

"안녕히 주무셨습니까, 케이터햄 경?"

"오, 안녕히 주무셨소. 좋은 아침이군요. 기분 좋은 날이에요."

케이터햄 경도 인사를 건넸다.

"날씨가 아주 상쾌합니다."

다시 말한 피시는 직접 커피를 따라 마신 뒤 아침 식사로 버터를 바르지 않은 토스트 한 조각을 먹었다.

그가 잠시 후에 물었다.

"금족령이 풀렸다는데 제가 제대로 들은 것 맞습니까? 이젠 다들 마음대로 떠나도 된다고 하던데요."

"아, 뭐…… 그렇다고 볼 수 있습니다. 하나 솔직히 말씀드리자면 내 바람은, 그러니까 내 말뜻은 선생이 여기 좀 더 계셔 주시면 제가 몹시 기쁠 거라 그 말이죠."

양심상 그는 이렇게 말할 수밖에 없었다.

"이보세요, 케이터햄 경……."

케이터햄은 말을 서둘렀다.

"그동안 여기서 지내시면서 지긋지긋했다는 것 잘 압니다. 그 점 정말 미안하게 생각하고 있어요. 당장 도망치고 싶다고 하셔도 절대 비난할 생각은 없습니다."

"케이터햄 경은 저를 잘 모르시는군요. 이곳에서의 모임이 고통 그 자체였다는 사실은 아무도 부인할 수 없을 겁니다. 하나 영국인들의 전원생활, 그것도 대저택 생활에 저는 엄청난 매력을 느꼈습니다. 평소 그런 생활 환경을 연구하는 데 관심이 많았거든요. 제가 사는 미국에선 전혀 볼 수 없는 풍경이죠. 경께서 친절하게 베풀어 주시는 초대를 기꺼이 받아들이고 여기 계속 머물겠습니다."

"오, 그러시다면 됐습니다. 대환영입니다, 친구. 암요, 대환영이죠."

케이터햄은 속마음과 달리 애써 친절을 가장하며 저택 관리인을 만나러 가야겠다는 식으로 몇 마디 중얼거리곤 허둥지둥 방을 나갔다.

홀에 나가보니 버지니아가 막 계단을 내려오고 있었다.

케이터햄 경이 다정한 목소리로 물었다.

"함께 아침 식사 하러 가겠소?"

"말씀은 고맙지만 침대에서 먹었어요. 오늘 아침엔 잠이 어찌나 무섭게 쏟아지던지."

그녀는 하품을 했다.

"왜 밤새 잠을 못 자기라도 한 거요?"

"꼭 그런 건 아니에요. 아니, 더할 나위 없이 푹 잤다고 해야 옳겠네요. 오, 케이터햄 경……."

버지니아는 살며시 그의 팔짱을 끼더니 팔을 꼭 쥐었다.

"전 지금 너무너무 즐거워요. 이런 전원주택에 초대해 줘서 경이 얼마나 멋져 보이는지 몰라요."

"그럼 여기 좀 더 머물러 주면 안 되겠소? 배틀은 금족령을 풀라고 했지만 난 특별히 당신이 여기 더 있어 주면 좋겠는데. 번들도 같은 생각이고."

"얼마든지 더 있고말고요. 그런 부탁도 하실 줄 알고 정말 귀여우세요."

"허 참!"

케이터햄은 이렇게 말하더니 이내 한숨을 쉬었다.

"무슨 말 못 할 고민이라도 있으세요? 누가 못살게 굴어요?"

"바로 맞혔소."

케이터햄이 처량 맞은 목소리로 대답했다.

버지니아는 어리둥절한 표정을 지었다.

"설마 당신 지금 나한테 신발을 집어 던지고 싶다든가 그런 생각하고 있는 것 아니오? 아니지, 당신은 그럴 사람이 아니야. 아, 지금은 그게 중요한 게 아니오."

케이터햄 경이 어깨가 늘어진 채 어디론가 가 버리자 버지니아는 옆문을 나서서 정원으로 들어섰다.

그녀는 정원에서 잠시 걸음을 멈추고 10월의 상쾌한 공기를 호흡했다. 적잖이 지쳤던 심신이 한없는 생기로 가득 차는 느낌이었다.

배틀 총경이 어느새 옆에 와 있자 그녀는 흠칫 놀라고 말았다. 아무래도 그에겐 최소한의 예고도 없이 별안간 허공에서 나타나는 묘한 버릇이 있는 듯했다.

"안녕히 주무셨습니까, 레블 부인. 많이 피곤하신 건 아닌지 모르겠군요."

버지니아는 고개를 저었다.

"정말로 가슴 떨리는 밤이었는걸요. 잠 좀 못 잤다고 뭐 그리 대수겠어요. 하나도 억울하지 않아요. 한 가지 아쉬운 점이 있다면 그런 일을 겪은 뒤라서인지 오늘은 왠지 좀 따분한 기분이 든다는 거죠."

"저기 삼나무 밑에 제법 괜찮은 그늘이 있습니다. 부인이 앉으실 수 있도록 제가 그리로 의자를 갖다 드릴까요?"

"제가 그래 주길 총경님이 바라신다면요."

버지니아가 목소리에 무게를 싣고 말했다.

"상당히 눈치가 빠르시군요. 맞습니다. 솔직히 부인과 얘기를 좀 나누고 싶습니다."

배틀은 버드나무로 만든 긴 의자를 들어서 잔디밭으로 옮겼다. 버지니아는 겨드랑이에 쿠션을 끼고 그를 따라갔다.

"아주 위험한 곳이죠. 저 테라스요. 아, 사적인 대화를 나누기엔 그렇다는 말씀입니다."

"또다시 가슴이 뛰려고 하는데요, 배틀 총경님."

"아, 별로 중요한 일은 아닙니다."

배틀 총경은 큰 시계를 꺼내더니 흘깃 쳐다봤다.

"10시 30분이군요. 로맥스 장관에게 보고할 일도 있고 해서 저는 10분 뒤에 와이번 저택으로 떠나려고 합니다. 시간은 충분합니다. 전 그저 부인이 케이드 씨에 대해 제게 좀 더 할 얘기가 없으신가 해서요."

"케이드 씨요?"

버지니아는 깜짝 놀랐다.

"그렇습니다. 두 분이 언제 처음 만났는지, 또 얼마나 알고 지냈는지 뭐 그런 것들이죠."

배틀의 태도는 더없이 편안하고 유쾌했다. 심지어 그녀를 똑바로 쳐다보지도 않았는데 그런 점이 오히려 버지니아를 불안하게 했다.

이윽고 버지니아가 입을 열었다.

"총경님이 생각하신 것보다 대답하기가 힘든 질문이군요. 실은 제가 그 사람에게 한 번 크게 신세를……."

배틀이 도중에 끼어들었다.

"저기 레블 부인, 마저 말씀하시기 전에 일러 드릴 것이 있습니다. 어젯밤에 부인과 에버슬레이 씨가 잠자리로 돌아가신 뒤에 케이드 씨가 편지 사건과 부인 댁에서 살해당한 남자 얘기를 해 주셨습니다."

"정말요?"

버지니아는 숨이 콱 막혔다.

"네. 그리고 그렇게 말씀하신 건 아주 현명한 처사였어요. 덕분에 많은 오해가 말끔히 사라졌습니다. 케이드 씨가 제게 말하지 않은 단 한 가지는 그 사람이 부인을 언제부터 알고 지냈느냐 하는 점입니다. 그 점에 대해 저 나름대로 추측을 해 봤습니다. 제 추측이 옳은지 그른지는 부인께서 말씀해 주셨으면 합니다. 제가 내린 결론은 케이드 씨가 폰트가에 있는 부인 댁을 찾아갔던 날이 두 분이 처음 만난 날이라는 겁니다. 아! 제가 맞았군요. 과연 그랬어요."

버지니아는 아무 말도 하지 않았다. 무표정한 얼굴에 우둔하기만 한 이 남자에게 그녀는 처음으로 두려운 감정을 느꼈다. 앤터니가 배틀 총경을 두고 빈틈없는 사람이라고 했던 말이 무슨 뜻이었는지 비로소 이해가 갔다.

배틀 형사의 질문은 계속되었다.

"케이드 씨가 부인께 그동안 살아온 얘기를 한 적이 있습니까? 그 사람이 남아프리카에 가기 전에 어떻게 살았는지 하는 얘기 말입니다. 캐나다에서라든가 아니면 그전에 수단 같은 나라에 살 때 얘기 같은. 그도 아니면 어린 시절 이야기라도."

버지니아는 그저 고개만 저었다.

"저는 아직도 케이드 씨가 분명 뭔가를 숨기고 있는데 그걸 풀어놓고 있지 않다는 생각입니다. 대담하고 변화무쌍한 삶을 살아온 사람의 얼굴은 절대 거짓말을 못 하는 법이거든요. 생각만 있었다면 그 사람은 부인에게 뭔가 흥미로운 얘기를 했을 겁니다."

"그렇게 그 사람의 지난날이 궁금하시면 맥그러스라는 그 사람 친구에게 전보를 치시면 되잖아요?"

"아, 물론 했습니다. 하지만 그 친구라는 분이 어디 먼 오지에 가계신 것 같더군요. 다만 케이드 씨가 직접 말했듯이 당시 불라와요에 있었던 것만은 분명합니다. 하지만 전 케이드 씨가 남아프리카로 가기 전에 어디서 뭘 하고 지냈는지 그게 궁금합니다. 캐슬스 여행사에서 근무한 기간이라고 해야 고작 한 달 남짓이었으니까요."

배틀은 다시 시계를 꺼냈다.

"그만 가야겠네요. 차가 기다리고 있을 겁니다."

버지니아는 집을 향해 멀어져 가는 그의 뒷모습을 바라보며 의자에 앉은 채로 꼼짝도 하지 않았다. 그녀는 앤터니가 나타나서 함께 있어 줬으면 하고 바랐다. 그러나 정작 버지니아 앞에 나타난 사람은 입이 찢어져라 하품을 하는 빌 에버슬레이였다. 그가 투덜거렸다.

"이렇게 고마울 수가, 이제야 당신과 이야기를 나눌 수 있게 됐군요."

"제발 부탁인데 나 좀 위로해 줘요, 빌. 당장이라도 울음이 터져 나올 것만 같아요."

"어떤 놈이 당신을 못살게 군 겁니까?"

"딱히 못살게 군 건 아니에요. 그냥 내 마음속을 파고 들어와 온통 뒤집어 놓고 가는 것 있죠. 꼭 코끼리한테 짓밟힌 기분이에요."

"설마 배틀은 아니죠?"

"맞아요. 배틀이에요. 정말 지긋지긋한 사람이에요."

"까짓 배틀 따윈 신경 쓰지 말아요. 그보다 버지니아, 난 정말 당신을 너무나 사무치게 사랑하고……."

"오늘 아침은 안돼요, 빌. 난 지금 당신의 사랑 고백을 듣고 있을 기운이 없어요. 그리고 내가 입버릇처럼 말했죠, 정말로 멋진 남자는 점심 식사 전 프러포즈 같은 건 안 한다고."

"집어치우라고 하세요. 난 당신에게 프러포즈를 할 수 있다면 꼭 두새벽이고 언제고 상관없어요."

버지니아는 진저리를 쳤다.

"빌, 제발 1분만이라도 정신 좀 차리고 지성인답게 굴어요. 난 지금 당신의 충고가 필요하단 말예요."

"그럼 일단 나하고 결혼하겠다고 약속해 줘요. 그럼 기분이 훨씬 좋아질 거예요. 장담한다니까요. 그런 말도 있잖아요. 행복해지면 마음도 훨씬 편안해진다."

"이봐요, 빌. 당신이 나한테 이러는 건 일종의 강박증이에요. 남자들은 심심한데 딱히 할 말이 생각나지 않으면 프러포즈라는 걸 하죠. 내 나이가 몇이에요? 그리고 내가 미망인이란 사실 잊었어요?

제발 정신 차리고 딴 데 가서 순결한 아가씨나 찾아봐요."

"내 사랑 버지니아…… 이런, 빌어먹을! 천치 같은 저 프랑스 놈이 하필 이럴 때 들이닥칠 게 뭐람."

빌 말마따나 그들에게 다가오고 있는 사람은 예의 까만 턱수염에 반듯한 몸가짐을 한 르무앵이었다.

"밤새 안녕하셨습니까, 부인. 별로 피곤한 기색이 아니십니다."

"전혀요."

"정말 대단한 체력이십니다. 안녕하세요. 에버슬레이 씨. 어때요, 두 분 저하고 잠시 산보 안 하시겠습니까?"

"어떻게 할래요, 빌?"

"그러죠, 뭐."

빌이 옆에서 마땅찮은 얼굴로 대답했다.

빌이 마지못해 잔디밭에서 몸을 일으키자 세 사람은 나란히 서서 천천히 거닐기 시작했다. 버지니아는 두 남자 사이에서 걸었는데 눈치 빠른 그녀는 르무앵에게서 묘하게 흥분한 기류가 감돌고 있음을 금세 알아차렸다. 하지만 무엇 때문에 그런 느낌이 드는지는 정확히 꼬집어 낼 수 없었다.

버지니아는 지체 없이 평소 실력을 발휘해서 이런저런 질문도 던지고 답변에 열심히 귀도 기울이면서 르무앵이 긴장감을 풀고 차츰차츰 입을 열게 했다. 결국 르무앵은 두 사람에게 그 유명한 킹 빅터의 일화들을 들려주었다. 간혹 수사국이 온갖 다양한 방법으로 놈에게 농락당한 부분을 묘사할 땐 쓰린 속을 감추지 못했지만 그의 얘기는 제법 흥미진진했다.

그러나 버지니아는 르무앵이 자기 얘기에 완전히 몰두해 있음에도 불구하고 뭔가 다른 목적을 숨기고 있는 것 같은 예감이 들었다. 게다가 입으로 열심히 떠들어 대는 와중에도 르무앵이 흡사 미리 정해 둔 것처럼 정원을 가로질러 가는 코스로 교묘하게 자신들을 유도하고 있다는 생각이 들었다. 그들은 지금 단순히 느긋한 산보를 즐기고 있는 것이 아니었다. 르무앵의 농간에 따라 특정한 방향으로 이끌려 가고 있었다.

별안간 르무앵이 하던 얘기를 멈추고 주위를 두리번거렸다. 세 사람은 나무 몇 그루가 모여 있는 곳을 기점으로 갑작스레 방향이 바뀌기 직전의, 정원과 차도가 만나는 지점에 서 있었다. 르무앵은 집 쪽에서 그들을 향해 다가오고 있는 차를 빤히 쳐다보고 있었다.

버지니아의 눈이 그의 시선을 따라 움직였다. 그녀가 말했다.

"저건 짐차예요. 아이작슈타인 씨의 짐과 시종을 태우고 기차역으로 가는 중이죠."

"그래요?"

르무앵은 시계를 흘깃 내려다보더니 화들짝 놀랐다.

"이거 죄송해서 어쩌죠? 여러분처럼 멋진 분들과 어울리다 보니 그만 생각보다 오래 있었네요. 저 차를 얻어 타고 동네까지 가면 좋겠는데 어떨지 모르겠네요."

그는 차도로 올라서더니 팔을 흔들어 손짓을 보냈다. 차가 멈춰 서자 그는 운전기사에게 한두 마디 사정을 설명하곤 곧장 뒷자리에 올라탔다. 그는 버지니아를 향해 정중하게 모자를 들어 올렸고 차는 곧바로 출발했다.

남은 두 사람은 어리둥절한 표정으로 그 자리에 서서 짐차가 사라져 가는 모습을 물끄러미 바라보았다. 차가 모퉁이를 쌩 하고 돌아서는 순간 옷 가방 한 개가 툭 차도에 떨어졌다. 차는 그대로 가버렸다.

버지니아가 빌에게 말했다.

"봐요. 우리에게 뭔가 재미난 구경거리가 생길 것 같아요. 저 차에서 옷 가방이 떨어졌어요."

"아무도 못 봤나 본데요."

두 사람은 가방이 떨어진 곳을 향해 차도를 달려 내려갔다. 막 그곳에 도착했을 때 르무앵이 걸어서 차도 모퉁이를 돌아왔다. 정신없이 걸었는지 더워 보였다.

그가 유쾌한 목소리로 말했다.

"어쩔 수 없이 내리게 됐네요. 깜빡 잊고 두고 온 물건이 있어서요."

"이건가요?"

빌이 옷 가방을 가리켰다.

두툼한 돼지가죽으로 만든 보기 좋은 가방이었는데 영어로 'H·I'라는 이니셜이 새겨져 있었다.

르무앵이 점잖은 목소리로 말했다.

"이런! 차에서 떨어진 게 틀림없네요. 찻길이니 아무래도 주워야겠죠?"

대답을 기다릴 새도 없이 그는 옷 가방을 주워 나무숲으로 옮겨 다 놨다. 가방 위로 몸을 숙인 그의 손에서 뭔가가 번쩍 하더니 자물쇠가 스르륵 열렸다.

르무앵이 입을 열었다. 말투가 빠르고 위압적인 것이 아까하곤 전혀 달랐다.

"차가 금세 이리로 올 겁니다. 보입니까?"

버지니아는 집 쪽을 돌아다봤다.

"아뇨."

"그럼 됐습니다."

그는 능숙한 솜씨로 옷 가방에 든 물건들을 꺼냈다. 입구에 금장식이 달린 술병과 실크 파자마, 그 밖에 양말 여러 켤레가 나왔다. 별안간 르무앵의 온몸이 빳빳이 굳더니 실크 내의가 담긴 보퉁이로 보이는 물건을 급히 집어 들고 재빨리 풀어헤쳤다.

빌의 입에서 희미한 탄성이 터져 나왔다. 보퉁이 속에서 나온 것은 육중한 권총이었다.

"경적 소리예요."

버지니아의 말에 르무앵은 번개처럼 옷 가방을 다시 쌌다. 그리고 갖고 있던 실크 손수건으로 권총을 둘둘 말아 얼른 주머니에 넣었다. 그는 옷 가방의 자물쇠를 찰칵 채운 뒤 재빨리 빌을 향해 돌아섰다.

"받아요. 그리고 부인하고 여기 계세요. 차가 오거든 멈춰 세우고 앞서간 짐차에서 이게 떨어졌다고 말하세요. 내 얘긴 꺼내면 안 됩니다.”

아이작슈타인을 태운 대형 란체스터 리무진이 모퉁이를 돌아오자 빌은 얼른 차도로 뛰어들었다. 운전기사가 속도를 늦추자 빌은 옷 가방을 흔들어 보였다.

“앞서간 짐차에서 이게 떨어졌더군요. 지나가다 우연히 발견했습니다.”

빌은 아이작슈타인의 누르스름한 얼굴에 언뜻 놀라는 기색이 스치는 것을 바로 알아차렸다. 이윽고 차는 쌩 사라졌다.

두 사람은 르무앵이 있는 곳으로 돌아왔다. 그는 만족스러운 듯 득의양양한 미소를 띤 채 손에 권총을 들고 서 있었다.

“승산 없는 모험이었어요. 아주 위험한 시도였죠. 하지만 결국 해냈습니다.”

적신호

배틀 총경은 와이번 저택의 도서관에 서 있었다.

서류 더미가 넘쳐나는 책상 앞에서 조지 로맥스가 꺼림칙한 얼굴로 잔뜩 인상을 쓰고 앉아 있었다.

사실 사무적이고 간단한 보고로 대화의 포문을 연 사람은 배틀 총경이었으나 그 이후 둘 사이의 대화는 거의 일방적으로 조지가 주도했고 배틀은 상대가 질문을 하면 보통은 단음절로 짧게나마 대답하는 데 만족하고 있었다.

조지 앞에 놓인 책상에는 앤터니가 화장대 위에서 발견한 편지 뭉치가 놓여 있었다.

조지는 편지 뭉치를 집어 들더니 짜증 섞인 목소리로 말했다.

"도무지 이해할 수가 없소. 그럼 이것들이 전부 암호문으로 쓰여 있다 그 얘기요?"

"그렇습니다, 로맥스 장관님."

"그리고 그 작자 말이 이걸 자기 화장대에서 발견했다고?"

배틀은 편지 뭉치를 다시 손에 넣게 된 경위에 대해 앤터니 케이드가 설명해 준 내용을 한마디도 빼놓지 않고 그에게 전했다.

"그리고 그자가 이걸 발견하자마자 당신에게 가져왔다? 그건 제법 잘한 일이군. 아주 잘한 일이야. 하지만 도대체 누가 이걸 그자의 방에 갖다 놨단 말이오?"

배틀이 고개를 젓자 조지는 불평을 늘어놓았다.

"그런 것쯤은 당신이 알고 있어야 하는 거 아니오? 난 아무래도 그자의 말이 수상해요. 아주 수상해. 어쨌거나 우리가 그 케이드인지 뭔지 하는 자에 대해 아는 게 뭡니까? 그 작자는 대단히 의심스러운 상황에서 도통 수수께끼 같은 모습으로 나타났어요. 그런데도 우린 그자에 대해 아무것도 모르고 있소. 말하긴 뭣하지만 난 개인적으로 그 케이드인지 뭔지 하는 작자의 태도가 영 탐탁치 않아요. 설마 그 사람 뒷조사는 해 봤겠죠?"

배틀 총경은 애써 참을성 있는 미소를 지어 보였다.

"즉시 남아프리카로 전보를 보냈는데 케이드 씨가 한 얘기가 모두 사실로 확인됐습니다. 본인 말대로 당시 그는 맥그러스 씨와 함께 분명 불라와요에 있었습니다. 둘이 만나기 전까지는 여행사인 캐슬스 사에서 근무했고요."

"역시나 예상대로군. 어쩐지 남 밑에서 벌어먹고 사는 작자들한테 대대로 내려오는 뻔뻔함이 느껴지더라니. 하지만 이 편지들은 무슨 조치를 취해야지 안 되겠소, 그것도 지금 당장."

이 대단한 남자는 거만한 태도로 숨까지 헐떡이며 언성을 높였다.

배틀 총경이 뭐라고 말을 하려 하자 조지가 가로막고 나섰다.

"여기서 이렇게 지체할 시간이 없어요. 이 편지들을 지금 당장 해독해야겠소. 가만 있자, 그게 누구더라? 대영 박물관하고 연줄이 닿아 있는 사람이 있는데. 암호문에 대해선 모르는 게 없는 사람이오. 전쟁 중에는 우리 정부를 도와 일한 적도 있다던데. 오스카 양이 어디 있지? 그녀라면 알 거요. 이름이…… 윈…… 윈 뭐라던데."

"윈우드 교수요."

"맞아요. 그 사람이오. 이제야 제대로 기억이 나는군. 당장 그 사람에게 전보를 보내야겠소."

"이미 보냈습니다, 장관님. 1시간 전에요. 12시 10분 기차로 도착하신답니다."

"오, 그거 잘했군. 아주 잘했소. 허 참, 이제야 답답한 속이 좀 풀리는 것 같구려. 오늘은 내가 런던 시내에서 볼일이 있는데 어때요, 나 없이도 잘 해낼 수 있겠소?"

"노력해 보겠습니다."

"그럼 부디 최선을 다해 주시오. 배틀, 최선을 다해 줘요. 내가 지금 워낙 정신없이 바빠서."

"잘 알겠습니다."

"그건 그렇고 에버슬레이는 왜 당신하고 같이 안 온 거요?"

"그때까지 자고 있었습니다. 말씀드렸다시피 모두들 밤을 꼬박

새워서요."

"참, 그렇지. 나도 툭하면 밤을 새운답니다. 평소 내 일상 생활이 자그마치 36시간에 해야 할 일을 24시간 안에 처리하는 식이라서 말이오! 돌아가거든 당장 에버슬레이를 이리 보내 줄 수 있겠소?"

"그렇게 전하겠습니다."

"고맙소, 배틀. 당신이 그 친구에게 어느 정도 비밀 얘기를 털어놓을 수밖에 없었다는 건 나도 알아요. 그러나 내 사촌 누이인 레블에게까지 굳이 그런 얘기를 할 필요가 있었겠소?"

"편지에 적힌 이름 때문에라도 어쩔 수 없었습니다, 장관님."

조지는 눈썹을 있는 대로 찡그리고 편지 뭉치를 쳐다봤다.

"이런 몰염치가 있나. 돌아가신 헤르초슬로바키아의 국왕이 생각나는군. 사람은 괜찮았는데 마음이 여렸소, 그것도 통탄스러울 만큼. 파렴치한 여자의 치마폭에서 놀아났으니. 총경은 이 편지들이 어떤 경로로 케이드 씨에게 돌아왔을지 짐작 가는 바라도 있소?"

"사람은 한 가지 방법으로 원하는 바를 얻지 못하면 다른 방법을 쓴다는 것이 제 지론입니다."

"도무지 무슨 말인지 알아들을 수가 없구려."

"이 사기꾼, 즉 킹 빅터는 지금쯤이면 회의실이 감시의 대상이 되고 있다는 사실을 익히 알고 있을 겁니다. 그래서 우리에게 편지를 넘겨서 그 편지의 해독을 맡기고, 다시 우리로 하여금 보물이 숨겨진 곳을 찾아내게 할 겁니다. 그다음에 본격적으로 문제를 일으키겠다는 속셈이죠! 하지만 르무앵과 제가 긴밀히 협조해서 그 점을 예의 주시할 생각입니다."

"그럼 무슨 계획이라도 있는 거요?"

"딱히 계획이 있다고까지는 말할 수 없습니다. 다만 한 가지 생각해 둔 것이 있긴 합니다. 이런 것도 때로는 쓸모가 아주 많더군요."

이 말을 마치고 배틀 총경은 도서관을 나섰다.

그는 조지에게 더 이상 속 얘기를 털어놓을 생각이 없었다.

돌아오는 길에 배틀은 앤터니를 발견하고 차를 세웠다. 앤터니가 그에게 물었다.

"절 침니스로 태워다 주려고 세우신 거예요? 그렇담 잘됐네요."

"어딜 다녀오시는 길입니까, 케이드 씨?"

"차편을 알아보려고 역에 다녀오는 길입니다."

배틀의 눈썹이 위로 치켜 올라갔다.

"다시 우릴 떠나실 생각인가요?"

앤터니는 큰 소리로 웃었다.

"지금 당장은 아니에요. 그건 그렇고 아이작슈타인 씨는 무슨 일로 그렇게 잔뜩 화가 난 겁니까? 막 집을 나서는데 차로 도착했더군요. 무슨 안 좋은 일로 충격을 받았는지 몹시 언짢은 표정이던데요."

"아이작슈타인 씨가요?"

"네."

"전혀 모르겠는데요. 제가 보기에는 어지간해서 충격받을 사람이 아닌 것 같은데요."

"저도요. 강인하고 과묵하고 의심 많은 전형적인 재력가 타입이잖아요, 그 사람."

별안간 배틀이 앞으로 다가가 앉더니 운전기사의 어깨를 툭 쳤다.

"잠깐 세워 주시겠소? 그리고 여기서 잠깐만 기다려 주시오."

그러더니 배틀은 놀랍게도 차에서 펄쩍 뛰어내렸다. 하지만 곧이어 앤터니는 차 앞쪽에서 걸어오는 르무앵을 발견하곤 배틀의 시선을 끈 것이 그의 손짓이었을 거라고 짐작했다.

둘 사이에 부지런히 얘기가 오고 가더니 잠시 후 배틀 총경이 차로 돌아왔다. 그는 운전기사에게 다시 출발해 달라고 했다.

그런데 안색이 아까와는 전혀 딴판이었다. 그가 툭 던지듯이 말했다.

"권총을 찾았답니다."

앤터니는 깜짝 놀라서 그를 쳐다봤다.

"네? 어디서요?"

"아이작슈타인의 옷 가방에 있었다는군요."

"세상에 말도 안 돼요!"

"세상에 말도 안 되는 일은 없다는 진리를 새삼 깨닫게 해 주는군요."

배틀은 꼼짝 않고 앉아서 손으로 무릎을 연신 두드렸다.

"누가 찾았답니까?"

배틀은 어깨 너머로 고개를 쑥 내밀었다.

"르무앵요. 똑똑한 친구죠. 파리 경시청에선 그를 대단하게 생각한다는군요."

"하지만 이렇게 되면 총경님 추측은 죄다 엉망이 되잖아요?"

배틀 총경은 아주 천천히 대답했다.

"아뇨, 꼭 그렇지만도 않습니다. 처음엔 저도 좀 놀랐습니다. 하지만 지금 상황은 제가 생각한 한 가지 경우와 정확하게 들어맞아요."

"그게 뭔데요?"

하지만 총경은 말의 방향을 틀어 전혀 다른 주제로 넘어갔다.

"미안하지만 케이드 씨가 저 대신 에버슬레이 씨 좀 찾아 주시겠습니까? 로맥스 장관이 그 사람에게 보내는 전갈이 있어서요. 지금 당장 그 사람을 자기가 묵고 있는 저택으로 보내 달랍니다."

"얼마든지요."

앤터니가 대답했다. 두 사람을 태운 차는 막 커다란 대문 앞에 멈춰 선 상태였다.

"그 친구 아직도 한밤중일 겁니다."

"그렇지 않을 겁니다. 찾아보시면 알겠지만 레블 부인과 함께 저기 나무 그늘 아래에서 산보라도 하고 있을 겁니다."

"배틀 총경님은 천리안도 갖고 계시나 봐요?"

앤터니는 심부름을 떠나면서 말했다.

앤터니에게 조지의 전갈을 전해 들은 빌은 역시나 짜증나 죽겠다는 표정을 지었다.

빌은 집 쪽으로 터벅터벅 걸으며 투덜거렸다.

"빌어먹을. 그놈의 수다쟁이 영감탱이는 도대체 왜 내가 어쩌다 한번 노는 꼴도 못 봐주는 건데? 그리고 이놈의 빌어먹을 미국놈들은 왜 자기네 나라로 돌아가지 않는 거야? 그 자식들은 도대체 뭣하러 여기까지 와서 예쁜 여자들은 모조리 골라 가냐고? 하나같이 징글징글하게 이가 갈리는 놈들 같으니라고."

빌이 볼일을 보러 가 버리자 버지니아가 숨 가쁘게 물었다.

"권총이 발견됐다는 얘기 들었어요?"

"배틀 총경한테 들었어요. 정말 혼비백산할 일 아닙니까? 어제 아이작슈타인 씨를 봤는데 잔뜩 겁에 질려 있는 게 당장이라도 떠날 태세더군요. 난 그냥 신경이 날카로워져서 그런가 보다 했죠. 그 사람은 내가 가장 혐의가 없을 것 같은 사람으로 꼽아 둔 유일한 인물이었거든요. 그 사람이 미하엘 왕자를 제거했어야만 할 이유가 뭘까요? 대충 짐작 가는 거라도 있으세요?"

"아무리 꿰맞춰 봐도 없어요."

버지니아가 조심스럽게 대답했다.

앤터니가 불만스런 목소리로 말했다.

"그래요. 어디다 꿰맞춰 봐도 맞는 데가 없어요. 처음엔 제가 진짜 아마추어 형사라도 된 줄 알았는데, 지금까지 한 일이라곤 엄청난 고생에 적지 않은 돈까지 들여 가며 프랑스 출신 여자 가정 교사의 신원을 밝혀낸 것이 전부예요."

"프랑스엔 그 일로 갔던 거예요?"

"그래요. 디나르에 가서 브르퇴이 백작 부인이란 사람을 만나고 왔어요. 제가 엄청나게 똑똑한 인간인 줄 알고 잔뜩 기고만장해서는 브룅이라는 여자는 생전 듣도 보도 못 한 인물이라는 대답을 들을 걸로 철석같이 믿고서 간 겁니다. 한데 그러기는커녕 문제의 그 여자가 지난 7년간 그 집에서 없어서는 안 될 사람이었다는 얘기만 실컷 듣다 왔으니. 백작 부인이란 여자가 사기꾼이라면 몰라도 내 머리에서 나온 기발한 생각인지 뭔지는 완전히 실패가 되는 거죠."

버지니아는 고개를 저었다.

"브르퇴이 부인은 전혀 남의 의심을 받을 사람이 아니에요. 난 그 여자를 잘 알아요. 가만 생각해 보니 그 여자 성(城)에서 브룅이라 는 여자를 틀림없이 만난 적이 있어요. 얼굴이 꽤 눈에 익거든요. 물 론 여느 가정 교사나 같은 여행길에 오른 사람들 그리고 기차에서 맞은편에 앉은 사람들 얼굴을 기억하는 정도로 막연하긴 하지만. 좀 그렇죠? 하지만 난 그런 사람들 얼굴을 제대로 쳐다보는 행동은 절대 안 하거든요. 어때요. 당신은?"

"상대가 빼어난 미인일 때만 봅니다."

앤터니는 솔직하게 털어놓았다.

"그럼 이번 경우는……."

버지니아는 말을 하다가 말았다.

"왜요, 무슨 일이에요?"

앤터니는 나무숲에서 나와 부동자세로 빳빳하게 서 있는 누군가 를 응시하고 있었다. 헤르초슬로바키아인 보리스였다.

"잠깐 실례해야겠군요. 제 개에게 할 말이 있어서요."

앤터니는 버지니아에게 말하고서 보리스가 서 있는 곳으로 다가 갔다.

"무슨 일이오? 용건이 뭡니까?"

"주인님."

보리스는 그를 향해 고개를 숙였다.

"아, 알았어요. 날 주인님으로 모시든 말든 그건 마음대로 해요. 그래도 이런 식으로 내 꽁무니를 따라다니는 건 곤란해요. 꼴사납게 이게 무슨 짓입니까?"

보리스는 한마디 대꾸도 없이 편지지 같은 데서 뜯겨져 나왔음직한 흙 묻은 쪽지를 앤터니에게 건넸다.

"이게 뭡니까?"

종이에는 아무렇게나 휘갈겨 쓴 주소 말고는 아무것도 없었다.

"그분이 떨어뜨리신 겁니다. 그래서 주인님께 가져왔습니다."

"누가 떨어뜨렸단 말이오?"

"외국에서 오신 신사분입니다."

"근데 왜 이걸 나한테 가져왔소?"

보리스는 야속하다는 듯이 그를 쳐다봤다.

"여하튼 알았으니까 당장 꺼져요. 난 지금 바쁘니까."

보리스는 정중하게 인사를 하고 그 자리에서 홱 돌아서더니 행군하듯이 가 버렸다. 앤터니는 그가 건네준 쪽지를 주머니에 욱여넣고 버지니아에게 돌아왔다.

"무슨 일이에요? 그리고 왜 저 사람을 당신의 개라고 부르는 거죠?"

버지니아가 궁금해하며 물었다.

앤터니는 나중 질문에 대한 답부터 했다.

"저 친구가 꼭 개처럼 행동하니까요. 저 친구 분명히 전생에 리트리버였을 겁니다. 외국인 신사분이 떨어뜨렸다면서 나한테 찢어진 편지지 한 장을 가져왔더군요. 르무앵을 말하는 것 같아요."

버지니아는 다소 의심쩍은 듯이 말했다.

"그럴지도 모르겠네요."

"저 친구는 매일 제 뒤꽁무니만 쫓아다닙니다. 꼭 강아지처럼요. 말도 거의 안 해요. 그냥 그 부리부리한 눈으로 절 쳐다보기만 하죠. 도무지 이해가 안 가는 친구예요."

버지니아가 다른 의견을 내놓았다.

"어쩌면 아이작슈타인을 말한 건지도 몰라요. 외국 사람으로 보이고도 남을 인상이잖아요."

앤터니는 초조하게 중얼거렸다.

"아이작슈타인이라. 도대체 그 사람의 정체는 뭘까요?"

"혹시 이 일에 말려든 걸 후회한 적 있어요?"

버지니아가 뜬금없이 물었다.

"후회요? 천만에요. 오히려 좋기만 한걸요. 알다시피 난 인생 대부분을 골칫거리를 찾아다니며 보낸 사람이에요. 어쩌다 보니 이번엔 애초에 계약한 것보다 역할이 좀 커졌지만."

"하지만 이젠 곤란한 상황을 완전히 벗어났잖아요?"

평소와 달리 앤터니가 무게를 잡고 말하자 버지니아는 다소 의아해하며 물었다.

"완전히는 아니죠."

둘은 잠시 말없이 거닐었다.

앤터니가 침묵을 깨고 말했다. 여전히 심각한 어조였다.

"세상엔 신호를 무시하는 사람들이 있습니다. 잘 정비된 평범한 기관차는 적신호가 켜지면 속도를 늦추거나 멈추기 마련이죠. 그런데 저란 인간은 태어날 때부터 색맹인가 봅니다. 눈앞에 적신호가 켜졌는데도 도무지 멈출 줄을 모르거든요. 그러다 결국 비참한 사태를 초래하죠. 예외가 없어요. 사실 당연한 귀결이기도 하고요. 그런 행동은 보통 교통의 흐름에 큰 방해가 되니까요."

"내 생각엔 당신이 지금까지 살면서 꽤나 많은 위험을 감수했을 것 같아요. 어때요. 내 말이 맞죠?"

"거의 매 순간이 그랬다고 볼 수 있죠. 결혼만 빼고."

"왠지 냉소적으로 들리는데요."

"그런 의도로 한 말은 아닙니다. 소위 결혼이란 것은 운명을 걸고 하는 가장 큰 모험이라는 게 제 생각입니다."

버지니아는 흥분으로 얼굴을 빛내며 말했다.

"정말 마음에 드는 말이군요."

"제가 결혼하고 싶은 여자의 조건은 한 가지뿐입니다. 인생을 절대 저처럼 살지 않을 것. 만약 그런 여자를 만나게 되면 그다음엔 어떻게 해야 되죠? 아내에게 제 인생을 맡기는 편이 좋을까요. 아니면 제가 아내의 인생을 주도하는 편이 좋을까요?"

"그야 그 여자가 당신을 사랑한다면……."

"그건 지나친 감상입니다, 레블 부인. 부인도 잘 아실 거예요. 사랑은 둘러싼 모든 것들에 눈을 멀게 하는 약이 아닙니다. 물론 그렇게 될 수는 있지만 사실 그건 딱한 일이에요. 사랑은 그보다 훨씬 큰 의미여야 합니다. 예를 들어 왕과 거지 출신의 하녀가 결혼했다고 칩시다. 그들이 일이 년 뒤에 자신들의 삶을 어떻게 생각할까요? 그 여자가 예전에 입었던 누더기며 맨발이며 근심 걱정 없었던 삶을 그리워할까요? 분명히 그럴 겁니다. 그렇다면 왕이 그녀를 위해 왕이라는 직책을 포기했어야 옳을까요? 절대 그렇지 않았을 겁니다. 그랬다면 그는 십중팔구 비참한 거지꼴을 면하지 못했을 거예요. 하는 일마다 형편없는 남자를 존경할 여자도 없을 거고요."

버지니아가 다정한 목소리로 물었다.

"그런 당신은 거지 출신의 하녀와 사랑에 빠져 본 적이 있나요?"

"제 경우야 그 반대가 되겠지만 원칙은 마찬가지죠."

"그럼 해결책은 없는 건가요?"

앤터니는 우울하게 대답했다.

"해결책이야 늘 있죠. 마땅한 대가를 치른다면 사람은 누구나 자기가 원하는 것을 언제든 얻을 수 있다는 것이 제 지론입니다. 이럴 때 열에 아홉은 어떤 대가를 치르는지 아세요? 바로 타협입니다. 누군가와 타협한다는 것은 비위 상하는 일이긴 하지만 중년의 나이가 되면 어느덧 자연스럽게 몸에 배게 되죠. 지금의 저 역시 그렇게 되어 가고 있고요. 원하는 여자를 얻기 위해서라면 전…… 전 매일 똑같은 일을 되풀이해야 하는 직장도 마다하지 않을 생각입니다."

버지니아가 큰 소리로 웃었다.

"전 태어날 때부터 할 일이 정해졌던 사람입니다."

"그런데 그 일을 버렸군요?"

"네."

"왜죠?"

"사상이 문제였죠."

"아!"

앤터니는 문득 돌아서서 그녀를 바라봤다.

"부인은 정말 특이한 여자군요."

"무슨 소리예요?"

"질문을 삼갈 줄 아니까요."

"그건 내가 어려서부터 당신에게 정해진 일이 뭐였는지 물어보지 않아서 하는 말인가요?"

"그렇습니다."

둘은 다시금 입을 다물고 걸었다. 두 사람은 달콤한 향내가 나는 장미 정원을 바로 옆에 끼고 집으로 다가가고 있었다.

앤터니가 침묵을 깨고 말했다.

"이런 말을 해도 될지 모르겠지만 부인은 사람 마음을 귀신같이 알아맞히는 재주가 있어요. 누군가가 자신을 사랑하게 되면 당신은 당장 알아챌 사람이죠. 부인이 내게, 아니 나 아닌 누구에게도 눈곱만큼의 관심이 조금도 없을 거라는 사실은 잘 알지만 그래도 부디 저한테만큼은 관심을 갖게 하고 싶어요."

"그럴 자신 있어요?"

버지니아가 낮은 목소리로 물었다.

"자신 있는 건 아니지만 멋지게 한번 도전해 볼 생각입니다."

"날 만난 걸 후회해요?"

그녀가 난데없는 질문을 던졌다.

"후회라뇨, 천만에요. 말하자면 제 앞에 다시 적신호가 켜졌다고 할까요. 폰트가에서 처음 당신을 만난 날, 전 깨달았습니다. 지금 내 앞에 서 있는 이 여자 때문에 한바탕 가슴앓이를 하게 되리란 걸요. 당신 얼굴에 그렇게 쓰여 있었어요. 당신에겐 머리끝부터 발끝까지 일종의 마법이 깃들어 있었습니다. 간혹 비슷한 여자들은 있었지만 당신처럼 대단한 마력을 지닌 여자는 처음이었죠. 머잖아 당신은 명망 있고 능력 있는 사람의 부인이 될 테고, 난 예의 그 타락 일변도의 삶으로 돌아가겠지만 그전에 무슨 일이 있어도 당신과 입맞춤할 기회를 잡을 겁니다. 두고 보세요."

버지니아가 다정하게 말했다.

"아무리 그래도 지금은 곤란해요. 배틀 총경이 도서관 창문으로 우릴 내다보고 있거든요."

"정말 당신은 아무도 못 당하겠군요, 버지니아. 하지만 그만큼 또 사랑스러운 사람이에요."

앤터니는 상심한 듯 말하곤 배틀 총경에게 신나게 손을 흔들었다.

"오늘 아침엔 범인 검거 좀 하셨어요, 배틀 총경님?"

"아직 못 했습니다, 케이드 씨."

"그렇다면 아직은 희망적이란 얘기네요."

배틀은 평소 둔해 보이는 모습을 생각하면 어떻게 저럴 수 있을까 싶을 정도로 날렵하게 도서관 창문을 뛰어넘더니 두 사람이 있는 테라스로 다가왔다.

그는 목소리를 죽이고 조용히 말했다.

"원우드 교수를 이리로 불렀습니다. 방금 도착했어요. 지금 그 편지들을 해독 중인데 어때요, 그분이 작업하는 모습을 보시겠습니까?"

그의 말투는 서커스 장에서 열심히 떠들어 대는 흥행사를 연상시켰다. 두 사람이 그러겠다고 하자 배틀은 둘을 이끌고 창가로 다가가 안을 엿보게 해 주었다.

탁자 앞에는 아담한 체격에 불그스름한 머리칼을 지닌 중년 남자가 여기저기 흩어진 편지들을 탁자에 두고 큼지막한 종이에다 부지런히 뭔가를 쓰고 있었다. 그는 글씨를 쓰는 와중에도 있는 대로 신경이 곤두서선 혼자서 뭐라고 툴툴거렸다. 이따금은 무자비하게 코를 비벼 대기도 해서 콧잔등이 머리색에 버금갈 지경이었다.

이윽고 그가 고개를 들었다.

"거기 자넨가, 배틀? 이따위 하찮은 거나 풀라고 날 이런 데다 불렀나? 강보에 쌓인 아기도 이딴 일은 하겠네. 두 살배기 머리로도 얼마든지 풀 수 있는 걸 암호라고? 한눈에도 알겠구먼."

배틀은 부드러운 목소리로 말했다.

"정말 다행이네요, 교수님. 하지만 보다시피 저희가 교수님의 번뜩이는 머리를 따라갈 주제가 돼야죠."

"번뜩이는 머리 따윈 필요 없어. 허구한 날 하는 일인데 뭐. 이 많은 걸 죄다 해야 하나? 그게 꽤나 시간이 걸리는 작업이라서 말일세. 쉬지 않고 들이파야지, 눈이 빠져라 들여다봐야지, 물론 머리 따윈 전혀 쓸 일이 없지만. 자네가 하도 중요하다길래 '침니스' 어쩌고라고 쓰인 것 하나는 끝냈네. 아무래도 나머지는 런던으로 가져가서 조교에게 넘겨주는 편이 낫겠어. 도통 시간이 없어서 말이야. 초고난이도의 작업을 내팽개쳐 두고 온 터라 서둘러 가 봐야겠네."

교수의 두 눈이 언뜻 반짝하고 빛났다.

"무슨 말씀이신지 잘 알겠습니다, 교수님. 저희가 워낙 변변찮다 보니 죄송하게 됐습니다. 로맥스 장관님께 그렇게 말씀드리죠. 제가 급하게 호들갑을 피운 건 이 편지 한 장 때문이었습니다. 그건 그렇고 케이터햄 경은 교수님이 함께 점심을 하실 거라고 알고 계실 텐데요."

"난 점심 같은 거 안 하네. 점심? 그거 안 좋은 습관이야. 정신 똑바로 박히고 신체 건강한 남자라면 하루 일과 중에 바나나 한 개하고 크래커 한 조각이면 충분해."

그는 의자 뒤에 걸쳐 놓았던 외투를 움켜쥐었다. 배틀은 건물을 돌아 현관으로 향했다. 그리고 몇 분 뒤 앤터니와 버지니아는 멀어지는 차 소리를 들었다.

배틀은 윈우드 교수가 건네준 종이 반쪽을 들고 돌아왔다.

배틀은 방금 전에 떠난 교수를 두고 말했다.

"원래가 저러신 분입니다. 성질 급한 귀신이라도 씌운 것 같지만 실력만큼은 대단하신 분이죠. 자, 이것이 왕비 전하가 쓴 편지들 중에서 핵심에 해당하는 부분입니다. 한번 보시겠습니까?"

　버지니아가 손을 뻗어 종이를 움켜쥐자 앤터니는 그녀의 어깨 너머로 윈우드 교수가 옮긴 내용을 한 줄 한 줄 읽어 내려갔다. 앤터니의 기억대로라면 그 편지의 원문은 열정과 절망이 살아서 움직이듯 복잡하게 뒤엉킨, 길고 문학적인 서간이었다. 그랬던 편지가 윈우드 교수의 천재적인 실력에 힘입어 전형적인 사무용 서신으로 바뀌어 있었다.

　　작업은 성공적으로 수행했지만 에스(S)가 우리를 배반했어요. 보석을 은신처에서 가로챘더군요. 그의 방에는 없었어요. 뒤졌더니 메모가 하나 나왔는데 내 기억엔 이런 내용이었어요. 리치먼드, 곧장 7, 왼쪽으로 8, 오른쪽으로 3.

"에스? 아, 스틸프티치니까 당연히 그렇겠네요. 교활한 늙은 여우. 결국 그자가 보석의 은신처를 바꿨군요."

　앤터니의 말에 버지니아가 조심스럽게 대꾸했다.

"리치먼드(템스 강변의 휴양지 — 옮긴이)라. 리치먼드 어딘가에 그 다이아몬드를 숨겨 놨다는 얘기가 아닐까요?"

"하긴 리치먼드라면 왕족들이 즐겨 찾는 곳이잖아요."

　앤터니도 그녀의 의견에 동의했지만 배틀은 고개를 가로저었다.

"전 그 단어가 이 집에 있는 어떤 물건을 의미한다는 의견을 고수하겠습니다."

"알았다!"

앤터니와 배틀은 갑자기 소리친 버지니아에게 고개를 돌렸다.

"회의실에 있는 홀바인의 초상화요. 놈들은 그 그림 바로 밑의 벽면을 두드리고 있었어요. 그리고 그 그림은 리치먼드 백작의 초상화고요!"

배틀이 무릎을 탁 치며 말했다. 그는 보기 드물게 흥분을 감추지 못했다.

"바로 그겁니다. 맞아요. 바로 그 그림이 출발점이에요. 그리고 놈들은 그 숫자들이 뭘 뜻하는지 우리만큼이나 모르고 있어요. 그런데 마침 갑옷상 둘이 바로 그림 아래에 있으니까 일단은 그 다이아몬드가 그중 하나에 숨겨져 있다고 생각한 거죠. 어쩌면 뒤의 숫자들은 길이 단위가 생략된 수치일 수도 있어요. 그런데 보석을 찾지 못하자 차선책으로 비밀 통로나 계단 혹은 옆으로 미는 나무 벽을 떠올린 거죠. 레블 부인, 혹시 이 집에 그런 것들이 있다는 얘기 못 들으셨습니까?"

버지니아는 고개를 저었다.

"사제의 은신처가 한 군데 있고 비밀 통로도 최소한 한 개쯤은 있을 거예요. 예전에 구경한 적도 있는 듯한데 지금은 잘 생각이 나지 않아요. 저기 번들이 오고 있으니 물어보면 알려 줄 거예요."

번들이 테라스를 따라 잰걸음으로 그들을 향해 다가왔다.

"점심 식사가 끝나면 파나드(자동차 이름 — 옮긴이)를 몰고 런던 시내로 나갈 생각인데 누구 같이 가실 분 안 계세요? 같이 안 가실래요. 케이드 씨? 저녁 식사 전까진 돌아올 텐데."

"아뇨, 사양하겠습니다. 전 여기 있는 게 더없이 즐겁고 또 할 일
도 많아서요."

"내가 무서우신가 보다. 분명 내 운전 실력이나 내 뇌쇄적인 매력
이 겁나는 거예요! 둘 중에 뭐죠?"

"후자요. 한시도 겁나지 않은 적이 없는걸요."

버지니아가 말했다.

"번들, 혹시 여기 회의실에서 다른 데로 이어진 비밀 통로 같은
거 없니?"

"당연히 있죠. 하지만 곰팡내 폭폭 나는 것밖엔 없어요. 침니스에
서 와이번 저택까지 뻗어 있다고 들었어요. 아, 옛날 얘기예요. 아주
옛날 얘기. 하지만 지금은 완전히 막혀 있어요. 따라가 봤자 이쪽 끝
에서 90미터 정도밖에 못 갈 거예요. 그보단 화이트 미술관 2층에
있는 비밀 통로가 훨씬 재미있어요. 사제의 은신처도 제법 괜찮은
편이죠."

"우린 지금 미술품을 감상하는 차원에서 거길 보려는 게 아니라
일 때문이야. 그럼 회의실에 있다는 비밀 통로는 어떻게 들어가지?"

"경첩이 달린 나무 벽이 있어요. 필요하면 점심 식사가 끝나고 제
가 여러분에게 보여 드릴게요."

배틀 총경이 말했다.

"고마워요. 그럼 2시 30분에 볼까요?"

번들은 눈썹을 치켜뜨고 그를 쳐다봤다.

"이게 다 그 악당들 때문인가요?"

트레드웰이 테라스에 모습을 드러냈다.

"아가씨, 점심 식사가 준비됐습니다."

장미 정원에서의 우연한 만남

2시 30분에 회의실로 몇몇 사람들이 모여들었다. 번들과 버지니 아, 배틀 총경과 르무앵 그리고 앤터니 케이드였다.

"로맥스 장관과 연락이 닿을 때까지 기다릴 짬이 없어요. 이 일은 한시가 급합니다."

"미하엘 왕자를 죽인 범인이 이런 비밀 통로로 집 안에 잠입했을 거라는 생각이시라면 그건 총경님이 틀렸어요. 그건 불가능해요. 저쪽 끝이 완전히 막혀 있거든요."

르무앵이 얼른 배틀과 번들의 대화에 끼어들었다.

"그건 걱정 안 하셔도 됩니다, 아가씨. 우리가 여길 수색하려는 건 전혀 다른 이유에서입니다."

번들이 잽싸게 물었다.

"뭔가를 찾기 위해서구나. 그렇죠? 설마 유서 깊은 골동품은 아니겠죠?"

르무앵이 당혹스런 표정을 지었다.

버지니아가 격려하듯이 말했다.

"너 스스로 알아내 봐. 번들. 생각해 보면 알 수 있을거야."

"그게 제가 세상일에 눈뜨기 전에 들은 얘긴데요. 암흑시대에 높으신 왕족들이 소유하고 있던 유서 깊은 다이아몬드를 도둑맞은 적이 있대요."

배틀이 물었다.

"그 얘기를 누구에게 들었습니까, 아일린 양?"

"예전부터 알고 있었어요. 열두 살 땐가 우리 집 하인이 말해 줬거든요."

"하인이라. 이런! 로맥스 장관이 이 얘기를 들었어야 하는데."

"그럼 이 얘기도 조지 아저씨가 절대 새어 나가면 안 된다는 비밀 중에 하나인가 보죠? 정말 웃겨서 말이 안 나오네! 전 한 번도 그 얘기를 사실이라고 믿은 적이 없거든요. 조지 아저씬 항상 뭘 모르세요. 하인들이 모르는 건 없다는 사실을 아저씨도 아셔야 해요."

번들이 방 저편에 걸린 홀바인의 초상화로 다가가 옆 어딘가에 감춰져 있던 태엽을 끼익 하고 돌렸다. 그러자 나무 벽 하나가 안으로 쓰윽 열리더니 시커먼 구멍이 모습을 드러냈다.

번들은 흡사 연극배우처럼 말했다.

"들어가시죠, 신사 숙녀 여러분. 자, 어서 올라오세요. 어서 올라오십시오, 귀빈 여러분. 올가을 최고의 쇼를 단돈 6펜스에 모시겠습니다."

르무앵과 배틀이 손전등을 들고 앞장서서 시커먼 입구로 발을 들이밀자 남은 사람들도 곧장 따라 들어갔다.

"공기가 신선하고 깨끗하군요. 어딘가에 환기구가 있는 게 틀림없어요."

배틀은 이렇게 말하며 앞으로 걸어 나갔다. 바닥은 울퉁불퉁하고 거친 돌투성이였지만 벽은 벽돌로 발라져 있었다. 번들의 말대로 통로는 불과 90미터 정도만 뻗어 있었고 그 너머는 무너져 내린 벽돌 더미로 앞이 가로막혀 있었다. 배틀은 반대편 출구가 막혀 있다는 사실에 흡족해하며 어깨 너머로 외쳤다.

"충분히 보셨으면 다들 돌아가시죠. 제가 여길 들어오자고 한 것은 일종의 지형 탐색을 위해서였습니다."

잠시 후 일행은 다시 나무 벽에 난 입구로 돌아왔다.

"우선은 여기를 출발점으로 삼겠습니다. 곧장 7, 왼쪽으로 8, 오른쪽으로 3. 맨 처음 수치를 발걸음이라고 쳐 보죠."

배틀은 조심스럽게 일곱 발자국을 디딘 다음 몸을 굽히고 발밑을 자세히 살폈다.

"대충 이 정도면 맞을 것 같군요. 언제적 것인지는 모르겠지만 여기 분필로 표시한 자국이 있네요. 그럼 이젠 왼쪽으로 8을 찾을 차례인데…… 이건 보폭은 아닙니다. 어쨌거나 통로 너비가 일렬종대로 갈 정도밖엔 안 되니까요."

"벽돌 개수를 말하는 건 아닐까요?"

"케이드 씨 말이 맞을 수도 있겠네요. 먼저 방향을 왼쪽으로 잡으면 바닥이나 천장에서 여덟 번째 벽돌이란 얘기가 되겠군요. 그럼 먼저 바닥에서 시작합시다. 그게 좀 더 쉬우니까."

그는 벽돌 여덟 개를 셌다.

"이제 여기서 오른쪽으로 세 개를 가겠습니다. 하나, 둘, 셋……. 여기요. 여기들 보세요. 이게 뭘까요?"

번들이 말했다.

"당장이라도 비명이 튀어나올 것만 같아요. 정말이에요. 근데 그게 뭐죠?"

배틀 총경은 갖고 있던 칼끝으로 문제의 벽돌을 이리저리 건드려 보았다. 그의 숙련된 눈이 이 벽돌과 나머지 벽돌들의 생김새가 다르다는 사실을 즉시 알아챈 것이다. 잠시 후 그는 문제의 벽돌을 무사히 밖으로 끄집어내는 데 성공했다. 벽돌이 박혀 있던 자리 뒤로 비좁고 어두운 공간이 나타났다. 배틀은 그리로 손을 집어넣었다.

모두 기대감에 숨을 죽이고 기다렸다.

배틀이 다시 손을 꺼냈다.

그의 입에서 놀라움과 분노가 뒤섞인 탄성이 새어 나왔다.

나머지 사람들은 배틀 주위에 몰려들어 그의 손에 들려 있는 세 가지 물건을 도무지 알 수 없다는 표정으로 쳐다봤다. 잠깐 동안이지만 자신들의 눈을 믿을 수 없다는 표정들이었다.

자잘한 진주 단추가 여러 개 박혀 있는 카드 한 장과 네모나게 뜬 조잡한 뜨개질 조각 그리고 대문자 '이(E)'가 일렬로 새겨진 종이

한 장, 그게 전부였다!

배틀이 입을 열었다.

"세상에 고작 이게 다라니. 이게 무슨 뜻일까요?"

프랑스인 르무앵이 투덜거렸다.

"몽 디외(하나님)! 사 세스트 엉 푸 트로 포트(이거 너무하네)!"

"도대체 이게 무슨 의미일까요?"

버지니아가 어리둥절한 얼굴로 외쳤다.

앤터니가 말했다.

"의미요? 이게 의미할 수 있는 건 한가지뿐이에요. 바로 고인이 된 스틸프티치 백작이 대단한 유머 감각의 소유자라는 사실이죠! 이건 그의 유머 감각을 보여 주는 단적인 사례예요. 말하기 뭣하지만 제 생각엔 썩 유쾌한 유머는 아닌 것 같군요."

배틀 총경이 물었다.

"지금 그 말씀이 무슨 뜻인지 좀 더 분명하게 설명해 주시겠습니까?"

"안 될 것 없죠. 한마디로 이건 백작이 사소한 장난질을 친 겁니다. 그 사람은 자신이 쓴 원고를 누군가가 읽을 거라고 의심한 게 틀림없어요. 그 도둑놈들이 다이아몬드를 찾으러 왔다가 보석 대신 웬만해선 풀기 힘든 이 수수께끼를 발견하게 해 놓은 거죠. 뭐랄까, 가벼운 만찬 모임에서 알쏭달쏭한 이름표를 가슴에 꽂아 놓고 남들로 하여금 '저건 뭐 하는 놈인가' 하고 골머리를 싸게 만드는 식이랄까요?"

"그럼 이것들이 무슨 의미를 지니고 있다 그 얘긴가요?"

"제가 볼 땐 틀림없어요. 단순히 상대를 골탕 먹일 작정이었다면 이 위에다 꼬리표를 달아 '약 오르지?'라는 글자를 새긴다든지 당나귀 같이 한심한 그림을 그려 넣었을 테니까요."

배틀이 못마땅한 얼굴로 중얼거렸다.

"뜨개질 조각 한 개와 연달아 적어 놓은 대문자 'E'하고 여러 개의 단추라."

르무앵이 씩씩거리며 말했다.

"지금까지 형사 노릇을 하면서 이런 건 보다 보다 처음입니다."

앤터니가 말했다.

"제2의 암호문이 등장한 셈이군요. 혹시 윈우드 교수님께 부탁드리면 이번에도 뭔가 도움을 주시지 않을까요?"

"이 통로를 마지막으로 쓴 게 언젭니까?"

르무앵의 물음에 번들은 곰곰이 생각했다.

"제가 알기로 이 통로는 사람이 다니지 않은 지 2년이 넘었어요. 사제의 은신처는 평소 미국인들이나 다른 관광객들에게 전시용으로 쓰이지만."

"흥미롭군요."

"뭐가 흥미롭다는 겁니까?"

르무앵은 허리를 굽히더니 바닥에서 작은 물체를 집어 들었다.

"바로 이거요. 이 성냥은 2년 전에 여기 떨어진 게 아니라 불과 이틀 전에 떨어진 겁니다. 혹시 여기 계신 신사 숙녀분들 중에 이걸 떨어뜨린 분이 계십니까?"

떨어뜨린 사람이 아무도 없다는 대답이 돌아왔다.

"그럼 이제 봐야 할 것은 다 봤으니 여기서 나가는 게 좋겠습니다."

배틀 총경의 제안에 모두들 찬성을 표했다. 입구를 열기 전에 번들은 안에서 나무 문 채우는 법을 직접 시연해 주었다. 자물쇠를 풀고 소리 나지 않게 나무 벽을 열어젖힌 그녀는 온 집 안을 울릴 만큼 쿵 소리를 내며 입구 아래의 회의실 바닥으로 뛰어내렸다.

"어이쿠!"

낮잠이라도 자고 있었는지 케이터햄 경이 안락의자에서 벌떡 일어서며 소리쳤다.

"가여운 아빠, 저 때문에 놀라셨어요?"

"난 말이다. 왜 요즘 사람들은 밥을 먹고 나면 도통 가만히 앉아 있지를 못하는지 이해를 못 하겠다. 아예 그런 기술을 잊어버렸나? 침니스가 대저택이란 사실은 세상천지가 다 아는 노릇인데 여기서조차 내 한 몸 편히 뉘일 방이 없으니 나 원. 빌어먹을, 도대체 저게 몇 명이야? 꼴들을 보니 어려서 자주 보던 동화극에서 마귀 떼가 무대에서 툭툭 튀어나오던 생각이 나는군."

버지니아가 그에게 다가와 손으로 머리를 살짝 토닥이며 말했다.

"7번 마귀 등장입니다. 어지간히 좀 보채세요. 다들 잠깐 비밀 통로를 탐험한 것뿐이라고요."

케이터햄 경은 버지니아의 말에도 좀처럼 마음이 누그러지지 않는지 계속 투덜거렸다.

"오늘따라 비밀 통로에 왜들 이렇게 관심이 많은지 모르겠네. 오전 내내 피시인가 뭔가 하는 작자 때문에 온 집 안의 비밀 통로들을 죄다 구경시켜 주러 다녔구먼."

배틀이 얼른 물었다.

"그게 언제였습니까?"

"점심 식사 바로 전이었소. 어디서 비밀 통로가 있다는 얘길 들은 모양입디다. 해서 그 비밀 통로부터 보여 주고 화이트 미술관까지 가서 사제의 은신처로 끝을 냈소. 한데 그쯤 되니까 열띤 관심이 시들해지는 모양이더군요. 아주 지겨워 죽겠다는 표정이었소. 그러거나 말거나 난 그자를 끌고 마지막 한 개까지 꿋꿋이 보여 줬다는 것 아닙니까."

케이터햄 경은 기억을 떠올리며 장난기 어린 웃음을 지었다.

앤터니는 르무앵의 팔에 손을 얹고 조용히 말했다.

"잠깐 나가죠. 할 말이 있습니다."

두 사람은 창문 밖으로 나갔다. 집에서 충분히 떨어졌다 싶은 지점에 이르자 앤터니는 아침에 보리스가 전해 준 종잇조각을 주머니에서 꺼냈다.

"이것 좀 보세요. 혹시 당신이 떨어뜨린 겁니까?"

르무앵은 어느 정도 관심을 갖고 그가 내민 종이를 들여다봤다.

"아뇨. 본 적도 없는데요. 왜요?"

"확실합니까?"

"확실합니다."

"그것참 이상하군요."

앤터니는 보리스가 한 말을 그대로 르무엥에게 전했다. 르무엥은 큰 관심을 보이며 귀를 기울였다.

"아니에요. 전 이런 것을 떨어뜨린 적 없습니다. 그 친구가 이걸 나무숲에서 발견했다고 하던가요?"

"글쎄요. 그런 것 같긴 한데……. 아뇨, 실제로 그런 말을 하지는 않았습니다."

"그렇다면 아이작슈타인 씨의 옷 가방에서 떨어졌을 가능성이 있어요. 보리스에게 다시 물어보시죠."

그는 종이를 앤터니에게 돌려줬다. 잠시 후 그가 말했다.

"그 보리스란 친구에 대해 제대로 알고 계시긴 한 겁니까?"

앤터니는 슬쩍 어깻짓을 했다.

"돌아가신 미하엘 왕자의 충복이었다고 알고 있습니다."

"그럴 수도 있겠죠. 하지만 직접 알아보세요. 알 만한 사람에게 물어보십시오. 롤로프레티질 남작 같은 사람에게요. 모르긴 해도 그 친구 채용된 지 불과 몇 주 안 됐을 겁니다. 저야 그 친구가 정직하다고 믿는 입장입니다만 또 누가 압니까? 킹 빅터라면 눈 깜짝할 사이에 얼마든지 충실한 하인으로 변신하고도 남을 놈이니까요."

"그럼 당신 생각은……."

"솔직히 말씀드리죠. 내게 킹 빅터는 절대 떼어 버릴 수 없는 망령과도 같은 존재입니다. 어딜 가나 그자의 모습이 어른거리죠. 바로 이 순간에도 심지어 나 자신에게 묻는걸요. 지금 나와 이야기를 나누는 이 케이드라는 남자가 혹시 킹 빅터는 아닐까 하고 말이죠."

"저런, 사람을 잘못 짚으셨군요."

"내가 그 다이아몬드인지 뭔지에 무슨 관심이 있겠습니까? 내가 미하엘 왕자의 살인범을 찾아내려고 왔겠어요? 그런 일이야 런던 경시청에서 온 동료가 알아서 할 거고 또 그 친구 일입니다. 나, 이 르무앵이 영국에 온 목적은 단 하나, 바로 킹 빅터를 잡기 위해서, 그것도 현장에서 잡기 위해서입니다. 다른 건 어떻게 돼도 상관없습니다."

앤터니가 담배에 불을 붙이며 물었다.

"놈을 잡을 자신은 있으십니까?"

르무앵이 별안간 낙심한 표정을 지으며 대답했다.

"그야 어찌 알겠습니까?"

"흐음!"

둘은 다시 테라스로 돌아왔다. 배틀 총경이 창문 근처에서 어정쩡한 자세로 서 있는 모습이 보였다.

"저기 가여운 배틀 총경님 좀 보세요. 가서 힘 좀 내라고 합시다."

앤터니는 잠시 말을 끊었다가 다시 말했다.

"가만 보면 당신은 괴짜 같은 면이 있습니다."

"어떤 면이 그런가요?"

"글쎄요. 만약 제가 당신이라면 제가 보여 준 종이에 적혀 있던 주소를 적어 뒀을 것 같습니다. 물론 전혀 소용없는 일일 수 있어요. 얼마든지 그럴 수 있습니다. 하지만 달리 생각하면 아주 중요할 수도 있죠."

르무앵은 앤터니를 집요한 시선으로 잠시 바라보더니 얼핏 입가에 미소를 띠며 외투의 왼쪽 소맷부리를 걷었다. 밖으로 드러난 흰 셔츠 끝동 위에 연필로 이런 글씨가 적혀 있었다. '도버, 랭글리가(街), 허스트미어.'

"이거 쑥스럽게 됐군요. 제가 졌습니다."

그는 배틀 총경에게 다가갔다.

"무슨 생각을 그렇게 골똘히 하세요, 배틀 총경님?"

"생각할 게 좀 많군요, 케이드 씨."

"네. 그러시겠죠."

"이런저런 상황이 앞뒤가 맞지를 않아요. 전혀 앞뒤가 맞지 않습니다."

"정말 힘드시겠어요. 하지만 너무 걱정 마세요, 배틀 총경님. 정 안 되면 아무 때고 절 체포하시면 되잖아요. 총경님에겐 저의 수상쩍은 발자국이라는 단서가 있다는 걸 잊지 마세요."

그러나 배틀은 웃지 않았다.

"케이드 씨, 아는 사람에게 혹시 원한 살 만한 일을 하신 적이 있습니까?"

앤터니는 아무렇지 않게 대답했다.

"안 그래도 세 번째 하인이 절 못마땅해한다는 생각이 들더군요. 어떻게 하면 저한테 신선하지 못한 야채만 갖다 줄 수 있을까 전전긍긍하길래요. 그런 얘긴 왜 물으세요?"

"익명의 편지들이 제 앞으로 배달되었습니다. 아니, 그보단 익명의 편지 한 통이라고 해야겠네요."

"저에 대한 내용이었습니까?"

배틀은 대답 대신 주머니에서 반으로 접힌 싸구려 편지지를 꺼내 앤터니에게 건네주었다. 편지지엔 알아보기 힘든 필체로 이런 내용이 휘갈겨져 있었다.

케이드 씨를 조심하십시오. 보기와는 다른 사람입니다.

앤터니는 가벼운 너털웃음과 함께 편지를 배틀에게 돌려주었다.

"이게 다예요? 얼굴 좀 펴세요, 배틀 총경님. 제가 변신의 귀재라는 것 잘 아시잖아요."

그는 가볍게 휘파람을 불며 집으로 향했다. 하지만 침실로 들어서자마자 안색이 싹 변하더니 쾅 문을 닫았다. 시간이 흐르면서 앤터니의 얼굴은 점점 굳어져 갔다. 그는 침대 가장자리에 걸터앉아 침울한 얼굴로 바닥을 응시하면서 혼잣말을 했다.

"일이 점점 심각해지고 있어. 뭐든 해야 해. 어떻게 이런 어처구니없는……."

앤터니는 그대로 잠시 앉아 있다가 천천히 창가로 다가갔다. 잠시 창밖을 멍하니 내다보고 있는데 문득 그의 두 눈이 한곳에 고정되면서 얼굴빛이 환해졌다.

"그래, 장미 정원! 맞았어! 저 장미 정원이야."

앤터니는 황급히 아래층으로 내려가 옆문을 통해 정원으로 나섰다. 그러곤 우회로를 통해 장미 정원으로 향했다. 정원 양쪽 끝에 작은 문이 하나씩 나 있었다. 앤터니는 먼 쪽에 난 문으로 들어가 정원 한복판에 솟아 있는 야트막한 언덕 위에 있는 해시계로 다가갔다.

해시계 앞에 도착한 순간 앤터니는 죽은 사람처럼 멈춰 서서 장미 정원의 또 다른 방문객을 빤히 쳐다봤다. 그 역시 앤터니 때문에 놀란 모양이었다.

이윽고 앤터니가 다정하게 말을 걸었다.

"장미꽃에 조예가 깊으신 줄 미처 몰랐습니다, 피시 씨."

"왜 이러십니까, 이래 봬도 전 장미에 관심이 많은 사람입니다."

두 사람은 상대의 힘을 가늠해 보려는 맞수들처럼 서로를 경계의 눈빛으로 바라봤다.

"저 역시도 마찬가지입니다."

"그러세요?"

"사실 전 장미라면 사족을 못 쓴답니다."

앤터니가 뻐기듯이 말했다.

보일락 말락 한 미소가 피시의 입가를 스쳐지나가자 동시에 앤터니의 얼굴에서도 미소가 피어올랐다. 긴장된 분위기가 풀어지는 느낌이었다.

피시가 몸을 굽히더니 유독 눈에 띄는 꽃송이를 가리키며 말했다.

"이리 와서 이 아리따운 미인 좀 보세요. 아마도 이 꽃은 '마담 아벨 샤트니'일 겁니다. 확실해요. 세계 대전이 일어나기 전에만 해도 이 흰 장미는 '프라우 카를 드루스키'라는 이름으로 불렸답니다. 사람들이 새 이름을 지어 준 모양이더군요. 꼭 그렇게까지 해야 했을까 싶긴 하지만 참으로 애국적이지 않습니까? '라 프랑스' 종은 언제나 인기가 많아요. 혹시 빨간 장미 좋아하세요. 케이드 씨? 요즘은 주홍색 장미가……."

피시의 느릿느릿하고 질질 끄는 듯한 목소리는 거기서 끊겼다. 번들이 2층 창밖으로 몸을 내밀고 외쳤기 때문이었다.

"런던 시내까지 저랑 드라이브 안 하실래요, 피시 씨? 마침 할 일도 없는데."

"아일린 양, 말씀은 고맙지만 전 여기 있는 게 매우 즐겁습니다."

"케이드 씨도 전혀 마음 바꿀 생각 없으시고요?"

앤터니는 큰 소리로 웃으면서 고개를 저었다. 번들은 둘의 시야에서 사라졌다.

앤터니가 입을 크게 벌리고 하품을 하면서 말했다.

"지금 제겐 장미보다는 잠이 더 필요한 것 같군요. 점심 식사를 마치고 한숨 잘까 봐요!"

그는 담배를 꺼냈다.

"혹시 성냥 있으세요?"

피시는 그에게 성냥갑을 건넸다. 앤터니는 직접 성냥을 켜서 담배에 불을 붙인 뒤 고맙다는 말과 함께 성냥갑을 돌려주었다.

"장미는 어떤 종류가 됐든 너무나 아름다운 꽃이죠. 하지만 오늘 오후엔 왠지 원예학 얘기가 끌리지 않는군요."

피시는 상대의 마음을 풀어 주는 미소를 지으며 기분 좋게 고개를 끄덕였다.

집 밖에서 천둥 치는 소리가 들려왔다.

앤터니가 한마디했다.

"번들 양의 차는 엔진이 정말 강력한 모양입니다. 저기, 가는데요."

번들이 탄 차가 속도를 내며 긴 차도를 질주하는 광경이 시야에 들어왔다.

앤터니는 다시금 하품을 하면서 천천히 집으로 향했다.

그는 문 안으로 들어섰다. 일단 집 안에 들어서자 그는 방금과는 전혀 다른 사람으로 돌변했다. 앤터니는 있는 힘껏 홀을 달려가서 반대편으로 난 창문을 넘은 뒤 정원을 가로질렀다. 그는 번들이 수위실을 지나 마을을 통과하려면 먼 길을 돌아가야 한다는 사실을 알고 있었다.

앤터니는 죽을힘을 다해 달렸다. 이 일은 시간과의 싸움이었다. 정원을 둘러싼 담장에 막 도착할 즈음 담장 밖에서 차 소리가 들렸다. 앤터니는 담장을 훌쩍 뛰어넘어 찻길로 내려서서 소리쳤다.

"여기요!"

깜짝 놀란 나머지 번들이 모는 차는 도로를 비스듬히 반쯤 가로질렀다. 그녀는 가까스로 아무 사고 없이 차를 멈춰 세웠다. 앤터니는 차가 멈춰 선 곳으로 부지런히 달려가 문을 열고 조수석으로 뛰어들었다.

"함께 런던으로 가려고요. 원래부터 그럴 생각이었어요."

"도무지 알 수 없는 사람이군요. 그 손에 든 건 뭐예요?"

"그냥 성냥입니다."

앤터니는 들고 있는 성냥을 가만히 들여다봤다. 몸통은 분홍색, 머리 부분은 노란색이었다. 그는 불도 붙이지 않은 담배를 창밖으로 집어 던지고 성냥을 조심스레 주머니에 넣었다.

도버의 집

번들이 잠시 후에 말했다.

"괜찮으시면 속도 좀 내도 될까요? 예상보다 출발이 늦었거든요."

이미 엄청난 속도로 달리고 있다고 생각했던 앤터니는, 그러나 얼마 가지 않아 번들이 작심하면 더욱 무시무시한 속도를 낸다는 사실을 알게 되었다.

마을을 통과하느라 번들이 일시적으로 차의 속도를 줄이면서 말했다.

"간혹 제 운전을 엄청나게 무서워하는 사람들이 있어요. 늙고 가여운 우리 아빠가 대표적인 예죠. 이런 구닥다리 자동차를 갖고 속도 좀 내는 것뿐인데 아버진 전혀 이해가 안 되신대요."

솔직히 앤터니는 케이터햄 경이 전적으로 옳다고 생각했다. 번들이 운전하는 차를 얻어 탄다는 것은 예민한 중년 신사들이 즐길 만한 스포츠라곤 보기 힘들었다.

"하지만 당신은 조금도 겁먹은 것 같지 않네요."

번들은 한쪽의 두 바퀴로만 모퉁이를 쌩 돌며 칭찬하듯이 말했다.

"보다시피 저 역시 호된 훈련 중입니다."

앤터니는 무거운 목소리로 말한 뒤 잠시 생각해 보곤 덧붙였다.

"게다가 워낙 급한 처지이기도 하고요."

번들이 다정한 목소리로 물었다.

"그럼 속도를 좀 더 높일까요?"

앤터니가 서둘러 대답했다.

"아니, 안 돼요. 벌써 시속 80킬로미터를 넘나들고 있는걸요."

번들이 경적을 한 차례 울렸다. 분명 온 동네 사람들이 그 소리 때문에 귀가 먹먹했을 터였다.

"왜 이렇게 갑작스럽게 떠날 생각을 하셨는지 그 이유가 궁금해 죽겠네. 하지만 그런 건 물어보면 안 되겠죠? 설마 법의 심판을 피해 도망치는 건 아니죠?"

"지금으로선 뭐라고 말할 수가 없군요. 물론 금방 알게 되겠지만."

"그 런던 경시청에서 왔다는 분요. 제가 생각했던 것만큼 형편없는 겁쟁이는 아니더군요."

"배틀은 좋은 사람입니다."

"당신은 분명 외무성 같은 곳에서 일한 적도 있을 거예요. 웬만해선 자기 얘기를 안 하니까. 내 말이 맞죠?"

"전 제가 지나치게 말이 많다고 생각하는데요."

"어머! 말도 안 돼! 저기 혹시 브룅 여사하고 눈 맞은 건 아니죠?"

"절대 그런 일 없습니다!"

앤터니가 흥분해서 외쳤다.

두 사람 사이에 잠시 침묵이 흐르는 동안 번들의 차가 앞서가던 차 세 대를 추월했다. 그녀가 난데없는 질문을 던졌다.

"버지니아 언니는 언제부터 알고 지내셨어요?"

앤터니는 솔직한 심정으로 대답했다.

"대답하기 힘든 질문인데요. 실제로 자주 만나지는 못했는데 왠지 오래전부터 알고 지낸 것 같은 사람이더군요."

번들은 고개를 끄덕이더니 문득 이런 이야기를 꺼냈다.

"버지니아 언니는 똑똑한 사람이에요. 입으로는 항상 말도 안 되는 얘길 떠들어 대지만 보통이 아니에요. 모르긴 해도 헤르초슬로바키아에서도 인기가 최고였을걸요. 만약 팀 레블이 지금까지 살았으면 대단한 자리에 올랐을 거예요. 물론 대부분은 버지니아 언니 덕분이었겠지만. 언니는 팀의 수족이나 다름없었어요. 남편을 위해 할 수 있는 일은 물불을 안 가렸거든요. 저야 그 이유를 알지만."

"남편을 사랑해서 그런 게 아니었나요?"

앤터니는 정면에서 시선을 떼지 않은 채 물었다.

"아뇨, 그 반대였어요. 모르세요? 버지니아 언니는 남편을 사랑하지 않았어요. 단 한 번도 사랑한 적이 없었죠. 그래서 그 허전함을 메우기 위해 닥치는 대로 뭐든 한 거예요. 버지니아 언니다운 행동이었죠. 그러니까 언니를 오해하시면 안 돼요. 언니는 절대 팀 레블을 사랑하지 않았어요."

"번들 양은 정말로 솔직한 사람이군요."

앤터니는 고개를 돌리고 그녀를 바라보며 말했다.

번들의 자그마한 두 손은 운전대를 꽉 움켜쥐고 있었다. 앞으로
내민 턱에선 사뭇 결연함이 묻어났다.

"저야 훤히 알죠. 버지니아 언니가 결혼했을 때 비록 어린 꼬마였
지만 이런저런 얘기들을 들었거든요. 언니를 워낙 잘 아니까 상황
을 짜 맞추면 얼마든지 짐작이 가거든요. 팀 레블은 언니에게 홀딱
반했어요. 그 사람은 아일랜드 출신이었는데 매력이 넘치고 자기
속마음을 표현하는 데도 천부적인 재주가 있었죠. 하지만 언니는
18살이었으니까 아주 어린 나이였어요. 팀은 언니가 가는 곳마다
차마 눈 뜨고 볼 수 없을 정도로 비참한 꼴을 하고 나타나선 자기와
결혼해 주지 않으면 총을 쏴서 자살해 버리든지 알코올 중독자가
되든지 하겠다고 으름장을 놓은 거예요. 여자들은 남자들이 그렇게
나오면 정말 그런 줄 알거든요. 아니, 예전엔 그랬다고 해야겠네요.
지난 8년 동안 여자들도 세상 보는 눈이 많이 깼으니까. 버지니아
언니도 결국 거부할 수 없는 운명이라는 생각에 굴복하고 말았죠.
결국 언니는 팀과 결혼했고 늘 천사 같은 아내가 되어 줬어요. 언니
가 그 사람을 진정으로 사랑했다면 절대 그 반만큼도 못 했을 거예
요. 언닌 참 못된 구석이 많아요. 하지만 한 가지 말씀드릴 수 있는
건 언니는 자유를 즐긴다는 사실이에요. 그리고 누가 됐든 언니에
게 그 자유를 포기하도록 설득하는 일은 매우 힘들 거예요."

"이런 얘기를 왜 나한테 해 주는 거죠?"

"누군가에 대해 알게 되는 건 재밌는 일이잖아요. 안 그래요? 물론 그 누군가가 모두는 아니지만."

"실은 저도 궁금하던 참이었습니다."

그는 속마음을 인정했다.

"버지니아 언니가 그런 얘길 당신에게 털어놨을 리도 없잖아요. 하지만 저는 정통한 소식통이니까 믿어도 돼요. 언니는 사랑스러운 여자예요. 심술궂은 짓 같은 건 아예 안 하기 때문에 여자들도 좋아하죠. 그리고 어쨌거나 사람은 정정당당해야 하니까. 안 그래요?"

번들은 다소 알아듣기 힘든 말로 끝을 맺었다.

"아, 그야 물론이죠."

앤터니는 맞장구를 쳤지만 여전히 이해가 가지 않았다. 물어보지도 않았는데 번들이 무슨 이유로 그렇게 많은 정보를 자신에게 알려 줬는지 도통 짐작이 가지 않았다. 다만 그런 얘기를 들어서 반가웠다는 사실만은 부인하지 않았다.

번들이 한숨을 쉬며 말했다.

"여긴 시가 전차가 지나다니는 길목이에요. 이젠 아무래도 운전을 살살 해야 할까 봐요."

"그게 좋겠군요."

운전 속도에 대한 앤터니와 버지니아의 생각이 가까스로 타협점을 찾은 셈이었다. 난폭한 운전에 분개한 근교 주택가의 주민들을 뒤로하고 둘은 마침내 옥스퍼드가로 접어들었다.

번들이 손목시계를 흘깃거리며 물었다.

"이만하면 얌전하죠?"

앤터니는 열렬히 동의했다.

"어디다 내려 드려요?"

"아무 데나요. 어느 길로 가시죠?"

"나이츠브리지 쪽으로요."

"잘됐네요. 하이드 파크 코너에 내려 주세요."

번들은 그가 말한 장소에 차를 세우면서 말했다.

"그럼 조심해서 가세요. 돌아갈 땐 어떻게 하실래요?"

"돌아가는 길은 제가 알아서 갈 겁니다. 태워 줘서 고마워요."

"저 땜에 겁먹으셨나 보네."

"물론 심장 약한 할머니들께 원기를 회복시켜 드린답시고 번들
양이 운전하는 차를 타고 가란 말씀은 못 드리겠지만 저는 개인적
으로 아주 즐거웠는걸요. 야생 코끼리 떼의 도전을 받았을 때 이후
로 이런 아찔한 경험은 처음이었습니다."

"어떻게 그렇게 실례되는 말을. 오늘은 추돌 사고도 한 번 안 냈
는데."

"저 때문에 실력 발휘를 못 했다니 이거 미안해서 어쩌죠?"

"전 남자들이 용감무쌍하다는 말 절대 안 믿어요."

"그러게요. 아주 웃기는 소리죠. 그럼 비천한 소인은 이만 물러갑
니다."

번들은 까딱 인사를 하곤 차를 몰고 가 버렸다. 앤터니는 지나가

는 택시를 불러 세웠다.

"빅토리아 역요."

빅토리아에 도착하자 그는 택시비를 지불하고 도버로 가는 다음 번 기차가 언제 있는지 물었다. 기사 말로는 안타깝게도 방금 전에 한 대가 떠났다고 했다.

하는 수 없이 다음 기차가 올 때까지 족히 1시간 가량을 기다리면서 앤터니는 미간을 찌푸린 채 쉴 새 없이 서성였다. 그러다가 못 견디겠다는 듯 한두 번 고개를 가로저었다.

도버로 가는 기차 여행은 딱히 이렇다 할 일이 없었다. 목적지에 도착하자 앤터니는 재빨리 역을 벗어났다. 그러다 문득 뭔가가 떠올랐는지 도로 방향을 돌렸다. 랭글리가의 허스트미어 저택으로 가는 길을 묻는 그의 입가에 언뜻 미소가 번졌다.

문제의 랭글리가는 제법 길었고 시내 밖까지 뻗어 있었다. 짐꾼이 알려 준 바에 따르면 허스트미어는 길가의 마지막 집이었다. 앤터니는 끈기 있게 한참을 터벅터벅 걸었다. 미간에 잔주름이 잡히긴 했지만 위험한 상황에 가까이 있을 때면 언제나 그렇듯 그의 태도에선 신선한 흥분이 느껴졌다.

짐꾼 말대로 허스트미어는 랭글리가의 마지막 집이었다. 상당히 외진 곳에 있었는데 건물을 둘러싼 마당은 풀이 웃자라 있을 뿐더러 을씨년스러웠다. 오랫동안 빈집이었음에 틀림없었다. 커다란 철문은 경첩에 매달린 채 끼익끼익 녹슨 소리를 내며 흔들거렸고 문설주에 적힌 이름은 반쯤 지워져 있었다.

"쓸쓸한 곳이군. 잘 골랐어."

그는 잠시 망설이다가 좀처럼 인적이 드문 길을 위아래로 흘끔거렸다. 그런 다음 삐걱거리는 철문을 살며시 지나 잡초가 무성한 차도로 들어섰다. 얼마간 차도를 걸어 올라간 그는 잠시 걸음을 멈추고 귀를 기울였다. 집까지는 아직도 한참이나 남아 있었다. 주변에선 아무 소리도 들리지 않았다. 머리 위 나무에서 일찍 단풍이 든 잎사귀 몇 장이 나부끼면서 들릴락 말락 바스락 소리를 내며 땅 위로 내려앉았다. 정적 속에서 그런 소리가 들리니 왠지 불길한 느낌이 들었다. 앤터니는 흠칫 놀라다가 이내 피식 웃었다.

"신경과민이야. 예전엔 한 번도 이런 적이 없었는데."

그는 다시 차도를 따라 걸었다. 이윽고 차도가 구부러지는 지점에 다다르자 앤터니는 살며시 덤불숲으로 들어섰고, 그때부터는 집에서 보이지 않는 곳을 골라 다시 계속해서 걸었다. 그러다 그는 갑자기 걸음을 멈추고 나뭇잎 사이로 가만히 밖을 내다봤다. 저만치에서 개가 짖고 있었지만 지금 앤터니의 관심을 끈 것은 그보다 가까이에서 들리는 소리였다.

그의 예리한 청력은 틀림이 없었다. 땅딸막하고 다부진 체격의, 겉모습으로 봐선 외국인인 듯한 사내가 잰걸음으로 집 모퉁이를 돌아오고 있었다. 쉬지도 않고 끈질기게 걷던 사내는 집을 한 바퀴 돌아보곤 다시 앤터니의 시야에서 사라졌다.

앤터니는 고개를 끄덕였다.

"보초를 세웠다 이거지. 제법 주도면밀한 놈들인데."

사내의 모습이 사라지자마자 앤터니는 얼른 왼쪽으로 뛰어들어 방금 앞서간 보초의 뒤를 밟았다.

그는 거의 아무 소리도 내지 않고 조심조심 발걸음을 옮겼다.

집의 외벽을 오른쪽으로 끼고 걷는데 문득 자갈길 위로 뿌연 불빛이 내비쳤다. 몇몇 사람이 함께 이야기를 나누는 소리가 또렷이 귀에 들려왔다.

앤터니는 혼자서 중얼거렸다.

"얼씨구! 세상에 저런 명청이들이 있나. 가서 기겁을 하게 만들어 줄까 보다."

그는 눈에 띄지 않도록 자세를 낮추고 살금살금 창가로 다가갔다. 그런 다음 고개를 창턱 높이로 조심스레 들어올려 안을 들여다 봤다.

대여섯 명의 사내들이 탁자를 둘러싸고 널브러져 있었다. 넷은 땅딸막하고 큰 체구에 광대뼈가 툭 튀어나왔으며 마자르족(헝가리 민족 — 옮긴이) 특유의 비스듬히 기울어진 눈매를 지니고 있었다. 나머지 둘은 비열함이 묻어나는 얼굴에 체격이 왜소하고 몸놀림이 민첩했다. 안에서 들려오는 말은 프랑스어였지만 앞서 네 거구들이 하는 프랑스어는 분명치가 못했고 간간이 거친 억양도 섞여 있었다.

누군가가 투덜거렸다.

"두목은? 두목은 여기 언제 오는 거요?"

왜소한 체구의 사내 한 명이 어깨를 으쓱해 보였다.

"곧 올 거요."

처음의 사내가 또다시 툴툴거렸다.

"'곧'은 무슨. 당신네 그 두목이라는 작자 말이야, 정말 얼굴 한 번 구경하기 힘들군. 그나저나 이게 뭐야? 그 작자를 기다린답시고 몇 날 며칠을 허송세월하면서 어느 세월에 그 위대하고 영광스런 과업을 이루겠냐 이 말이야!"

또 다른 왜소한 체구의 사내가 빈정거리듯이 말했다.

"웃기시네. 뭐, 위대하고 영광스런 과업? 그래, 경찰에 잡혀가는 게 당신이나 당신네 그 존귀하신 패거리들이 해낼 수 있는 과업의 전부겠지. 힘자랑이나 하고 행패나 부리면서 이리로 우르르 저리로 우르르 몰려다니기나 하는 주제에!"

또 다른 거구의 다부진 체격을 지닌 녀석이 으르렁거리며 대들었다.

"오호라! 감히 네놈이 우리 당원들을 모욕해? 그래, 우리 붉은 손 당원의 표식으로 내가 네놈의 목을 감아 줄 테니 어디 맛 좀 볼래?"

그가 살기등등한 눈으로 프랑스인을 쏘아보며 반쯤 몸을 일으키자 동료 하나가 도로 잡아 앉히면서 투덜거렸다.

"제발 싸우지 좀 맙시다. 우린 함께 일할 사람들이오. 듣자하니 킹 빅터는 자기 말을 거역하는 놈은 가만 두지 않는답디다."

구역 순찰을 위해 어둠 속에서 또다시 보초가 다가오는 소리가 들리자 앤터니는 얼른 덤불 뒤에 숨었다.

안에서 누군가가 말했다.

"누구지?"

"카를로. 순찰 중이야."

"아! 그 포로는 어떻게 됐대?"

"괜찮대. 제법 빠른 속도로 정신이 들고 있다나 봐. 우리한테 맞아서 머리가 깨졌는데 이젠 다 나았다는데."

앤터니는 살며시 뒤로 물러났다.

"세상에! 저렇게 멍청한 놈들이 있나. 창문을 활짝 열어 놓고 중요한 얘기를 떠들지 않나, 카를로인지 뭔지 하는 그 멍청한 놈은 박쥐 눈을 해 갖고는 순찰을 한답시고 코끼리처럼 쿵쾅거리며 돌아다니지를 않나. 그뿐인가, 저 헤르초슬로바키아 놈들하고 프랑스 놈들은 당장이라도 한판 붙을 태세잖아. 아무래도 킹 빅터의 수뇌부가 위태로운 지경에 이른 것 같군. 이거 볼만하겠는데. 놈들에게 한 수 가르쳐 주면 아주 재미있겠어."

그는 혼자서 씨익 웃으며 선 채로 잠시 어찌할까 망설였다.

그때 머리 위 어디선가 쥐어짜는 듯한 신음이 들려왔다.

앤터니는 위를 쳐다봤다. 신음이 또다시 들려왔다.

앤터니는 재빨리 좌우를 힐긋거렸다. 아직은 카를로가 이쪽으로 돌아올 때가 아니었다. 앤터니는 울창하게 자란 담쟁이넝쿨을 움켜쥐고 솜씨 좋게 벽을 타고 위층의 창틀로 올라갔다. 창문은 닫혀 있었지만 주머니에 들어 있던 연장으로 곧 걸쇠를 풀 수 있었다.

잠시 움직임을 멈추고 귀를 기울인 앤터니는 이윽고 방 안으로 가볍게 뛰어들었다. 맞은편 구석에 침대가 놓여 있고 그 위에 한 남자가 누워 있었는데 워낙 어둠침침해서 제대로 형체를 구분할 수

도버의 집 **361**

없었다.

앤터니는 침대로 다가가 휴대용 손전등을 남자의 얼굴에다 비췄다. 손전등 불빛에 두꺼운 붕대로 머리가 칭칭 감긴, 창백하고 수척해진 외국인의 얼굴이 드러났다.

남자는 손발이 묶여 있었다. 그는 멍한 표정으로 앤터니를 물끄러미 올려다봤다.

앤터니가 남자에게 몸을 숙이는 순간 등 뒤에서 무슨 소리가 들렸다. 앤터니는 외투 주머니에 손을 꽂으며 홱 돌아섰다.

하지만 날카로운 명령이 그를 꼼짝 못 하게 했다.

"손 들게나, 친구. 여기서 날 보게 될 줄은 꿈에도 몰랐을걸세. 한데 어쩌다 보니 자네하고 같은 기차를 잡아타고 빅토리아에 오게 됐지 뭔가."

문간에 서 있는 사람은 다름 아닌 하이럼 피시였다. 웃고 있는 그의 손에 큼지막한 청색 자동 권총이 들려 있었다.

침니스 저택의 화요일 밤

케이터햄 경과 버지니아, 번들 이렇게 세 사람은 저녁 식사를 마치고 도서관에 앉아 있었다. 때는 화요일 저녁. 앤터니가 극적으로 종적을 감추고 얼추 30시간이 흘러갔다.

번들은 앤터니가 하이드 파크 코너에서 헤어지면서 남긴 말을 최소한 일곱 번은 되풀이하고 있었다.

"돌아가는 건 내가 알아서 갈 거다……."

버지니아는 조심스럽게 이 말을 읊조렸다.

"그런 말을 했다면 이 정도로 오래 여길 떠날 생각은 아니었단 얘기예요. 게다가 소지품도 그대로 다 두고 갔고요."

"언니에게 어디 간다는 얘기 안 했어요?"

"아니. 아무 말 없었어."

버지니아는 정면을 똑바로 응시하며 말했다.

잠시 침묵이 흘렀다. 그 침묵을 처음 깬 사람은 케이터햄 경이었다.

"암만 생각해도 호텔을 운영하는 게 이런 시골집을 운영하고 사는 것보다 훨씬 속 편할 것 같소."

"무슨 말씀이신지……?"

"그 왜 호텔에서 방마다 노상 붙여 놓는 조그만 쪽지 있잖소. '방을 떠날 일이 있으신 손님들께선 12시 전에 말씀해 주시기 바랍니다.'라고 적힌."

버지니아가 소리 없이 웃었다.

케이터햄 경은 말을 계속했다.

"난 생각도 구식이고 합리적이지도 못한 사람이오. 아무 때고 집에 들어왔다가 또 아무 때고 튀어나가는 게 요즘 사람들 습성이라는 건 나도 알아요. 호텔은 호텔인데 행동의 자유를 100퍼센트 보장해 주고, 게다가 끝에 가서 계산서도 내밀지 않는다? 허참!"

"아버지를 보면 다 늙은 투정쟁이 같아요. 아버지 곁엔 버지니아 언니하고 내가 있잖아요. 그런데도 성에 안 차세요?"

케이터햄 경이 급히 두 사람을 달렸다.

"내가 뭘 더 바라겠냐. 암, 내가 뭘 더 바라겠어. 내 말은 절대 그런 얘기가 아니다. 단지 일의 원칙을 말하는 거야. 그 친구처럼 행동하는 사람을 보면 왠지 마음이 불안하고 편치가 않아. 솔직히 말해서 지난 24시간이야말로 더없이 이상적이었다고 말하고 싶은 심정이다. 평화, 그래 완벽한 평화였지. 도둑놈들도 없고 다른 폭력 범죄도 없고 형사들도 없고 미국 놈들도 없고. 불만이 있다면 정말 안정

된 상황이라면 그런 평화를 좀 더 신나게 만끽할 수 있었을 텐데 하는 아쉬움 정도야. 사실 말이 나왔으니 말이지만 아버진 그동안 내내 이렇게 중얼거리고 다녔다. '저놈들 중에 어느 한 놈이 당장이라도 내 눈앞에 나타나겠지.'라고 말이다. 그리고 그런 생각만 하면 쉬는 것 같지가 않더구나."

"그렇지만 아무도 안 나타났잖아요. 우린 철저히 외롭게 남겨진 거라고요. 아니, 정확히 말하면 버려진 거죠. 피시 씨가 사라진 것도 정말 이상해요. 그 사람이 아무 말도 안 했어요?"

"일언반구 없었다. 내가 그 사람을 마지막으로 본 게 어제 오후인데 그놈의 불쾌하기 짝이 없는 시가인지 뭔지를 뻑뻑 피워 대면서 장미 정원을 왔다 갔다 하고 있더구나. 그리고 나선 주변 풍경 속으로 녹아 버렸는지 코빼기도 못 봤다."

번들이 희망에 부푼 듯이 말했다.

"누가 납치라도 했나 보죠."

케이터햄 경이 침울하게 말했다.

"하긴 내일이나 모레쯤 런던 경시청에서 나와 그자의 시체를 찾는답시고 호수 밑바닥을 닥닥 긁어 댈지도 모르지. 다 내 잘못이다. 잘나갈 때 소리 소문 없이 어디 외국으로 나가서 내 몸이나 돌보면서 살았어야 했는데. 그래서 조지 로맥스 그 인간의 무모한 계획에 말려드는 일 따위는 하지 말았어야 했는데. 난……."

그는 트레드웰의 방해를 받았다. 케이터햄 경이 짜증 섞인 목소리로 물었다.

"무슨 일인가?"

"프랑스에서 오신 그 총경님이 와 계십니다, 나리. 몇 분만 짬을 내주시면 고맙겠다고 하시는데요."

"내가 뭐라더냐? 어쩐지 지나치게 평화로운 게 왠지 불안하더라 니. 금붕어 연못에서 허리가 푹 꺾인 피시의 사체라도 나왔나 보다."

트레드웰은 한 치도 흐트러짐이 없는 공손한 태도로 케이터햄 경 을 원래 하던 이야기로 되돌렸다.

"만나 주실 거라고 말씀드릴까요, 나리?"

"알았네, 알았어. 안으로 들이게."

트레드웰은 방을 나갔다. 그리고 잠시 후 돌아와서 측은함이 묻 어나는 목소리로 말했다.

"르무앵 씨 오셨습니다."

르무앵은 경쾌하고 잰걸음으로 방 안에 들어섰다. 굳이 얼굴 표 정을 보지 않더라도 걸음걸이만으로 그가 지금 흥분한 상태임을 알 수 있었다.

케이터햄이 먼저 말을 걸었다.

"반갑구려, 르무앵. 한잔하시겠소?"

"아뇨, 됐습니다."

르무앵은 방 안에 있는 숙녀들에게 격식을 차려 인사를 했다.

"드디어 뭔가를 알아냈습니다. 그리고 여러분들도 그 발견에 대 해, 그러니까 제가 지난 24시간 동안 알아낸 매우 중대한 발견에 대 해 아셔야 한다는 생각이 들었습니다."

"안 그래도 어디선가 대단히 중요한 일이 벌어지고 있을 거라고 생각하던 참이오."

"케이터햄 경, 어제 오후에 여기 계신 손님 중에 한 분이 이 집을 아주 별스런 방법으로 떠났습니다. 우선 저는 애초부터 나름대로 그 사람에게 의심을 품고 있었다는 말씀부터 드려야겠습니다. 여기 손님들 중에 머나먼 미개지에서 오신 분이 있죠. 두 달 전만 해도 그는 남아프리카에 있었습니다. 그럼 그전엔 어디에 있었을까요?"

버지니아가 다급하게 숨을 들이쉬었다. 르무앵의 의심 가득한 눈길이 순간 그녀의 얼굴에 가서 꽂혔다. 잠시 후 그는 말을 계속했다.

"그전엔 어디에 있었을까요? 아무도 모르시는군요. 그리고 그자는 바로 제가 찾고 있던 자와 너무나도 흡사합니다. 사교적이고 뻔뻔하고 무모하며 좀처럼 무서운 게 없죠. 전보를 수없이 보내 봤지만 그의 과거사에 대해선 한마디도 들을 수 없더군요. 10년 전에 캐나다에 있었던 건 사실이지만 그 후의 행적은 묘연합니다. 제 의심은 점점 더 강해질 수밖에 없었죠. 그러던 어느 날 그자가 최근에 지나간 길에서 종잇조각을 줍게 됐습니다. 도버에 위치한 어느 집의 주소가 적혀 있더군요. 해서 전 뒤에 우연을 가장해서 그 쪽지를 떨어뜨렸습니다. 언뜻 곁눈으로 보니 헤르초슬로바키아에서 온 보리스란 작자가 그걸 주워서 자기 주인에게 갖다 주더군요. 전 처음부터 이 보리스라는 작자가 붉은 손 당의 끄나풀이라고 확신하고 있었습니다. 우리 경시청에선 붉은 손 당이 이번 일과 관련해서 킹 빅터와 손을 잡고 있다는 사실을 알고 있었죠. 보리스가 앤터니 케이드를 보고 자신의 주인임을 알아봤기에 당연히 그렇게, 즉 신하로서의 의무를 다하지 않았겠습니까? 만약 그런 이유가 아니라면 무엇 때문에 그자가 별 볼 일 없는 이방인을 그림자처럼 쫓아다니겠어요? 재차 말씀드리지만 아주 의심 가는 일이 아닐 수 없습니다.

하지만 앤터니 케이드 그 작자가 즉시 그 종이를 제게 가져와서 혹시 떨어뜨린 적이 없냐고 물었습니다. 그 바람에 전 그자에 대한 의심을 거의 거둘 뻔했습니다. 정말 완전히 의심을 풀 뻔했죠. 그러나 그럴 제가 아니죠! 그자의 행동은 결백하다는 의미도 될 수 있지만 한편으론 그자가 아주, 정말 영악하다는 의미도 될 수 있으니까요. 물론 저는 그 쪽지는 제 것이 아니며 따라서 제가 떨어뜨린 게 아니라고 했습니다. 하나 그 와중에도 은밀히 조사를 계속했고 비로소 오늘 아침에서야 새로운 사실을 알게 됐습니다. 어제까지만 해도 외국인들로 득실거리던 도버의 그 집이 별안간 개미 한 마리 없는 빈집이 되었다는 사실입니다. 거기가 킹 빅터의 본거지였다는 사실에는 의심의 여지가 없습니다.

이제 여러분도 제가 거론한 사실들이 얼마나 중요한 의미를 지니고 있는지 아실 겁니다. 어제 오후에 케이드 씨는 별안간 흔적도 없이 이곳을 떠났습니다. 그 쪽지를 흘린 이후로 게임이 끝난 걸 안 거죠. 그자가 도버에 도착한 즉시 놈들은 뿔뿔이 흩어졌습니다. 놈들이 다음에 어떤 행보를 보일지는 아직 미지수입니다. 비교적 분명한 사실은 앤터니 케이드가 두 번 다시 이곳에 나타나지 않을 거라는 점입니다. 하지만 전 킹 빅터라는 인물을 잘 알고 있기 때문에 그자가 다이아몬드를 다시 찾으려고 할 것이며 절대 이 게임을 포기하지 않을 거라고 믿고 있습니다. 그리고 바로 그때 놈은 저의 밥이 될 겁니다!"

버지니아가 자리에서 벌떡 일어섰다. 방을 가로질러 벽난로 옆 선반으로 다가간 그녀는 금속성의 차디찬 울림이 담긴 목소리로 이렇게 말했다.

"당신 계산에는 한 가지가 빠져 있는 것 같군요, 르무앵 씨. 수상한 방법으로 어제 이 집에서 자취를 감춘 사람은 케이드 씨만이 아닙니다."

"부인, 그 말씀은……?"

"지금 당신이 한 말은 다른 한 사람에게도 똑같이 적용되어야 한다는 얘기예요. 하이럼 피시 씨는 지금 어디 계시죠?"

"아, 피시 씨!"

"그래요. 피시 씨도 없어졌어요. 여기 온 첫날 당신은 킹 빅터가 최근에 미국에서 영국으로 왔다고 말하지 않았던가요? 마찬가지로 피시 씨 역시 미국에서 영국으로 왔어요. 그 사람이 대단한 유명 인사가 써 준 소개장을 가져온 건 사실이지만 그런 일쯤이야 킹 빅터라면 얼마든지 할 수 있는 단순 작업일 거예요. 그는 확실히 소개장에 쓰여진 것과는 전혀 다른 인물이니까요. 케이터햄 경 말로는 원래 그 사람이 여기 온 목적은 희귀 서적들의 초판본을 구경하기 위해서인데 막상 그 얘기가 나오면 가만히 듣기만 할 뿐 절대 먼저 입을 여는 법이 없다고 하더군요. 그 사람을 둘러싼 수상쩍은 사실들은 그밖에도 많아요. 살인 사건이 나던 날 밤에 그의 방 창문에 불이 켜져 있었죠. 그리고 회의실에서 소동이 일어났던 날 밤에도 보세요. 테라스에서 저와 마주쳤을 때 그 사람은 옷을 완전히 갖춰 입은 상태였어요. 그 종이를 홀린 사람은 피시 씨일 수도 있어요. 케이드 씨가 그걸 홀리는 광경을 당신 눈으로 직접 본 게 아니라면요. 물론 케이드 씨가 실제로 도버에 갔을 수도 있어요. 그랬다면 단순히 뭔가를 알아보기 위해서였을 겁니다. 거기서 누군가에게 납치됐을 지도 모르고요. 전 케이드 씨보다는 피시 씨의 행동에 훨씬 많은 혐의를 두어야 한다고 봅니다."

르무앵의 목소리가 날카롭게 방 안으로 퍼져 나갔다.

"부인의 관점에서 본다면 물론 타당한 생각이십니다. 저 역시 그 점에 대해선 이견이 없습니다. 또한 피시 씨가 겉보기와 다른 사람이라는 견해에도 동의합니다."

"그런데요?"

"하지만 달라질 것은 없습니다. 부인은 모르셨겠지만 피시 씨는 핑커튼(미국의 사립 탐정 사무소 ─ 옮긴이)에서 나온 사람이니까요."

"뭐라고?"

"그렇습니다, 케이터햄 경. 그 사람은 킹 빅터를 쫓아 이곳에 온 사람입니다. 배틀 총경과 저는 전부터 알고 있었습니다."

버지니아는 아무 말도 못 한 채 아주 천천히 자리에 주저앉았다. 르무앵이 내뱉은 불과 몇 마디 말로 인해 그녀가 그토록 힘들게 쌓아 놓은 공든 탑이 발밑으로 산산이 무너져 내리고 말았다.

르무앵의 말은 계속되었다.

"다들 아시겠지만 우린 킹 빅터가 결국에는 침니스로 올 거라는 사실을 알고 있었습니다. 우리가 놈을 확실히 사로잡을 거라고 믿었던 곳이 바로 여기입니다."

버지니아는 묘한 눈빛을 하고서 고개를 쳐들더니 별안간 큰 소리로 웃어 젖혔다.

"아직 그자를 잡은 건 아니죠."

르무앵은 호기심 어린 시선으로 그녀를 쳐다봤다.

"그렇습니다, 부인. 하지만 반드시 잡고 말 겁니다."

"킹 빅터가 사람들 놀려 먹는 재주가 그렇게 뛰어나다면서요?"

르무앵의 얼굴이 분노로 어두워졌다. 그가 목소리를 죽이며 내뱉었다.

"이번에는 다를 겁니다."

케이터햄 경이 말했다.

"앤터니 그 사람 아주 괜찮은 친구였는데. 썩 괜찮은 사람이었지. 하지만 왠지……. 참, 그자가 당신의 오랜 친구라고 하지 않았소, 버지니아?"

"그렇기 때문에 지금 르무앵 씨 생각이 판단 착오라는 거예요."

침착하게 답한 버지니아의 시선이 르무앵을 끈질기게 물고 늘어졌다. 하지만 르무앵은 결코 당황한 기색을 보이지 않았다.

"시간이 증명해 줄 겁니다, 부인."

"미하엘 왕자를 쏜 사람도 케이드 씨라고 생각하시나요?"

"물론입니다."

하지만 버지니아는 고개를 저었다.

"말도 안 돼! 말도 안 되는 소리예요! 그건 내가 너무나도 잘 알아요. 앤터니 케이드는 절대 미하엘 왕자를 죽이지 않았어요."

르무앵은 그녀를 골똘히 쳐다보다가 천천히 말했다.

"부인 말씀이 맞을 가능성도 있습니다. 하지만 단지 가능성일 뿐입니다. 보리스가 자신의 본분을 망각하고 총을 쐈을지도 모르죠. 또 압니까, 미하엘 왕자가 그자에게 아주 큰 잘못을 저질러서 그에 대한 복수를 한 것인지?"

케이터햄 경이 맞장구를 쳤다.

"그 인간은 생긴 것부터가 왠지 사람 죽일 놈 같았소. 그자와 복도에서 마주치면 가정부들이 비명을 지르고 난리였지, 아마."

"자, 그럼 전 가 봐야겠습니다. 상황이 어찌 돌아가고 있는지 경께서도 정확히 아셔야 할 것 같았습니다."

"이렇게 친절을 베풀어 줘서 정말 고맙구려. 진짜로 한잔 안 하시겠소? 좋아요. 그럼. 안녕히 주무시오."

르무앵이 등 뒤로 문을 닫자마자 번들이 말했다.

"몇 가닥 되지도 않는 걸 애써 다듬은 시커먼 턱수염이며 저 안경이며……. 하나같이 도무지 마음에 드는 게 없는 사람이에요. 앤터니 씨가 나타나서 저 사람 코를 납작하게 해 줬으면 좋겠어요, 화가 나서 펄펄 뛰는 모습 좀 보게. 언니는 지금 상황을 어떻게 생각해요?"

"나도 모르겠어. 피곤하다. 올라가서 좀 누워야겠어."

케이터햄 경이 말했다.

"거 좋은 생각이오. 어느새 11시 30분이 됐구려."

버지니아가 널따란 홀을 지나가는데 어디서 많이 본 듯한 펑퍼짐한 뒷모습이 조심스레 옆문 밖으로 사라지는 것이 보였다. 그녀는 다급하게 외쳤다.

"배틀 총경님!"

그녀의 짐작이 맞았다. 배틀 총경은 좀처럼 내키지 않는 얼굴로 발걸음을 되돌렸다.

"부르셨습니까, 레블 부인?"

"르무앵 씨가 다녀갔어요. 그 사람 말로는……. 말씀해 주세요. 그게 사실인가요? 피시 씨가 미국에서 온 탐정이라는 게 정말이에요?"

배틀 총경은 고개를 끄덕였다.

"사실입니다."

"총경님은 그전부터 알고 계셨어요?"

배틀 총경은 또다시 고개를 끄덕였다.

버지니아는 계단 쪽으로 시선을 돌렸다.

"알겠어요. 말씀해 주셔서 고마워요."

지금까지 그녀는 르무앵의 말을 믿지 않고 있었다.

그런데 지금은?

방으로 돌아와 화장대 앞에 앉은 버지니아는 지금의 의문스러운 상황과 정면으로 맞섰다. 앤터니가 했던 한 마디 한 마디가 새록새록 새로운 의미로 다가왔다.

그가 말했던 '일'이 이것이었을까?

앤터니는 그 일을 포기했다고 했다. 하지만 그렇다면…….

어디선가 이상한 소리가 들리면서 차분히 상념에 젖어 있던 그녀의 마음속을 어지럽혔다. 버지니아는 깜짝 놀라 고개를 들었다. 작은 금시계를 보니 1시를 넘어 2시를 가리키고 있었다. 그렇다면 거의 2시간 가량을 꼬박 앉아서 생각에 잠겨 있었다는 뜻이었다.

또다시 방금 전과 같은 이상한 소리가 들려왔다. 뭔가 뾰족한 것으로 유리창을 두드리는 소리였다. 버지니아는 다가가서 창문을 열었다. 창문 밑 오솔길에 키가 껑충하니 큰 사람이 서 있었다. 그는 버지니아가 창밖을 내다보는 사이에도 바닥에 웅크리고 앉더니 또다시 자갈 한 줌을 움켜쥐었다.

잠시 버지니아의 맥박이 빨라졌지만 이윽고 상대를 힘으로 압도하는 듯한 다부진 체격을 보고 그자가 헤르초슬로바키아에서 온 보리스임을 알아차렸다.

그녀는 목소리를 죽이고 물었다.

"무슨 일이에요?"

버지니아는 그 순간엔 이렇게 밤늦은 시각에 보리스가 자신의 창가에 돌을 던지고 있다는 사실을 딱히 이상하게 생각하지 않았다.

그녀는 초조하게 되물었다.

"무슨 일이냐고요?"

보리스는 낮지만 분명히 알아들을 수 있는 목소리로 대답했다.

"주인님이 보내셔서 왔습니다. 부인을 모셔 오라고 하셨습니다."

지극히 사무적인 말투였다.

"나를요?"

"네. 제가 주인님께 모시고 갈 겁니다. 여기 편지가 있습니다. 그리로 던질 테니 받아 보십시오."

버지니아는 뒤로 살짝 물러났다. 이윽고 돌멩이를 매단 메모지 한 장이 정확히 그녀의 발치에 떨어졌다. 그녀는 메모지를 펴서 읽었다. 앤터니의 필체로 쓰인 글이 있었다.

나의 소중한 버지니아, 지금 난 궁지에 빠져 있어요. 하지만 반드시 헤쳐 나갈 겁니다. 날 믿고 이리로 와 줄 수 있겠습니까?

버지니아는 한참 동안 꼼짝 않고 서서 메모지에 적힌 몇 마디를 몇 번이고 반복해서 읽었다.

이윽고 고개를 든 그녀는 세련미 넘치게 꾸며진 호사스러운 방을 생전 처음 보는 사람처럼 둘러보았다.

그러곤 다시 창밖으로 몸을 내밀고 물었다.

"내가 어떻게 하면 되죠?"

"총경님 일행은 지금 이 집 맞은편에 위치한 회의실 밖에 계십니다. 내려오셔서 옆문으로 나오십시오. 제가 거기서 기다리겠습니다. 바깥 도로에 차를 세워 뒀습니다."

버지니아는 고개를 끄덕였다. 그녀는 잽싸게 황갈색 트리코(털실로 뜬 옷의 일종 — 옮긴이)로 갈아입고 역시 황갈색의 조그만 가죽

모자를 썼다.

그런 다음 엷은 미소를 띠고 번들 앞으로 간단히 편지를 써서 바늘방석에 꽂아 두었다.

버지니아는 소리 없이 살금살금 아래층으로 내려와 옆문의 빗장을 풀었다. 아주 잠시 머뭇거리던 버지니아는 이윽고 십자군 전쟁 출정을 앞둔 그녀의 조상들처럼 보무도 당당하게 고개를 들고 문을 빠져나갔다.

10월 13일(1)

10월 13일 수요일 아침 10시, 앤터니 케이드는 헤리지스 호텔로 걸어 들어가 스위트룸에 묵고 있던 롤로프레티질 남작과의 면회를 요청했다.

절차에 따라 제법 오랜 시간을 기다린 끝에 앤터니는 문제의 방으로 안내되었다. 남작은 벽난로 앞 깔개 위에서 예의 곧고 뻣뻣한 자세로 서 있었다. 곧은 자세로 서 있기는 안드라시 대위도 마찬가지였지만 그의 태도에선 다분히 적대감이 묻어났다.

일상적으로 허리를 굽히고 발뒤꿈치를 척 소리가 나게 갖다 붙이는 것 외에도 예절을 갖춘 일련의 형식적인 인사법이 이어졌다. 앤터니는 이제 판에 박힌 듯한 그들의 환영 절차가 너무나 익숙했다.

그는 모자와 지팡이를 탁자 위에 내려놓으며 기운차게 말했다.

"이렇게 이른 시간에 찾아뵌 것을 용서해 주실 것으로 믿겠습니다. 실은 중요한 용건으로 남작께 제안할 일이 있어서 왔습니다."

"오호! 그렇습니까?"

남작이 말했다.

처음부터 앤터니를 불신했고 단 한순간도 그런 감정을 떨치지 못했던 안드라시 대위는 못내 수상쩍은 표정을 지었다.

"제 용건은 익히 알고 계신 공급과 수요의 원칙에 근거한 것입니다. 이를테면 뭔가를 원하는 사람이 있고 다른 사람이 그걸 가지고 있다는 얘기가 되겠죠. 다만 한 가지 해결해야 할 문제는 얼마가 오고 가느냐입니다."

남작은 주의 깊게 앤터니를 바라봤지만 아무 말도 하지 않았다.

"헤르초슬로바키아의 귀족과 영국 신사 간에야 그런 조건 따윈 쉽게 해결되고도 남으리라 봅니다."

얼른 이 말을 하면서 앤터니는 얼굴이 적잖이 달아올랐다. 영국인의 입에서 쉬 나올 말은 아니었지만 그는 이런 식의 어휘 구사가 롤로프레티질 남작의 심리에 크나큰 영향을 끼친다는 것을 앞서의 경험으로 알고 있었다. 과연 그 말은 효력이 있었다.

남작은 자기도 그렇게 생각한다는 듯이 고개를 끄덕이며 말했다.

"맞는 말이오. 전적으로 맞는 말씀이올시다."

심지어 안드라시 대위도 마음이 다소 풀어졌는지 함께 고개를 끄덕였다.

앤터니가 말했다.

"심히 다행이군요. 그럼 더 이상 변죽을 울릴 생각은 없으니……."

남작이 끼어들었다.

"그게 무슨 소리요? 변죽을 울린다? 그게 뭔 소리요?"

"단지 말에 살짝 기교를 부렸을 뿐입니다, 남작. 알아듣기 쉽게 말씀드리면 당신이 필요로 하는 물건이 있는데 제가 그걸 갖고 있다이거죠! 근사한 배가 한 척 있는데 그만 이물을 멋지게 꾸밀 조각상하나가 빠져 있다고나 할까요. 물론 여기서 말한 배란 헤르초슬로바키아의 보수당을 의미합니다. 당신들의 정치에는 한 가지 중요한게 없습니다. 바로 왕자입니다! 그렇다면 만에 하나, 어디까지나 만에 하납니다만 제가 여러분에게 왕자를 데려다주면 어떻겠습니까?"

남작은 눈을 둥그렇게 뜨고 그를 노려보더니 단언하듯이 말했다.

"도대체 무슨 소리를 하는 건지 도통 못 알아듣겠소."

안드라시 대위가 콧수염을 마구 쥐어뜯으며 말했다.

"당신, 지금 우릴 모욕하는 거요?"

"그럴 리가요. 전 여러분을 도와주려고 그러는 겁니다. 공급과 수요, 아시잖아요? 지극히 공평하고 정당한 원칙을 따르자는 얘깁니다. 전 진짜가 아니면 내놓지도 않습니다. 상표를 보시면 압니다. 일단 합의만 되면 여러분도 품질이 대단히 만족스럽다는 걸 알게 되실 겁니다. 제가 내놓으려는 건 말 그대로 순 정품입니다. 서랍 깊숙한 곳에서 꺼낸 알짜배기 순 정품."

"도대체 무슨 소릴 하는지 모르겠소."

앤터니가 친절하게 말했다.

"사실 못 알아들으셔도 상관없습니다. 전 단지 여러분에게 제 생각을 알려 주고 싶었을 뿐이니까요. 속된 말로 제게 비장의 카드가 감춰져 있다는 말입니다. 그 점만 알아 두십시오. 여러분은 지금 왕자가 필요합니다. 일정 조건만 만족되면 그 왕자를 제가 책임지고 데려다 놓겠습니다."

남작과 안드라시 대위는 그를 노려봤다. 앤터니는 모자와 지팡이를 도로 집어 들고 떠날 차비를 했다.

"잘 생각해 보십시오. 참, 그러고 보니 한 가지가 더 남았군요. 오늘 저녁에 침니스로 꼭 오셔야 합니다. 안드라시 대위도 함께요. 대단한 구경거리가 거기서 벌어질 참이거든요. 어떻게, 저하고 약속을 정하시겠어요? 그럼 9시에 회의실에서 뵙는 걸로 하죠. 괜찮으시겠습니까? 감사합니다, 신사 여러분. 그럼 꼭 오실 줄로 알고 거기서 뵙겠습니다."

남작은 한 걸음 앞으로 나서더니 뜯어보는 듯한 눈길로 앤터니의 얼굴을 쳐다봤다. 그는 여전히 위엄 있는 목소리로 말했다.

"케이드 씨, 그럴 리야 없겠지만 설마 날 놀리는 건 아니겠죠?"

앤터니는 그의 시선을 끈기 있게 맞받았다.

"남작, 오늘 밤이 지나면 당신은 누구보다도 먼저 이 일이 장난이 아니라 진심에서 우러난 것임을 인정하게 될 겁니다."

그 목소리에서 묘한 어감이 묻어났다.

앤터니는 두 사람에게 허리를 굽혀 인사하고 방을 나갔다.

그의 다음 방문지는 런던 중심가에 있는 허먼 아이작슈타인의 사무실이었다. 그는 아이작슈타인 앞으로 자신의 명함을 보냈다.

얼마를 기다린 뒤 앤터니는 군인 직함을 단 부하 직원의 영접을 받았다. 공들인 옷차림에 얼굴이 창백한, 어딘가 모르게 사람을 잡아끄는 매력이 있는 청년이었다.

"아이작슈타인 씨를 만나고 싶다고 하셨습니까? 죄송하지만 지금 대단히 바쁘십니다. 간부 회의도 주관하셔야 하고 그 밖에 여러 가지 할 일이 많으십니다. 제가 뭐 도와 드릴 일이라도 있습니까?"

"난 무슨 일이 있어도 그분을 직접 만나야 합니다."

앤터니는 이렇게 말하고 무심코 덧붙였다.

"방금 침니스에서 오는 길이거든요."

청년은 침니스란 말에 다소 동요하는 눈치였다. 그는 어정쩡하게 말했다.

"아! 그럼 잠깐 기다려 보십시오."

"중요한 일이라고 말씀해 주십시오."

"케이터햄 경께서 전갈을 보내셨나요?"

청년이 슬쩍 그를 떠 보았다.

"그렇다고 볼 수 있죠. 하지만 중요한 건 내가 지금 당장 아이작슈타인 씨를 만나야 한다는 겁니다."

잠시 후 화려한 내실로 안내된 앤터니는 특히나 가죽으로 뒤덮인 안락의자의 어마어마한 크기와 깊고 넉넉한 공간에 인상을 받았다.

아이작슈타인 씨가 일어나서 그를 맞았다.

"이런 식으로 찾아뵌 것을 부디 용서해 주십시오. 바쁘신 분인 줄 잘 알고 있으니 도움이 되어 드릴 수 있는 것 이상으로는 절대 시간을 빼앗지 않도록 하겠습니다. 제가 아이작슈타인 씨 앞에 오게 된 것은 제안드릴 일이 있어서입니다."

아이작슈타인은 새카맣고 또랑또랑한 눈으로 잠시 그를 유심히 살폈다. 그는 뜻밖에 열린 담뱃갑을 내밀었다.

"시가 한 대 피우시죠."

"감사합니다. 그럼 한 대 피우겠습니다."

앤터니는 시가를 집어 들고 성냥을 건네받으며 말을 계속했다.

"헤르초슬로바키아와 관련된 일입니다."

그는 상대의 집요한 눈길에 순간적으로 불길이 튀는 것을 알아차렸다.

"미하엘 왕자의 살인 사건으로 모든 계획이 틀어진 게 분명합니다."

"그게 무슨?"

아이작슈타인은 한쪽 눈썹을 치켜 올리며 중얼거렸다. 그러고는 미심쩍은 표정으로 시선을 천장으로 돌렸다.

앤터니는 반질반질 윤기가 나는 책상 표면을 유심히 쳐다보며 조심스럽게 말했다.

"석유 말입니다. 누구나 탐내는 것 있잖습니까, 석유."

그는 아이작슈타인이 흠칫 놀라는 것을 알아차렸다.

"단도직입적으로 말씀해 주시면 안 되겠습니까, 케이드 씨?"

"물론 안 될 것 없죠. 아이작슈타인 씨, 생각해 봤는데 말씀입니다. 그들의 석유 독점권이 다른 회사에 넘어가면 누구보다 당신이 불쾌해할 것 같더군요."

"나한테 하려던 제안이 뭡니까?"

아이작슈타인은 그를 똑바로 쳐다보며 물었다.

"친영주의로 무장한, 왕좌를 물려받을 적임자죠."

"그런 사람을 어디서 구했단 말이오?"

"그건 제가 알아서 할 일입니다."

아이작슈타인은 무슨 말인지 알아듣겠다는 대답을 가벼운 미소로 대신했지만 시선은 이미 군을 대로 굳고 날카로워져 있었다.

"진짜가 확실합니까? 난 더 이상 우스운 수작 따윈 용납할 수 없소."

"완벽한 진짜입니다."

"확실하오?"

"확실합니다."

"그럼 당신 말을 믿어 보겠소."

"왠지 썩 믿지 못하겠다는 말로 들리는데요?"

앤터니가 그를 흥미로운 눈길로 쳐다보며 말했다.

허먼 아이작슈타인은 가만히 웃더니 아무렇지도 않게 대답했다.

"상대가 지금 진실을 말하고 있는지 혹은 거짓말을 하는지 알아보는 눈을 기르지 못했으면 난 지금의 위치에 오르지 못했을 겁니다. 그래, 조건이 뭐요?"

"미하엘 왕자에게 제시한 것과 똑같은 액수의 융자금을 똑같은 조건으로 내주시면 됩니다."

"그럼 당신이 원하는 것은?"

"당장은 아무것도 없습니다. 아, 오늘 밤에 침니스로 와 달라는 부탁 말씀 말고는요."

"그건 곤란합니다. 그 부탁은 들어줄 수 없소."

아이작슈타인은 굳은 어조로 말했다.

"왜죠?"

"저녁 약속이 있소. 꽤나 중요한 일이오."

"그래도 제 생각엔 그 약속을 취소하셔야 할 것 같은데요. 아이작
슈타인 씨 자신을 위해서라도 말이죠."

"무슨 소리요?"

앤터니는 한동안 그를 쳐다보다가 천천히 입을 열었다.

"그 권총, 바로 미하엘 왕자를 쏜 권총이 발견되었다는 얘기 들으
셨습니까? 그 총이 어디서 발견되었는지 아세요? 바로 당신 옷 가
방입니다."

"뭣이라?"

아이작슈타인은 허옇게 질린 얼굴로 의자에서 펄쩍 뛰었다.

"지금 무슨 말을 하는 거요? 그게 무슨 소리요?"

"이제부터 말씀드릴 테니 들어 보십시오."

앤터니는 깍듯하게 예를 갖추고 권총이 발견된 경위를 그에게 설
명했다. 이야기를 듣는 동안 아이작슈타인의 얼굴은 극도의 공포로
인해 거의 잿빛으로 변해 갔다.

앤터니의 말이 끝나자 그가 고함을 질렀다.

"하지만 그건 모함이오! 난 절대 가방에 그 총을 넣은 적이 없어
요. 난 전혀 모르는 일이오. 이건 사기야!"

앤터니는 달래듯이 말했다.

"흥분하지 마십시오. 말씀대로라면 얼마든지 증명하실 기회가 있지 않겠습니까?"

"증명? 무슨 수로 그걸 증명한단 말이오?"

앤터니는 나긋나긋한 목소리로 말했다.

"저라면 오늘 밤에 침니스로 가겠습니다."

아이작슈타인은 미심쩍은 눈으로 그를 쳐다봤다.

"지금 나한테 충고하는 거요?"

앤터니는 앞으로 다가앉으며 그에게 귀엣말을 속삭였다. 아이작슈타인은 깜짝 놀라 뒤로 물러나 앉으며 그를 노려봤다.

"설마 그게 정말……."

"가서 보시면 압니다."

10월 13일(2)

회의실 시계가 9시를 알렸다.

케이터햄 경은 땅이 꺼져라 한숨을 내쉬며 말했다.

"어디 보자, 다들 나타나셨군. 어째 술래잡기하는 어린애들처럼 죄다 어디 처박혀 있다가 까꿍 하고 나타나선 엉덩이에 난 꼬리를 흔들어 대는 꼴이구먼."

그는 침통한 얼굴로 방 안을 둘러봤다. 그러곤 시선을 남작에게 고정시키더니 중얼거렸다.

"풍금 연주자가 이젠 원숭이까지 데리고 나타나셨군. 스록모턴가 (街)(영국 증권 시장을 빗댄 말 — 옮긴이)의 말 많은 참견꾼은……."

속내를 마구 쏟아 내는 아버지를 번들이 가로막았다.

"아버진 남작에게 너무 퉁명스러우세요. 그분은 그래도 아버지를 영국 귀족들 가운데 친절하기로는 첫째로 꼽히는 훌륭한 분이라고 하셨단 말예요.”

“그 사람은 입만 열면 늘 그런 말만 하는 친구야. 그래서 그 친구 하고 이야기 좀 하려면 보통 피곤한 게 아니다. 그러나 내가 말할 수 있는 건 예전엔 그랬는지 몰라도 지금의 난 절대 친절한 영국 신사가 못된다는 거야. 할 수만 있다면 최대한 빨리 이놈의 침니스를 돈 많은 미국인에게 빌려주고 호텔 같은 데 가서 살고 싶은 심정이다. 그런 데서야 누가 짜증나게 하면 계산서 달래서 돈 주고 나가 버리면 그만 아니냐.”

“제발 마음 푸세요. 그래도 피시 씨는 영영 돌아오지 않을 것 같은데요.”

케이터햄 경은 좀 전과는 전혀 다른 기분에 빠져서 말했다.

“그 친구 그래도 제법 재미있었는데. 나를 이 지경으로 만든 게 누군지 아니? 바로 네가 그렇게 좋아하는 그 젊은 놈이다. 도대체 내가 왜 이런 회의를 내 집에서 소집해야 하는데? 차라리 라체스나 엘름허스트를 빌리든지, 아니면 스트리탐 같은 데 있는 근사한 대저택을 빌려서 사업상 회의인지 뭔지를 열면 될 것 아니냐?”

“분위기가 이상하잖아요.”

케이터햄은 예민해져서 말했다.

“설마 날 두고 한심한 장난질 따위를 할 인간은 없겠지? 난 그 르무앵인가 뭔가 하는 프랑스 녀석도 영 미심쩍어. 프랑스 경찰은 원래 어떻게 속임수를 쓸까 궁리하는 작자들이거든. 질긴 고무줄로 팔을 꽁꽁 동여매곤 저지르지도 않은 죄목을 눈앞에서 꾸며 대고 기겁을 하게 만들지. 그러곤 그때의 체온 변화를 온도계에다 새겨 놓는 거야. 만약 저놈들이 미하엘 왕자를 죽인 놈이 누구냐고 버럭 버럭 소리를 지르면 틀림없이 내 체온은 섭씨 50도쯤으로 기절초풍할 만큼 놀라운 온도를 기록할 테고, 그럼 옳다구나 하고 날 잡아가려 들 거다."

문이 열리더니 트레드웰이 큰 소리로 말했다.

"조지 로맥스 장관님과 에버슬레이 씨가 오셨습니다."

"수다쟁이 아저씨가 말 잘 듣는 강아지를 데리고 오셨네요."

번들이 중얼거렸다.

빌은 곧바로 번들에게 다가왔지만 조지는 공식 석상에라도 온 듯 케이터햄 경에게 깍듯이 인사를 건넸다. 조지는 그와 악수를 나누며 말했다.

"어이, 케이터햄, 자네 전갈을 받고 내 한달음에 달려왔네."

케이터햄은 양심상 상대방에게 아무 감정도 느끼지 못할 때면 유독 친절하게 구는 경향이 있었다.

"진짜 고맙네, 친구. 진짜 고마워. 와 줘서 반갑네. 그야 내가 보낸 전갈은 아니었지만, 아무려면 어떤가."

한편 빌은 목소리를 깔고 번들을 추궁하고 있었다.

"이봐요. 도대체 이게 무슨 일입니까? 버지니아가 야반도주를 했다니, 그게 무슨 소리예요? 혹시 납치당한 것 아닙니까?"

"무슨요. 아니에요. 옛날 사람들이 하던 식으로 바늘방석에다 메모지까지 꽂아 뒀는걸요."

"웬 놈하고 같이 야반도주를 한 건 아니겠죠? 설마 물 건너온 그 놈팡이는 아니죠? 난 그 자식이 도통 마음에 들지 않았어요. 게다가 소문을 듣자하니 그 작자 본인이 기가 막힌 사기꾼이라는 얘기가 나돌더군요. 하지만 그건 있을 수 없는 얘기 아닙니까?"

"왜요?"

"그야 킹 빅터는 프랑스 놈이지만 케이드는 영국인이니까요."

"킹 빅터가 외국어를 능수능란하게 구사하고 아버지가 아일랜드 사람이란 얘기 못 들으셨어요?"

"아, 그렇지! 그래서 그놈이 그렇게 슬그머니 내뺀 거군요?"

"그 사람이 슬그머니 내뺐는지 어쨌는지는 저도 몰라요. 그저게 모습을 감췄다는 사실만 알 뿐이죠. 그런데 오늘 아침에 케이드 씨에게서 전보가 왔는데 오늘 밤 9시에 이리로 올 거라면서 수다쟁이 조지 아저씨를 불러 달라고 하더군요. 이분들도 모두 케이드 씨 요청으로 여기 모인 거고요."

빌은 주위를 둘러보며 말했다.

"그러고 보니 다들 모여 계시군요. 프랑스 형사 한 명은 창가에, 영국 형사 한 명은 난롯가에. 다분히 국제적인 색채가 풍기는데요. 그런데 '성조기' 씨는 안 보이는 것 같네요?"

번들은 고개를 가로저었다.

"피시 씨는 어디로 갔는지 감감무소식이에요. 버지니아 언니도 마찬가지고요. 하지만 나머지 사람들은 모두 모였어요. 그런데 빌, 전 왠지 그런 예감이 들어요. 누군가가 '범인은 하인 아무개다.'라고

외치면서 모든 게 밝혀지는 순간이 점점 가까워지고 있다는 예감이
요. 지금은 다들 그저 앤터니 케이드 씨가 돌아오기만을 기다리고
있는 중이에요."

"그놈은 나타나지 않을 겁니다."

"그럼 아버지 말씀대로 왜 이런 '사업상 회의'를 소집했을까요?"

"그야 시커먼 꿍꿍이가 감춰져 있는 거죠. 두고 보세요. 우리를 죄
다 여기다 모아 놓고 자기는 어디 다른 데서……. 이 정도면 알 만
하지 않습니까?"

"그럼 당신은 케이드 씨가 오지 않을 거라고 생각한단 말이죠?"

"두말하면 잔소리죠. 그놈이 사자의 입에 머리를 들이밀려 하겠습
니까? 형사들이며 고위 공직자가 득실거리는 이런 방에 말입니다."

"그런 이유로 오지 않을 거라고 생각했다면 그건 킹 빅터를 모르
고 하는 소리예요. 모든 정황으로 볼 때 지금은 그자가 가장 좋아하
는 상황이고, 또 이런 상황에서 어떻게 해서라도 원하는 바를 얻어
내는 게 바로 그자라고요."

빌 에버슬레이는 수긍할 수 없다는 듯이 고개를 저었다.

"그건 무모한 짓이에요……. 그것도 이렇게 자기한테 불리한 상
황에선. 그놈은 절대……."

문이 다시 열리더니 트레드웰의 우렁찬 목소리가 들렸다.

"케이드 씨가 오셨습니다."

앤터니는 방 한복판을 가로질러 곧장 집주인 앞으로 다가왔다.

"케이터햄 경, 지금 저는 경께 엄청난 혼란을 끼쳐 드리고 있으며

그 점을 대단히 죄송하게 생각합니다. 하나 오늘 밤을 고비로 모든 수수께끼가 깨끗이 풀리리라고 확신합니다."

케이터햄 경의 표정이 누그러졌다. 그는 처음부터 내심 앤터니에게 호감을 품고 있었다. 그는 진심으로 말했다.

"혼란은 무슨, 당치 않아요."

"그렇게 말씀해 주시니 정말 감사합니다. 그러고 보니 모두 다 모이셨군요. 자, 그럼 사건을 풀어 나가 보도록 하죠."

조지 로맥스가 무거운 목소리로 말했다.

"난 이해가 안 갑니다. 난 도저히 이해가 안 가요. 지금 벌어지고 있는 일들은 하나같이 불법적인 것투성이오. 케이드 씨는 딱히 내세울 만한 신분이, 아니 아예 신분이랄 게 없는 자입니다. 상황은 심히 곤혹스럽고도 미묘하오. 해서 강력히 주장하건대……."

폭포수처럼 쏟아져 나오던 조지의 웅변은 거기서 멈췄다. 배틀 총경이 공손한 태도로 그 위대하신 분 곁으로 다가가더니 몇 마디 귓속말을 속삭인 탓이었다. 조지의 얼굴이 당혹감과 좌절감으로 일그러졌다.

"잘 알겠소, 총경이 그렇다면야."

그는 마지못해 동의하고는 한층 언성을 높여 이렇게 덧붙였다.

"그럼 여기 계신 분들 모두 기꺼이 케이드 씨가 하려는 말을 귀담아 들으실 것으로 믿겠습니다."

조지의 말투에선 짐짓 선심을 쓰는 듯한 느낌이 확연히 드러났지만 앤터니는 개의치 않았다.

그는 활기찬 목소리로 말을 시작했다.

"우선 말씀드릴 것은 지금부터 하는 얘기는 단지 저의 하찮은 머리에서 나온 의견이라는 사실입니다. 얼마 전 암호가 적힌 특이한 메시지가 우리 손에 들어왔던 일을 다들 알고 계실 겁니다. 거기엔 리치먼드라는 글자와 숫자 몇 개가 적혀 있었죠."

그는 잠시 말을 끊었다.

"그래서 우리 나름대로 그걸 해석해 보려고 했지만 결국 실패했습니다. 하지만 제게는 고 스틸프티치 백작의 회고록을 우연찮게 읽을 기회가 있었습니다. 그 속에 특정 만찬에 대한 언급이 나오더군요. 참석자 전원이 꽃을 상징하는 배지를 반드시 달아야 하는 '꽃' 만찬에 대한 글이었죠. 당시 백작은 우리가 비밀 통로의 벽돌 틈새에서 발견한 희한한 물건들과 정확히 똑같은 복제품을 달고 있었습니다. 바로 장미, 즉 '로즈(rose)'를 뜻하는 물건이었죠. 기억하실지 모르겠지만 우리가 발견한 것은 모두 사물의 나열, 즉 또 다른 '로즈(rows)'였습니다. 단추의 나열, 알파벳 E의 나열 그리고 뜨개질한 땀의 나열. 그렇다면 신사 여러분, 이 집에서 나열 형태로 갖춰져 있는 것은 무엇이 있을까요? 책, 혹시 책은 아닐까요? 게다가 케이터햄 경의 장서 목록에 『리치먼드 백작의 생애』라는 책도 있으니 이 정도면 여러분도 은신처가 어디쯤 되겠다는 감을 충분히 잡으실 수 있을 겁니다. 일단은 문제의 그 책을 출발점으로 삼고 나머지 숫자들은 서고와 책들을 지칭한다고 보면 여러분은 그 코, 아니 우리가 찾는 목표물이 가짜 책 속이라든지 특정한 책 뒤의 빈 공간에 숨겨져 있겠구나 하고 짐작이 가실 겁니다."

앤터니는 필시 박수갈채가 쏟아질 것으로 기대하고 얌전히 주위를 둘러보았다.

"거참, 아주 기발한 발상이구려."

케이터햄 경이 먼저 입을 열었다.

조지는 짐짓 아량을 베푸는 척하며 말했다.

"제법 기발한 발상이오. 하나 그건 눈으로 보기……."

앤터니는 호탕하게 웃었다.

"백문이 불여일견이다 그 말씀이신가요? 좋습니다. 그럼 장관님을 위해서 제가 곧 확인해 드리죠."

그는 벌떡 일어섰다.

"그럼 전 도서관으로 가서……."

하지만 그는 더 이상 움직이지 못했다. 창가에 있던 르무앵이 앞을 가로막고 나섰기 때문이었다.

"잠깐만요, 케이드 씨. 잠시 실례해도 되겠습니까, 케이터햄 경?"

르무앵은 필기용 탁자로 다가가 종이에다 급히 몇 줄을 휘갈겼다. 그리고 그 메모를 봉투에 넣어 봉한 뒤 벨을 울렸다. 트레드웰이 벨 소리를 듣고 나타나자 르무앵은 봉투에 든 메모를 그에게 건넸다.

"미안하지만 지금 당장 이걸 전해 주시오. 부탁이오."

"잘 알겠습니다."

트레드웰은 평소처럼 위엄 있는 걸음걸이로 방을 물러갔다.

일어선 채로 내내 어찌할까 망설이던 앤터니는 도로 자리에 앉왔다.

"뾰족한 수라도 떠오르셨나 보죠, 르무앵 형사님?"

별안간 긴장감이 주변을 휩싸고 돌았다.

"당신이 말한 곳에 진짜로 그 보석이 있다면 자그마치 7년이 넘도록 거기 있었다는 얘기일 테니 15분쯤 더 기다린다고 문제가 되진 않을 겁니다."

"계속하시죠. 하고픈 말이 그게 전부가 아닐 텐데요?"

"물론 아닙니다. 지금 같은 위기 상황에서 단 한 사람이라도 이 방을 떠나게 놔둔다는 건 바보짓입니다. 특히나 그 사람이 다소 수상한 전력이 있는 사람이라면요."

앤터니는 눈썹을 치켜 올리고 담배에 불을 붙였다.

"하기야 방랑자의 삶이 그리 좋아 보이진 않겠죠."

"케이드 씨, 두 달 전에 당신은 남아프리카에 있었습니다. 그건 확인이 됐어요. 그럼 그전엔 어디 있었죠?"

앤터니는 의자에 등을 기대고 앉아 한가로이 담배 연기를, 동그란 무늬까지 만들어 가며 뿜었다.

"캐나다에 있었습니다, 북서부의 황무지에."

"옥살이를 하지 않은 게 확실합니까? 프랑스 형무소에 있었던 것은 아닌가요?"

배틀 총경은 반사적으로 출입구 쪽으로 발을 내디뎠다. 퇴로를 차단하려는 의도인 듯했으나 앤터니는 극적인 장면을 연출할 의도가 전혀 없어 보였다.

대신 앤터니는 프랑스인 형사를 노려보더니 이내 웃음을 터뜨렸다.

"참 딱하십니다, 르무앵 씨. 그건 당신의 편집증이에요! 과연 당신에겐 어딜 가나 킹 빅터의 망령이 따라다니는군요. 그러니까 뭡니까, 결국 나를 그 흥미 만점의 신사로 생각하고 계시다 그건가요?"

"그럼 아닌가요?"

앤터니는 외투 소맷자락에 묻은 담뱃재를 털어 냈다. 그는 가볍게 말했다.

"난 날 웃게 만들어 주는 일이라면 그게 뭐가 됐든 절대 마다하지 않는 사람입니다. 하지만 당신이 내게 뒤집어씌운 혐의는 정말 기가 차서 말이 안 나오는군요."

르무앵은 앞으로 다가앉았다. 얼굴은 고통스럽게 경련이 일고 있었지만 혼란스럽고 당혹한 기색은 여전했다. 앤터니의 태도에서 풍기는 뭔가가 그를 당황시킨 듯했다.

"오호! 그래요? 잘 들어 두시오, 젊은 친구. 난 기필코 이번만큼은 무슨 수를 써서라도 킹 빅터 그놈을 잡을 겁니다. 아무도 날 막지 못해요!"

"투지가 가상하시군요. 당신은 그전에도 놈의 뒤를 쫓아다닌 걸로 아는데 아닌가요, 르무앵 형사님? 그리고 그자는 번번이 당신을 골탕 먹였죠. 그런 일이 다시 일어날까 봐 두렵지 않으세요? 듣자하니 미꾸라지 빠치는 작자라고 하던데."

대화는 르무앵 형사와 앤터니 두 사람 간의 대결 양상으로 전개되었다. 방 안에 있는 다른 사람들도 둘 사이에 감도는 긴장감을 느끼고 있었다. 이를테면 지금 상황은 흥분으로 펄펄 끓고 있는 프랑스인 르무앵과, 태연자약하게 담배를 꼬나물고 왜 이렇게 난리법석인지 모르겠다는 듯한 태도로 일관하고 있는 앤터니 두 사람 간의 사생결단이었다.

"르무앵 씨, 내가 당신이라면 살얼음판을 내딛듯이 조심 또 조심할 겁니다. '발밑에 뭐가 있지는 않을까.' 하고 염려하면서 말이죠."

르무앵이 험악한 목소리로 말했다.

"이번에는 틀림없소."

"이번에는 아주 자신만만하신가 보군요. 하지만 아시다시피 그런 일엔 증거가 필요한 법이죠."

르무앵이 씨익 웃었다. 그 웃음이 다소 신경이 쓰인 듯 앤터니가 똑바로 자세를 고쳐 앉더니 담배꽁초를 비벼 껐다.

"내가 방금 전에 쓴 메모가 뭔지 압니까? 바로 내가 묵고 있는 크리키터스 여관 사람들에게 보낸 겁니다. 어제 프랑스에서 킹 빅터, 즉 캡틴 오닐의 지문과 베르티용식 인체 측정법(파리 경찰의 범죄 감식 반장 베르티용이 개발한 인체 측정법 — 옮긴이)의 결과가 도착했다기에 이리로 보내 달라고 부탁했죠. 이제 몇 분만 있으면 당신이 그 자인지 아닌지 알 수 있다 이겁니다!"

앤터니는 집요하게 르무앵을 노려봤다. 희미한 미소가 그의 얼굴 위를 스쳐 지나갔다.

"생각보다 아주 영악하십니다, 르무앵 씨. 미처 못 알아봐서 죄송하군요. 이제 그 보고서가 도착하면 나더러 잉크에 손가락을 담가 보라든지, 아님 그 못지않게 불쾌한 일을 시키겠군요. 그런 다음에 내 귀를 이리저리 뜯어보면서 남하고 다른 특징을 찾아내겠죠. 그리고 모든 게 그자의 것과 일치하면…….”

“모든 게 일치하면?”

앤터니는 의자 앞쪽으로 다가 앉으며 더없이 다정한 목소리로 되물었다.

“만약 모든 게 일치하면 그럼 어떻게 되는 거죠?”

르무앵은 기가 막힌 모양이었다.

“그럼 어떻게 되느냐고? 그야 당신이 킹 빅터라는 사실을 내가 증명하게 되는 거지 뭐겠소!”

하지만 지금까지와 달리 그의 태도에선 처음으로 불안의 그림자가 느껴졌다.

“그렇게만 되면 틀림없이 당신은 대만족이겠죠. 하나 그 일로 내가 타격을 입을 거란 생각은 안 드는군요. 지금 난 아무것도 인정하지 않은 상태지만 일단 논쟁이 벌어졌으니 좋아요, 내가 킹 빅터라고 칩시다. 그럼 혹시 지난 일을 참회하려고 애쓰고 있지 않을까요?”

“참회?”

“바로 그거죠. 르무앵 씨도 자신을 킹 빅터의 입장에 놓아 보십시오. 상상력을 동원해 보란 말입니다. 당신은 지금 막 감옥에서 나왔습니다. 한 살 한 살 나이를 먹고 있는 처지죠. 파란만장한 삶이 안겨 주었던 최초의 환희는 이미 과거지사가 되어 버렸습니다. 그래요, 게다가 아리따운 아가씨까지 만나게 됩니다. 그래서 그녀와 결혼을 하고 어디 한가한 시골에 보금자리를 꾸미고 호박 농사나 지으며 살 꿈을 꾸죠. 이제부터는 남부끄럽지 않은 삶을 살리라 맹세도 합니다. 자, 이런 식으로 자신을 킹 빅터의 입장에 놓아 보세요. 충분히 그런 생각이 들지 않겠습니까?"

"전혀 그럴 것 같지 않은데요."

르무앵은 냉소적인 웃음을 지으며 대답했다.

"그럴 수도 있겠죠. 하나 그렇다면 당신은 킹 빅터가 될 수 없는 겁니다. 내 말이 틀렸습니까? 그자가 어떤 기분일지 알 수가 없으니까요."

"지금 당신이 떠들어 대는 얘긴 순전히 허튼소리요."

르무앵이 침을 튀기며 항변했다.

"아뇨, 그렇지 않습니다. 이봐요. 르무앵 씨, 정말로 내가 킹 빅터라고 칩시다. 그럼 내게 무슨 죄목을 뒤집어씌울 건가요? 그 옛날에도 당신은 필요한 증거를 얻지 못했다는 걸 잊지 마세요. 난 이미 감옥에서 형을 살았고 그럼 그걸로 끝난 겁니다. 물론 프랑스 사람들이 흔히 말하듯 '중죄를 저지를 의도를 품고 쓸데없이 어슬렁거린다.'라는 이유로 날 체포할 수는 있겠죠. 하지만 그걸로 충분할까요?"

"잊은 모양이군. 당신이 미국에서 무슨 짓을 저질렀는지! 니콜라스 오볼로비치 왕자 행세를 하고 사기 행각을 벌이며 돈을 갈취하고 다닌 일은 그럼 뭐요?"

"되도 않는 얘기 그만두세요, 르무앵 씨. 난 그때 미국 근처에도 가지 않았습니다. 얼마든지 증명해 드릴 수 있어요. 만약 킹 빅터가 미국에서 니콜라스 왕자 행세를 했다면 그럼 난 킹 빅터가 절대 아닙니다. 그자가 변장을 하고 다닌 게 분명합니까? 그냥 왕자 본인이 아니고요?"

배틀 총경이 별안간 끼어들었다.

"그자는 분명히 사기꾼이었습니다, 케이드 씨."

"총경님 말씀에 반박할 생각은 없습니다. 총경님은 늘 사태를 정확하게 보시니까요. 그럼 니콜라스 왕자가 콩고에서 죽었다는 사실도 그만큼 자신하실 수 있으십니까?"

배틀은 호기심 어린 눈으로 그를 쳐다봤다.

"그렇다고 맹세할 순 없겠지만 그것이 일반적인 견해인 건 맞습니다."

"정말 용의주도하신 분이군요. 총경님의 신조가 뭐였죠? 충분한 자유를 준다. 그 비슷한 거였죠, 아마? 그냥 저도 총경님 흉내를 한번 내 봤을 뿐입니다. 그래서 르무앵 씨에게 충분한 자유를 주고 마음껏 해 봐라 한 겁니다. 저 사람이 제게 혐의를 뒤집어씌워도 부인하지 않았습니다. 그런데도 저 사람이 실망할까 봐 적이 염려가 되는군요. 아시다시피 전 늘 비장의 카드를 숨겨 두는 버릇이 있거든요. 안 그래도 여기 오면 다소 불쾌한 일이 벌어질 것으로 예상하고 대비책을 마련해 왔죠. 바로 그 대비책이…… 아니, 그보단 그 사람이라고 해야겠군요. 지금 위층에 와 있습니다."

"위층에?"

케이터햄 경이 대단히 흥미로운 목소리로 말했다.

"그렇습니다. 그 사람은 최근에 꽤나 힘든 시간을 보내고 있었습니다. 참으로 안됐더군요. 어느 빌어먹을 놈에게 머리를 세게 얻어맞았답니다. 전 그동안 그 사람을 찾고 있었던 겁니다."

문득 아이작슈타인의 굵고 낮은 목소리가 들려왔다.

"그자가 누군지 알 수 있겠소?"

"원하신다면요. 하지만⋯⋯."

르무앵이 갑자기 난폭한 태도로 돌변하며 앤터니의 말을 잘랐다.

"이건 말도 안 돼. 당신은 이번에도 날 골탕 먹일 셈이군. 당신이 미국에 있지 않았다는 말은 좋아, 사실일 수도 있겠지. 당신은 뻔한 거짓말을 할 만큼 지능이 떨어지는 인간이 아니니까. 하나 그게 다가 아니야. 그 살인 사건! 그래, 살인 사건이 있지. 미하엘 왕자를 죽인 일. 당신이 보석을 찾고 있던 그날 밤 왕자가 당신을 훼방 놓은 거라고."

앤터니의 목소리가 날카롭게 울려 퍼졌다.

"르무앵 씨, 당신은 킹 빅터가 사람을 죽였다는 얘기를 들어 봤습니까? 그자가 한 번도 남의 피를 흘리지 않았다는 사실은 나보다도 당신이 더 잘 알지 않나요?"

"당신이 아니라면 도대체 누가 왕자를 죽였는데? 말해 봐, 어서!"

창밖 테라스에서 날카로운 휘파람 소리가 들려오면서 르무앵의 마지막 말은 입 밖에 나오는 즉시 묻혀 버리고 말았다. 앤터니는 지금까지 줄곧 지켜 왔던 침착함을 벗어던지고 벌떡 일어서서 소리쳤다.

"지금 나한테 미하엘 왕자를 누가 죽였냐고 묻는 겁니까? 말로는 안 하겠습니다. 직접 보여 드리죠. 저 휘파람 소리가 바로 제가 기다리던 신호입니다. 미하엘 왕자의 살해범이 지금 도서관에 있습니다."

앤터니는 이 말과 함께 창문을 훌쩍 뛰어넘었다. 나머지 사람들도 모두 달려 나가 테라스를 돌아 마침내 도서관 창가에 이르렀다. 앤터니가 창문을 밀자 문은 그의 손끝을 따라 스르륵 열렸다.

그는 두꺼운 커튼을 조심스레 젖히고 모두들 안을 들여다보게 했다.

시커먼 형체가 책장 옆에 서서 황급히 책들을 꺼냈다 넣었다 하고 있었다. 워낙에 정신이 팔려 있어 바깥에서 무슨 소리가 나는지도 모르는 눈치였다. 다들 열심히 안을 들여다보며 손전등 불빛에 어렴풋하게 윤곽이 드러난 그자의 정체를 궁금해하고 있는데 별안간 들짐승이 울부짖는 듯한 소리를 내면서 누군가가 이들 곁을 쏜살같이 지나쳤다.

놈이 들고 있던 손전등이 바닥에 나동그라지면서 불이 나가자 곧바로 서로를 죽일 듯이 맞붙는 소리가 방 안에 울려 퍼졌다. 케이터햄 경은 더듬더듬 스위치가 있는 곳으로 다가가 불을 켰다.

두 사람이 엉겨 붙어서 요동을 치고 있었다. 그런데 앤터니 일행이 두 사람의 정체를 눈으로 확인하는 순간 모든 것이 끝나 버렸다. 귀를 찢는 듯한 단발의 총성과 함께 둘 중에 몸집이 작은 쪽이 힘없이 바닥에 쓰러진 것이다. 그리고 그중에 남은 사람, 돌아서다가 그만 이들과 정면으로 맞닥뜨린 사람은 바로 분노로 두 눈이 이글이글 불타고 있는 보리스였다. 그는 울부짖었다.

"이 여자가 제 주인님을 죽였습니다. 그리고 이번엔 날 쏘려고 했어요. 전 이 여자가 들고 있던 총을 뺏어서 쏴 죽일 작정이었는데 몸싸움을 벌이다가 그만 발사되고 말았습니다. 미카엘 천사님의 뜻이죠. 사악한 것, 이젠 죽었습니다."

"여자?"

조지 로맥스가 외쳤다.

그들은 가까이 다가갔다. 증오와 악의에 찬 표정으로 권총을 손에 쥔 채 바닥에 누워 있는 사람은 바로 가정 교사 브룅이었다.

킹 빅터

앤터니가 말했다.

"저는 처음부터 이 여자를 의심했습니다. 살인 사건이 일어났던 날 밤, 이 여자의 방에 불이 켜졌기 때문이죠. 하지만 그날 이후로 전 혼란스러웠습니다. 브르타뉴까지 가서 이 여자의 신상을 조사했지만 결국 겉으로 보이는 모습과 정확히 일치한다는 사실에 만족하고 돌아와야 했습니다. 제가 바보였죠. 브르퇴이 백작 부인이 실제로 브룅이라는 여자를 고용했고 또 칭찬도 많이 하길래 진짜 브룅이 새 직장을 찾아서 오던 길에 납치되었으며 이 여자는 그녀 행세를 하는 가짜라는 생각을 전혀 못 한 겁니다. 대신 저는 피시 씨에게 의심의 눈길을 돌렸습니다. 그러다 그 사람이 도버까지 저를 따라오고 거기서 서로 상세한 이야기를 주고받고 나서야 제대로 사태를 파악하기 시작했죠. 피시 씨가 킹 빅터를 쫓아 미국에서 온 탐정이라는 사실을 안 뒤부터 저의 의심은 한 바퀴 빙 돌아 다시 원래 대상이었던 이 여자에게로 향했습니다.

그런 와중에 제가 가장 우려했던 점은 레블 부인이 이 여자를 정확히 알아봤다는 사실이었습니다. 그러다가 레블 부인이 이 여자가 낯이 익다고 말한 시점이, 제가 이 여자가 브르퇴이 백작 부인 댁의 가정 교사였다고 말한 다음이란 걸 기억해 냈습니다. 그리고 레블 부인이 한 말은 오직 이 여자의 얼굴이 낯익다는 사실을 인정한 것이 전부였습니다.

레블 부인이 침니스로 오는 것을 막기 위해 교묘한 음모가 진행되었다는 얘기는 잠시 후에 배틀 총경님이 해 주실 겁니다. 결과적으론 시체 한 구가 발견된 것 이상도 이하도 아니었지만요. 또한 그 살인 사건은 자신들에 대한 배반을 응징하고자 붉은 손 당이 저지른 짓임에는 분명하지만 그 수법과 평소 그들이 남기고 다니는 독특한 표식이 없는 것으로 볼 때 좀 더 유능하고 지능적인 제삼자가 일을 지시했을 가능성이 있습니다. 저는 처음부터 이번 일이 헤르초슬로바키아와 연관됐을 거라고 의심했습니다. 이번 파티의 참석자 가운데 그 나라에서 살아 본 사람은 레블 부인이 유일했습니다. 처음엔 누군가가 미하엘 왕자를 사칭했을 거라고 생각했지만 그건 철저한 계산 착오였음이 드러났습니다. 하지만 브룅이라는 여자가 사기꾼일지도 모른다는 가능성을 포착하고, 더불어 레블 부인에게 낯익은 얼굴이라는 사실까지 알게 되자 차츰차츰 서광이 비쳐 오기 시작하더군요. 다시 말해 이 여자는 절대 정체가 드러나서는 안 되었는데, 레블 부인은 그것을 알 만한 유일한 사람이었던 겁니다.”

케이터햄 경이 물었다.

“그럼 이 여잔 누구요? 레블이 헤르초슬로바키아에서 알고 지냈던 사람은 맞소?”

“그에 대한 답변은 남작께서 해 주실 줄로 압니다.”

“내가?”

남작은 앤터니를 노려보더니 이내 꼼짝 않고 누워 있는 브룅의 사체 위로 몸을 굽혔다.

“잘 보세요. 화장발에 속으시면 안 됩니다. 한때 배우였던 여자니까 잘 기억해 보세요.”

남작은 다시 한참을 쳐다봤다. 그러다 별안간 흠칫 놀라면서 가쁜 숨을 몰아쉬었다.

“세상에 어떻게 이런 일이. 이건 말도 안 돼.”

조지가 물었다.

“뭐가 말도 안 된단 말이오? 이 여자가 누굽니까? 알아보시겠소, 남작?”

남작은 계속 중얼거렸다.

“아니, 이건 아니오. 이건 말도 안 돼. 그 여잔 죽었소. 둘 다 살해당했어요, 왕궁의 계단에서. 분명 시체도 수습했단 말이오.”

앤터니는 잊었던 사실을 그에게 일깨워 주었다.

“난자당해서 얼굴을 알아볼 수 없었죠. 그 여자가 재주 좋게 사기를 친 겁니다. 그리고 미국으로 도망친 다음 붉은 손 당의 서슬 푸른 보복을 피해 상당히 긴 세월을 죽은 듯이 엎드려서 살았을 겁니다. 그들은 혁명의 주동 세력이 되었고, 좀 더 독창적인 표현을 빌자면 늘 그 여자에게 앙심을 품고 있었죠. 그 와중에 킹 빅터가 출감하자 놈들은 그자와 합세해서 다이아몬드를 되찾을 궁리를 했습니다. 살인 사건이 있던 날 밤, 그 여자는 다이아몬드를 찾다가 난데없이 미하엘 왕자와 마주쳤고, 결국 왕자에게 신분을 들키고 말았죠. 평소 같았으면 두 사람이 마주치는 불행한 사태는 절대 없었을 겁니다. 침니스를 방문하는 왕족들은 여자 가정 교사들과 접촉할 일도 없을뿐더러, 혹여 그런 일이 있다 하더라도 편두통 같은 간단한 핑계를 대고 얼마든지 자리를 피할 수 있었으니까요. 남작이 여기 오던 바로 그날처럼 말이죠.

그런데 좀처럼 마주칠 일이 없을 거라고 생각한 바로 그 순간에 미하엘 왕자와 정면으로 마주치고 만 겁니다. 신분이 노출됐다는 사실과 그로 인한 치욕감에 여자는 눈이 멀었죠. 그래서 왕자를 쏜 겁니다. 꼬리를 밟히지 않기 위해 아이작슈타인 씨의 옷 가방에 권총을 넣은 것도, 또 편지 뭉치를 돌려준 것도 바로 그 여자였습니다."

르무앵이 앞으로 나섰다.

"당신 말로는 이 여자가 그날 밤 다이아몬드를 찾으려고 아래층으로 내려왔다고 했는데 혹시 외부에서 침입하던 공범자, 즉 킹 빅터를 마중 나가던 중일 수도 있지 않나요? 그 점은 어떻게 생각하시오?"

앤터니는 한숨을 쉬었다.

"또 그 얘깁니까, 르무앵 씨? 정말 어지간히 질기십니다! 내가 비장의 카드를 숨겨 두었다는 힌트를 드렸는데 못 알아들으셨나 보죠?"

평소 머리가 늦게 돌아가는 조지가 별안간 두 사람의 대화에 끼어들었다.

"난 아직도 뭐가 뭔지 모르겠소. 이 여잔 도대체 누굽니까, 남작? 그 사람이 누군지 알아보긴 한 거요?"

하지만 남작은 어느새 자세를 고치고 등을 곧게 편 채 꼿꼿하게 서 있었다.

"잘못 아셨습니다, 로맥스 장관. 내가 아는 한 난 이 여자를 한 번도 본 적이 없습니다. 전혀 모르는 여잡니다."

"하지만……."

조지는 도무지 뭐가 어떻게 된 건지 모르겠다는 표정으로 그를 물끄러미 쳐다봤다.

남작은 방 귀퉁이로 그를 데려가더니 귀에다 대고 뭔가를 속삭였다. 서서히 자줏빛으로 변해 가는 조지의 얼굴과 왕방울만 해지는 두 눈을 비롯해 그에게서 나타나는 뇌졸중 환자의 초기 증세 일체를 앤터니는 재미있어 죽겠다는 표정으로 바라봤다. 조지가 목쉰 소리로 속닥거리는 내용이 그의 귀에 들어왔다.

"기필코, 반드시, 무슨 수를 써서라도…… 절대 그럴 필요는…… 상황이 워낙 복잡해서 최대한 신중해야……."

르무앵이 손으로 탁자를 쾅 내리쳤다.

"이봐요! 난 지금 이런 일 따윈 관심 없어요! 미하엘 왕자의 살해범 같은 건 내 알 바 아니니까. 내가 원하는 건 킹 빅터요."

앤터니는 살살 고개를 저었다.

"정말 유감이군요, 르무앵 씨. 당신은 정말 유능한 사람입니다. 그렇지만 이젠 기회를 놓치신 것 같군요. 제가 곧 으뜸 패를 내놓을 작정이라서 말이죠."

그는 방 저쪽으로 가서 벨을 울렸다. 트레드웰이 올라왔다.

"오늘 밤에 나와 함께 이곳에 도착한 신사 한 분이 있어요, 트레드웰."

"네, 알고 있습니다. 외국에서 오신 분 말씀이시죠?"

"맞아요. 부탁인데 최대한 빨리 그분을 이리로 모셔올 수 있겠소?"

"알겠습니다."

트레드웰이 물러가자 앤터니가 말했다.

"수수께끼의 인물 X, 즉 으뜸 패의 입장이 있겠습니다. 과연 그 사람이 누굴까요? 혹시 짐작 가시는 분 있으십니까?"

허먼 아이작슈타인이 말했다.

"당신이 오늘 아침에 내준 수수께끼 같은 힌트나 오늘 오후에 보여 준 태도를 종합해 볼 때 내 생각이 틀림없을 것 같군요. 어떻게 된 연유인지는 알 수 없으나 내 생각엔 당신이 각고의 노력 끝에 헤르초슬로바키아의 니콜라스 왕자를 찾아냈을 것 같소."

"남작도 같은 생각이십니까?"

"그렇소. 당신이 또 다른 사기꾼을 내놓을 작정이 아니라면. 하지만 그랬을 거라곤 생각하지 않아요. 내가 보는 견지에서 당신의 거래는 최고로 명예로웠소."

"그렇게 봐 주시니 고맙군요. 지금 그 말씀 절대 잊지 않겠습니다. 그럼 모두들 동의하신 겁니까?"

앤터니의 시선이 기다리는 사람들의 얼굴을 한 바퀴 훑고 지나갔다. 단 한 사람, 르무앵만이 대답 대신 침울한 얼굴로 뚫어져라 탁자만 바라봤다.

바깥 홀에서 나는 발자국 소리가 앤터니의 예리한 귀에 포착됐다.

그는 묘한 미소를 띠고 말했다.

"그런데 어쩌죠. 여러분 모두 틀리셨습니다!"

그는 재빨리 문으로 다가가 활짝 열어젖혔다. 한 남자가 문간에 서 있었다. 머리에 칭칭 동여맨 붕대 때문에 다소 덜하긴 했지만 깔끔하게 다듬은 까만 턱수염과 안경 때문에 대체로 멋스런 느낌이 풍기는 남자였다.

"파리 경시청에서 오신 진짜 르무앵 씨를 여러분께 소개합니다."

순간 누군가가 후다닥 튀어 나가더니 곧바로 난투가 벌어졌다. 그리고 잠시 후 하이럼 피시의 차분하고도 침착한 코맹맹이 소리가 창가에서 들려왔다.

"어딜 가시나? 그럼 안 되지, 이 친구야…… 이리로는 절대 못 가지. 안 그래도 네놈이 도망칠까 봐 저녁 내내 내가 여기서 진을 치고 있었거든. 내 총이 널 제대로 겨누고 있다. 바로 네놈을 붙잡으러 여기까지 왔다 이거야. 어쩌나, 결국 나한테 붙잡히셨으니. 그래도 넌 제법 멋진 놈이야."

부연 설명

"우리에게 뭔가 설명이 있어야 하지 않겠소, 케이드 씨?"

그날 밤 꽤 늦은 시각, 허먼 아이작슈타인은 말했다.

앤터니가 겸손하게 대답했다.

"별로 드릴 말씀은 없습니다. 제가 도버에 갔을 때 피시 씨가 절 킹 빅터로 착각하고 쫓아오셨더군요. 우리 둘은 거기서 수수께끼의 낯선 인물이 누군가에게 붙잡혀 있음을 알게 됐고, 그에게 자초지 종을 듣는 즉시 우리가 지금 와 있는 곳이 어디인지 알게 됐습니다. 아시겠지만 수법은 똑같았습니다. 즉 진짜를 납치한 뒤 가짜를 들 이미는 건데 이번에는 킹 빅터가 직접 그 역할을 맡은 거죠. 그런데 여기 계신 배틀 총경님이 프랑스에서 온 동료분을 줄곧 미심쩍어하 시기에 파리로 전보를 쳐서 진짜 르무앵의 지문이며 신원 확인에 필요한 각종 자료를 요청한 겁니다."

"아하! 그 지문. 그리고 그놈의 악당이 떠들어 댄 베르티용식 인체 측정법 말이군요?"

"기발한 생각이었죠. 그의 착상이 너무 훌륭하다 싶은 생각에 저도 모르게 그걸 이용해서 장난 좀 쳐 보자는 생각이 들었습니다. 게다가 제가 그렇게 하니까 그 가짜 르무앵이 당황해서 어쩔 줄을 모르더군요. 보셨다시피 제가 그 '나열', 즉 로즈(rows)와 다이아몬드가 실제로 있는 곳에 대한 단서를 제시하자마자 그 작자는 눈치 빠르게 공범에게 그 소식을 전했습니다. 그뿐만 아니라 그동안 우리 모두를 방에 가둬 두기까지 했죠. 사실 그 쪽지의 수신인은 브룅이었습니다. 그는 트레드웰에게 당장 쪽지를 전하게 했고 트레드웰은 지시에 따라 위층에 있는 공부방으로 가져간 겁니다. 르무앵은 저를 킹 빅터로 몰아세우면서 그걸 빌미로 사람들 관심을 돌리고 어느 누구도 방을 나가지 못하게 막았습니다. 제가 킹 빅터냐 아니냐 하는 논란이 해결되고 모두들 그 다이아몬드를 찾으러 도서관으로 자리를 옮길 즈음엔 우리가 찾는 보석이 더 이상 그곳에 남아 있지 않을 거라고 자신한 거죠!"

조지가 목을 가다듬더니 점잔을 빼며 말했다.

"케이드 씨, 이 말은 꼭 해야겠소. 난 이 문제에 대한 당신의 행동이 대단히 비난받을 짓이라고 봅니다. 당신이 말한 그 계획이란 것에 행여 조그마한 문제라도 생겼으면 우리 국보 하나가 영영 자취를 감추고 도저히 찾을 수 없는 지경이 됐을 것이오. 무모한 행동이었소, 케이드 씨. 비난받아 마땅할 만큼 무모한 짓이었소."

피시가 예의 질질 끄는 목소리로 말했다.

"장관께선 그것이 놈을 속이기 위한 뻔한 계략이었다는 걸 모르시는 모양이군요. 귀국의 유서 깊은 다이아몬드는 절대 도서관 책 속에 있지 않습니다."

"절대?"

앤터니가 설명했다.

"물론이죠. 스틸프티치 백작이 짜낸 교묘한 장치는 원래 그가 회고록에서 의미했던 대로 장미(rose)를 뜻합니다. 저는 월요일 오후에 문득 그런 생각을 떠올리자마자 곧장 장미 정원으로 갔습니다. 그런데 피시 씨가 이미 저하고 똑같은 생각을 하고 있더군요. 정원 한복판의 해시계를 등지고 서서 곧장 일곱 걸음을 간 뒤 다시 왼쪽으로 여덟 걸음 그리고 오른쪽으로 세 걸음을 가면 '리치먼드'라는 이름의 주홍색 장미 덤불이 나옵니다. 지난날 다이아몬드의 은신처를 찾아 이 집을 이 잡듯 뒤졌다고는 하나 정원을 파 볼 생각까지는 못한 거죠. 내일 아침에 조촐한 발굴 파티를 열자고 제안할까 생각 중입니다."

"그럼 도서관에 있는 책이 어쩌고저쩌고한 얘기는……?"

"그 여자를 옭아매려고 제가 짜낸 생각이었습니다. 피시 씨가 테라스에서 망을 보다가 절호의 기회가 왔을 때 휘파람을 분 겁니다. 다시 말해 피시 씨와 저는 킹 빅터 일당의 집결지였던 도버의 그 집에서 교전 법규를 세우고 붉은 손 측과 가짜 르무앵의 접촉을 차단했습니다. 가짜 르무앵이 그들에게 철수 지시를 보냈는데 그걸 가로채고 이미 철수가 완료됐다는 내용을 그에게 전달한 거죠. 가짜 르무앵은 제게 누명을 씌우기로 한 계획을 안심하고 진행시킬 수 있도록요."

케이터햄 경이 활기찬 목소리로 말했다.

"자, 자, 이제 모든 일이 아주 만족스럽게 해결된 것 같군요."

"한 가지가 빠졌소."

아이작슈타인이 말했다.

"그게 뭡니까?"

경제계의 거물 아이작슈타인은 집요하게 앤터니를 쳐다봤다.

"당신이 날 이곳으로 부른 이유가 뭡니까? 단지 구경꾼이 돼서 극적인 장면이 연출되는 걸 재미나게 봐 달라는 의도였나요?"

앤터니는 고개를 저었다.

"아닙니다, 아이작슈타인 씨. 선생은 시간이 곧 돈일 만큼 바쁘신 분입니다. 원래 여기에 오시게 된 이유가 뭐였죠?"

"융자금을 협의하기 위해서였소."

"누구하고 말입니까?"

"헤르초슬로바키아의 미하엘 왕자요."

"그랬었죠. 그런데 미하엘 왕자는 죽었습니다. 그럼 사촌인 니콜라스에게 똑같은 조건으로 같은 금액을 융자해 주실 준비는 되셨나요?"

"그 사람을 데려올 수 있소? 콩고에서 죽은 걸로 아는데?"

"물론 죽었습니다. 제가 죽였거든요. 아, 그런 눈으로 보지 마십시오. 전 절대 살인범이 아닙니다. 그 사람을 죽였다고 한 건 제가 바

로 그런 소문을 낸 장본인이란 뜻입니다. 선생께 왕자를 데려오겠
다고 이 자리에서 약속드리죠, 아이작슈타인 씨. 그런데 만약에 그
왕자가 저라면 어떻겠습니까?"

"당신이?"

"맞습니다. 제가 바로 그 사람입니다. 니콜라스 세르기우스 알렉산
더 페르디난드 오볼로비치. 제가 원하는 삶을 살기엔 다소 긴 이름
이라 콩고에서 나올 때 앤터니 케이드라는 쉬운 이름으로 바꿨죠."

안드라시 대위가 자리에서 벌떡 일어나더니 침을 튀기며 말했다.

"믿을 수 없어요. 믿을 수 없습니다. 이보시오, 그 입 함부로 놀리
지 마시오."

앤터니는 차분히 응수했다.

"증거는 얼마든지 댈 수 있습니다. 이 자리에서 남작을 분명하게
설득시킬 수도 있어요."

남작이 손을 들었다.

"당신이 증거를 내놓겠다면 좋아요. 얼마든지 조사해 보겠소. 그
러나 난 그런 증거 따위 필요 없어요. 당신의 말 한마디면 그걸로
충분합니다. 게다가 당신은 당신의 영국인 어머니와 아주 많이 닮
았어요. 그동안 난 줄곧 이렇게 말해 왔소, 이 청년은 대단히 고귀한
신분을 타고났을 거라고 말이오."

"남작은 늘 제 말을 믿어 주셨죠. 분명히 말씀드리지만 남작의 그
런 신뢰를 앞으로 살면서 절대 잊지 않을 겁니다."

앤터니는 여전히 흐트러짐 없이 무표정한 얼굴을 하고 있는 배틀

총경을 건너다보았다. 그는 미소를 띠고 말했다.

"그동안 제 입장이 얼마나 살얼음판을 걷는 것처럼 아슬아슬했는지 이젠 다들 이해하실 겁니다. 제가 차기 왕위 계승자라는 사실이 발각되면 이 집에 온 손님들 중에 미하엘 오볼로비치를 제거해야 하는 최적의 이유를 지닌 사람으로 당장 지목될 수 있었으니까요. 그동안 저는 유독 배틀 총경님이 두려웠습니다. 늘 저를 의심한다는 느낌이 들었지만 딱히 살인 동기가 없다는 점 때문에 망설이시는 것 같더군요."

배틀 총경이 입을 열었다.

"난 단 한순간도 당신이 미하엘 왕자를 죽였다고 생각해 본 적이 없습니다. 우리 같은 사람들은 그런 일에 일종의 육감이 있기 때문이죠. 하지만 당신이 뭔가를 두려워하고 있다는 걸 알고 있었기 때문에 몹시 혼란스러웠습니다. 내가 지금보다 빨리 당신의 실체를 알았다면 단언컨대 그 점에 기대어 당신을 체포했을 겁니다."

"제가 떳떳치 못한 비밀 하나를 어찌어찌해서 끝내 총경님에게 들키지 않았다니 듣던 중 반가운 소린데요. 그것 말고는 재주 좋게 저의 모든 걸 훤히 알아내신 귀신같은 총경님이신데 말이죠. 배틀 총경님은 지금 맡고 계신 일에 아주 마땅한 적임자십니다. 언제까지라도 존경하는 마음으로 런던 경시청을 떠올리겠습니다."

조지가 투덜거렸다.

"기가 차군. 지금까지 들어 본 것 중에 제일 기가 찬 이야기야. 나……난 정말이지 도저히 믿어지지가 않소. 남작, 당신도 잘 알잖소, 그게······."

앤터니가 다소 준엄한 어조로 말했다.

"존경하는 로맥스 장관님. 전 영국 외무성에 확실한 증빙 서류를 제시하지도 않았는데도 저를 지지해 달라고 요청할 생각 없습니다. 지금은 일단 휴회를 하고 장관과 남작 그리고 아이작슈타인 씨 세 분은 저와 함께 앞서 논의된 융자 건을 따로 상의해 보도록 하죠."

남작은 벌떡 일어서더니 발뒤꿈치를 척 갖다 붙이곤 근엄한 목소리로 말했다.

"왕자님께서 헤르초슬로바키아 황제에 오르시는 모습을 보게 된다면 그날은 제 생애에서 가장 자랑스러운 날이 될 겁니다."

앤터니는 슬쩍 남작의 팔짱을 끼면서 천연덕스럽게 말했다.

"아, 이건 딴 얘긴데요. 남작. 깜빡 잊고 말하지 않은 게 있어요. 이 일엔 한 가지 단서가 있습니다. 바로 내가 임자 있는 몸이라는 사실입니다."

남작은 뒤로 한두 발자국 물러섰다. 얼굴에 당황한 기색이 역력했다.

그의 목소리가 방 안을 쩌렁쩌렁 울렸다.

"뭔가가 잘못됐을 줄 알았다니까요! 하늘에 계신 자비로우신 주님! 왕자님이 아프리카에서 만난 여자와 결혼을 하셨답니다!"

앤터니는 웃음을 터뜨렸다.

"이봐, 이봐요. 그런 얘기가 아니라니까. 내 아내는 영국인이에요, 순수한 영국인."

"그렇다면 다행입니다. 그 정도면 남부끄럽지 않은 귀천상혼이 되겠군요."

"그런 소리 말아요. 내 아낸 내 곁에서 왕비 역할을 할 겁니다. 그 렇게 고개를 저어 봤자 소용없어요. 내 아낸 왕비가 될 만한 충분한 자격을 갖춘 사람입니다. 정복왕 윌리엄 1세 시절로 거슬러 올라가는 뼈대 있는 영국 귀족 가문의 딸이니까요. 지금은 왕족이 귀족과 결혼하는 일이 흔한 세상이고, 게다가 내 아내는 헤르초슬로바키아 의 사정에도 밝은 사람입니다."

평소의 신중한 말투는 어디 가고 조지 로맥스가 외쳤다.

"하느님 맙소사! 설마…… 설마…… 버지니아 레블이?"

"맞습니다. 버지니아 레블이 제 아내입니다."

케이터햄 경이 말했다.

"오, 이런. 일이 그렇게…… 하여간 축하하오. 진심으로 축하해요. 아주 빼어난 아내를 얻으셨소."

"감사합니다, 케이터햄 경. 버지니아는 경께서 말씀하신 것 이상 으로 사랑스런 여인이죠."

하지만 아이작슈타인은 여전히 호기심이 가시지 않은 눈으로 그 를 바라보았다.

"전하께 이런 질문을 드려도 될지 모르겠습니다만 두 분이 결혼 하신 게 언제인가요?"

앤터니는 미소로 화답했다.

"실은 오늘 아침에 했습니다."

앤터니가 새 일자리를 얻다

"여러분들이 먼저 나가시면 제가 곧 뒤따라 나가겠습니다."

앤터니는 다른 사람들이 줄지어 나가기를 기다렸다가 배틀 총경이 있는 곳으로 돌아섰다. 언뜻 보기에 배틀은 나무 벽면을 유심히 살펴보느라 정신이 팔려 있는 듯했다.

"배틀 총경님? 저한테 뭐 물어보실 것 없습니까?"

"글쎄요. 제가 물어볼 말이 있는 줄 어떻게 아셨는지는 모르겠지만 맞아요, 있습니다. 하지만 당신이 남달리 이해력이 뛰어난 사람인줄은 진작 알고 있었습니다. 결국 총에 맞아 죽은 여자가 죽은 줄 알았던 바라가 왕비란 말씀이시죠?"

"바로 맞히셨습니다, 배틀 총경님. 부디 비밀에 부쳐 주십시오. 집안의 치부에 대한 저의 사적인 감정을 충분히 이해하시리라 믿습니다."

"비밀에 부치는 일이라면 로맥스 장관이 제격이죠. 그분에게 일임하면 쥐도 새도 모를 테니까요. 아, 제 말은 많은 사람이 알게 되더라도 소문이 새어 나가는 일은 없을 거란 뜻입니다."

"저한테 물어보시려던 말이 그건가요?"

"아뇨, 그냥 지나가는 말로 한 얘기입니다. 다만 무슨 일로 본명을 밝히게 됐는지 그 이유가 궁금해서…… 제가 너무 무례한 질문을 드렸습니까?"

"아뇨, 천만에요. 말씀드릴게요. 배틀 총경님, 전 아주 순수한 동기에서 저 자신을 죽이고 살아왔습니다. 제 어머니는 영국인이었고 전 영국에서 교육을 받았습니다. 때문에 헤르초슬로바키아보다는 영국에 훨씬 더 관심이 많았어요. 게다가 희극에나 나올 법한 이름을 달고 세상을 돌아다니다 보니 너무 한심하다는 생각이 들더군요. 아시다시피 전 철부지 때 민주주의 사상에 심취했습니다. 이상의 순수성을 믿었고 모든 인류는 평등하다고 믿었죠. 그래서 유독 왕이며 왕자 같은 존재를 불신했습니다."

"그럼 그 뒤로는 어떻게 지내셨습니까?"

"아, 그 뒤로는 여기저기 떠돌아다니며 세상 구경을 했죠. 그런데 어딜 가 봐도 빌어먹을 평등한 세상은 구경하기가 힘들더군요. 아, 전 지금도 여전히 민주주의를 믿습니다. 하지만 그 또한 강력한 힘을 동원해서 사람들에게 강요해야 합니다. 억지로 밀어 넣어야 한다는 얘기죠. 사람들은 한 형제처럼 어울려 살기를 원하지 않아요. 물론 언젠가는 그렇게 되겠지만 지금은 아닙니다. 인류의 형제애에 관한 제 믿음은 지난주 런던에 도착하던 그날 깨져 버렸습니다. 지하철을 탔는데 뒤에 탈 사람들을 생각해서 서 있는 사람들이 앞쪽으로 자리를 비켜 주면 좋으련만 한사코 못 하겠다고 버티더군요. 아직까지는 인간의 선한 본성에 호소하는 것만으론 사람들을 천사로 바꾸기는 어렵습니다. 하지만 적절한 힘을 동원하면 그 힘에 눌려서라도, 서로 부대끼고 살아가야 하는 이들에게 좀 더 예의바르게 행동하도록 만들 수는 있어요. 전 지금도 인류의 형제애를 믿지만 아직은 요원한 일인 것 같습니다. 앞으로도 1만 년쯤은 지나야 되지 않을까 싶어요. 초조해해 봤자 소용없죠. 진보란 원래 서서히 진행되는 법이니까요."

배틀이 두 눈을 반짝이며 말했다.

"아주 흥미로운 견해를 갖고 계시는군요. 그리고 이런 말씀드려도 될지 모르겠지만 귀국에 돌아가시면 분명히 훌륭한 왕이 되실 거라고 믿습니다."

"고맙습니다, 배틀 총경님."

앤터니는 한숨을 쉬면서 말했다.

"왕위에 오르시는 일이 그다지 기쁘지 않으신 모양입니다."

"아, 저도 왜 이러는지 모르겠어요. 제법 재미있을 거라는 생각은 듭니다. 하지만 결국 똑같이 되풀이되는 일상에 저 자신을 얽어매는 일입니다. 지금까지는 줄곧 그런 삶을 외면했는데 말이죠."

"하지만 당연한 의무라고 생각하신 것 아닙니까?"

"당치않아요! 말도 안 되는 소립니다. 제가 이 길을 택한 건 순전히 여자 때문이에요. 늘 한 여자 때문이었습니다. 배틀 총경님, 전 그 여자를 위해서라면 왕이 되는 일보다 더한 일도 할 겁니다."

"그러시군요."

"남작과 아이작슈타인이 아무 소리도 못하게 사전에 포석을 깔아 놓은 겁니다. 한 사람은 왕이 필요하고 또 한 사람은 석유가 필요한 데 이로써 둘 다 원하는 바를 얻게 됐으니 저 역시……. 참, 배틀 총경님도 사랑에 빠져 본 적 있으세요?"

"전 제 아내에게 꼼짝 못합니다."

"부인에게 꼼짝 못 하신다…… 오, 이런. 제 얘기를 영 못 알아들으시네요! 그런 얘기가 아니라니까요!"

"말씀 중에 죄송합니다만 전하의 심복이 창밖에서 기다리고 있는데요."

"보리스 말입니까? 아, 그렇군요. 아주 멋진 친구죠. 그놈의 총알이 격투 끝에 발사돼서 그 여자를 맞힌 게 천만다행입니다. 안 그랬으면 보리스 저 친구가 틀림없이 그 여자 목을 비틀어 죽였을 테고, 그럼 총경님은 저 친구를 목매달아 죽이고 싶으셨을 테니까요. 오볼로비치 왕가에 대한 저 친구의 충성심은 정말 놀라울 정도예요. 희한한 점은 미하엘이 죽자마자 저 친구가 제게 찰싹 달라붙었다는 겁니다. 저의 진짜 신분을 알고 있었을 리도 없는데 말이죠."

"본능이죠, 개가 냄새를 맡듯이."

"그땐 참 별 희한한 본능도 다 있다고 생각했어요. 저 친구 때문에 총경님께 제 신변의 비밀이 탄로날까 봐 걱정이 됐죠. 도대체 저 친구가 바라는 게 뭔지 가서 좀 알아봐야겠네요."

앤터니는 창문 밖으로 나갔다. 홀로 남겨진 배틀 총경은 잠시 그의 뒷모습을 바라보더니 이내 나무 벽면에다 대고 중얼거렸다.

"좋은 왕이 될 거야."

창밖에선 보리스가 찾아온 이유를 밝혔다.

"여깁니다, 전하."

그는 앞장서서 테라스를 따라 걸었다.

앤터니는 무슨 일일까 궁금해하면서 그를 따라갔다.

이윽고 보리스가 걸음을 멈추더니 집게손가락으로 어딘가를 가리켰다. 달빛이 빛나는 가운데 앞쪽에 놓인 돌의자에 두 사람이 앉아 있는 모습이 보였다.

"과연 이 녀석은 개야, 그것도 뛰어난 사냥개!"

앤터니는 혼자 중얼거렸다.

그는 뚜벅뚜벅 앞으로 걸어갔다. 보리스는 어둠 속으로 자취를 감췄다.

두 사람은 의자에서 일어나 그를 맞았다. 한 사람은 버지니아였고 나머지 한 사람은…….

"여기야, 조. 여기 네 훌륭한 안사람도 함께 있어."

너무나 익숙한 목소리였다.

"지미 맥그러스, 세상에 이게 어떻게 된 일이야! 도대체 여긴 어떻게 왔어?"

"오지로 떠났던 여행이 완전히 헛수고가 됐거든. 그러자 웬 이상

하게 생긴 놈들이 찾아와 수작을 부리더군. 나한테서 그 원고를 사
가겠다는 거야. 그러더니 어느 날 밤에는 또 등에 칼을 맞을 뻔했잖
아. 그제야 내가 너에게 맡긴 일이 생각보다 훨씬 대단한 일이구나
하는 생각이 들더라. 네가 아무래도 도움이 필요할 것 같아서 다음
배를 타고 부리나케 쫓아왔다."

버지니아가 지미의 팔을 꼭 끌어안으며 말했다.

"어쩜, 이렇게 근사하게 생기셨을까? 왜 진작 이분이 끝내주는 분
이라고 말 안 했어요? 정말이지 지미, 당신은 완벽한 미남이세요."

"두 사람이 그렇게 계시니 그림이 아주 좋은데요."

앤터니의 말에 지미가 받아쳤다.

"그야 당연하지. 네 소식을 여기저기 캐묻다 보니 이분하고 연락
이 닿은 거야. 만나 보니 내가 생각했던, 소위 내 목숨까지 쥐락펴락
할 것 같은 콧대 높고 대단한 귀부인하고는 전혀 다르더구나."

"이분이 그 편지들에 관해서 자세한 얘기를 해 주셨어요. 이분은
기사도 정신에서 한 일인데 난 그것도 모르고 그 편지들을 하찮게
생각했으니 부끄럽다는 생각이 드네요."

지미가 씩씩하게 말했다.

"당신이 이런 분인 줄 알았으면 절대 저 녀석에게 그 편지들을 넘
겨주지 않았을 겁니다. 내 손으로 직접 당신에게 갖다 줬을 테니까요.
그건 그렇고 재미난 일은 진짜 끝난 거야? 내가 뭐 도와줄 일 없어?"

"무슨 소리, 물론 있지! 잠깐 기다려 봐."

앤터니는 집 안으로 사라졌다. 잠시 후 그는 종이 꾸러미를 들고

나타나선 지미의 품에 떠안겼다.

"차고에 들러서 아무거나 마음에 맞는 차를 골라 봐. 그리고 그 차를 타고 런던으로 가서 에버딘 스퀘어 17번지에다 이 소포를 전해 줘. 발더슨 씨 집 주소야. 그럼 발더슨 씨가 대가로 1000파운드를 내줄 거야."

"뭐? 이거 그 회고록 아니냐? 불태워진 줄로 알았는데."

"넌 날 그렇게 모르냐? 설마 내가 그따위 말에 속아 넘어갈 거라고 생각한 건 아니겠지? 그날 난 전화를 끊고 나서 즉시 출판사에 전화를 걸어서 나한테 온 전화가 가짜란 걸 알아내고 후속 조치를 취해 놨었어. 출판사에서 시킨 대로 가짜 보퉁이를 만들어 놓고 진짜 보퉁이는 지배인의 금고에 넣어둔 뒤 가짜를 놈들에게 넘긴 거지. 다시 말해 그 회고록은 한 번도 내 손을 떠난 적이 없다는 얘기야."

"역시 넌 대단한 놈이야."

"어머, 앤터니, 설마 그 회고록이 출간되도록 내버려 둘 생각은 아니죠?"

"나도 어쩔 수 없어요. 지미 같은 친구를 실망시킬 순 없거든요. 하지만 염려 안 해도 돼요. 짬을 내서 원고를 전부 다 훑어봤는데 높으신 양반들이 왜 자기 손으로 직접 회고록을 쓰지 않고 남에게 대신 그 일을 맡긴다고 하는지 이해가 가더군요. 스틸프티치 그 사람 작가로선 아주 빵점이에요. 진부한 정치술만 잔뜩 늘어놨지 추잡한 얘기라든가 폭로해서는 안 될 비화들 따위는 아예 없었어요. 입이 무거워야 한다는 열정과도 같은 철칙을 끝끝내 고수한 사람이었죠. 앞뒤 어디를 봐도, 까다롭기라면 따라올 자가 없는 정치가들의 감수성을 흔들어 놓을 만한 말은 한마디도 적혀 있지 않더군요. 오늘 발더슨 씨에게 전화를 걸어서 원고를 오늘 밤 자정이 지나기 전에 넘겨주기로 합의를 봤어요. 마침 지미가 왔으니 예전에 자기가 떠넘겼던 추잡한 일을 돌려줄 수 있게 된 겁니다."

"그럼 난 간다. 1000파운드라니 생각만 해도 신나는데…… 이미 내 손을 떠난 돈이라고 아예 포기하고 있었는데 말이야."

"잠깐. 버지니아, 당신에게 고백할 게 있어요. 다른 사람들은 이미 아는 일인데 정작 당신한테만은 아직 말을 안 한 얘기가 있습니다."

"당신이 굳이 말하지 않는 이상 난 지금까지 당신이 얼마나 이상한 여자들과 관계를 맺었는지 따위는 상관 안 해요."

앤터니는 사뭇 정색을 하며 말했다.

"여자들이라뇨! 지금 여자들이라고 했습니까? 여기 있는 제임스에게 물어보세요, 이 친구가 날 마지막으로 봤을 때 내가 어떤 여자들하고 어울려다녔는지."

지미가 근엄한 목소리로 말했다.

"물이 안 좋았죠. 그것도 아주. 45살 미만의 여자는 하루에 한 명도 안 되었죠, 아마."

"고마워, 지미. 세상에 너 같은 친구는 없을 거다. 아니, 그보다 더 최악이었지. 버지니아, 당신에게 고백하고 싶은 말은 지금껏 내가 당신에게 내 진짜 이름을 속여 왔다는 사실이에요."

버지니아가 호기심 어린 얼굴로 물었다.

"왜요? 엄청나게 따분한 이름이에요? 설마 '포블스'같이 한심스런 이름은 아니죠? 누가 나더러 포블스 부인이라고 부른다고 생각해 봐요."

"당신은 언제나 나를 골려 먹을 생각만 하는군요."

"그러고 보니 한때는 당신이 킹 빅터가 아닐까 의심했던 적도 있었네요. 불과 1분 30초 동안이긴 했지만."

"그건 그렇고 지미, 네가 해 줄 일이 있는데…… 헤르초슬로바키아의 험준한 바위 요새에 황금이 묻혀 있다는 얘기가 있더라."

"거기도 금이 있나?"

지미가 혹해서 물었다.

"물론이지. 참으로 근사한 나라 아니냐?"

"그럼 너 내가 충고한 대로 거기 가기로 한 거냐?"

"그래. 네 충고 말이야, 네가 생각했던 것 이상의 값어치가 있었어. 이제 고백할 때가 온 것 같군요. 오해 말아요, 갓난아기 때 바꿔치기됐다거나 그런 낭만적인 얘기는 아니니까. 버지니아, 사실 나는 헤르초슬로바키아의 니콜라스 오볼로비치 왕자예요."

버지니아가 비명을 질렀다.

"어머나, 앤터니! 기가 막혀서 말이 안 다 나와요! 내가 그럼 왕자하고 결혼했단 말이잖아요! 그럼 이제 우린 어떻게 되는 거예요?"

"헤르초슬로바키아로 가서 왕과 왕비 노릇을 해야죠. 지미 맥그러스라는 친구 말로는 그 나라 왕과 왕비의 평균 재위 기간이 4년을 못 넘는다고 하더라고요. 설마 싫다고는 안 하겠죠?"

"싫으냐고요? 왕비가 된다는데 당연히 좋죠!"

"참으로 대단한 여자 아니냐?"

중얼거린 지미는 이 말을 끝으로 조심스럽게 밤의 어둠 속으로 사라졌다. 몇 분 뒤 차 소리가 들려왔다.

앤터니가 흡족한 얼굴로 말했다.

"더러운 일은 본인 손으로 직접 해결하도록 하는 게 최선이에요. 게다가 이렇게 하지 않고는 달리 저 친구를 떼어 낼 방법이 없었어요. 당신하고 결혼한 뒤로 당신과 단둘이 있어 본 적이 단 1분도 없었잖아요."

"우리 앞으로 신나게 살아요. 남의 재산을 탐내는 사람에겐 약탈질을 하지 말라고 가르치고 암살범에겐 남을 죽이는 일 따윈 그만두라고 가르치는 거예요. 헤르초슬로바키아 국민들의 도덕 수준을 높여 주는 거죠."

"당신이 말하는 순수한 이상들을 듣기만 해도 기분이 좋아지는데요. 내 희생이 헛되지 않았구나 하는 느낌이 들어요."

버지니아가 차분한 목소리로 말했다.

"그런 소리 말아요. 당신은 한 나라의 국왕으로 만족한 삶을 살게 될 거예요. 당신 몸속에 이미 그런 피가 흐르고 있으니까요. 당신은 어려서부터 왕의 직분에 걸맞게 커 왔고 왕에 적합한 기질을 타고난 사람이에요. 배관공이 태어날 때부터 배관 일에 알맞은 소질을 타고나는 것처럼."

"배관공들이 날 때부터 그런 소질을 타고났다는 생각은 한 번도 해 본 적이 없지만, 아무려면 어떻겠어요. 괜히 배관공이니 어쩌니 하면서 시간 낭비하지 맙시다. 지금처럼 중요한 순간에 내가 아이작슈타인하고 그 늙어 빠진 롤리팝 남작하고 심각하게 머리를 맞대고 회의를 해야 한다니. 그 사람들은 석유 얘기가 하고 싶답니다. 석유라, 젠장! 그래도 내가 황제에 걸맞는 기쁨을 누리겠다는 데야 자기네들도 기다려 주겠죠. 버지니아, 예전에 내가, 당신이 날 좋아하게 만들기 위해서라면 무엇이든 하겠다고 한 말 기억해요?"

버지니아가 다정하게 말했다.

"기억해요. 하지만 배틀 총경이 창밖을 내다보고 있었죠."

"그런데 지금은 아무도 없군요."

앤터니는 그녀를 와락 끌어안고 눈썹에 입을 맞췄다. 그리고 입술에도, 다시 녹색이 감도는 금빛 머리칼에도…….

"당신을 너무나 사랑해요, 버지니아. 진심으로 사랑해요. 당신도 날 사랑하죠?"

앤터니가 속삭이며 버지니아를 내려다보았다……. 사랑한다는 대답이 돌아올 것으로 믿고.

이윽고 버지니아는 그의 어깨에 머리를 기댄 채 아주 나지막하게, 그리고 달콤하게 떨리는 목소리로 대답했다.

"전혀요!"

앤터니가 다시금 입맞춤을 퍼부으며 외쳤다.

"이 귀여운 악마! 이제야 확실히 알겠어. 내가 당신을 죽는 날까지 사랑할 거라는 사실을……."

뒷이야기

장면 — 목요일 오전 11시, 침니스 저택.

경찰서장 존슨이 외투를 벗어 던진 채 땅을 파고 있다.

주변은 어딘가 모르게 장례식 같은 느낌이 든다. 존슨이 파고 있는 무덤 주위를 친구며 친지들이 빙 에워싸고 있다.

조지 로맥스는 흡사 고인의 유언에 따라 최우선 유산 상속자라도 된 듯한 태도를 취하고 있다. 예의 무표정한 얼굴의 배틀 총경은 장례 절차가 매우 만족스럽게 진행된 것이 못내 기쁜 모양이다. 장례를 주관하는 책임자라는 글씨가 얼굴에 쓰여 있다. 케이터햄 경의 근엄하고도 충격에 겨운 듯한 표정은 종교적인 의식이 행해지고 있을 때 영국인들에게서 흔히 볼 수 있는 모습이다.

피시는 도무지 이 그림과 어울리지 않는다. 좀처럼 침울한 표정이 아니다.

존슨은 오로지 자신의 일에 열중하고 있다. 별안간 그가 허리를 편다. 흥분으로 인한 약간의 동요가 주변을 술렁이게 한다.

"괜찮겠는데요. 이 정도면 일이 제대로 되겠습니다."

피시가 말했다. 누가 보더라도 단박에 그가 이 집의 주치의인 줄로 알 것이다.

존슨이 뒤로 물러난다. 피시가 분위기에 걸맞은 엄숙한 태도로 파낸 무덤 위로 몸을 굽힌다. 외과 의사가 바야흐로 수술을 시작할 참이다.

피시가 캔버스 천으로 싼 조그만 보퉁이를 꺼낸다. 그리고 온갖 예를 다해 가며 그 보퉁이를 배틀 총경에게 건네준다. 배틀 총경은 정해진 순서에 따라 다시 그것을 조지 로맥스에게 넘겨준다. 지금까지는 다들 이런 상황에 필요한 예절을 충실히 지키고 있다.

조지 로맥스가 보퉁이를 풀더니 안에 든 명주 유포를 찢고 다시 그 속에 든 포장지를 파헤친다. 잠시 동안 그가 뭔가를 손바닥에 쥐더니 이윽고 신속하게 탈지면으로 다시 싼다.

그가 목청을 가다듬는다.

"오늘 이렇게 경사스러운 순간을 맞이하여……."

노련한 연설가만이 낼 수 있는 분명한 말투로 그가 입을 연다.

케이터햄 경이 별안간 뒤로 물러나더니 테라스에 있던 딸에게 다가간다.

"번들, 네 차는 제대로 손은 봐 됐냐?"

"네. 왜요?"

"그럼 나 좀 지금 당장 시내로 태워다오. 당장 외국에 나가야겠다, 오늘 중으로."

"하지만 아버지⋯⋯."

"아무 말 마라, 번들. 조지 로맥스 그 인간이 오늘 아침에 도착하자마자 아주 중요한 일 때문에 나하고 긴히 할 말이 있다고 하더라. 그러면서 팀북투(아프리카 서부 지역 — 옮긴이) 국왕이 조만간 런던에 도착한다나 뭐라나. 난 두 번 다시 그런 일에 휘말리고 싶지 않다, 번들. 무슨 말인지 알겠냐? 조지 로맥스 쉰 명을 데려다 놔도 절대 못 해! 나라 사람들 눈에 침니스가 그렇게 대단하다면 아예 사라고 해. 안 그러면 아무 회사에나 팔아넘기고 그 사람들더러 호텔로 바꾸라고 할 테니까."

"말 많은 수다쟁이 아저씬 어디 계세요?"

번들은 일단은 이 상황을 피해 볼 참이다.

케이터햄 경은 시계를 내려다보며 대답한다.

"아마 앞으로도 위대한 대영제국을 주제로 최소 15분 정도는 더 열변을 토할 거다."

또 다른 장면.

무덤가에서 치러지는 의식에 참석자로 초대받지 못한 빌 에버슬레이가 전화통에 매달려 있다.

"아니, 사실 내 말은⋯⋯ 그게, 제발 화만 내지 말고⋯⋯ 좌우간 오늘 밤에 저녁 식사 할 거지? 아니, 그런 적 없다니까. 그야말로 난 맷돌에 코 박고 죽어라고 일만 했어. 네가 그 수다쟁이 영감탱이가 어떤 인간인지 몰라서 그래…… 내 말 좀 들어봐, 돌리. 내가 널 어떻게 생각하는지 누구보다도 잘 알면서…… 너도 알다시피 난 너 말고는 어느 누구도 좋아한 적이 없잖아…… 알았어. 내가 먼저 극장에 가 있을게. 거기 나오는 그 웃긴 말이 뭐더라? '그리고 그 어린 소녀는 옷 단추를 풀었지.'"

입에서 나오는 건 엉터리 같은 소리뿐이다. 에버슬레이는 문제의 그 후렴구를 어떻게든 흥얼거리려고 애쓰는 중이다.

그사이 조지의 장황한 연설도 막바지로 치닫고 있다.

"……대영 제국의 무궁한 평화와 번영을 위하여!"

하이럼 피시가 낮은 목소리로 자신을 향해 혹은 넓은 의미로는 세상을 향해 말한다.

"정말 지난 일주일은 대단히 짧고도 긴 한 주였어."

〈끝〉

옮긴이 | 김소연

고려대학교 영어영문학과를 졸업하고 (주)엔터스코리아의 전속 번역가로 활동 중이다. 역서로 『뜀뛰는 개구리』, 『지도 제작자의 아내』, 『비너스의 탄생』, 『페이첵』, 『나를 바꾼 그 때 그 한마디』, 『카사노바』, 『찬란한 삶을 사는 이에게』, 『리어왕』, 『베니스의 상인』, 『해저 2만리』, 『Seeing double』 등이 있다.

애거서 크리스티 전집

침니스의 비밀

3판 1쇄 찍음 2022년 9월 30일
3판 1쇄 펴냄 2022년 10월 7일

지은이 | 애거서 크리스티
옮긴이 | 김소연
발행인 | 박근섭
편집인 | 김준혁
책임편집 | 정미리
펴낸곳 | 황금가지

출판등록 | 2009. 10. 8 (제2009-000273호)
주소 | 06027 서울 강남구 도산대로 1길 62 강남출판문화센터 5층
전화 | 영업부 515-2000 편집부 3446-8774 **팩시밀리** 515-2007
홈페이지 | www.goldenbough.co.kr

도서 파본 등의 이유로 반송이 필요할 경우에는 구매처에서 교환하시고
출판사 교환이 필요할 경우에는 아래 주소로 반송 사유를 적어 도서와 함께 보내주세요.
06027 서울 강남구 도산대로 1길 62 강남출판문화센터 6층 민음인 마케팅부